Jil Ka...

KW-482-069

Mein wundervoller Wonderbra

Roman

Fischer
Taschenbuch
Verlag

Die Frau in der Gesellschaft
Herausgegeben von Ingeborg Mues

41.–55. Tausend: Juni 1997

Originalausgabe
Veröffentlicht im Fischer Taschenbuch Verlag GmbH,
Frankfurt am Main, Juni 1997

© Fischer Taschenbuch Verlag GmbH,
Frankfurt am Main 1997
Gesamtherstellung Clausen & Bosse, Leck
Printed in Germany
ISBN 3-596-13619-9

Gedruckt auf chlor- und säurefreiem Papier

£2

Caro hat die Faxen dicke. Ihr Lebensgefährte Konrad, ein Biologe mit zwanghafter Fixierung auf das Geschlechtsleben der Zikaden, und ihr Job als Journalistin bei KUNO, dem Hochglanzmagazin für die trendsüchtige Schickeria, hängen ihr zum Hals
heraus. Ein Blickkontakt reißt Caro aus ihrer Lethargie. Kurzer-
hand verläßt sie Konrad, wild entschlossen, ihre frische
Frauenfreiheit zu genießen. Aber auch das Single-Dasein ist kein
Zuckerschlecken. Denn die neuen Männer in ihrem Leben sind
die reinsten Mogelpackungen. Und die Konkurrenz mischt und
mogelt eifrig mit. Allerorten tummeln sich marilynblonde, voll-
busige Megaweiber! Gegen die kann eine Normalo-Frau nur anstinken, indem sie ebenfalls schummelt, den Griff in die Trick-
kiste wagt und zum Busenwunder mutiert. Das schnallen auch
Caros Freundinnen: Suse, die torschlußpanisch einen Last-
minute-Mann sucht, und Hillu, die zaghaft an den zähen Fäden
ihrer Pattex-Ehe zerrt.
Kriegen die Mädels die Kurve? Fällt für Caro ein Lover ab, der
hält, was er verspricht? Zumindest auf beruflichem Sektor zeigt
sich das Schicksal gnädig und spielt ihr eine Riesenchance in die
Hände. Der TV-Sender Kanal Voll veranstaltet ein Drehbuch-
Preisausschreiben. Caro verfaßt ein Script mit dem tiefsinnigen
Titel »Tücken der Lust« – der Karrierestein kommt endlich ins
Rollen ...

Jil Karoly, geboren 1958, studierte Literatur- und Medienwis-
senschaften. Sie arbeitet als freie Autorin und Texterin. Im
Fischer Taschenbuch Verlag erschien ihr Roman ›Ein Mann für
eine Nacht‹ (Bd. 13276).

Inhalt

Für den wildesten meiner drei Tiger.

Für meine Eltern, die so vernünftig waren,
mir eine Schwester wie Annedore zu
ersparen.

Für meine Schwiegereltern, die so vernünftig sind,
mir Alpenveilchen als Mitbringsel zu
ersparen.

Für Mathias, dem nichts Menschliches fremd ist.

Für Ludwig, mit dem man herrlich
hobbyfreudeln kann.

Zeit zum Schlüpfen

Neben mir stand eine Oma in einem mottenzerfressenen Pelz-
mantel. Vor sich hin murmelnd kramte sie eine Fünferpackung
Fischstäbchen aus dem ewigen Eis. Ihre Hände waren so blau-
gefroren, daß die Altersflecken darauf fast schwarz aussahen.
»Tststs!« Sie wippte mit dem Kopf, ihr Persianerkäppchen
wippte mit. »Hätten wir mal nach 'm Krieg so 'ne Auswahl ge-
habt!«
Seitenblick zu mir.
BLINK – BLINK! UNDANKBARE JUGEND!
»Tja«, sagte ich, »dankbar wären wir gewesen!«
»Dankbar wären wir gewesen!« sagte sie mit Nachdruck. Sie
blinzelte mich an. Das verrutschte Käppi bedeckte ihre Augen-
brauen. »Und heute?«
UND HEUTE REGIERT DER ÜBERFLUSS!
Ich zuckte mit den Schultern. Irgendwie kam ich mir vor wie im
falschen Film.
»Und heute regiert der Überfluß! Hätten wir mal nach 'm Krieg
so 'ne Auswahl gehabt.« Sie wedelte unablässig mit der Packung
Fischstäbchen. Ich blieb starr und stumm wie die unschuldige
Tiefkühlkost. Schließlich gab die Oma auf. Grummelnd machte
sie sich auf den Weg zur Käsetheke auf der Suche nach neuen
Opfern.
Ob ich auch mal so enden würde?
Jedesmal, wenn ich bei Behrens durch die Tiefkühlkostabteilung
tigerte, kriegte ich einen akuten Anfall trauriger Trostlosigkeit
und fühlte mich einsam und allein und hundert Jahre alt. Mindestens.
Und so schuldig wie tausend Mann.
Denn die Tiefkühlkostabteilung hatte eine nicht von der Hand
zu weisende Ähnlichkeit mit den Leichenhallen, wo in Fernseh-
krimis Angehörige immerzu irgendwelche Mordopfer identifi-

zieren. Je nachdem schluchzend (»Ach herrje, mein herzensguter Gatte, gestern war er noch lebendig genug, nach der Töle zu treten!«) oder gefaßt (»Oh, wie tot ist er am Abend!«) starren sie auf die geschlossenen Lider des blutleeren Leichnams, während Derrick mit ausdruckslosen Glubschaugen an der Bahre lehnt oder Schimanski sich mit einem Seitenblick zum Pathologen verlegen am Sack kratzt.

Klinisch weiße Fliesen, klirrend kaltes Neonlicht, starre Stille. Wenn jetzt ein weißbekittelter Behrens-Verkäufer herbeispringen und einen Zinksarg aus einem der Gefrierfächer ziehen würde, würde ich mich nicht wundern.

Ist das Ihr Lebensgefährte? Wir fanden ihn im Morgengrauen in den Ruhrauen, eine Nagelfeile – eine Stricknadel? ein Käsebeil? – im Kreuz. Exitus. Ein Blatt fiel vom Baum. Und leider, leider keine Fingerabdrücke.

Hatte Ihr Lebensgefährte Feinde?

Und ob! Vorneweg mich! würde ich rufen und mit meiner Stiefelette gegen den Zinksarg treten, daß er nur so schepperte.

Wenn Sie sie nicht mehr brauchen, hätte ich meine Nagelfeile gern wieder, guter Mann!

Entschieden schüttelte ich den Kopf, um meinen Phantasien Einhalt zu gebieten. Ein Seelenklempner hätte seine wahre Freude an mir gehabt. Endlich ein interessanter Fall! Keine kleptomanische Professorengattin, keine von Spinnenphobie geschüttelte Soziologiestudentin, keine bulimische Bäckersfrau würde ihn von DER Couch wegkriegen, auf der ich lag und mein Unbewußtes von innen nach außen stülpte.

Seit Monaten plante ich den perfekten Mord an meinem Lebensgefährten Konrad. Im Geiste hatte ich ihn schon ungefähr hundertmal um die Ecke gebracht. Besonders oft trug es sich zu, daß sich mordlüsterne Gedanken in mein Hirn stahlen, wenn ich mit klammen Fingern die Tiefkühlgerichte durchwühlte. Konrad kaufte aus Prinzip nicht ein. Und da ich meinerseits nicht die Absicht hatte, eine Minute meiner kostbaren Zeit am Küchenherd zu vertrödeln, ernährten wir uns in erster Linie von erhitzter Tiefkühlkost.

Ich inspizierte das Angebot. Iglo, Dr. Oetker und Wagner buhlten mit der jeweils krossesten Pizza um die Gunst der Käufer.

Nicht schon wieder Pizza! Die hatten wir gestern erst gehabt. Ungeduldig trommelte ich mit den Fingern auf dem Rand der Kühltheke herum, ließ es aber alsbald sein, sonst wäre ich festgefroren. Rosenkohl, Blumenkohl, Rotkohl – davon kriegte Konrad Blähungen. Rahmspinat? Den hatte er schon als Kleinstkind seiner Mama auf die Schürze gekotzt. Aus der hintersten Ecke lachten mich echte Thüringer Kartoffelpuffer an. Herrje! Konnten die denn nicht in Thüringen bleiben, statt mir hier die Auswahl zu erschweren? Putenleber wollte ich mir nicht antun. Keinesfalls wollte ich etwas essen, was vormals Bestandteil eines so ausnehmend häßlichen Tieres wie der Pute gewesen war. Bei Hühnern wußte man auch nicht, wo man dran war. Waren sie glücklich gewesen? Hatten sie die Nachbarn des Hühnerhalters mit ihrem Gekrächze genervt und armlange Regenwürmer aus der Erde gepult? Oder hatten sie ein tristes Dasein in einer Mastbatterie gefristet? Einen tristen Tod durch den kräftigen Handkantenschlag eines ungeschlachten Tölpels hinter sich, der für den Hühnerhalter die Drecksarbeit machte?

Es war kurz vor Ladenschluß. Wenn ich nicht bald eine Entscheidung traf, würden sie mich gleich raustragen, während ich wild um mich schlagend »Pizza oder Pute« stammelte.

Meine letzte Hoffnung war die Exotenecke. Alle Gerichte mit Glasnudeln schieden von vornherein aus, weil ich bei glitschigen Glasnudeln immer an Sperma denken mußte. Wie ich schon sagte – ein gefundenes Fressen für jeden Seelenklempner! Bami-, Nasi- und sonstiges Goreng verwarf ich auf der Stelle, aber weil neben den exotischen Speisen Hamburger und Cheeseburger lagerten, hatte ich eine prima Idee. Wenn ich Lebensmittelerfinder wäre, würde ich den Wok-Whopper erfinden. Ein tolles Gericht, in dessen Gestalt ansonsten so unvereinbare Kulturgegensätze wie Pekingente und Burger aufeinanderprallten. Oder zusammenpappten – je nachdem.

Schließlich raffte ich eine Packung Frühlingsrollen an mich, weil mich der Verkäufer, der sich näherte, um die Kühltheke über Nacht abzudecken, schief anguckte. Der Spion, der aus der Kälte kam! Nichts wie weg hier!

Auf der Plastiktüte, in der ich das tiefgefrorene Nachtmahl transportierte, waren zwei allerliebste Eisbären abgebildet, die in einer unwegsamen Gletscherlandschaft herumtollten. Unter den Eisbären stand »Kaltes bleibt kalt«.

Draußen goß es in Strömen. Novemberregen! Auf dem nassen Asphalt spiegelten sich die Leuchtreklamen der Geschäfte. Bremsen quietschten, Menschenmassen quollen über die Gehwege. Alle wollten nur das Eine: endlich heim. Wie immer hatte ich keinen Schirm dabei, und wie immer war Konrad mit meinem Uralt-Golf unterwegs, so daß ich mit dem Bus fahren mußte. Andere triefnasse Gestalten standen sich mit mir die Beine in den Bauch, und als der Bus endlich kam, drängelten wir, was das Zeug hielt. Es gelang mir, einen Sitzplatz zu ergattern, weil ich meine anerzogene Höflichkeit über Bord schmiß und einen Rentner rechts überholte, der rabiat auf den von mir ins Auge gefaßten freien Platz zusteuerte. Schließlich hatte er mir vorhin die Spitze seines Regenschirms in den Po gebohrt. Das schrie nach Rache.

Aufatmend ließ ich mich auf das zerschlissene Kunststoffpolster fallen. Auf meinem Schoß türmten sich die Behrens-Tüte, Konrads in Plastik eingeschweißte Feld-Wald-Wiesen-Jacke, die ich aus der Reinigung geholt hatte, Konrads neu besohlte Wanderschuhe. Ich schneuzte mich in ein zerknülltes Tempo, das ich in der rechten Tasche meiner abgeschabten Lederjacke fand, und wischte dann damit das beschlagene Fenster ab, um rausgucken zu können.

Neben mir saß eine schnaufende Hausfrau mittleren Alters, die außer mit einem Schnupfen im Anfangsstadium mit Übergewicht und zudem sicherlich mit einem erhöhten Cholesterinspiegel zu kämpfen hatte.

»Ham Sie noch 'n Tempo?« röchelte sie erschöpft.

Genervt kramte ich in meiner Jackentasche. Fehlanzeige. Das zerknüllte Ding konnte ich ihr unmöglich anbieten.

»Tut mir leid – nö!«

Sie zuckte die Schultern und schniefte. »Wat 'n Wetter! Da schickt man ja keinen Hund vor die Tür!«

Aber Frauen zum Einkaufen! Auf ihrem Schoß türmten sich ebenfalls etliche Tüten. Wahrscheinlich saß ihr Mann schon längst daheim vor der Glotze. Überheiztes Wohnzimmer. Eiche rustikal. Dreisitzer, Zweisitzer, Fernsehsessel. Blümchentapete. Ein röhrender Hirsch an der Wand. In der Nische am Fenster der unvermeidliche Wellensittich im Käfig, der an seiner Kolbenhirse zosselt und ausgerechnet immer dann lostrillert, wenn im Fernsehen mal was wirklich Interessantes kommt.

»Viktoriastraße!«

Der Bus hielt und spie eine Handvoll Leute aus. Die nächste Ampel stand auf Rot. Ich schaute aus dem Fenster. Auf dem Fahrstreifen neben dem Bus stand ein roter Alfa Spider. Am Lenkrad saß eine flotte Karrierefrau in einem apricotfarbenen Trenchcoat. Sie guckte zu mir hoch, für den Bruchteil einer Sekunde trafen sich unsere Augen. Dann schüttelte sie demonstrativ ihre brünette Haarpracht und hypnotisierte mit rehbraunen Kulleraugen die Ampel. Auf dem Beifahrersitz des Alfa lag eine langstielige weiße Rose in Zellophanfolie. Die Ampel schaltete auf Grün, der Bus fuhr an. Der Alfa verschwand aus meinem Blickfeld.

An der übernächsten Station stieg ich aus und trottete durch den strömenden Regen heimwärts. Die Alfa-Tante ging mir nicht aus dem Kopf. Die hatte bestimmt ein prima Leben! Wahrscheinlich war sie in der Werbebranche. Genau! Sie kam aus der Agentur, wo sie in einem hochmodernen Office mit dunkelblauem Velours und mannshohen Palmen residierte, ihren funkelnagelneuen Computer und ihre Sekretärin quälte, die ihr morgens und nachmittags eine dampfende Tasse Krönung light servierte und alle lästigen Leute am Telefon abwimmelte. Ihr Chef sah aus wie Kevin Costner und betete sie an. Machte ihr jede Woche per Fax einen Heiratsantrag. Legte ihr jeden Morgen eine weiße Rose auf den Schreibtisch. Aber wozu sollte sie sich einen Mann ans Bein binden?

Kinner, nö!

Einen Mann brauchte sie so nötig wie ein Loch im Kopp!

Ariane Alfa – so mußte sie einfach heißen, anders konnte sie gar nicht heißen! – würde ihren kleinen roten Flitzer jetzt in der Tiefgarage eines feudalen Apartmenthauses an der Peripherie der City parken, sich ihr Karriereköfferchen und die Zellophanrose schnappen und mit dem – natürlich funktionierenden und parfümierten – Aufzug in ihre luxuriöse Penthouse-Wohnung entschweben.

13

Sie würde ihren Trenchcoat über das Louis-Seize-Sesselchen im Flur werfen, die Pumps in weitem Bogen von sich kicken und ihre Designer-Single-Küche aufsuchen, nicht ohne im Vorbeigehen die Stereoanlage anzuschmeißen.

Zu den Klängen von Mozarts Kleiner Nachtmusik würde sie ihre blütenweiße Perserkatze mit Sheba und Petersilie füttern – selbstverständlich auf einem Porzellanteller von Villory & Boch –, und die Katze würde Köpfchen geben und schnurren. So laut schnurren, daß Mozart dagegen kaum ankam.

Dann würde Ariane sich ein heißes Bad einlassen und ein Weilchen in ihrer monströsen Marmor-Rundwanne mit eingebauten Massagedüsen relaxen. Sich mit einem flauschigen, angewärmten Handtuch abtrocknen. Sich genüßlich mit einer sündhaft teuren Bodylotion salben und in einen vanillefarbenen Satinpyjama schlüpfen.

Sie würde die weiße Rose in einer Kristallkaraffe arrangieren und ihre Mahlzeit – bestehend aus einem Brokkolicremesüppchen, danach Baguette mit Hummercocktail – in aller Ruhe zu sich nehmen, sich ein Gläschen Chablis einschenken, aus ihrem Isolierglasfenster kurz einen Blick über die regennassen Dächer der City werfen und sich dann auf ihrer Designercouch lümmeln.

Die Katze kraulend, würde sie sich einen tollen Film reinziehen und sich irgendwann in die duftende Satinbettwäsche ihres King-size-Bettes kuscheln, wo kein lästiges Schnarchen ihren Schönheitsschlaf störte.

Hätte ich sie gekannt…

…ich hätte ihre makellose Visage zerkratzt!

Den vanillefarbenen Satinpyjama in Fetzen gerissen!

Die dämliche Kristallkaraffe samt Rose an die strukturtapezierte Wand geschmissen!

Die kreischende Katze aus dem Fenster auf den regennassen Asphalt geschleudert!

Mann, Caro, halt an dich! Ich erschrak fast zu Tode ob meines ungeheuren Aggressionspotentials. Und alles, weil ich so neidisch war! Das muß man sich mal vorstellen. In mir tobte wilder Neid, Neid auf das Leben einer Frau, die ich nur einen Sekundenbruchteil lang gesehen hatte. Sie hatte aber auch alles, was ich entbehrte! Einen tollen Job, einen tollen Wagen, ein tolles Penthouse.

Und vor allem: Sie hatte ihre RUHE! Sie hatte KEINEN Kerl am Bein!

Sie konnte den lieben langen Abend kitschige Frauenfilme gukken, ohne daß einer reinkam und motzte und ihr mit der Fernbedienung den Film wegzappte. Wenn sie wollte, konnte sie die ganze Nacht im Pyjama auf der Couch liegen und mit ihrer Freundin in Weiß-der-Kuckuck-wo telefonieren, ohne daß einer damit drohte, die Telefonschnur aus der Wand zu reißen. Wenn sie wollte, konnte sie die ganze Nacht abwechselnd Nutellabrote und Hering in Dillsoße essen, ohne daß einer ein Vorhängeschloß an die Kühlschranktür zu montieren erwog.

Was für ein Leben!

Und keine Zikaden! Garantiert zirpte keine einzige Zikade in dem piekfeinen Penthouse herum.

Erwähnte ich schon, daß mein Lebensgefährte Konrad Biologe war und der Welt eifrigster Zikadenforscher? Seit Menschengedenken saß er an einer dubiosen Doktorarbeit mit dem Titel »Der Geschlechtstrieb der Zikaden – Erste Analysen eines außergewöhnlichen Phänomens«. Irgendeine Stiftung hatte ihm ein Stipendium angedeihen lassen, so daß für ihn vorerst keine Notwendigkeit bestand, sich dem profanen Broterwerb zuzuwenden, zumal er von mir auch noch gesponsert wurde. All seine Zuwendung ging für die Zikaden drauf. All mein Geld ging für die Zikaden drauf, für den Erhalt ihres Lebensstandards und den ihres Herrchens.

Nicht, daß ich was gegen die Zikade an sich gehabt hätte.

Eine einzelne konnte ein ganz possierliches Tierchen sein. Aber Dutzende? Hunderte? Tausende? In unserer winzigen Erdgeschoßwohnung? Ich hatte den Überblick verloren, die Kontrolle über die Zikaden war mir aus der Hand geglitten. Sie sahen so ähnlich aus wie Heuschrecken – mit kurzen Fühlern und springfähigen Hinterbeinen – und machten sich in abgrasender Absicht über meine Topfpflanzen her. Zu allem Überfluß hatten die Männchen Zirporgane am Hinterleib und zirpten unablässig. In südlichen Gefilden, in lauen romantischen Urlaubsnächten mochte mir der Singsang der Zikaden wohl gefallen. In unseren

Breitengraden, im grauen Alltag raubte mir die monotone Melodie den letzten Nerv.

Am liebsten hatte Konrad die amerikanische Magicicada septemdecim, deren Larvenstadium sich über siebzehn Jahre erstreckte.

Als ich die vier Holzstiegen zu unserer feuchtkalten Wohnung erklomm und fluchte, weil Konrads Wanderschuhe so unhandlich waren, hörte ich die Männchen schon wieder zirpen. Und als ich den Schlüssel im Schloß rumdrehte, schwor ich mir, Konrad in den Wind zu schießen.

Samt seinen Zikaden.

Gleich morgen.

Zum Meuchelmörder taugte ich sowieso nicht.

Mir fiel eine Geschichte ein, die mein Vater immer erzählt hatte, wenn ich mir als Kind ein Haustier wünschte: Ein Mann kauft im Zoohandel eine Schildkröte. Am nächsten Morgen findet er das Tier tot im Terrarium. Er schnappt sich den Leichnam und begibt sich schnurstracks in die Zoohandlung, um zu reklamieren. Ich dachte immer, sagt er zum Verkäufer, die Biester werden hundert Jahre alt. Ja, sagt der Verkäufer, dann isse wohl gestern grade hundert geworden – da steckt man nicht drin.

Das sollte mir eine Lehre sein. Schließlich konnten urplötzlich die siebzehn Jahre Larvenstadium der Magicicada rum sein und eine Hundertschaft Zikaden auf einen Schlag schlüpfen. Und eh ich mich versah, konnten urplötzlich die besten Jahre meines Lebens rum sein. Sieben Jahre als Lärvchen unter Konrads wachsamem Forscherauge! Sieben lange magere Jahre!

Das wollte ich nicht riskieren. Ich hatte ein Recht auf ein zikaden- und konradfreies Leben.

Meine Zeit zum Schlüpfen war gekommen.

In der Wohnung drang lediglich durch Konrads Türschlitz ein schwacher Lichtschein. Ich drückte auf den Schalter für die Flurbeleuchtung, was nutzlos war, weil vor drei Wochen die Vierzig-Watt-Birne des Flurstrahlers den Geist aufgegeben hatte. Natürlich hatte Konrad keine neue besorgt, ihm reichte das Licht seiner Zikadenwärmelampen. Ungehalten warf ich seine Schuhe und seine Jacke auf den Sessel im Flur.

»Konrad!« schrie ich.

Konrad! schrie die Frau Mama. Ich war weg und bin jetzt da!
Er könnte mich wenigstens begrüßen kommen, wenn ich schon
heimkam. Ich konnte mir nicht viele Frauen vorstellen, die jemals wieder in diese Wohnung heimgekehrt wären. Allein für
diesen allabendlichen Akt der Gnade müßte mir Konrad eigentlich ewig dankbar sein.

Auf dem Gewürzregal überm Herd lag eine tote Zikade. Auch
das noch! Ich schmiß das Vieh in den Mülleimer und knallte die
Frühlingsrollen in die Mikrowelle.

Eilends riß ich mir die nassen Klamotten vom Leib und duschte.
Leider hatten wir keine Luxuswanne wie Ariane, in der ich mich
hätte suhlen können. Leider hatten wir auch kein heißes Wasser.
Ein lauwarmes Rinnsal plätscherte über meinen müden, ausge-
kühlten Körper. Fröstelnd rubbelte ich mich mit einem rauhen
Frotteehandtuch ab und schlüpfte, da es mir an vanillefarbenen
Satinpyjamas mangelte, in einen alten Jogginganzug. Als ich in
die Küche zurückkam, hockte Konrad am Tisch und las in einem
Zoologiewälzer, während eine seiner Lieblingszikaden sich auf
seiner Schulter ausruhte.

»Auch schon da?« Konrad blätterte zu einer Seite um, auf der
eine ellenlange Tabelle über die Vermehrungsquoten von Zikaden Aufschluß gab.

HAT SICH WOHL RUMGETRIEBEN, DIE ALTE
SCHLAMPE!

»Schon ist gut!« rief ich erzürnt. »Ich hab mich wie bekloppt
abgehetzt, um deinen ganzen Krempel zu besorgen!«

Ich fischte die Frühlingsrollen aus der fiepsenden Mikrowelle.
Konrad griff geistesabwesend zur Gabel und führte sich das
Freßchen zu.

»Ist ja Wahnsinn!« murmelte er. »Hier, hör mal: Das Balzverhalten der südeuropäischen Singzikade...«

Daß ich nicht lache! Balzverhalten!

Es wimmelte in unserer Wohnung von Zirporganen, nur Konrads Organ war mir seit einer Ewigkeit nicht mehr unter die
Augen gekommen. Geschweige denn sonstwohin.

Manchmal fragte ich mich, was die Natur sich eigentlich dabei
gedacht hatte, Männchen aller möglichen Arten mit allen mög-

lichen, meist völlig überflüssigen Zirp- und sonstigen Organen auszustatten.

Vor Jahren hatte auch Konrad mal so was wie Balzverhalten an den Tag gelegt. In der gemischten Sauna hatte er mich angebalzt. Und ich dusselige Kuh hatte mich mit seiner Schmetterlings-sammlung ködern lassen. Damals stand Konrad nämlich noch auf Schmetterlinge. Liebend gern streifte er – angetan mit seiner Feld-Wald-Wiesen-Jacke und derben Wanderschuhen – durch ländliche Gefilde, fing die Flattermänner ein und spießte sie auf eine Nadel. In der linden Maienluft klärte mich Konrad nicht nur über Schmetterlinge, sondern auch über Korbblütler und Krokusse, Sperber und Spitzmäuse auf. Ich klärte ihn über die Wonnen der Kopulation in freier Wildbahn auf. So gesehen waren wir ein aufgeklärtes Paar. Bald darauf zogen wir zusammen. Alles war Friede, Freude, Eierkuchen, bis Konrad seine Liebe zur Zikade entdeckte und sich statt an unserem an deren Balzritual ergötzte. Und bis ich entdeckte, daß ich in Saunadunst und Sinnesrausch die Augen vor der Tatsache verschlossen hatte, daß Konrad ein kleinkarierter Langweiler war, ein penibler Pedant, der seinen Seitenscheitel mit der Axt zog. Und erst die dicke Hornbrille!

»...das Weibchen zieht sich nach erfolgtem Geschlechtsakt zurück, wohingegen das Männchen heftig zirpend am Ort verweilt!«

Triumphierend sah Konrad mich an. Ich machte mir ein Bier auf und ließ ihn in der Küche sitzen. Im Wohnzimmer war es lausig kalt, obwohl der Thermostat des Heizkörpers bis zum Anschlag aufgedreht war. Schon dreimal hatte ich den Vermieter deswegen angehauen. Aber sein einziger Kommentar war gewesen, mir mit bebendem Bariton »Zieht euch warm an – die Kälte greift den Darm an!« vorzusingen. Blödmann. Und Konrad war nicht Manns genug, ihm gegenüberzutreten und unsere Rechte einzuklagen. Da hatte ich mir einen schönen Waschlappen an Land gezogen.

Waidwund wickelte ich mich in die olle rosa Schmusedecke und überließ mich trübseligen Gedanken, den Geschlechtsakt betreffend. Auch die Menschenmännchen fallen nach dem Vollzug – zwar nicht zirpend, dafür aber schnarchend – ins Koma und verweilen in dem zerfledderten Bettzeug, während die Weibchen angewidert das Weite suchen.

Ich griff zum Telefon, um ein paar Takte mit meiner Freundin Susanne zu plaudern. Suse war Psychologin und arbeitete in der Praxis von Doktor Feudelberg, dem Lieblingsanalytiker der Schickeria. Man konnte sich prima bei ihr ausweinen, sie war ganz scharf auf den Seelenstriptease anderer Leute. Nach dem dritten Klingeln hob sie ab.

»Jakob?«

»Suse, ich bin's!« trompetete ich und lamentierte minutenlang über Konrads Verfehlungen. »Der Flur ist dunkel, die Wohnung kalt. Und überall diese Viecher! Eben hab ich sogar 'ne tote Zikade gefunden, neben dem Cayennepfeffer – so was Abartiges!«

»Tot?« Suse klang hochgradig interessiert. »Männchen oder Weibchen?«

»Weiß ich doch nicht!« Blöde Frage. »Wieso?«

»Tja, vielleicht zerquetscht Konrad die Weibchen, im Zuge der Objektverschiebung …« Jetzt ließ sie wieder die Psychoklempnerin heraushängen.

»Was für 'ne Verschiebung?«

»Was ich sagen will, ist, daß er sich an den Weibchen abreagiert, sie quasi ersatzweise abschlachtet, obwohl eigentlich du es bist, die er am liebsten abschlachten würde.«

So ein Quatsch! Meines Erachtens war Konrad zu keinerlei Gelüsten fähig, nicht mal zu Mordgelüsten. Ich würgte Suse ab und kam zu meinem Hauptanliegen. »Gehst du am Freitag mit in die Galerie Galaxie? Ich brauch dein geschultes Auge. Du weißt schon, die Lauritz-Vernissage!«

»Der Ölpanscher?« fragte Suse.

»Acryl«, sagte ich. »Er experimentiert mit Acrylfarben.«

»Na, dann halt Acrylpanscher!« Ich hörte ein Rascheln. Suse blätterte in ihrem Notizbuch. »Als ob man nichts Besseres vorhätte. Dieser Dilettant experimentiert doch mit allem, was ihm unterkommt.«

Der Dilettant war kein geringerer als Leon Lauritz, Shooting-Star der hiesigen Kunstszene, Meister im Beschmieren mannshoher und mannsbreiter Leinwände, Schreck aller Kritiker. Seine

Bilder wurden von Sammlern hoch gehandelt, das Stück ging nicht unter zwölf Mille über die Ladentheke.

»Ach was? Auch mit Frauen?« fragte ich spaßeshalber.

»Auch mit Frauen«, entgegnete Suse todernst. »Sieh dich vor, der baggert alles an, was einen Rock trägt und nicht schnell genug auf den nächsten Baum kommt.«

»Wie schweineigelig!« ekelte ich mich begeistert. »Deshalb kannst du mich da unmöglich allein hinlassen!«

Suse lachte. »Ist ja gut, Caro, reg dich ab. Um acht vorm Eingang?«

»Um acht. Damit wir nichts verpassen! Tschö!«

Ich legte auf. Konrad kam rein, ganz offensichtlich in der Absicht, auszuspionieren, mit wem ich schon wieder telefonierte, und zu kontrollieren, ob ich auch die zwei Einheiten in die Liste eintrug, die irgendwo im Zimmer rumflog. Innerlich grinsend griff ich zu einem Filzschreiber und machte zwei dicke Striche unter »Caroline«. Konrad registrierte es und trollte sich.

Wahrscheinlich verbrachte er die Zeit bis zum Schlafengehen damit, den Zikaden Gutenachtküßchen auf die Flügelchen zu hauchen.

Dieser fade Fatzke! Abends war nichts mit ihm anzufangen. Die meisten freien Abende verbrachte ich allein vor der Glotze oder im Kino, während Konrad mit seinen Zikaden unter der Wärmelampe kungelte. Filme waren ein prima Placebo gegen Einsamkeit und Weltschmerz. Es gab wohl kaum einen Film, den ich nicht kannte. Durch meinen Kopf schwirrten mehr Filmtitel als Zikaden durch unsere Wohnung. Und das wollte was heißen!

Ich schmiß mich vor den Fernseher und zog mir einen alten Streifen mit Marilyn Monroe rein.

Schon wieder nagte der Neid an mir!

Ach, Marilyn!

Sie war so blondblondblond, wie ich gern wäre. Leider fehlte mir der Mut zum Haarefärben.

Sie war so atombusig, wie ich gern wäre. Leider fehlte mir auch der Mut zum Silikonimplantat.

Seufzend stellte ich den Apparat aus und ging ins Bett, wo ich sofort einschlief. Wie immer ohne Gutenachtkuß.

Ich erwachte bereits gegen sechs, weil mich gottserbärmlich fror. Ein Blick genügte, um die Ursache festzustellen: Konrad hatte mir die Bettdecke bis auf einen kleinen Zipfel weggezogen. Im Dunkeln fummelte ich nach dem Schalter der Lampe und machte Licht. Auf den linken Ellbogen gestützt, betrachtete ich Konrad. Er lag auf dem Rücken. Sein Mund war halb geöffnet, ihm entwichen mittellaute Schnarchgeräusche. Ohne Brille sah Konrad so unschuldig aus wie ein Neugeborenes. Sein Haupthaar war verstrubbelt, und in dem verwaschenen Frotteeschlafanzug – natürlich bübchenblau – schlief er sicherlich schon seit der Pubertät.

Und dieses Unschuldslamm wollte ich böswillig verlassen?

Meine Mundwinkel zuckten verräterisch. Ich war kurz davor, meine einsame Entscheidung nicht nur zu überdenken, sondern auch zu verwerfen.

Hätte Konrad nicht just in diesem schicksalsschwangeren Moment im Schlaf geschmatzt, vernehmlich unter die Bettdecke gepupst und seine Füße freigestrampelt – wahrscheinlich wäre ich mit ihm und seinen zigtausend Zikaden alt geworden.

Aber seine freigestrampelten Füße waren beim besten Willen nicht zu übersehen.

Er trug wieder SOCKEN im Bett!

Weißgraue Frotteesöckchen mit blaugestreiftem Bündchen!

Das gab mir den Rest. Nie und nimmer würde er kapieren, daß mich Männer mit Söckchen im Bett tierisch abtörnten.

Ich würde ihn nicht nur so böswillig wie möglich verlassen, sondern auch ganzganz bald!

Konrad wälzte sich nichts ahnend hin und her. Sein Kopfkissen verrutschte, ein kariertes Taschentuch kam zum Vorschein.

Von wegen: Wer schläft, sündigt nicht! Neunundneunzig Komma neun Prozent aller Männer begehen im Bett Todsünden.

Sie tragen alte, gammelige Socken. Wenn nicht, haben sie entweder Hühneraugen oder Fußpilz oder mindestens einen eingewachsenen Zehennagel.

Sie stopfen vollgerotzte Taschentücher unters Kopfkissen, die immer im denkbar ungünstigsten Moment hervorgekrochen kommen.

Sie stecken in unerotischen, vorzugsweise blauen und meist ausgeleierten Frotteeschlafanzügen.

Sie schnarchen oder schmatzen oder pupsen oder popeln. Oder alles auf einmal.

Sie schrecken nicht davor zurück, mit einer dicken Statussymbol-Uhr am Handgelenk in die Federn zu springen.

Suse hatte mir mal glaubhaft versichert, daß einer ihrer früheren Lover mittels selbiger Uhr sogar die Zeit beim Beischlaf gestoppt hatte. Natürlich hatte sie den Typen in Rekordzeit entsorgt.

Mir war elend zumute. Unter meinen kritischen Augen wälzten sich sieben verlorene Jahre meines Lebens. Mein Entschluß stand felsenfest: Dieses Lamm verdiente es, zur Schlachtbank geführt zu werden. Ich würde wieder bei Null anfangen, um einen Lämmerschwanz ärmer, um eine Erfahrung reicher.

Schlaftrunken erhob ich mich und torkelte auf bloßen Füßen in die Küche, wo ich auf dem versifften Linoleumfußboden fast festklebte. Natürlich hatte Konrad seit Wochen nicht geputzt, obwohl er es versprochen hatte. Der Wasserhahn tröpfelte, in der Spüle machten sich Rostflecken breit. Ich setzte Kaffee auf, und während sich die Kanne langsam mit dem lebensgeisterweckenden Gebräu füllte, saß ich am Küchentisch und erstellte auf der Rückseite eines Einkaufszettels eine Liste mit Konrads Vor- und Nachteilen. Auf die linke Seite des Zettels schrieb ich PRO, auf die rechte CONTRA. Die Rubrik PRO war schnell abgehandelt. Als einziger Punkt stand dort: Sieben gemeinsam verbrachte Jahre. Bei CONTRA hatte ich meine liebe Last, alles unterzukriegen. Als der Kaffee durch war, stand unter CONTRA:

1. Konrad liebt Zikaden. Mich liebt er jedenfalls nicht.
2. Konrad begeht sämtliche Männer-Todsünden.
3. Konrad kommt seinen Verpflichtungen im Haushalt nie nach.
4. Konrad schuldet mir 4385,95 Mark.
5. Konrad langweilt mich zu Tode – ich habe bei ihm nichts zu lachen.

Stimmte alles. Als ich zwei Tassen Kaffee getrunken hatte und mir meine Morgenzigarette ansteckte, kam das Lamm mit Unschuldsmiene in die Küche getrottet, um mich zu belämmern.

»Moin«, bähte es. »Schon auf?«

»Jawoll«, sagte ich und sehnte mich nach dem Schweigen der Lämmer.

»Aha!« bähte es.

»Genau!« sagte ich.

»Na dann«, bähte es.

»Eben«, sagte ich.

Während Konrad sich Kaffee einschenkte, ergänzte ich klamm-heimlich meine Liste:

6. Konrad hat morgens Mundgeruch.

7. Wir haben uns nichts mehr zu sagen.

»Au!« schrie Konrad. »Verdammte Scheiße!«

Er hatte sich seine Zoologen-Zunge am heißen Kaffee verbrannt, knallte die Tasse hin, daß sie überschwappte, und rannte ins Bad. Erneut griff ich zum Kugelschreiber:

8. Konrad ist ein lebensuntaugliches Bählamm.

Und da ich nicht die Absicht hatte, den Rest meines Lebens mit einem lebensuntauglichen Bählamm zu verplempern, drückte ich gelassen meine Zigarette aus, spießte den Zettel gut sichtbar auf die Pinnwand neben dem Küchenregal und verließ flucht-artig die Wohnung.

Ein Frauenfeind – keine Frage

Forschen Schrittes betrat ich die Redaktion. Vor mich hin sum-mend deponierte ich meine schwarze Lederjacke auf der Fenster-bank, kramte ein Päckchen Zigaretten aus der Tasche und schenkte Max ein strahlendes Lächeln. Ausnahmsweise.

»Hey!« rief er begeistert. »Wieso hast du bei dem Sauwetter gute Laune?«

Du wärst der letzte, dem ich das auf die Knollennase binden würde! dachte ich und nahm wortlos den Stapel Papier aus dem Plastikkasten mit der Aufschrift »Veranstaltungshinweise«.

»Sach doch ma?!« bohrte Max, penetrant wie alle neugierigen

Männer. Vor meinem geistigen Auge erschien wieder die gift-grüne ComputerBLINKschrift, die mir immer die geheimen Gedanken meiner Gesprächspartner petzte.

SACH DOCH MA! SACH NUR, DU HAST HEUTE SCHON ...

»Ich bin mal nicht mit dem falschen Fuß aufgestanden«, sagte ich knapp.

Damit mußte er sich zufriedengeben. Tat er zwar nicht, sondern fragte »Ächt?« – aber ich ignorierte ihn eisern. So wie ich seit Jahren seine Vorliebe für dieses dämliche Wort ignorierte, an dem er aus völlig unerfindlichen Gründen einen Narren gefressen hatte.

Max Weskott war der Redaktionsleiter von KUNO und mein unmittelbarer Vorgesetzter. Die Redaktion – wie der Chef immer so hochtrabend tönte – war ein etwa zwanzig Quadratmeter großer Verschlag, durch dessen Fensterritzen es zog wie Hechtsuppe. In dem Verschlag standen zwei Schreibtische, auf jedem Schreibtisch stand ein Computer. Die Schreibtische standen sich gegenüber, so daß ich Max ständig vor Augen hatte.

Leider war er das krasse Gegenteil von dem, was frau sich gemeinhin unter einem Lachsschnittchen vorstellt.

Max war nur mittelgroß, nur mittelschlank und nicht mal annähernd mittelschön. Obwohl er noch keine Vierzig war, mußte man die wenigen verbliebenen Haare auf seinem Haupt mit der Lupe suchen. Durch die spiegelnden Gläser seiner Designerbrille blickte er mit einem babyhaften Ausdruck steten Staunens in die Welt. Wobei sein Mund sperrangelweit offenstand, so daß man nicht umhin konnte, sein ziegenzähniges Gebiß zu bewundern.

Um seine körperlichen Mängel zu kompensieren (Suses Theorie), spielte Max verbissen Tennis und beschäftigte sich mit Männer- und Modemagazinen aller Art. Es gab keine trendsüchtigere Kreatur unter der Sonne. Las er in einem Magazin die Überschrift »Sexappeal trotz Glatze«, lief er wochenlang mit stolzgeschwellter Brust herum. Und, wie böse Zungen behaupteten (die bösen Zungen gehörten Suse und mir), sicherlich auch mit stolzgeschwellten Schwellkörpern. Hätte man ihm vorgekaut, daß es Push-up-Männer-Slips gibt, mit denen der Mann seine primären Geschlechtsmerkmale betonen kann, er hätte es geglaubt und wäre unverzüglich in die Unterwäscheabteilung des nächstbesten Herrenausstatters eingefallen.

Zudem war Max hochgradig werbegeschädigt. Hemmungslos probierte er jedes Haarwuchsmittel aus, jede Zahnpasta, jede Modefarbe. An seine Termine mußte man ihn mehrmals erinnern, aber die gängigen Werbeslogans konnte er im Schlaf herbeten. Und singen!

»Hey – was 'ne Riesennummer!« schrie er und lauerte darauf, daß ich nachhakte. Ich tat ihm den Gefallen.

»Hast du etwa einen Interviewtermin mit Madonna?«

Ich wußte genau: Das war sein Traum. Wie alle Männer stand er insgeheim auf atombusige Blondinen, jede Wette.

»Quatsch!« Er federte auf seinem Bürosessel auf und ab, der bewegte Mann schlechthin. »Aber mit Joe Cocker! Alles ist möhög-lich!«

Triumphierend guckte er mich an. In seinem kahlen Kopf spielte er sicher schon mögliche Fragen durch, die er Cocker stellen würde. Mit denen er ihn nageln würde, wie sich meist auszudrücken pflegte. Als ob es Fragen gäbe, die Cocker noch nicht gestellt worden wären.

»Wenn das klappt – Mann, den nagel ich! Ächt!«

Max schnappte sich seine Kaffeetasse und kroch auf der gewohnten Schleimspur in die untere Etage, um dem obligaten Morgenkaffeeklatsch im Chefzimmer beizuwohnen. Kaum war er verschwunden – nicht ohne einen Duftschwall Marke markiger Männerschweiß zu hinterlassen –, riß ich das Fenster auf und begab mich in die kleine Teeküche am Ende des langen Flurs. Wie üblich stapelten sich etliche benutzte Kaffeetassen – mit und ohne Henkel – in der Spüle. Ich fischte mir wahllos eine raus und wusch sie halbherzig ab. Schon lange hatte ich es aufgegeben, in diesem Laden meine Vorstellungen von Hygiene verwirklichen zu wollen. Als ich zwei Stückchen Würfelzucker in die lauwarme, rabenschwarze Plörre plumpsen ließ, kam Hiltrud rein, meine zweitbeste Freundin, an der Hand den jüngsten Welpen ihres Wurfs.

»Hier steckst du!« rief sie. »Beim Kaffeetrinken! Die Arbeitsmoral lob ich mir. Ihr Pressefritzen lebt in Saus und Braus!«

25

Sie holte eine Flasche mit abgestandener Coca-Cola aus dem Kühlschrank und suchte nach einem sauberen Glas. Der Welpe guckte mich treuherzig an.

»Hillu – was machst du denn hier?«

»Arbeitskontrolle!« frotzelte sie. »Schon ein Artikelchen verfaßt? Nö, mal im Ernst: Ich hab heute freigenommen, weil ich nachher zum Friseur muß. Was meinst du? Abschneiden?« Sie fuhr sich durchs halblange Haar, das die letzte Dauerwelle in einen herbstgelben Strohhaufen verwandelt hatte. »Ich brauch unbedingt eine seriöse Haartracht, so geht das nicht mehr!«

Hillu war Bankkauffrau, da war Seriosität angesagt. Es gab sogar Kleidervorschriften, was zur Folge hatte, daß sie im kohlenmonoxydgrauen Kostüm hinter ihrem Schalter schaltete und waltete. Sie hatte die Macht über Kredit oder Nichtkredit.

»Abschneiden!« riet ich. »Ratzekahl. Weißblonde Strähnchen, das sieht bestimmt geil aus.«

Kurze Haare würden ihr besser stehen. Im Moment sah sie aus, als hätte sie keinen Hals. Woran lag es nur, daß die meisten Ehefrauen so gut im Futter standen? Suse sprach in diesem Zusammenhang stets von oraler Ersatzbefriedigung. Ich war geneigt, mich ihrer Theorie anzuschließen, denn Hillu riß eine Packung Vollmilchschokolade auf. Ich klaute mir einen Riegel und ließ ihn genüßlich auf der Zunge zerschmelzen, als Reinhold um die Ecke bog.

»Ach – Kaffeeklatsch!« bemerkte er anzüglich, musterte Hillu von oben bis unten, entschied sich, sie nicht anzumachen – er stand auf üppige Brüste, damit konnte sie nicht dienen! –, und schaffte seine wuppende Wampe wieder aus unserem Gesichtsfeld.

»Wer war das denn?« fragte Hillu angewidert.

»Unser Akquisiteur, Reinhold«, sagte ich.

Reinhold war verantwortlich für den Anzeigenverkauf, ein Wichtigtuer ersten Ranges und blöd wie ein Backstein. Dummerweise stand und fiel mit ihm und dem leidigen Anzeigenverkauf meine Existenz. KUNO, das Hochglanzmagazin für die gehobene linke Laufkundschaft, wo ich seit etlichen Jahren als unterbezahlte Journalistin schuftete, finanzierte sich in der Hauptsache durch die Reklameanzeigen. Es lag kostenlos in Geschäften, Restaurants und Kneipen der City aus und informierte ausschließlich über Ereignisse der hiesigen Kulturszene sowie über Szene-Kneipen und In-Restaurants, um den Kulturhunger und die Freßgier trendsüchtiger Mitbürger zu befriedigen. Der dämliche Name – KUNO stand für KUltur-NOtizen – war, wie konnte es anders sein, Ausgeburt eines kranken Männerhirns.

Hillu verschlang das letzte Stück Schokolade, knüllte das Stanniolpapier zusammen und zielte auf den überquellenden Mülleimer. Volltreffer.

»Du kannst nicht zufällig mal 'ne Stunde auf Robin aufpassen?« fragte sie.

Der Welpe wühlte im Mülleimer, fand die Stanniolpapierkugel und pfefferte sie quer durch die Küche.

»Ich dachte, der geht mit seinem Bruder in die KiTa?«

»Dachte ich auch!« versetzte Hillu trocken. »Aber er hat Schnupfen, und momentan macht er wieder in die Hose, das haben die KiTa-Tanten nicht so gerne.«

Ich konnte es den Tanten nachfühlen. Ich hätte das auch nicht so gerne.

»Nachher kauf ich Pampers Trainers«, sagte Hillu. »Dann kackt er da rein, und die Tanten haben keinen Zirkus. Aber jetzt...«

... KACKT ER BEI DIR, VERDAMMT NOCH MAL!

Letztlich machte ich mich erbötig, den Welpen zu verwahren. Hoffentlich blieb er solange stubenrein. Aber für diesen Freundschaftsdienst schuldete mir Hillu einen Gefallen.

»Sag mal«, fragte ich, »dir ist nicht zufällig eine tolle, spottbillige Penthouse-Wohnung untergekommen? Bei deinen Connections!«

Schließlich betreute sie auch eine Vielzahl von Immobilienbesitzern in ihrer Bank.

»Wieso? Suchst du eine?«

»Na ja, ich hab mich heute morgen von Konrad getrennt – sozusagen!«

»Hat er dich rausgeschmissen?«

JUCHHU! ENDLICH EIN SKANDAL!

»Nö. Natürlich nicht.« War sie noch bei Trost? Sah ich etwa

27

aus wie eine Frau, die sich von Männern rausschmeißen läßt? Wohl kaum. Was für eine Frage! »Ich verlasse ihn und fange neu an!«

Bevor ich Hillu die Vorzüge eines männerlosen Lebens schildern konnte, fiel sie mir ins Wort.

»Du wirst dich noch umgucken!« schrie sie erbost. »Das Single-Dasein ist kein Zuckerschlecken. Ich weiß, wovon ich rede. Da ist ein Mann echt das kleinere Übel!«

»Klar – deiner bestimmt!«

Die Gemeinheit konnte ich mir nicht verkneifen. Hillus Mann war etwa einssechzig und somit vertikal ausgereizt. Ein aufgestellter Mäusedreck mit einem festgeschraubten Grinsen im Gesicht. Da seine natürliche Wachstumsgrenze erreicht war, setzte er in der Breite zu, genau wie seine bessere Hälfte.

»Pah!« schnaubte sie und rauschte ab. Der Welpe legte sein Gesichtchen in bedenkliche Falten.

»Hillu!« schrie ich. »Warte mal!«

Ich rannte ihr nach. Der Welpe watschelte hinter mir her. Im Flur war niemand zu sehen. Nie hätte ich gedacht, daß Hillu auf ihren kurzen Stumpen so schnell laufen konnte. Im Treppenhaus kriegte ich sie schließlich zu fassen.

»Tschuldige – okay? War nicht so gemeint!« War es wohl. Was war die Welt so falsch. Kinner, nö!

»Ist noch was? Ich muß...«

»...zum Friseur, ich weiß. Kommst du am Freitag mit ins Sidestep, nach der Vernissage?« Vernissagen waren ihr ein Dorn im Auge.

Sie überlegte und spielte mit dem Autoschlüssel. »Mal sehn, wann Uli Kegelabend hat.«

Hillu konnte nur dann ausgehen, wenn der Göttergatte sich zum Babysitten herabließ.

Widerwillig begab ich mich an meinen Arbeitsplatz. Ich setzte den Welpen auf meine Lederjacke, die ich auf dem Boden ausgebreitet hatte, und bestach ihn mit Buntstiften und Gummibärchen. Dann fischte ich aus dem Ablagekasten die Presseinfo zur Ausstellungseröffnung in der Galerie Galaxie. Max hatte auf meinem Schreibtisch noch andere vermeintlich interessante Presseinfos plaziert. Lustlos wühlte ich sie durch. In den Wintermonaten feierten immer besonders langweilige Veranstaltungen fröhliche Urständ. Beispielsweise Literatur Pur. Fürchterlich! Davor grauste es mir jetzt schon. Literatur Pur bedeutete, daß irgendwelche Möchtegern-AutorInnen (bloß nicht vergessen, das große Solidaritäts-I!) in irgendwelchen ausgesuchten Räumlichkeiten – vorzugsweise solchen mit schlechter Akustik und abgestandener Luft – atemlos, ohne Punkt und Komma, Gedichte vortrugen, die sich zwar nicht reimten, aber eine Message transportierten.

»Hähä!« Max stürzte meckernd zur Tür herein. »Also ächt!« Ihm platzte fast der Kragen. Der Chef hatte ihm verboten, den fix und fertigen Artikel über die Kakerlakenplage in einem vornehmen Restaurant zu veröffentlichen, weil das betroffene Restaurant damit gedroht hatte, dann keine Anzeigen mehr zu schalten.

»Und basta! Wochenlange Arbeit für die Katz! Von wegen Pressefreiheit! Wofür brauchen wir überhaupt eine Redaktion? Wir können doch das ganze Blatt mit Reklame vollklotzen... für heut hab ich die Faxen dicke!«

Er machte sich singend davon – »Immer eine gu-hute Suhuppe!« –, um sich beim neuen Edel-Inder durchzuschmarotzen.

Scheiß-Arbeitsteilung! Max hatte eindeutig den besseren Part erwischt. Er schrieb über Konzerte und Kneipen, Filme und Freßtempel, Theater und Tuntenbälle. Mir hatte er die Berichterstattung über Lesungen und Ausstellungen und sogenannte Performances aufs Auge gedrückt. Obwohl ich mich danach verzehrte, Filmkritiken zu schreiben! Das Leben war halt ungerecht.

Ich warf den Computer an und verfaßte leidenschaftslos einen nichtssagenden Artikel über das Machwerk einer schreibenden Fotografin – oder war's eine fotografierende Schreiberin? –, deren Vernissage ich letztens besucht hatte. An den Wänden einer Bankfiliale hatten düstere Schwarzweißfotos nackter Männer gehangen, deren unappetitliche Geschlechtsteile dem Auge der ratlosen Betrachterin entgegenbaumelten.

Das hätte ich notfalls auch noch gekonnt! Was die sich alles einfallen ließen! Die Künstlerin hatte zu mir von – O-Ton! – »mangelnder Einbuße an gestalterischer Substanz durch Verwendung natürlich-nackter Modelle« gesprochen und mich mit ihren kurzsichtigen Augen beifallheischend angeglotzt. Ich hatte mich schwer zusammenreißen müssen, um sie nicht auf der Stelle zu ohrfeigen oder sie an ihren fettigen Haaren über die Marmorfliesen der Bankfiliale zu zerren. Das Geschwafel dieser Pseudointellektuellen würde mich eines Tages noch ins Grab bringen.

Zwei Stunden später tauchte Hillu wieder auf, die Haare frisch geschnitten, frisch gefärbt und frisch geföhnt. Der Welpe streckte mir zum Abschied die Zunge raus. Undank ist der Welt Lohn.
Gegen drei machte ich mich aus dem Staub. Was Max konnte, konnte ich schon lange. Außerdem hatte sich ein Haufen Überstunden angesammelt, bedingt durch Abend- und Wochenendtermine.
Am Bahnhof sprang ich aus dem Bus, mogelte mich bei Rot über die Straße und kaufte in der Bahnhofsbuchhandlung ein druckfrisches Exemplar des Tageblatts.
Im Café Heinmöller bestellte ich heiße Schokolade mit Sahnehäubchen und schlug die Seite mit den Wohnungsangeboten auf.
Mit einem roten Filzstift in der Hand ging ich systematisch die Anzeigen durch.
Diverse Neubauwohnungen im Umland verwarf ich sofort. Da wollte ich nicht tot überm Zaun hängen! Sämtliche Souterrain- und Erdgeschoß-Wohnungen strich ich radikal durch. Wenn schon, denn schon! Eine Wohnung unterm Dach juchhe!, das war's, was mir vorschwebte. Ein Zimmer mit Aussicht.
Meine Schokolade wurde kalt. Die Bedienung umkreiste mich wie eine Hyäne ein Stück Aas, in der Hoffnung, ich würde noch ein Obsttörtchen bestellen. Ich ignorierte sie geflissentlich und knabberte an meinem Filzstift.
»Achtung Wohnungssuchende! 2 ZKB mit komplett eingerichteter Küche und schöner Dachterrasse frei ab 1. Januar. Kosten ca. 1350 DM warm.«
Wucher! So viel Miete überstieg eindeutig meine finanziellen Verhältnisse. Außerdem wollte ich optimalerweise am liebsten morgen schon umziehen. Je schneller, je besser. Nicht, daß ich am Ende einen Rückzieher machte! Schweren Herzens strich ich

das Angebot durch, drückte meine Zigarette aus und blätterte um.

»Achtung Singles! 80 Quadratmeter große Maisonette-Wohnung mit Balkon, Superlage, frei ab 15. Dezember.«

Das war's! Ich wurde ganz zappelig. Es stand kein Preis dabei. Vermutlich war eine horrende Miete fällig. Nichtsdestotrotz kreiste ich schwungvoll die Annonce ein. Eine Maisonette-Wohnung war schon immer mein Traum gewesen!

»Zwei Dachzimmer, Bad, WC, Nähe Stadtpark. 680 Mark Kaltmiete.«

Über den Preis konnte man nicht meckern. Die Wohnung kam ebenfalls in die engere Wahl.

»Kriegen Sie noch wat?« Die Bedienung machte Anstalten, mir die halbvolle Kakaotasse zu entreißen. Ich klammerte mich an ihr fest, zu allem entschlossen.

»Danke, nein!«

Sie zog die nachgemalten Augenbrauen hoch und schaffte es, in einem unbeobachteten Moment den Aschenbecher an sich zu bringen. So was aber auch! Wenn man nicht zwischen achtzig und scheintot war, silbergraue Löckchen auf dem Kopp hatte, einen echten Zobel und falsche Zähne, wurde man in Cafés dieser Art vom Personal einfach nicht für voll genommen. Die Bedienung stand an der Kasse und tuschelte mit ihrer Kollegin. Ab und zu guckten sie schadenfroh zu mir rüber. Ich gönnte ihnen einen Blick der Marke Ihr-könnt-mich-mal-am-A…bend-besuchen und steckte mir allen Widrigkeiten zum Trotz eine zweite Zigarette an, woraufhin die cognacschwenkenden Omas am Nachbartischchen vernehmlich hüstelten.

Nach diesem revolutionären Akt vertiefte ich mich wieder in das Studium der Wohnungsangebote. Es war nichts Gescheites mehr dabei. Seufzend lehnte ich mich zurück, trank einen letzten Schluck kalten Kakao und warf die Zigarettenkippe in die Tasse, wo sie in der fahlbraunen, häutchenüberzogenen Flüssigkeit zischend ersoff. Die Bedienung schleppte ein Tablett mit einem Kännchen Tee vorbei und warf mir einen Blick zu, der sensiblere Menschen auf der Stelle umgebracht hätte.

DUMME KUH! AN DEINEM NÄCHSTEN KAKAO SOLLST DU ERSTICKEN!

Nicht so mich.

Gewinnend lächelte ich sie an, zahlte, gab demonstrativ kein Trinkgeld, packte meinen Kram zusammen, klemmte mir das Tageblatt unter den Arm und verließ die ungastliche Stätte.

Als ich die Wohnung betrat und nach Konrad rief, antworteten mir nur die Zikadenmännchen. Vorsichtshalber spähte ich in alle Zimmer, um sicherzugehen, daß mein ehemaliger Lebensabschnittspartner – so hieß das ja wohl heutzutage, wenn ich richtig informiert war – sich nicht in irgendeinem Winkel verbarg und mich belauschte. Dann zog ich die Schuhe aus und hängte mich ans Telefon, um Besichtigungstermine für die eingekreisten Wohnungen zu vereinbaren.

Bei der ersten Nummer, die ich wählte, sprang nach dem dritten Klingeln ein Anrufbeantworter an, der mir mitteilte, er sei der Anrufbeantworter von Herrn Doktor Schnüffel, und mich aufforderte, mein Anliegen vorzutragen. Stammelnd kam ich der Aufforderung nach.

Beim zweiten Anruf wurde ich ganz hektisch. Nachdem ich mich mehrmals verwählt hatte, lauschte ich andächtig dem Freizeichen. Eine Frau Konetzki hob ab und tat mir mit krächzender Altweiberstimme kund, die »Mäsonätt-Wohnung« liege in einer Seitenstraße der Wittener (wie praktisch – ich könnte zu Fuß in die Redaktion gehen), sie sei allerdings erst am Wochenende zu besichtigen. Es widerstrebte mir zwar, so lange warten zu müssen, aber die Frau beharrte altersstarrsinnig darauf, zuvor mit ihrem Mann an einer Busreise ins Erzgebirge teilnehmen zu wollen, um sich dort von einem skrupellosen Reiseveranstalter mit Christbaumschmuck und Heizdecken abneppen zu lassen.

Den folgenden Tag verbrachte ich mit Robins Schnupfen im Bett. Das hatte ich nun von meiner Gutmütigkeit! Konrad kümmerte sich zwar um seine Zikaden, nicht aber um mich. Schnorchelnd litt ich vor mich hin und blätterte in meinem Kalifornien-Bildband. Der Regen peitschte gegen die Scheiben, aber in Gedanken sonnte ich mich am Strand von Malibu. Badete im Pazifik. Schlenderte durch Beverly Hills. Saß martinitrinkend in einer Bar unter Palmen.

Hach! Kalifornien war einfach klasse!

Leider fehlte mir das nötige Kleingeld, und so sah ich mich gezwungen, weiterhin mit dem chlorstrotzenden Wasser der öffentlichen Badeanstalten, der Konsumrauschmeile und dem Sidestep vorliebzunehmen. Und mit heißer Milch mit Honig.

Am nächsten Morgen schleppte ich mich lustlos und immer noch verschnupft in die aktuelle Ausstellung von Irina Irgendwer, einer neuzeitlichen Xanthippe, die sich in der Kunstszene hervortat, indem sie unschuldige Räumlichkeiten mittels meterlanger Wellblechstreifen, die von Stahlseilen herunterbaumelten, verschandelte. Statt mich in Ruhe zu lassen, stelzte die Künstlerin, angetan mit schwarzer Hornbrille und schwarzer Schiebermütze, auf netzbestrumpften Beinen hinter mir her und erläuterte mir wortreich Sinn und Zweck ihrer sogenannten Installationen.

In der Redaktion klemmte ich mich an den Computer und rang mir einen halbseitigen Artikel ab, in dem ich unter erheblichen seelischen Qualen Wellblech als unverzichtbaren Bestandteil der ästhetischen Moderne pries.

Am Freitag ging ich die Presseinfo zur Lauritz-Ausstellung durch und besorgte mir auf dem Heimweg ein Schnupfenspray, damit ich abends nicht gezwungen war, die Acrylschinken anzuniesen.

Ein Blick auf die Uhr – ich war spät dran. Schon zehn nach sieben! Hastig schlüpfte ich in meine engsten Jeans, zwängte mir schwarze Wildlederpumps an die widerspenstigen Füße und stand ratlos vorm Kleiderschrank. Edel, aber nicht overdressed war heute abend angesagt. Letztendlich entschied ich mich für einen hauchdünnen dunkelgrauen Wollpullover, vorne hochgeschlossen, hinten tiefer V-Ausschnitt.

Als ich zum drittenmal versuchte, meine Haare hochzustecken, und es mir ausnahmsweise fast gelungen wäre, riß Konrad die Badezimmertür auf und starrte mich an.

»Wo willst du denn hin?«

BÄH-BÄH-BÄH!

Wie konnte er es wagen, mir dämliche Fragen zu stellen, wenn ich den Mund voller Haarnadeln hatte!

»Sach doch ma!«

Ich spie die Haarnadeln ins Waschbecken. »Zu einer Vernissage!«

Mit einem grobzinkigen Kamm bearbeitete ich meine rotblonde Lockenpracht, bis von den Locken nicht mehr viel übrig war.

»Was 'n für 'ne Vernissasch?«

Konrad stand immer noch in der Tür.

»Konrad«, sagte ich und malte meine Lippen brombeerfarben an. »Eine Vernissage ist eine Ausstellungseröffnung und nix für kleine Jungs. Sei schön ordentlich und fromm, bis nach Haus ich wiederkomm, ja?«

Dieser zähe Zikadenforscher! Ausgerechnet heute abend umsprang er mich wie ein Lamm das Mutterschaf! Dabei hatte er seit dem denkwürdigen Morgen, als ich den Zettel mit PRO und CONTRA an die Pinnwand gesteckt hatte, kein Sterbenswort mit mir geredet.

Ich zog meine Lederjacke an – zwecks Imagepflege, im Fernsehen hatten die Journalistinnen auch immer abgeschabte Lederjacken an – und stopfte alles Notwendige in meine Umhängetasche. Presseinfo, Notizblock, Kuli, Presseausweis, Kamera. Unser Fotograf wohnte einem Rockkonzert bei und war nicht abkömmlich. Also mußte ich selbst fotografieren.

Ich kontrollierte, ob ein Film in der Kamera war, und warf einen Blick aus dem Küchenfenster. Mist! Es regnete in Strömen!

Meine Rostlaube war undicht. Kaum saß ich drin, hatte ich einen nassen Hintern. Selbst die von Konrad angebrachten Öko-Aufkleber – »Ich bremse auch für Zikaden!« – hielten den Uralt-Golf kaum noch zusammen. Spontan beschloß ich, mir ein anderes Auto zu kaufen, wenn ich wieder solo und liquide war.

Vielleicht einen Porsche? Gebraucht natürlich. Caroline Carrera klang mindestens so klasse wie Ariane Alfa!

Suse stand bereits vor der Galerie und lieferte sich einen filmreifen Zweikampf mit ihrem Regenschirm, als ich über den Gehweg auf sie zu rannte.

»Na endlich!« rief sie. »Ich hab schon gedacht, du läßt mich hängen!«

»Konrad hat mich aufgehalten!« erwiderte ich. »Er hat mir ein Ohr abgeschwätzt, als ich im Bad war!«

Suse lachte. Sie fuhr mir durch die Haare. »Ist doch noch dran!«

»Was?«

»Na, das Öhrchen!«

Wir guckten uns an und prusteten los. Dann hasteten wir die Stufen hoch und bemühten uns um einen ernsten Gesichtsausdruck. Musikfetzen wehten uns entgegen. Im Foyer der Galerie spielte sich eine Combo warm. Im Nachbarraum nahmen wir Platz und taten so, als ob wir ergriffen der Eröffnungsrede lauschten, die gerade begonnen hatte. Der Galerist, ein hagerer Endfünfziger in einem knielangen Sakko, langweilte das geneigte Publikum mit dem Lebenslauf von Leon Lauritz.

»Geboren in München 1951...«

»So 'n alter Knacker schon!« zischte Suse. Hinter uns machte jemand »psst«.

»...versuchte sich zunächst in Karikaturen und Cartoons, die er ab 1982 mit Erfolg veröffentlichte... arbeitet systematisch am Ausbau seiner künstlerischen Fähigkeiten...«

BLABLABLA.

Das übliche Vernissagenpublikum war anwesend. Ein paar vereinzelte kunstinteressierte Altlinke, die man unschwer am intelligenzaufwertenden Brillengestell und am existentialistenschwarzen Rollkragenpullover erkannte. Ein Volkshochschulkurs, wahrscheinlich »Wir malen unseren Rembrandt selber«, in der Hauptsache bestehend aus busenwogenden Hausfrauen mittleren Alters. Etliche Geschäftsleute, für die es lediglich darum ging, zu sehen und gesehen zu werden. Die üblichen Sekt- und Häppchenschnorrer, die sich bei jeder Ausstellungseröffnung tummelten. Und nicht zuletzt die lieben Kollegen von der Presse.

Zum Glück kam der Redner allmählich zum Ende.

»Heute ist Leon Lauritz als Maler etabliert, hat zu einem freien, expressiven Stil gefunden. Thematisch steht der Mensch im Mittelpunkt seiner überdimensionalen Acrylgemälde, oft überlagert von kreisenden Farbwirbeln... Meine Damen und Herren, die Ausstellung ›MitMenschen‹ ist eröffnet. Ich bitte um Applaus für Leon Lauritz!«

Der Künstler sprang behende herbei und verbeugte sich. In den ersten Reihen setzte tosender Beifall ein.

»Und – gefällt er dir?« fragte Suse.

Ich zuckte die Schultern. »Na ja.«

Leon Lauritz trug einen violetten Samtblazer, silberne Satin-hosen und violette Schuhe mit Plateauabsätzen. Seine Schläfen waren stark angegraut und sein Karl-Lagerfeld-Zopf arg zammelig. Das rechte Handgelenk zierte eine monstermäßige Status-symbol-Uhr, am linken hing ein pfundschweres Goldarmband. Immer wieder betastete er mit seinen feingliedrigen, ringge-schmückten Künstlerfingern den Zammelzopf. Die Steine an sei-nen Ringen waren so klobig, daß sich sogar ein Kamel daran verschluckt hätte.

Wäre mir ein anderer Mann in diesem Aufzug erschienen, hätte ich ihn gefragt, ob er im Rosenmontagszug mitliefe. Ich ver-drehte die Augen.

»Eindeutig kein Schwiegermutter-Material!« raunte ich Suse ins Ohr.

Als Schwiegermutter-Material stuften Suse und ich Männer ein, die als potentielle Ehegatten in Betracht zu ziehen waren.

»Gott behüte«, sagte Suse, »eher das Gegenteil! Genau richtig, um bei den Oldies einen Schlaganfall auszulösen.«

Wir kicherten. Ich stellte mir vor, wie ich mit Leon Lauritz im Schlepptau zum sonntäglichen Schmorbraten in Oer-Erken-schwick aufkreuzte. Meinen Eltern würde glatt das Essen aus dem Gesicht fallen.

»Komm, wir gucken uns die Acrylschinken an, damit ich weiß, wovon ich schreibe«, schlug ich vor.

Bevor der Andrang zu groß wurde, wollte ich mit den Bildern durch sein und wenigstens eins fotografiert haben. Suse stand auf, zog ihr Strickkleid artig gerade und folgte mir durch die Stuhlreihen.

In den Ausstellungsräumen herrschte noch gähnende Leere. Mit unbestechlichem Kritikerblick inspizierten wir die Bildnisse.

Vor »Akt weiblich« blieben wir stehen.

»Unerhört!« zischte ich.

Auf einer Leinwand ungeheuren Ausmaßes lag eine lieblos hin-gepanschte Nackerte. Alles war dran, vom kleinen Zeh bis zum Hals. Der Kopf fehlte. Suses große Stunde hatte geschlagen.

»Ein Frauenfeind – keine Frage!« Sie stellte die Diagnose mit messerscharfer Stimme. »Wollen doch mal sehen…«

Murmelnd schlenderte sie zum nächsten Gemälde. »Weiblicher Akt in Schwarz« stand darunter. Die nackte Frau auf dem Bild – hingegossen in der Horizontalen – war eindeutig kreischrot. Und genauso eindeutig fehlte ihr der Kopf.

»Tja!« sagte Suse. »Und was wird uns jetzt davon?«

»Zweierlei. Erstens wissen wir sofort, wer der Mörder ist, wenn hier in der Gegend weibliche Leichen ohne Kopp auftauchen…«

»Genau, und dann verpfeifen wir den Panscher bei der Polente!« Suse war begeistert. »Und kassieren die Belohnung!«

»…und zweitens müssen wir feststellen, daß der liederliche Leon nicht nur frauenfeindlich ist, sondern auch farbenblind.«

»Und Fußfetischist!« schrie Suse.

»Fußfetischist?« Warum das denn?

»Na, guck doch mal genau hin! Die Weiber haben alle riesengroße Füße. Mindestens Größe 46! Kennst du irgendeine Frau, die sooo große Füße hat?«

Nö – kannte ich nicht. Suse hatte recht. Es war echt von Nutzen, mit einer Psychoklempnerin im Schlepptau solchen Veranstaltungen beizuwohnen. Ich machte eine Aufnahme vom »Akt weiblich«. Wir umrundeten eine überlebensgroße Frauenstatue aus Marmor – natürlich ohne Kopf, offenbar experimentierte Lauritz nicht nur mit Acryl, sondern auch mit Stein – und blieben vor einem Gemälde stehen, auf dem ausnahmsweise kein kopfloses Weib abgebildet war. Das Bild hieß »Auf der Suche« und bestand aus lila Klecksen mit gelben Spritzern und einer roten Farbpfütze im Vordergrund, die mich an eine Blutlache denken ließ.

Ich atmete tief durch. Wer schmiß für dieses Geschmiere eigentlich Geld raus? Wer hängte sich so was an die Wand? Und ermöglichte damit diesem aufgeblasenen Pinselschwinger ein Leben der Boheme an den damastbehangenen, sich biegenden Tischen der Nobelrestaurants?

Es war nicht zum Aushalten. Ich mußte meinem Unmut Luft machen.

»Dem gehen doch die Ideen schneller aus als mir die Zigaretten!« rief ich erbost.

Suse lachte und zog mich beiseite. Das Vernissagenpublikum drängelte an uns vorbei. Ein Typ, der aussah wie ein kolumbianischer Drogendealer aus »Miami Vice« – blaue Lederslipper, glänzend-blauschwarzes Haar, weißer Anzug –, blieb vor einem Gemälde mit dem Titel »Beischlaf« stehen.

»Das muß ich haben!« sagte er zu seiner Begleiterin, einer moppeligen Anfangsvierzigerin in sack-und-asche-grauem Hänger.

Sie zuckte erschrocken zusammen, wechselte die Farbe. Ihre chirurgisch sorgfältig nachgestrafften Wangen glühten. »Muß das sein?«

Der Dealer runzelte die aalglatte Stirn. »Und ob…« Seitenblick. »Ist doch fast geschenkt.«

Aber nur fast. Der »Beischlaf« kostete laut Katalog die Kleinigkeit von vierzehn Mille. Das Bildnis zeigte einen mageren Macho, der sich an einer Frau, die einem formlosen Fleischklops ähnelte, zu schaffen machte.

Ich hakte mich bei Suse unter und zog sie Richtung Foyer. Einen Sekt hatten wir uns jetzt redlich verdient.

»Würdest du so was kaufen?« fragte ich sie, nachdem wir angestoßen hatten.

»Im Leben nicht!« sagte Suse im Brustton der Überzeugung. »Du?«

»Lieber lutsch ich 'n Lappen.«

Sie grinste und stellte ihr leeres Glas auf einer Fensterbank ab. Die Combo spielte »Help« von den Beatles. Aber keiner eilte zu Hilfe und riß das Acrylgepansche von der Wand. Der hühnerbrüstige Keyborder grinste uns schamlos an. Ich war stark versucht, ihm die Zunge rauszustrecken, ließ es aber sein, weil mich der Kollege vom Tageblatt beobachtete.

Neben uns ereiferte sich eine angemalte Tucke mit giftpinkem Lippenstift lautstark über die ach-so-ausdrucksstarken Gemälde des lieben Leon. Ihre Freundin – behängt mit einem übelriechenden Ziegenfellponcho, wahrscheinlich Ethno-Look – nickte so heftig, daß ihre zentimeterlangen Ohrgehänge hin- und herflogen.

Wenn ich eine Sekunde länger in diesen heiligen Hallen verweilte, würde ich einen Anfall kriegen. Falsche Zähne strahlten mit echten Perlen um die Wette. Chanel No. 5 lieferte sich ein Kopf-an-Kopf-Rennen mit Achselschweiß. Um mich drehte sich alles!

Das einzige Highlight war die fette braune Töle, die schwungvoll ein Hinterbein hob und gekonnt an den Sockel der Marmorstatue pißte.

Wenigstens eine Kreatur mit einem Funken Kunstverstand!

Genau wie bei Ariane

Vorsichtig schlug ich meine Augen auf. Nichts. Ich bewegte ebenso vorsichtig meinen Kopf. Wieder nichts. Weder stechende Kopfschmerzen noch heftiges Hämmern in der Hirngegend. Puh! Glück gehabt!

Mein Blick fiel auf die alte Standuhr, die Suse ihrer Großtante abgeschwätzt hatte. Halb elf. Ich schlug die Daunendecke zurück und schob die Beine aus dem Bett. Suse lag in selig-süßem Schlummer. Und sie hatte mir weder die Decke weggezogen noch offenen Mundes geschnarcht.

Möglichst geräuschlos tapste ich ins Bad und entledigte mich des überdimensionalen, natürlich bübchenblauen Frotteeschlafanzugs, den Suse für mich aus der Schublade ihres Wochenendlovers hervorgekramt hatte. Selbiger, ein passionierter Skifahrer mit Namen Siegfried, weilte derzeit in den Alpen. Der Solo-Skiurlaub barg keinerlei Gefahren in sich, außer den üblichen wie Knochenbrüchen, denn Sigi war treu wie Gold und würde ein unmoralisches Angebot nicht als solches erkennen. Und erst recht keinem Skihaserl eins machen. Er war ganz und gar auf Suse fixiert.

Da wir letzte Nacht im Sidestep, unserer Stammkneipe in der City, fürchterlich versackt waren, waren wir gegen halb drei in der Nacht einträchtig in Suses Bett gekrochen. In dem übrigens der durch Abwesenheit glänzende Wochenendlover seine Spuren in Form eines schmuddeligen Taschentuchs von den Ausmaßen eines Zirkuszelts unter dem Kopfkissen hinterlassen hatte, wie ich nach dem Erwachen ekelgeschüttelt festzustellen gezwungen gewesen war.

Während ich unter der heißen Dusche stand, ließ ich den vergangenen Abend Revue passieren.

Wir hatten an der langen, blankgescheuerten Holztheke des Sidestep gehockt und ein Alt getrunken. Und noch eins. Und über die Vernissage gelästert.

Und dann kniff mich Suse urplötzlich in den rechten Oberschenkel. Las sie zuviel Frauenzeitschriften? Probierte sie an mir den Zellulitis-Test aus? Ich fand, das ging entschieden zu weit.

»Au!« schrie ich. »Hast du sie noch alle? Was soll das?«

»Schrei doch nicht so!« zischte sie. »Dreh dich mal unauffällig um.«

»Hingeguckt – Ei verschluckt, oder was?« Ich saß mit dem Rücken zur Tür.

»Ehrlich, mach schon!«

Prompt drehte ich mich um.

»UNAUFFÄLLIG hab ich gesagt!« Suse rollte mit den Augen und stöhnte.

Leon Lauritz trat ein, im Schlepptau den Galeristen, der wie Leim an seinem Starmaler klebte, den Kollegen vom Tageblatt sowie ein Rudel Weiber, das um Leon herumbuhlte, als sei Brunftzeit und er der Platzhirsch mit dem prächtigsten Geweih aller Zeiten. Die Weiber waren durch die Bank weg ausgesprochen wasserstoffsuperoxydblond, ausgesprochen langbeinig und ausgesprochen atombusig. Hatten sie etwa allesamt einen serienmäßig eingebauten Wonderbra?

Zumindest hatten sie allesamt einen serienmäßig dämlichen Gesichtsausdruck. Zwecks Erhaltung des Selbstwertgefühls stellte ich sie mir als fleischgewordene Landkarten vor. Unten das Bermuda-Dreieck – weiß der Himmel, wie viele dort verschollen waren –, oben Silicon Valley. Ganz oben – wo bei unsereinem das Gehirn saß – das Nichts. Der weiße Fleck auf der Landkarte.

Suse und ich wurden beinahe grün vor Neid angesichts der geballten Ladung Konkurrenz.

»Ach du Rabennacht!« entfuhr es mir. Diven, hinfort mit euch!

Das hatte mir noch gefehlt! Man war aber auch nirgends vor Überraschungen sicher. Mußten die sich denn gerade das Sidestep für ihren Absacker aussuchen? Als ob der Rest der City eine kneipenfreie Zone wäre!

»Einfach ignorieren«, schlug Suse vor. Sie bestellte noch zwei Alt. »Du bist doch nicht mehr im Dienst.«

Natürlich nicht. Aber mir wurde speiübel, als ich aus den Augenwinkeln mitansehen mußte, wie der Kollege vom Tageblatt um Leon Lauritz herumscharwenzelte. Womöglich würde er ihm eins der seltenen und daher sehr begehrten Interviews aus dem Kreuz leiern, und dann würde Max mich Muli machen, weil KUNO keins gekriegt hatte.

Ich erläuterte Suse die Lage.

»Weißt du«, sagte ich zu ihr, »normalerweise hätte ich mich vorhin beim Sekt an ihn rangewanzt und mit ihm einen Termin vereinbart. Wenn ich bloß nicht so genervt gewesen wäre!«

Suse tätschelte den Oberschenkel, den sie vorhin gekniffen hatte.

»Zuviel Streß, Mädel, würde ich sagen. Urlaubsreif?«

»Und wie! Wo bleibt eigentlich Hillu?«

»Keine Ahnung!« Suse schielte in den Spiegel hinter der Theke, fuhr sich durchs Haar und inspizierte resigniert ihre Oberweite.

»Vielleicht hat der Alte sie in der Küche angekettet. Am Kühlschrank. Männer mit einem Little-man-Syndrom schrecken vor nichts zurück, um Macht zu demonstrieren.«

»Liebe Hörer, das war die Sendung: Sie fragen, Frau Doktor Korff, die alte Klugscheißerin, antwortet!« säuselte ich in ein imaginäres Mikrophon. Suse hatte ihren Spitznamen dem ehemaligen Kummerkastenonkel der Teenie-Zeitschrift Bravo zu verdanken.

Wir wanden uns in Lachkrämpfen.

»Na – schon einen im Tee?«

Wir hatten Hillu gar nicht kommen sehen. Ich fand als erste die Sprache wieder. »Hillu, mit dir hatten wir gar nicht mehr gerechnet!«

Sie zog ihren Mantel aus und holte sich einen Barhocker, den sie schwerfällig erklomm.

»Ging nicht eher, Uli hatte Kopfschmerzen, ich mußte ihm erst ein Aspirin auflösen.«

»Kopfschmerzen?« Suse tat verwundert. Im Verwunderttun war sie unschlagbar. »Der? Ist doch ein Mann wie ein Baum…«

»Bonsai!« krähte ich, während mein Ellbogen einer Bierlache gefährlich nahe kam.

»Ihr dämlichen Schnallen«, rief Hillu und bestellte sich einen Campari. »Neid der Besitzlosen, kann ich da nur sagen.«

»Mach mal halblang«, sagte Suse, »denk an meinen Wochenendlover!«

»Siegfried? Die deutsche Eiche? Der ist so tolpatschig wie ein junger Hund!« Hillu schüttelte sich. »Wenn du den einkaufen schickst und ihm Geld mitgibst, mußt du aufpassen, daß er unterwegs nicht hinfällt und 'ne Mark verbiegt!«

»Aber er ist so ausdauernd wie das Duracell-Häschen!« prahlte Suse enthemmt. »Was man von Uli-Schnulli sicher nicht behaupten kann!«

»Pah!« schnaubte Hillu. »Als ob's darauf ankäme! Die inneren Werte sind's, die zählen. Auf alles andere ist doch gepfiffen!«

Sie nippte nachdenklich an ihrem Campari, die veilchenblauen Augen auf einen Punkt irgendwo hinter der Theke gerichtet. Sie war eine ausgesprochene Sitzschönheit! Ein Gesicht wie Kim Basinger! Der neue Kurzhaarschnitt stand ihr supergut. Nur schade, daß sich alles erbarmungslos relativierte, sobald sie aufstand. Ich mußte an ihre Hochzeit denken, damals, vor acht Jahren. Hillu ganz in Weiß mit einem Blumenstrauß. Später am Abend mit einem langen, blanken Messer in der Hand, an deren Ringfinger der begehrte Ehering glänzte, beim Anschneiden der Hochzeitstorte. Das Marzipan-Brautpaar auf der Torte hatte dem Original-Brautpaar zum Verwechseln ähnlich gesehen. Hillu hatte es versehentlich entzweigeschnitten. Suse war bis zum heutigen Tage felsenfest davon überzeugt, daß es sich bei Hillus Marzipanmord um die augenfälligste Freudsche Fehlleistung des Jahrhunderts handelte.

»Hillu«, sagte ich, um die Mädels abzulenken, bevor ihr Streit über Sigis und Ulis geistige und körperliche Kapazitäten eskalierte, »guck mal die Weiber dahinten. Dagegen fallen wir ganz schön ab, was?«

Sie warf dem brünftigen Rudel einen Blick zu. »Scheiße. So pretty kann doch gar keine woman sein. Ist das alles Plastik oder Natur pur?«

Instinktiv griff sie sich an ihren lediglich im Ansatz vorhandenen Busen. Ebenso instinktiv griff ich an meinen, auch mehr Klasse als Masse.

»Wir brauchen alle einen Wonderbra!« orakelte ich düster. »Sonst müssen wir uns ganz hinten anstellen!«

»Stehen wir schon«, versetzte Suse trocken und orderte eine neue Runde. Der Wirt leerte den Aschenbecher und stellte zwei Alt und einen Campari vor uns auf die Theke. Hillu griff zu ihrem Glas.

»Ich brauch nicht nur einen Wonderbra, sondern auch einen Pausensnack«, sagte sie. Herrje! Sie dachte doch wahrhaftig immer nur ans Fressen. Kein Wunder, daß sie so mopsig war. Wir stöhnten.

»Nicht, was ihr denkt«, sagte sie, »Pausensnack – einen Mann für den kleinen Hunger zwischendurch, kapiert? Suse hat nämlich nicht ganz unrecht.«

Litt ich an Alzheimer? Hatte sie nicht vorhin noch von inneren Werten gefaselt? Welch Wankelmut! Mir traten fast die Augäpfel aus den Höhlen.

»Sexuell ausgereizt? Libidoverlust?« fragte Suse mit professionellem Gesichtsausdruck. »Ganz bekanntes Phänomen in langjährigen Ehen.«

»Nicht nur in Ehen!« fuhr ich dazwischen. Wenn ich so an meine langjährige Beziehung mit Konrad dachte... »Ich jedenfalls werde meine frische, wilde Frauenfreiheit richtig genießen!«

»Ein One-night-stand jagt den anderen, was?« Hillu erwärmte sich für das Thema.

Suse auch. Sichtlich. »Sigi ist quasi ein Platzhalter, also was zum Warmhalten und Weitersuchen. Mensch, meine biologische Uhr ist die reinste Zeitbombe! Ich will einen gutsituierten Gatten, bevor ich so alt aussehe, wie ich bin. Und ein Kind! Bevor die Bombe detoniert!«

Sieh mal einer an, die Frau Doktor Korff! Sie strebte nach Höherem! Sigi, der ungehobelte Klotz, der Rohdiamant, war ihr nicht mehr gut genug. Sie wollte einen Brilli mit Schliff!

»Was ich brauche«, sagte Suse, »ist ein Last-minute-Mann, sozusagen. Ein Mann auf den letzten Drücker.«

»Drücker?« Hillu verschluckte sich an ihrem Campari. »Ich faß es nicht!«

Kinner, nö! Herrje, Weiber unter sich! Mädels, mir graust vor euch!

Ich hielt mir den Bauch vor Lachen. Schlagartig wurde mir klar, warum sämtliche Männer hartnäckig an dem Irrglauben festhalten, Frauen unterhielten sich ausschließlich über Tupperware und Tüllgardinen: Sie würden die Wahrheit einfach nicht verkraften.

Das Sidestep leerte sich, es ging auf halb eins. Mein journalistischer Ehrgeiz ließ mir keine Ruhe. Koste es, was es wolle, ich mußte mich an Leon Lauritz dranhängen. Vorsichtig lugte ich über Hillus Schulter, um mir einen Überblick zu verschaffen.

Lauritz und sein Hofstaat saßen drei Tische weiter und süffelten Champagner. Der Kollege vom Tageblatt versuchte angestrengt, eine der Blondinen für sich zu interessieren, die ihn jedoch abschüttelte wie eine lästige Schmeißfliege und statt dessen den Inhalt ihrer Bluse Lauritz entgegenstemmte. Ich konnte mir nicht helfen, aber die Szene weckte in mir die Assoziation an ein Blumenmädchen, das ein Körbchen mit Vergißmeinnicht präsentiert, während der potentielle Käufer die feilgebotene Ware begutachtet.

Als Lauritz aufstand, weil er mal für kleine Jungs mußte, schwang ich mich vom Barhocker und stieß vor den Toiletten fast mit ihm zusammen.

»Oh!« heuchelte ich Überraschung. Im Überraschungheucheln war ich unübertroffen. »Herr Lauritz!«

Er plierte mich an. Schwankte leicht hin und her. Nicht mehr ganz standfest, das Kerlchen!

»Frau... äh...?«

MANN – WER IS 'N DAS? WAS WILL 'N DIE?

»Buchholz – von KUNO!«

Er war betütelt, das mußte ich ausnutzen.

»Sie hatten mir ein Interview zugesichert!« Im Bluffen war ich fast so unübertroffen wie im Überraschungheucheln. »Wie sieht es denn am Montag aus?«

Das war die halbe Miete. Der Fuß in der Tür.

Leon schwankte wie ein Leichtmatrose bei Windstärke zehn. Man konnte geradezu hören, wie sein bißchen Hirn tickte. Er war nicht nur betütelt, sondern hitzeblitzeblau.

»Also, äh... Montag?« Er guckte mich verunsichert an. »Frau Buchholz, nicht wahr?«

Braver Kerl. War echt noch im lernfähigen Alter.

»Genau.«

Wie hätte Max gesagt: nageln, nageln, nageln.

»Mittagessen, vielleicht italienisch?« Dranbleiben. Nicht nachlassen. Italienisches Essen war verbrieftermaßen Leons Schwäche.

»Äh, okay, Mittagessen bei Luigi? Um eins?« Leon fuhr sich mit der rechten Hand an seinen Zammelzopf und mit der linken an den Hosenlatz. Wenn wir nicht bald zu Potte kamen, würde er vor die Klotür pinkeln.

»Alles klar, Herr Lauritz!« Hoffentlich erinnerte er sich in nüchternem Zustand an den Termin! »Ich werde mir erlauben, Montag früh telefonisch unser Date zu bestätigen.«

Ich schaute ihm fest in die Augen. Sie waren toll. Smaragdgrün. Leider momentan etwas verschleiert.

Er nickte gottergeben und drückte die Türklinke vom Männerklo runter. Ich wartete, bis er drin war, und suchte dann die Damentoilette auf, wo ich ein Weilchen vor dem Spiegel verbrachte und mich dem Versuch hingab, durch gezieltes Einatmen einen busenmäßigen Push-up-Effekt herbeizuführen. Vergeblich, leider, denn irgendwann würde ich auch ausatmen müssen.

Die Mädels warteten bereits ungeduldig, als ich wieder auftauchte.

»Mann, wo bleibst du denn?«

Ich erzählte ihnen von meinem erfolggekrönten Überfall auf den Acrylpanscher.

»Was? Vorm Männerpissoir hast du ihn zur Strecke gebracht?« Suse schüttelte den Kopf.

»Klar. Ein Mann, der dringend 'ne Latte Wasser in die Ecke stellen muß, hat's eilig. Der sagt zu allem ja und amen! Das solltest du als Psychoklempnerin eigentlich wissen!«

45

»So was lernen wir im Studium nicht.« Suse lachte sich schlapp.
»Könnte aber hinhauen. Kommt immer alles auf den richtigen Moment an.«
»Auf den schwachen Moment!« bekräftigte ich, drehte mich um und nickte dem Kollegen vom Tageblatt gönnerhaft zu.
Wenn der wüßte! Selbst schuld. Er hätte ja mit Leon aufs Klo gehen können.

Ich drehte die Dusche ab und rubbelte mich trocken. Schlüpfte in meine Klamotten von gestern und verzog das Gesicht. Igitt! Alles stank nach kaltem Rauch!
Suse hatte den Frühstückstisch gedeckt, Eier und Kaffee gekocht. Sie trug einen weißen Frotteebademantel.
»Weiß wie Schnee, rot wie Blut, schwarz wie Ebenholz…«, sinnierte ich, während sie mir Kaffee in eine bauchige Tasse goß.
»Wo war das noch mal?«
Es wollte mir partout nicht einfallen.
»Aschenputtel – oder halt, Dornröschen? Schneewittchen?«
Suse konnte auch nur raten. »Wie kommst du darauf?«
»Na, guck dich doch an: weißer Bademantel, rote Lippen, schwarzes Haar!«
Selbst nach einer durchsumpften Nacht sah sie zum Anbeißen aus. Wie machte sie das bloß? Ich sah morgens immer aus, als wäre ich gegen den Vier-Uhr-Zug gelaufen. Suse lachte und biß herzhaft in ihren Toast. Ihre Haare standen zu Berge, sie sah aus wie ein Kobold.
»Und dieser Leon?«
»Wie, dieser Leon?« Rein prophylaktisch stellte ich mich dumm, obwohl ich ganz genau wußte, was kam.
»Ist das jetzt dein Prinz?«
»Bewahre! Weißt du, an welche Märchenfigur der mich erinnert?« Ich machte eine Kunstpause und gedachte Leons schmächtiger Erscheinung. »Ans tapfere Schneiderlein!«
»Sieben auf einen Streich!« kreischte Suse. »Sieh dich bloß vor!«
Wir hoben unsere bauchigen Tassen und tranken auf die wundervolle Märchenwelt.

Am Nachmittag, exakt eine Minute vor drei, erreichte ich mit hängender Zunge den mehrstöckigen Altbau, in dem sich die begehrte Maisonette-Wohnung befand. Ich atmete tief durch, wartete, bis sich mein Puls wieder normalisierte, und drückte auf den Klingelknopf neben dem Namensschild, auf dem »Konetzki« stand.

Als der Türöffner ertönte, stieß ich die alte Holztür auf und trat ein. Rotes Linoleum, grauer Sisalläufer, Kommode mit Häkeldeckchen, darauf ein Weihnachtsstern im weißen Übertopf mit Goldrand. Im Türrahmen der Parterrewohnung lehnte eine weißhaarige Alte in geblümter Kittelschürze.

»Sinn Sie die Frau Buchholz?« fragte sie mißtrauisch und entblößte dabei eine gleichmäßige Zahnreihe. Ein bißchen zu gleichmäßig für ihr Alter.

»Genau!« rief ich fröhlicher, als mir angesichts der spießigen Hausflurmöblierung zumute war. In Gedanken fahndete ich bereits nach einer plausiblen Entschuldigung, um mich wieder davonstehlen zu können.

Neben die Kittelschürze schob sich ein kariertes Flanellhemd. Das Flanellhemd hielt einen mächtigen Bauch im Zaum und fragte: »Else, is dat die Frau Buchholz?«

»Sei still, Egon!« fauchte die Kittelschürze. »Geh wieder fernsehgucken!«

Brummend verschwand das Flanellhemd. In welche Seifenoper hatte mich das Schicksal gebeamt? In die Lindenstraße? Zu Egon und Else? Aber auf dem Türschild hatte eindeutig nicht »Kling« gestanden. Ich schluckte.

»Ja, dann wolln wir maaa...« Else stöhnte und griff sich an die Hüfte. Die womöglich so künstlich war wie die Zahnreihe. Sie schlurfte mir voraus ins Treppenhaus. Ich folgte ihr und versuchte, meine Skepsis zu verheimlichen.

Erster Stock. Messing-Türschild. »Großhans & Schulte-Großhans« stand drauf. Gute Güte, wie gediegen!

Zweiter Stock. An der Tür ein Kranz aus Trockenblumen, vor der Tür ein Paar quittegelbe Kindergummistiefel. Türschild aus Ton, wahrscheinlich selbst getöpfert. Der Name – »Mönnighoff« – in schnörkeliger Kinderschrift.

Und weiter. Ich stöhnte. Else auch. »Jaja, sinn noch 'n paar Stufen… bis ganz oben. Geh nur selten da hoch, seit ich dat künstliche Hüftgelenk hab.«

Un ich sach noch!

Dritte Etage. Kein Schild, kein Name. Verschnaufpause.

»Wer wohnt denn hier?« fragte ich Else.

»Der Herr Brittinger, is Lehrer am Gymnasium.« Sie schnaufte. »Latein un Geschichte, für wat dat gut is!«

Oha! Ein Lateinlehrer! Höchstwahrscheinlich steinalt und vertrockneter als der Trockenblumenkranz unten an der Tür. Polierte Glatze und erhobener Zeigefinger, den Georges, das Lieblingsnachschlagewerk aller Lateinlehrer, unterm gichtgeplagten, mageren Ärmchen. Von Lehrern hatte ich die Nase gestrichen voll! Lehrer: wird geboren, kriegt Ferien und stirbt! sagte mein Vater immer, wenn ich als Kind mit einer Fünf nach Hause kam, mach doch keinen Aufstand, Heidemarie, wegen so 'nem Lehrer! Und Heidemarie – meine Mutter – hörte auf zu zetern.

Frau Konetzkis krächzende Stimme riß mich aus meinen Gedanken.

»Hier isset!« Sie schloß die frischgestrichene Tür auf. Wir traten ein. Nach dem Flur im Erdgeschoß hatte ich mich auf einiges gefaßt gemacht. Nun war die Überraschung um so größer.

Die Maisonette-Wohnung war hell. Sie war picobello renoviert. Die alten Dielen waren noch drin, aber auf Hochglanz gewachst und geölt. Rechts das Bad, Duschwanne und WC, Standard. Aber wenigstens keine durchfallgrünen Keramikfliesen, sondern weiße. Genauso in der Küche, die in einen weitläufigen Wohnraum überging. Ich stürzte zur Balkontür.

Toll!

Eine Super-Aussicht auf die regennassen Dächer!

Genau wie bei Ariane!

»Boh, Mann, ey!« Das war mir so rausgerutscht. Mist! Dabei wollte ich doch wohlsituiert wirken. »Ich meine, echt…«

Echt geil, hätte ich fast gesagt. Herrje, fielen mir denn keine anständigen Ausdrücke mehr ein? Da hatte ich mich extra für diesen Anlaß in Rock und Bluse geschmissen, um Eindruck zu schinden, und dann so was. Else Konetzki stand hinter mir. Ich spürte ihren Atem in meinem Nacken.

»Also…«, setzte sie an.

ALSO DIE WOHNUNG IS FÜR SIE GESTORBEN!

»...wie sagt ihr jungen Leute immer – echt geil, wat?«
Mich hätte fast der Schlag getroffen. Aber nur fast. Vorerst jedoch traf mich lediglich die Wucht der Erkenntnis. Else war hart drauf für ihr Alter.
»Und ob!« rief ich. Auch die BLINKschrift konnte mal irren!
Else zeigte auf eine Wendeltreppe. »Un oben erst. Ausgebauter Dachstuhl.« Verschwörerisch blickte sie mich an. »Komma mit!«
Wir erklommen die Wendeltreppe.
»Prima Schlafzimmer. Im Sommer isset nur sehr heiß hier«, gab Else zu bedenken. »Na, auch egal, ihr schlaft ja alle nackend heute!«
Mein lieber Scholli! Die steckte Else Kling locker in den Sack. Aber wo sie recht hatte, hatte sie recht. Und im Winter war's bestimmt ganz kuschelig warm. Ich sah mich schon versonnen und teetrinkenderweise im King-size-Bett thronen und den Schneeflocken zuschauen, die aus dem Himmel purzelten.
»Ab 15. Dezember stand im Tageblatt...«, bemerkte ich.
»Wenn Sie wollen, auch schon vorher. Is ja allet fertig!« sagte Else. »Die Vormieterin is Hals über Kopp davon, hat geheiratet, und weg war se. Weit weg, nach Ma... Mal..., ach egal!«
»Malibu?« fragte ich aufgeregt. »Kalifornien?« Klasse! Da wäre ich auch Hals über Kopp davon!
»Sach ich doch, Malibu, Kalifornien von mir aus. Jedenfalls weit weg. War richtig häppi, dat se noch einen abgekriegt hat in ihrem Alter.«
»Wie alt war sie denn?« Ich stellte mir eine Endvierzigerin vor, vielleicht Bibliothekarin, Hornbrille und Haarklemmen. Kein Wunder, daß sie auf den erstbesten Zug aufgesprungen war, der sie nach Irgendwo oder Nirgendwo oder von mir aus auch zur Endstation Sehnsucht bringen würde.
Else Konetzki legte die Stirn in Falten. »So Ende Dreißig. Sah ganz passabel aus, dat Mädel. Hatte nur immer so 'n Pech mit den Kerlen. Un in dem Alter dann...«
... ISSET VERDAMMT SCHWER, NOCH EINEN ABZUKRIEGEN!

In dem Alter war ich auch. Na ja, nicht ganz. Eher Mitte. Vierunddreißig. Aber schließlich stand mir der Sinn nicht nach heiratswilligen Männern. Im Gegenteil! Mir stand der Sinn nach Freiheit!

»Ich würde gern so bald wie möglich einziehen, wenn...« Tja, wenn das Wörtchen wenn nicht wäre. Es galt, endlich die Gretchenfrage zu stellen, da kam ich nicht drum rum. »Im Tageblatt stand kein Mietpreis, meine ich. Wie teuer ist denn die Wohnung?«

Puh – jetzt war's raus! Ich spürte, wie kalter Schweiß mir in Rinnsalen von den Achselhöhlen in die unteren Körperregionen rann. Hilfe, mein Deo versagt!

»Dat Dachappattmäng hier?«

Ja, was denn sonst?

»Also, ich dachte, ich erhöhe die Miete um 'n Fuffi, weil et wird ja allet teurer heutzutage.«

So hatte ich mir das auch gedacht. Los, Else, sach schon. Mach hin, sach eins-zwo oder so, dann werde ich mich kurz, aber heftig ärgern, mich heute abend kurz, aber heftig betrinken, und der Käs ist gegessen.

»Oder is dat zuviel?« Else blickte mich fragend an.

Ich hatte nicht zugehört. »Bitte?«

»Na, achthundertzehn, oder is dat zuviel?«

Nö, das war geschenkt! Oder doch nicht?

»Kalt oder warm?«

»Kalt mit allen Nebenkosten, ausgenommen Heizung.« Else zwirbelte verlegen den zweiten oberen Perlmuttknopf ihrer Kittelschürze. »Von mir aus können Sie's haben, dat Appattmäng!«

Egon hatte offenbar kein Sterbenswörtchen mitzureden. Recht so, Else! Eine Frau muß wissen, was sie will.

»Okay, Frau Konetzki. Ich nehme die Wohnung!«

Else nickte zufrieden. Und wir gingen runter ins überheizte Wohnzimmer und tranken Kaffee aus Goldrandtassen und aßen Spekulatius und parkten Egon wieder vor dem Fernseher und kippten ein Gläschen Schontree Kräm, und immer, wenn im Fernseher was wirklich Interessantes kam, trillerte der bübchenblaue Wellensittich in seinem Goldrandkäfig. Nach dem dritten

Gläschen war mir gar, als röhre der Hirsch auf dem Bild, das die blümchentapezierte Wand schmückte.

Un wat war dat im Erzgebirge schön gewesen! So wat von schön! Nur sooo weit weg! Und die Heizdecke funktionierte wie geschmiert! Und erst die mundgeblasenen Christbaumkugeln! Hach!

Else zeigte auf den Sittich.

»Is unser Bubi!« sagte sie stolz und brachte das von Egons ausladendem Hintern deformierte Brokatkissen auf dem Dreisitzer mit einem resoluten Handkantenschlag wieder zur Räson. »Plappert alles nach!«

»A-es ach!« johlte der Vogel.

Mich wunderte gar nichts mehr. Schon gar nicht, daß meine neuen Vermieter sich in Lachkrämpfen wanden, als sie den Mietvertrag in feinster Schreibschrift mit »Elfriede und Erich Konetzki« unterschrieben.

»Ich denke, Sie heißen Else und Egon?« fragte ich entgeistert.

»Haha!« schrie Frau Konetzki. »Ich pinkel mir gleich dat Bein runter!«

»Haha!« schrie Herr Konetzki. »Hamse dat geglaubt? Macht nix, glauben uns alle! Is ja hier auch wie inner Lindenstraße. Wartense ma ab, bisse ma nebenan beim Türken warn. Italiener is nich, aber beim Kemal, da is immer wat los!«

Als ich ging, war ich beschwipst. Aus dem türkischen Restaurant im Erdgeschoß des Nachbarhauses – »Kara Deniz« verkündete die Neonschrift über dem Eingang – drang heimeliges Stimmengewirr.

Der Regen hatte nachgelassen. Fröhlich pfeifend ging ich zu Fuß den weiten Weg bis zur alten Wohnung und freute mich auf den bevorstehenden Umzug.

Der Spaziergang hatte mich wieder ernüchtert. Zu Hause schlüpfte ich in den Jogginganzug und rief bei meinen Eltern an.

»Ja, hier ist Buchholz!« Wie immer ging Mutti an den Apparat. Da mein Vater nicht ganz so schnell aus seinem Ohrensessel kam, gewann sie meist den Wettlauf zum Telefon.

»Mutti, ich bin's! Ich wollte bloß mal hören, wie...«

»Na, daß du dich auch mal wieder meldest! Annedore kommt jeden Tag vorbei!«

JEDEN! NICHT NUR ALLE PAAR WOCHEN!

Ich hätte fast in den Hörer gekotzt. Die Platte spielte Mutti jedesmal ab, wenn ich anrief. Ich kannte den Text in- und auswendig. Was für ein ausgemachter Blödsinn! Annedore war meine Schwester und außerdem ein menschgewordener Anstandswauwau. Und natürlich Muttis Lieblingstochter. Sie wohnte samt Anhang im Haus meiner Eltern. Klar, daß sie jeden Tag vorbeikam, mit Mutti Kaffee trank und unentwegt so lebenswichtige Themen wie beispielsweise die Verwendung eines Soßenbinders oder die Strickanleitung für den lindgrünen Frühlingspulli aus der Friederike oder die Hutkollektion von Lady Diana mit ihr durchhechelte. Da konnte ich mir wahrhaftig eine Scheibe abschneiden!

»Tja, Annedore…« Muttis Stimme schwankte. Meine Laune sank.

…WEISS WENIGSTENS, WAS SICH GEHÖRT!

Schweigen in der Leitung. Mutti wartete auf ihr Stichwort. Ich hatte aber keine Lust auf das blöde Spiel. Normalerweise hätte ich jetzt sagen müssen: Tut mir leid, aber ich hab soviel um die Ohren. Und Mutti hätte dann gesagt: Viel um die Ohren hat Annedore auch. Von dem Spiel konnte sie einfach nicht genug kriegen.

Den Gefallen tu ich dir heute nicht, lieb Mütterlein!

»Mutti, koch doch morgen was Schönes, dann komm ich zum Mittagessen rüber!«

Ha – eiskalt erwischt!

Damit hatte sie nicht gerechnet!

Mit allem – aber nicht damit, daß ich mich erbötig machte, freiwillig zum Sonntagsessen anzutraben, ohne daß Ostern oder Weihnachten oder Muttertag war.

»Ach?«

Mein Ansinnen hatte ihr glatt die Sprache verschlagen. Los, Mutti! Laß dir was einfallen! Am liebsten Rindsrouladen mit Erbsen und Möhren. Und hinterher Schokoladenpudding mit Sahne. Notfalls auch mit Vanillesoße. Hauptsache, keine Pizza, keine Fischstäbchen, keine Frühlingsrollen.

»Ich könnte einen Schmorbraten machen«, tropfte es zögerlich aus dem Hörer. »Aber du mußt pünktlich sein, du weißt, daß wir Punkt zwölf essen!«

Jajajaja... im Osten geht die Sonne auf, im Westen geht sie unter, um sieben stehen sie auf, um zwölf essen sie, um acht gucken sie die Tagesschau, um zehn gehen sie ins Bett. Und wenn sie nicht gestorben sind, dann baden sie am Samstag.

»Alles klar, bis dann!« Schwungvoll warf ich den Hörer auf die Gabel.

Jetzt erst fiel mir Konrad ein. Wieso saß er nicht über seinen Wälzern? Unter seinen Wärmelampen? Streifte er etwa bei Wind und Wetter durch die Grünanlagen der City, auf der Suche nach vom Aussterben bedrohten Tierarten? Und wenn schon.

Die Zikadenmännchen zirpten.

Die Uhr tickte.

Zum Schlafengehen war es zu früh.

Kurzentschlossen zog ich Turnschuhe und Lederjacke an und stürmte auf die Straße. Konrad war wohl zu Fuß unterwegs, denn der Golf stand vorm Haus. Er sprang nur unwillig an. Wenn die Tankanzeige richtig ging, war kaum noch Sprit im Tank. Egal – bis zum Kino und zurück würde es reichen.

Bewaffnet mit einem Päckchen Tempos, einer Cola und einer Tüte Gummibärchen litt ich mit Meg Ryan in »Schlaflos in Seattle«. Meg ging es ganz ähnlich wie mir. Sie hatte auch einen Kerl am Bein, der nachts sündigte. Aus unerfindlichen Gründen nahm er ein Inhaliergerät mit ins Bett, du meine Güte, das hätte mir noch gefehlt! Dagegen war Konrad ja harmlos! Der Kerl inhalierte die ganze Nacht und merkte vor lauter Inhalieren nicht, daß Meg schon längst an einen anderen dachte.

An einen, dessen Stimme sie im Radio gehört hatte. An einen, den sie gar nicht kannte. An einen, der zwar nicht in Kalifornien wohnte, aber immerhin in Seattle.

Schluchzend lag ich im Kinosessel. Die Tüte mit den Gummibärchen hatte ich geistesabwesend leer gefressen.

Zum Glück gab's ein Happy-End. Meg und der Typ aus Seattle kriegten sich. Auf dem Empire State Building fielen sie sich in die Arme. Den Kerl mit dem Inhalator schoß sie in den Wind.

Niemand konnte das besser verstehen als ich.

Am Sonntagmorgen präsentierte sich das Wetter von seiner denkbar schlechtesten Seite. Ein Graupelschauer jagte den nächsten, der Himmel war dunkelgrau, und sicher war es lausig kalt.

Ich hatte mir den Wecker auf elf gestellt, wurde aber bereits um neun wach, weil Konrads Schnarchen in eine hysterische Phase eingetreten war. Sein Geröchel legte den Verdacht nahe, er läge in den letzten Zügen. An Schlaf war unter den gegebenen Umständen nicht mehr zu denken. Kein normaler Mensch konnte bei dieser Geräuschkulisse weiterpennen.

Also stand ich auf.

Während die Kaffeemaschine gurgelnde Geräusche von sich gab – ganz ähnlich denen, die Konrads Kiefer entwichen –, machte ich einen Rundgang durch die Wohnung, um das Mobiliar zu katalogisieren, das sich in meinem Besitz befand. Suse hatte versprochen, mir für den bevorstehenden Umzug den Wochenendlover leihweise zu überlassen. Kostenlos, versteht sich. Ich würde lediglich ein Sixpack Bier springen lassen müssen. Essensmäßig würde er sich mit belegten Broten oder Pommes rot-weiß zufriedengeben, denn er war angenehm anspruchslos in der Unterhaltung.

Als ich das vulkanausbruchsähnliche Grummeln vernahm, das die Kaffeemaschine machte, wenn sie kurz davor war, den letzten Schluck auszuspucken, begab ich mich in die Küche und frühstückte im Stehen ein altbackenes übriggebliebenes Brötchen, was sich als Tortur für meine Amalgamfüllungen erwies.

Dann fertigte ich mit Bleistift und Lineal eine dilettantische Skizze meiner neuen Wohnung an und überlegte, wo ich welche Möbel hinstellen würde. Den Kleiderschrank meiner Oma, ein riesiges Jugendstil-Teil, das sie seinerzeit von ihrem Patenonkel zur Hochzeit geschenkt bekommen und mir vererbt hatte, würde ich nicht die Wendeltreppe zum Schlafgemach hochkriegen, Sigi auch nicht, und wenn er noch so stark war. Das konnte ich vergessen. Mit einem Zollstock bewaffnet, tapste ich ins Schlafzim-

mer, wo Konrad vor sich hin röchelte, und vermaß den Schrank.
Er war knapp zwei Meter lang! Ich würde ihn in den geräumigen
Flur stellen, eine andere Möglichkeit gab es nicht. Hoffentlich
hob sich Sigi keinen Bruch daran.

In den großen Wohnraum zeichnete ich – vor die Fensterfront
mit Balkontür – das Sofa ein, daneben das mahagoni gebeizte
Vertiko, in die Nische rechts von der Fensterfront den großen
Schreibtisch, Glas und Stahl, total trendy. Den Schreibtisch galt
es allerdings noch käuflich zu erwerben. Auch eine neue Schlafstatt wollte ich mir gönnen. Ich konnte unmöglich meine frische,
wilde Frauenfreiheit auf einer Matratze genießen, auf der sich
Konrad jahrelang herumgewälzt hatte. Und Schlimmeres! Ich
durfte gar nicht dran denken, was womöglich alles in dieser Matratze versickert war. Diese Altlasten – oder war's schon Son-
dermüll? – würde ich großherzig dem Verursacher überlassen.
Nachdenklich trank ich einen Schluck Kaffee und steckte mir
meine Morgenzigarette an. Konrad hatte mit keiner Silbe den
Zettel an der Pinnwand zur Sprache gebracht! Dämmerte ihm
was? So blöd kann doch kein Lamm sein! Oder?
Ich schnappte mir die Kaffeetasse und den Aschenbecher, ging
ins Wohnzimmer und ließ meinen Blick über die vollgestopften
Bücherregale schweifen. Sogar auf dem Boden stapelten sich Bü-
cher. Ich würde mindestens ein zusätzliches Regal brauchen.
Den Fernseher durfte ich auf keinen Fall vergessen. Die Stereo-
anlage. Die CDs. Die alten Platten.
Undundund.
Und nur noch ein paar Tage bis zum neuen Leben.
Der Countdown lief.
Geistesabwesend griff ich ins nächststehende Regal und zog ein
Fotoalbum heraus. Ich hatte eine ausgesprochene Schwäche für
Fotoalben und klebte Fotos immer liebevoll ein, versehen mit
flotten Sprüchen, hier und da eine getrocknete Blume, ein ge-
preßtes vierblättriges Kleeblatt – bei Silvesterfotos! –, ein zer-
knitterter Geldschein, Fahrkarten, Flugtickets. Das Album, das
ich nun aufschlug, hatte Mutti gestaltet. An meinem achtzehnten
Geburtstag hatte es, in Geschenkpapier gewickelt, auf dem
Frühstückstisch gelegen.
Die Eltern bei der kirchlichen Trauung 1959. Vati in schwarzem

Zwirn mit feierlicher Fresse, Mutti im langen Weißen, ein Sträußchen im Arm. Jahre später: Annedore als nackter Pummel auf dem unumgänglichen Eisbärenfell. Annedore auf Muttis Schoß. Annedore im Sandkasten, ein Schippchen in der Hand. Annedore auf einem gescheckten Schaukelpferd.

Von mir nur zwei Babyfotos, einmal auf Vatis Arm, einmal mit Opa im Garten. Jedenfalls nicht auf Muttis Schoß.

Annedores Einschulung, sie mit Zöpfen und Schultüte, ich im Kapuzenjäckchen, sicher neidisch auf die Schultüte. Weihnachten, unterm Christbaum. Annedore in makellos weißem Schürzchen mit Porzellanpuppe, ich mit einem abgewetzten Teddy. Der Teddy hieß Petz und saß heute noch auf meinem Vertiko.

Annedore als Teenie mit toupiertem Kurzhaarschnitt im Minirock. Ich in alten Hosen und Pulli. Das mußte so die Zeit gewesen sein, wo ich mir immer mal ihre Bravo ausgeliehen hatte. (Geklaut, wie sie behauptete!)

Ach, lieber Doktor Korff, beim Klammerblues habe ich einen flaschenähnlichen Gegenstand in der Hose meines boy friends gespürt. Ist mein boy friend Alkoholiker? Nun ja, auch dieser Fragerin war wohl inzwischen klar geworden, daß es sich bei besagtem Gegenstand nicht um eine Flasche Schnaps gehandelt hatte!

Und immer wieder Annedore. Muttis Goldkind. Das artige Kind (ich war das unartige!), das gute Noten heimbrachte (ich brachte bestenfalls Dreien heim!). Der gehorsame Teenager (ich war der ungehorsame!), der pünktlich aus dem Jugendclub heimkam (ich kam nie vor zwölf aus der Disco!). Die brave Ehefrau (ich war noch nicht mal ansatzweise verheiratet!), die den lieben langen Tag kochte und putzte und saugte.

Das Ein-Frau-Einsatzkommando an der Saubermann- und Hausfrauen-Front! Ariel-Klementine und Krönungs-Karin und Lenor-Lotte und Maggi-Mami in einer Person! Bei ihr war es nicht sauber, sondern rein. Ultrarein! Ihr Kaffee war nicht Plörren-schlecht, sondern Verwöhnaroma-gut. Ihre Frotteehandtücher waren windelweichgespült, ihre Mahlzeiten ausgewogen sowie nährwert- und kalorienorientiert.

Annedores Lieblingstiere waren das Sanso-Schaf, der Bärenmarke-Bär und die WC-Ente. Sie schwärmte nicht für Mel Gibson oder Don Johnson, sondern für Herrn Kaiser und den Melitta-Mann. Insgeheim hegte ich die Vermutung, daß sie beim Kloputzen so guckte wie normale Frauen beim Orgasmus.

»Machst 'n du hier?«

Herrje, ich hatte Konrad völlig vergessen! Unsensibel, wie er war, tauchte er ausgerechnet beim Stichwort Orgasmus auf und lehnte nasepopelnd im bübchenblauen Schlafanzug in der Tür.

»Siehst du doch!« gab ich ungehalten zurück und klappte das Fotoalbum zu.

Konrad verweilte einen Moment, stellte fest, daß ich nicht geneigt war, ihm meine Aufmerksamkeit angedeihen zu lassen, und trollte sich ins Bad. Es war bereits kurz vor elf. Mist! Ich würde unpünktlich zum Mittagessen kommen!

Schnell schlüpfte ich in meine ältesten Jeans und zog den ausgeleierten lila Polyacrylpullover an, der mir bis zu den Knien ging. Lederjacke drüber, fertig war der Lack. Als ich ins Bad kam, saß Konrad lesend auf dem Klo. Darauf konnte ich jetzt keine Rücksicht nehmen. Zähne putzen. Make-up. Wimperntusche. Lippenstift. Pink, das biß sich am schönsten mit dem lila Pullover und meiner rotblonden Mähne. Letztere kräftig schütteln. Haarspray. Prüfender Blick in den halbblinden Spiegel, an dessen Oberfläche eingetrocknete Zahnpastaspritzer und rostbraune Bluttupfer – alles Überbleibsel von Konrads Bemühungen, seine Zahngesundheit zu erhalten und eine anständige Naßrasur hinzukriegen – in friedlicher Koexistenz vor sich hin schmodderten. Gut, daß ich das Elend bald nicht mehr mitansehen mußte.

Klasse! Ich sah aus wie der fleischgewordene Bürgerschreck.

»Du siehst UNMÖGLICH aus!« konstatierte Konrad mißbilligend und riß Klopapier ab.

Na bitte! Genau das war meine Absicht.

Als ich das Auto anlassen wollte, machte es keinen Mucks. Eilends spurtete ich zu Suse, um mir ihren Opel auszuborgen. Ich klingelte Sturm, sie starrte mich entgeistert an, als sie mir die Tür öffnete.

»Bist du in einen Altkleidersack gefallen?«

»Quatsch! Ich hab bloß keinen Bock, bei meinen Oldies im

Sonntagsstaat aufzukreuzen! Dann kann ich ja gleich mit in die Kirche gehen.«

Suse grinste. »Postpubertäres Trotzverhalten, tippe ich. Willst wohl wieder deine Schwester auf die Palme bringen?«

»Und ob!« sagte ich inbrünstig. »Mal gucken, wie sie guckt. Sicher entgleisen ihr die Gesichtszüge, wenn sie mich sieht.«

Wie so oft. Alte Haßliebe rostet nicht.

Ich warf mich auf Suses gemütliches Küchensofa. Sie versorgte uns mit Kaffee und erging sich über die tiefenpsychologischen Aspekte von Geschwisterbeziehungen.

»Besonders unter gleichgeschlechtlichen Geschwistern herrscht Rivalität – verstehst du?«

Klar verstand ich. Was gleichgeschlechtlich war, wußte man auch ohne Psychologiestudium. Ich beobachtete, wie Suse sich in Positur setzte. Sie legte die Beine hoch und dozierte in druckreifen Lehrbuchsätzen vor sich hin. Weil mir das Psycho-Geblubber schon zu den Ohren rauskam, hörte ich nur halbherzig zu und las heimlich in der Frauenzeitschrift, die aufgeschlagen auf dem Tisch lag, einen Artikel über die neue revolutionäre Büstenhaltergeneration.

»...solltest du auf keinen Fall gegen die Vorrangstellung deiner Schwester ankämpfen!« Suse hielt erschöpft mit ihrem Monolog inne.

Was? Was war mit meiner Schwester?

»Ich brauche unbedingt einen Wonderbra!« sagte ich.

»Mann, du hast überhaupt nicht zugehört! Stundenlang verklikkere ich dir die Dynamik eurer Beziehung, und du hast nichts anderes im Kopf als deine Titten!«

Suse griff zum Messer und legte sich eine zentimeterdicke Scheibe Sauerrahmbutter auf ihre Toastscheibe, träufelte Honig drauf und begann, voll konzentriert zu essen. Sie schwieg demonstrativ. Klar, sie schmollte.

Allerdings hatte sie gut reden. Suse war Einzelkind. Kein Mensch hatte ihr irgendeine anstandswauwauige heuchlerische Schwester als leuchtendes Vorbild statuenhaft auf einen Sockel gestellt und bei jeder sich bietenden Gelegenheit ihr Loblied gesungen.

»Ich muß in die Höhle des Löwen!« sagte ich und stand auf.

»Höhle der Löwinnen, meinst du wohl!« sagte Suse. Sie gab mir

einen aufmunternden Klaps und reichte mir den Autoschlüssel. »Steht neben der Trinkhalle, du weißt schon!«
Ich wußte schon. Umme Ecke im Halteverbot. Da stand die Kiste immer.
»Bleib sauber!« brüllte Suse hinter mir her.
»Nicht sauber – rein!« brüllte ich zurück. »Ultrarein!«

Rasant parkte ich vorm Zweifamilienhaus meiner Eltern ein. Wie immer ließ die Einöde der Oer-Erkenschwicker Sechziger-Jahre-Siedlung mein Seelenbarometer sinken. Die Häuser glichen sich wie ein Ei dem anderen, in den kahlen Gärten streckten die Bäume ihre nackten Zweige gen Himmel. Deutschland im Herbst. Schwungvoll schlug ich die Autotür zu.
Auf mein Klingeln öffnete Vati, setzte seine Verschwörermiene auf und schob mich hastig in den Flur.
»Zu spät!« raunte er. »Wir sind schon beim Essen!«
Ich zuckte die Schultern. Das hatte ich befürchtet. Schließlich war es fast halb eins. In voller Montur steuerte ich die Eßecke an, grüßte strahlend, legte meine speckige Jacke ab und nahm Platz.
»Caroline!« seufzte Mutti. »Wir haben dir doch zur Kommunion eine Uhr geschenkt!«
Stimmt. Aber die war seit Jahren kaputt. Auch Kommunionsgeschenke halten nicht ewig.
»Hier!« tönte Annedore. »Hier, guckt mal! Ich hab meine noch!«
Ihre Stimme triefte vor Triumph. Sie rollte den Ärmel ihrer Sonntagsstaatsbluse hoch und reckte einen blassen, behaarten Unterarm über den Tisch. Am Handgelenk glitzerte ein gar güldenes Ührchen.
»Und Stephanie hat ihre auch an!« Sie riß den linken Arm meiner dicklichen Nichte in die Höhe und zeigte mit spitzem Finger auf das Corpus delicti.
»Wie schön für euch«, sagte ich und hielt Mutti meinen Teller unter die Nase.
Sie häufte zwei Scheiben Schmorbraten drauf, drei Löffel Salzkartoffeln und eine ordentliche Portion Rotkohl. Die Kartoffeln übergoß sie mit einem sämigen Sößchen.

»Danke schön.« Ich gab mich dem Genuß der warmen Mahlzeit hin. Endlich mal nichts aufgetautes Tiefgefrorenes. Hm, lecker! Nachdem ich die Hälfte weggeputzt hatte, fiel mir auf, daß es am Tisch verdächtig still war.

»Is' was?« fragte ich. »Habt ihr 'ne Fleischvergiftung oder so?«

Vati lachte herzlich. Mein Schwager Herbert knipste ein amüsiertes Grinsen an, knipste es aber auf der Stelle wieder aus, als ihn die Salzsäureblicke seiner Weiber mit voller Wucht trafen.

Und die Weiber guckten stumm auf dem ganzen Tisch herum.

Wie sahen sie überhaupt wieder aus? Annedores weiße Bluse war sicher auch ein Überbleibsel von der Kommunion, ihr taubenblauer Lidschatten längst aus der Mode. Und die Frisur! Wie die von Liselotte Pulver in den sechziger Jahren. Und so was war mit mir blutsverwandt.

Und erst die dickliche Nichte! Ihr Aufzug schlug dem Faß den Boden aus. Weißliches Fleisch quoll aus dem Halsausschnitt ihrer babyspeckrosa Bluse, ihre Dauerwelle legte den Verdacht nahe, der Friseur sei in einem früheren Leben Elektriker gewesen. Sie sah aus wie eine Made im Speck, wie ein fetter Engerling.

»Läufst du sonntags immer so rum?« brach Annedore schließlich das betretene Schweigen.

WILLST DU NICHT MAL EINE BLUSE MIT SCHLÜPPCHEN ANZIEHEN?

Sie setzte ihre wehleidigste Miene auf, seufzte waidwund und schob sich einen Fetzen Fleisch zwischen die schlechtgemachten Jacketkronen. Tolle Zähne, hatte ich damals zu ihr gesagt, aber gab's die nicht in Weiß?

»Am Sonntag macht man sich doch fein!« echote der Engerling und grinste so selbstzufrieden, wie nur ein Engerling grinsen kann. Diesem mondgesichtigen Gör würde ich eines Tages noch die Gurgel rumdrehen!

»Wer's nötig hat!« sagte ich gelassen und kratzte den Rest Rotkohl zusammen. »Gibt's ein Schnäpschen?«

Vati sprang erfreut auf und holte eine Flasche Kümmel.

»Wer noch?« fragte er.

Herbert traute sich nicht. Der arme Kerl! Stand völlig unter Annedores Fuchtel!

Annedore war bloß ein Jahr älter als ich. Laut Geburtsurkunde zumindest. Ansonsten lagen Lichtjahre zwischen uns. Im Gegensatz zu mir hatte sie das Klassenziel erreicht. Sie hatte zwar keinen Baum gepflanzt und kein Haus gebaut, aber immerhin hatte sie ein Kind in die Welt gesetzt. Auf diesen Lorbeeren würde sie sich jetzt ihr Leben lang ausruhen. Schau dir deine Schwester an! pflegte Mutti zu sagen. Sie raucht nicht, sie trinkt nicht, sie zieht sich anständig an, sie hat einen netten Beruf gelernt. (Verkäuferin bei Aldi, was zum Teufel war daran so nett?) Sie hat einen netten Mann geheiratet. Sie hat ein nettes Kind gekriegt. Sie kümmert sich um den netten Haushalt. Sie poliert die netten Möbel einmal pro Monat und wischt jeden zweiten Tag Staub. (Der Staub war nicht nett!)

Und du?

Und ich?

Immerhin hatte ich nicht heiraten müssen! Wie herrlich skandalös, als seinerzeit die Bombe platzte und Annedore ihren Ausrutscher beichtete! An diesem denkwürdigen Tag hatte ich mich in eine regelrechte Volksfeststimmung hineingesteigert. Schließlich hatte damals eine Muß-Ehe in etwa soviel Vorbildcharakter wie chronisches Onanieren in der Öffentlichkeit.

Doch dann hatte sich Annedore mit Sack und Pack, Embryo und dem flugs gehelichten Erzeuger desselben im Obergeschoß bei den Eltern eingenistet und eine Happy-family-Nummer abgezogen, die echt filmreif war. Und plötzlich war sie nicht nur das vorbildmäßigste Geschöpf unter der Sonne, nein, es hätte nicht viel gefehlt, und Mutti hätte ihre Heiligsprechung beantragt.

Ich steckte mir eine Zigarette an. Annedore wedelte mit der Hand angewidert vor meinem Gesicht herum. »Muß das sein?«

Ja, das muß sein, Schwesterschwein. Ich wußte genau, daß sie klammheimlich rauchte – im Klo, wo Mutti nicht reinschneite! – und daß Stephanie genauso klammheimlich rauchte. Obwohl sie erst fuffzehn war.

Diese menschgewordenen Anstandswauwaus konnten mir mal den Buckel runterrutschen. Jawoll!

»Tu nicht so scheinheilig«, sagte ich zu Annedore. »Du würdest auch liebend gern eine rauchen!«

Sie wechselte die Gesichtsfarbe. Unter dem sorgfältig aufgetragenen Make-up schimmerte ein mildes Rot.

»Annedore!« rief Mutti entsetzt. »Aber DU rauchst doch gar nicht!«

»Klar raucht sie!« gab ich zurück. »Nach dem Frühstück, nach dem Bettenmachen, nach dem Staubwischen...«

Euch will ich Mores lehren!

»Was bist du so gemein!« sagte Annedore empört. »Also nö!«

»Meine Mutti raucht nicht!« tönte Stephanie. »Also nö!«

»HERBERT?« fragte Mutti in höchster Alarmbereitschaft und richtete ihre Augen flehend auf meinen Schwager.

Herbert wand sich in Verlegenheitskrämpfen. Er lief puterrot an, was ganz und gar nicht mit seinem erdbeerblonden Haar harmonierte. »Na ja... also... we-wenn ich e-e-ehrlich sein so-soll...«

Stotternd versiegte sein Redefluß, vermutlich weil ihm Annedore unterm Tisch vors Knie trat.

Der Ärmste! Der Stolz jeder Hausfrau! Seine Pullover waren mit Perwoll gewaschen, seine Hosen hatten Bügelfalten, seine Hemden Pfiff. Eigentlich hatte er was Besseres verdient als Annedore, aber das Schicksal hatte es nicht anders gewollt. Weiß der Himmel, was er an ihr fand! Vielleicht hatte er nicht nur einen Knick im Hemd, sondern auch einen in der Optik. Auf jeden Fall war er ein windelweicher Softie, ein Weltmeister im Verdrängen. Einer von der Sorte, die bis zur Silberhochzeit alles schlucken und am Tag danach an einem ausgewachsenen Magengeschwür verbluten.

Mutti servierte die Nachspeise.

»Übrigens«, sagte ich, »hab ich mich von Konrad getrennt.«

»Was?« fragte Mutti. »Wie – getrennt?«

»Ich verlasse ihn. Er hängt mir zum Hals raus!«

»Mir auch!« ließ sich Vati vernehmen und prostete mir wohlwollend zu. »Hat nie mal einen Kümmel mit mir getrunken!«

»Sag nichts gegen Konrad!« Mutti rang die Hände. »So ein anständiger Junge! Er hat immer seinen Teller leer gegessen! Und jetzt?«

»Jetzt genieße ich das Single-Dasein.«

Annedore und Stephanie warfen sich konspirative Blicke zu. Das war Wasser auf ihre Mühlen. Ein ganzer Wasserfall!

»War mir von Anfang an klar, daß Konrad es bei dir nicht ewig aushält!« Die Gesichtszüge meiner Schwester entgleisten beinahe vor soviel Glückseligkeit. »Daß er dich sitzenlassen würde!«

TATA! TATA! TUSCH!

»Genau – sitzenlassen!« echote der Engerling im Stadium allerhöchster Fröhlichkeit.

»Wenn man einen Mann SO behandelt, ist das kein Wunder.« Annedore zerfloß vor Selbstgerechtigkeit. Zu dumm nur, daß ihr billiger Lidschatten auch zerfloß. Auf ihren Augenlidern bildeten sich taubenblaue Furchen.

Der Engerling tönte: »Kein Wunder, nö!«

Mutti fragte schreckensbleich: »WIE – behandelt?«

Wahrscheinlich dachte sie, ich hätte bei Konrad die Domina rausgekehrt. Hätte ich mal bloß! Für einen kurzen Moment ließ ich meiner Phantasie freien Lauf. Ich sah mich im schwarzen Gummidreß, nabelfrei, die Peitsche schwingend (oder die Kettensäge?), während Konrad furchtsam auf dem Küchenstuhl hin und her ruckelte, wo ich ihn angebunden hatte. Sah mich lässig eine Zigarette auf seinem Handrücken ausdrücken. Sah, wie er sich abmühte, mir die schwarzen, kniehohen Lederstiefel zu küssen…

»Na«, trompetete Stephanie, was mich in die Wirklichkeit zurückkatapultierte, »Caro hat ihm NIE was gekocht!«

IMMER NUR MIKROWELLE!

»Der arme Junge!« Mutti war den Tränen nahe.

»Und sie hat NIE die Küche geputzt!« Der Engerling krümmte sich vor Wonne.

Annedore gab sofort ihren Senf dazu. »Bei uns kann man ja vom Fußboden essen.«

»Ha!« rief ich. »Mach doch! Was sitzt du noch hier rum? Scher dich in deine Puppenstubenküche und leck den Meister Proper ab!«

63

Nur im Werbefernsehen und bei langweiligen Weibern kann man sich in den Fliesen spiegeln. Das ist wissenschaftlich erwiesen. Oder? Wenn nicht, wird's Zeit. Irgendein Meinungsforschungsinstitut sollte diese Theorie mal überprüfen. Unbedingt. Ich bestehe darauf.

»Ach je!« fistelstimmte Mutti. »Und jetzt?«

LANDEST DU JETZT IN DER GOSSE?

Und jetzt – und jetzt – und jetzt. Fiel ihr denn keine andere Frage ein?

»Du findest doch keinen mehr…«

… DER DICH HEIRATET! IN DEINEM ALTER!

»Ich will auch keinen. Heiraten ist bäh!« schrie ich erbost. »Alles dreht sich ums Heiraten. Ich werde mir ab und an einen Kerl ins Bett zerren, wenn das Fleisch willig und der Geist schwach ist, und basta!«

Vatis Schultern zitterten vor unterdrücktem Lachen. Ich genehmigte mir eine Portion Waldmeister-Wackelpeter mit Sahne und stieß wütend den Teelöffel in die ängstlich bibbernde Nachspeise. Annedore genehmigte sich einen letzten anstandswauwauigen Satz.

»Du wirst dich noch umgucken«, verkündete sie unheilschwanger. Das Omen, Teil eins, Fortsetzung folgt.

Stephanie nickte altklug dazu.

Den frühen Nachmittag verbrachte das keifende Kleeblatt – Mutti, Schwester, Nichte – glücklich vereint bei der Lektüre der Platinpost. In schönster Harmonie ereiferte man sich über die Käppis von Königin Silvia. Das unzüchtige Treiben der Bussi-Schickeria in Marbella wurde entrüstet kommentiert, ebenso die Einkaufsbummel von Fergie und die Bikini-Fotos von Lady Di.

Als ich mir den Aschenbecher holte, diskutierten sie gerade die abstehenden Ohren von Prinz Charles und seine verhängnisvolle Affäre mit Lady Whatever-her-name-was. Ich guckte Mutti über die Schulter.

»Die sieht aus, als hätte sie mit einem Pferd gepokert und das Gebiß gewonnen!« sagte ich.

Mein Kommentar wurde als unqualifiziert abgetan. Was wußte ich schon von den erotischen Eskapaden des europäischen

Hochadels? Auf die unmaßgebliche Meinung einer kompetenten Journalistin mit Abitur war man in diesem Hause weiß Gott nicht angewiesen.

»Hach!« schmolz Mutti dahin, als Annedore umblätterte. »Die kleine Viktoria, was ist die groß geworden!«

Muttis Adelsfimmel war einfach nicht zum Aushalten! Meinen protzigen Vornamen hatte ich ihrer Schwärmerei für das monegassische Fürstenhaus zu verdanken. Das schlichte »Anne« des britischen Königshauses war ihr einen Touch zu schlicht gewesen, und so wurde es mit dem Anhängsel »dore« verlängert. Mutti war schon immer erfinderisch gewesen.

Ach, was hätte sie nicht für ein klitzekleines »von und zu«, »auf und davon« vor ihrem Nachnamen gegeben!

Und Annedore führte die Tradition natürlich fort, indem sie dem Engerling den Namen der jüngsten Monegassen-Prinzessin verpaßte.

Vati, Herbert und ich spielten eine Runde Skat. Ich war nicht ganz bei der Sache und vergeigte einen Grand mit vieren, was mir normalerweise nie passierte. Vorm Kaffeetrinken verabschiedete ich mich, denn ich hatte wahrhaftig keine Lust, mich von den Weibern weiter schikanieren zu lassen.

Vati packte mir unbeholfen drei Stückchen Schwarzwälder Kirschtorte ein und brachte mich zur Tür. »Mach dir nix draus.«

Ein bißchen hilflos stand er vor mir. Zu dumm, daß er nicht Herr über die Weiber wurde, daß es ihm nicht gelang, die Brut im Zaum zu halten.

»Nö. Du weißt doch: Unkraut vergeht nicht«, sagte ich.

»Eben. – Hier...« Er steckte mir einen Hunni in die Jackentasche.

Ich winkte ihm, als ich die Wagentür aufschloß. Hoffentlich würde er hundert Jahre alt werden!

»Kopp hoch, auch wenn der Hals dreckig ist!« rief er mir nach.

Im Rückspiegel sah ich seine gebückte Gestalt. Eine verirrte Träne kullerte aus meinem rechten Auge und lief mir die Wange runter. Ich fing sie mit der Zungenspitze auf. Sie schmeckte salzig.

»Und – wie war's?« fragte Suse, als ich ihr den Autoschlüssel zurückbrachte.

»Wie immer! Ich hab dir die Karre vollgetankt.«

»Komm, setz dich einen Moment!« Sie drückte mich aufs Sofa, riß die Kühlschranktür auf und holte zwei Flaschen Bier raus, die sie mit meinem Feuerzeug aufklickte. »Wir trinken auf die ganze Psychokacke!« Sie hob ihre Flasche.

»Mit deiner Schwester bist du wirklich angeschissen!« sagte sie.

»Gegen Ihro Heiligkeit, die LIEBE FRAU VON DER LENOR-FRAKTION, wirst du nie anstinken können.«

»Versuch ich doch gar nicht.«

»Schön wär's!«

»Schön wär's, wenn ich endlich den Umzug hinter mir hätte!«

»Sigi macht das schon. Keine Panik auf der Titanic!«

»Na, hör mal! Ich bin doch kein sinkendes Schiff, sondern eine schnittige Jacht, volle Fahrt voraus!«

Suse lachte. »Der Trennungsschmerz wird noch kommen, das geb ich dir schriftlich!«

Welcher Trennungsschmerz? Daß ich nicht lache!

»Ehrlich, ich bin heilfroh, wenn ich Konrad los bin. Wenn ich einen will, der bewegungslos unter einer Wärmelampe sitzt, kann ich mir auch 'ne Schaufensterpuppe kaufen.«

»Na ja.« Suse schien nicht überzeugt. Sie drückte mir ein Buch in die Hand. »Hier!«

Das Handbuch der harmonischen Trennung. Von Frau Doktor Dippelpsych Donata Donnersberger. Immer diese Psychoratgeber! Wie menstruiere ich harmonisch bei Vollmond – wie kopuliere ich harmonisch mit einem Vollidioten – ich konnte sie alle nicht mehr sehen!

»Schau mal rein, ist gar nicht so doof. Ehrlich.«

Ich steckte den Ratgeber seufzend in meine Tasche. »Hast du den prophylaktisch gekauft, um dich psychisch darauf vorzubereiten, Sigi ohne großes Getöse abzustoßen?«

»Ach was. Hat ein Vertreter dagelassen.« In der Praxis von Doktor Feudelberg gaben sich die Vertreter die Klinke in die Hand. Die einen brachten Psychoratgeber, die anderen Psychopharmaka. »Und Sigi – noch tut er ja seine Schuldigkeit, der Mohr!«

Sie kicherte leicht hysterisch.

Mohr! Sigi war so ziemlich der unmohrigste Typ, den man sich vorstellen kann. Er hielt, was sein nibelungiger Name versprach. Er war ein großgewachsenes, goldgelocktes Prachtexemplar von einem Mann. Schade bloß, daß er so tolpatschig war. Und so zammelig. Er trug Jacken ohne Knöpfe, Schuhe ohne Schnürsenkel. Friseure schien er zu meiden wie der Teufel das Weihwasser, stets war er ungekämmt. Irgendwie hatte er was von einem großen, zotteligen Köter. Er lief Suse hinterher wie ein Hund seinem Frauchen, und das schon seit Jahren. Jeden Freitagabend kam er extra aus Köln angerauscht. Polterte mit klobigen Schuhen, an denen Schlammreste klebten – die Woche über stapfte er in seiner Eigenschaft als Umweltingenieur durch Feuchtbiotope und beschaffte Gewässerproben –, in Suses Wohnung und versaute die schaffarbenen Wollteppiche. Kochte und brodelte undefinierbare Speisen auf ihrem Herd. Massierte ihr den Nacken. Richtete ihr Fußbäder. Schraubte Birnen rein und Sicherungen. Tapezierte Wände, strich Fußleisten.

Sigi war der Mann für alle Fälle. Nur für den einen nicht. Heiraten? Den? Kam nicht in Frage. Insgeheim war ich der Meinung, daß Sigi nicht nur ein Platzhalter, sondern auch eine Art Versuchskarnickel war. Ein Studienobjekt, an dem Suse ihre Psychotheorien verifizierte oder verwarf – je nachdem.

Sie stellte die leeren Bierflaschen in den Kasten. Ich stand auf und reckte mich. »Bis dann!«

»Mach's gut«, sagte Suse. »Laß dich nicht ansprechen!«

Ganz bestimmt nicht. Noch war Konrad nicht unter der Erde. Bei dem Stichwort Erde fiel mir ein, daß ich keinesfalls meine Pflanzen mit in die neue Wohnung nehmen durfte. Womöglich schlummerten Zikadenlarven in der Blumenerde. Das Risiko wollte ich nicht eingehen.

Die gemeine Nacktschnecke

»Ein schö-hö-ner Tag...« Max betrat mit zweistündiger Verspä-
tung die Redaktion. Und – wie es aussah – mit gewaltigem Ober-
wasser, denn er sang aus Leibeskräften. Nicht schön, aber laut.
»...Die We-helt steht sti-hill, ein schö-hö-ner Tag...«
Es hörte sich ganz danach an, als habe er am Vorabend zu viel
Altbier abgekippt. Klar, das Cocker-Konzert in der Gruga-
Halle! Das Interview mit Joe! Der ja bekanntlich kein Kostver-
ächter war. Und hinterher hatte Max wahrscheinlich mit der
versammelten Journalisten-Elite einen Zug durch die Gemeinde
gemacht. Er schmiß sein Citybag in die Ecke, leckte sich die Lippen, schnalzte mit der Zunge, kratzte sich die Glatze. Die Symptome kannte ich zur Genüge. Er lechzte danach, daß ich fragte,
wie es gelaufen war.
»Ach, hallo!« sagte ich und widmete dem Bildschirm des Computers meine ungeteilte Aufmerksamkeit.
Ich frag dich nicht, Mad Max, ätsch-bätsch!
Statt sich an die Arbeit zu machen, kramte Max die aktuelle Ausgabe des von ihm bevorzugten Männermagazins aus seinem
Citybag, schlug es in aller Gemütsruhe auf und verlangte nach
einer Tasse Kaffee.
Wortlos ging ich in die Küche. Ich fischte die mit Abstand
schmuddeligste Tasse aus der Spüle und kippte Kaffee rein, ohne
sie abzuspülen. Hoffentlich hatte der Vorbenutzer eine anstek-
kende Grippe gehabt.
»Der ist ja fast kalt!« rief Max und roch mißtrauisch an dem
Kaffee. Vielleicht hatte er Angst, ich hätte Rattengift reingetan.
»Bist du sauer?«
»Nö – wieso?«
»Vielleicht das Konzert gestern?«
Ich hackte auf die Tastatur ein. Max schob die Tasse beiseite. Er
hatte keinen Schluck getrunken.
»Nächste Woche kommt, äh, Moment...« Er zog eine Presse-
info unter seinem Männermagazin hervor. »...Pete Pressure.
Wenn du willst, kannst du hingehen!«
Von wegen! Das war ja wohl die Höhe! Pete Pressure war so

ziemlich der abgehalftertste, alkoholsüchtigste, drogenabhän-
gigste, erfolgloseste und häßlichste Rocksänger aller Zeiten.
In der Szenekneipe, wo er auftrat, würden keine zehn Leute
sitzen.

So war das immer. Max pickte sich die saftigen Rosinen raus,
mich speiste er mit trockenen Krumen ab. Er brauchte dringend
einen Dämpfer. Na warte!

Mit einem überlegenen Lächeln auf den Lippen wählte ich die
Nummer von Leon Lauritz' Atelier.

»Au-itz?«

Hörte sich an, als hätte der Meister mindestens einen seiner
Pinsel zwischen den Zähnen hängen.

»Caro Buchholz, KUNO. Guten Tag, Herr Lauritz!«

Leon stammelte sich etwas zurecht, was darauf schließen ließ,
daß er mich nicht unbedingt zuzuordnen wußte. Mir würde also
nicht erspart bleiben, ihm den schicksalsschwangeren Moment
vorm Männerklo in Erinnerung zu rufen.

»Wir haben letztens vor den... äh, Waschräumen des Sidestep
so nett geplaudert. Ich wollte Sie an unsere Verabredung zum
Mittagessen erinnern!«

Ich warf Max einen koketten Blick zu. Seine Gesichtszüge waren
verzerrt, seine Segelohren auf Rhabarberblattgröße ausgefah-
ren. Sein Mund stand sperrangelweit offen. Hinter den Ziegenzähnen konnte ich das Zäpfchen zittern und zappeln und zucken
sehen. Igitt! Ich mußte an mich halten, um mich nicht in den
Telefonhörer zu übergeben.

Leon schaltete schließlich. »Ja, klar... ach, Frau Buchholz,
natürlich!«

Na, wer sagt's denn! Bei manchen fällt der Groschen eben nur
pfennigweise.

»Um eins bei Luigi, nicht wahr?«

»Genau!« bestätigte ich freundlich. »So long.«

Schwungvoll schmiß ich den Hörer auf die Gabel und tat so, als
vertiefte ich mich in die Lektüre der neuesten Pressemitteilun-
gen, die das Fax ausgespuckt hatte.

»Du gehst mit Lauritz essen?« Max hatte sein Männermagazin
zur Seite geschoben und starrte mich sensationslüstern an.
ÄCHT? WIESO 'N DAS? NUR ESSEN?

»Ja, klar«, erwiderte ich beiläufig und blätterte das Programm von Literatur Pur durch.

Max schluckte. Die Neuigkeit mußte er erst mal verdauen. So klar war das nämlich nicht. Leon Lauritz war dafür bekannt, daß er mit Pressefritzen nicht gerade zimperlich umsprang. Ganz abgesehen davon, daß er seine kostbare Zeit normalerweise nicht mit Interviews für irgendwelche popeligen No-name-Kulturmagazine vertat. (Wie Cocker, haha!) Ja, wenn der STERN oder der SPIEGEL anfragte, das war was anderes. Dann tanzte Leon in Null Komma nix an.

Geräuschvoll packte Max ein paar Unterlagen ein und erhob sich.

»Ich muß«, sagte er wichtigtuerisch. »Bin gleich mit dem OB verabredet.«

Ich grinste innerlich, weil ich mir vorstellte, wie Max sich mit einem Tampon traf.

»Mini oder extra?« Termin mit dem Oberbürgermeister. Und wenn schon. Damit konnte man heutzutage keinen Hering mehr vom Teller ziehen.

»Hä?«

Enttäuscht von meiner Reaktion zog er seinen trendy neonfarbigen Anorak an, stopfte einen Block und ein paar Stifte in sein trendy neonfarbiges Citybag – Rucksack sagte man früher mal dazu, aber das war heute nicht mehr neudeutsch genug! – und eilte von dannen. Die Kaffeetasse ließ er stehen.

Ich schaltete den Computer aus und machte mich über das Männermagazin her. Mal sehn, was der Macho von heute so las! Fassungslos starrte ich auf die Doppelseite »Underwear-Trends«. Auf dem Foto lehnten drei Typen in hautfarbenen Spitzenslips lässig am Mäuerchen eines verfallenen provenzalischen Landgutes. Ihr breites Grinsen legte die Vermutung nahe, daß sie einen Mordsspaß hatten. Wahrscheinlich tauschten sie Blondinenwitze aus. Durch die Slips sah man ihre wohlgeformten Pobacken. Die Bildunterschrift verkündete, es handele sich um die trendy transparente Herrenslip-Kollektion von Vito Vip.

Ich blätterte weiter. Auf der nächsten Seite posierte ein Weichei in blendendweißem Body. Mit einer Hand kraulte er sich hingebungsvoll die spärliche Brustbehaarung. Es hieß, daß der abgebildete Baumwollbody mit enganliegenden Beinen im Stil von Radlerhosen quasi als zweite Haut durchging.

Tollte mein trendsüchtiger Vorgesetzter etwa im Baumwollbody durch den heimischen Gemüsegarten? Posierte er in transparenten Unterhosen vorm Spiegel? Schmachtenden Blicks und mit geschürzten Lippen? Und gebleckten Ziegenzähnen?

Das durfte ja wohl alles nicht wahr sein!

Kopfschüttelnd steckte ich mir eine Zigarette an. Und weiter im Text. Aha – Herrenkosmetik. Die neuen Düfte. Auf Platz eins lag Hormon von Hotte Hopp. Auf Platz zwei Testosteron von Tony Tortellini. Auf Platz drei Androgen von André Allors. Die neuen Deos. Hier empfahl das Magazin das innovative Achselspray von Axel & Axel, zu beziehen in den Duftnoten »Macho«, »Pascha« und »Chauvi«. Ich konnte nur hoffen, daß Max die Anregung des Magazins ernst nahm, sich das Zeug anschaffte und benutzte. Schlimmer konnte es eh nimmer werden. Seine Ausdünstungen kamen nämlich schon oben in der Redaktion an, wenn er noch eine Etage tiefer war.

Schnell warf ich einen Blick auf die angesagte Herren-Haute-Couture. Hatte das denn seine Richtigkeit? Auf den Fotos posierten der Pubertät kaum entwachsene Jünglinge in Samt und Satin, Chiffon und Chenille. Stark geschminkt, mit Federboas und sonstigem Gelümps dekoriert, stierten sie lasziv in die Kamera. Sie sahen aus wie Aliens, wie unheimliche Wesen aus einer fremden Welt.

Hatten sie die Fotos bei einer Transvestitenshow geschossen?

Sollte Max jemals in dieser Aufmachung hier auftauchen, würde ich keine Minute zögern und bei Doktor Feudelberg um eine Zwangseinweisung in die Psychiatrie nachsuchen. Überhaupt mußte ich meinen Fund mit Suse durchhecheln. Am Ende stellte sich heraus, daß Max eine gespaltene Persönlichkeit hatte. Bei Tag Trendsetter, bei Nacht Transvestit. Eine Art Dr. Jeckyll & Mr. Hyde. War alles schon dagewesen.

Erschrocken guckte ich auf die Uhr. Gute Güte, ich mußte mich sputen! Leon Lauritz würde es nicht zu schätzen wissen, wenn ich ihn warten ließ.

Bei Luigi war es brechend voll. Ein dienstbeflissener Kellner riß mir die Jacke vom Leib und hängte sie auf einen Bügel.

»Tisch bestellt, signorina?«

»Herr Lauritz erwartet mich.«

»Oh, naturalmente…«

Der Kellner eilte mir voraus an einen Tisch in der hinterletzten Nische. Sicher Leons Stammplatz. Hier war er bekannt wie ein bunter Hund.

Er lauerte hinter den riesigen Wedeln einer Kokospalme. Die Wartezeit hatte er sich mit einem Martini on the rocks vertrieben.

»Ah, Frau Buchholz, wenn ich bitten darf!«

Ich nahm Platz und räusperte mich. »Es ist ein bißchen später geworden.«

Leon zeigte auf seine brilligespickte Statussymbol-Uhr. Zwanzig nach eins.

»Ist mir noch nie passiert, daß ich sooo lange auf eine Frau gewartet habe!« sagte er und lächelte bedeutungsvoll. »Was nehmen Sie?«

Ich studierte die Speisekarte. »Scaloppine alla Romana, vorher Tomatensuppe, hinterher Tiramisu.«

Leon winkte den Kellner heran und bestellte weltmännisch. Dann lenkte er seine smaragdgrünen Augen auf mein frisch geschminktes Antlitz und legte unvermittelt los.

»Ich würde Sie liebend gern malen. Ihr Gesicht inspiriert mich!«

Auf dem Ohr war ich stocktaub. Damit würde er es garantiert nicht schaffen, mich in sein Atelier zu locken. Und in sein Lotterbett schon gar nicht. Ich beschloß, auf geschäftlich umzuschalten, bevor die Dinge womöglich eine gewisse Eigendynamik entwickelten.

»Ich würde es begrüßen, vor dem Essen rasch das Interview durchzuziehen«, sagte ich sachlich.

Schließlich war ich nicht zum Spaß hier. Diesen Edel-Italiener sah ich nur selten von innen. Das Publikum war nicht nach meinem Geschmack. Business men, jeder von ihnen mit einem Handy bewaffnet, beim sogenannten Arbeitsessen. Alternde Playboys, stark angegraut, solariumgebräunt, protzige Prolex am haarigen Handgelenk, die der staunenden Schickeria ihre neuen Betthasis vorführten. Bei den Betthasis handelte es sich meist um früh verblühte Blondinen in knappen Leg-mich-flach-Fummeln, die flunschmündig am Frascati nuckelten. Zu Geld gekommene Altlinke, die demonstrativ die taz aufschlugen und ihre Zigaretten selbst drehten, aber in Gedanken bei ihrem Zweitwohnsitz in der Toskana weilten. Frisch frisierte Industriellengattinnen, neben sich die unvermeidliche Edelboutique-Tüte, die – hach, die Figur! – an Salatblättern knabberten, die so welk waren wie ihre Wangen.

»Schließlich ist das hier ein Business-Lunch, Herr Lauritz!«
Nicht, daß er sich vergaß. Eilig legte ich das Aufnahmegerät auf den Tisch und schaltete es ein. Zum Glück war es in der Nische relativ ruhig. Es wäre ausgesprochen lästig, wenn ich beim Transskribieren davorsitzen und mein eigenes Wort nicht verstehen würde.

Leon Lauritz erwies sich als erstaunlich kooperativ. Er beantwortete meine Fragen gewissenhaft und ließ sich sogar dazu herab, ein paar andere Maler durch den Kakao zu ziehen. Das kam immer gut.

»Meine letzte Frage: Wie schätzen Sie Ihre Chancen auf dem internationalen Kunstmarkt ein?«
Gespannt wartete ich auf seine Antwort. Was kam jetzt? Selbstüberschätzung? Würde er sagen: Ich bin der Picasso des kommenden Jahrtausends?

Leon grapschte unvermittelt nach meiner Hand. »Wie schätzen Sie meine Chancen bei Ihnen ein?«

Hoppla! Da wähnte ich mich schon außerhalb der Gefahrenzone, und dann so was! Bombenalarm, Caro! Angriff taktisch klug abbiegen!

»Also, Herr Lauritz, das war jetzt kein fair play!« sagte ich vorwurfsvoll und schaltete das Aufnahmegerät aus.
Er errötete und entschuldigte sich überschwenglich. Ich atmete auf. Gefahr erkannt, Gefahr gebannt.

Der Kellner tänzelte geschmeidig herbei.
»Signor Lauritz, prego!« säuselte er und trug die Vorspeisen auf.
Wir speisten vorzüglich. Wir tranken Chianti, wobei ich mich

ziemlich zurückhielt. Leon parlierte die ganze Zeit und erzählte Schwänke aus seinem Atelier, und ich vermied es tunlichst, weniger als hundert Gramm im Mund zu haben, damit ich keine unbedachten Äußerungen absondern konnte.

»Werden Sie auf mein Angebot zurückkommen?« fragte Lauritz beim Espresso und lehnte sich zufrieden zurück. Seine linke Hand spielte mit dem Zammelzopf, den diesmal ein lila Satinschlüppchen zusammenhielt. »Rufen Sie mich an, wann immer Sie wollen.«

RUFEN SIE MICH AN. DENN ICH WILL IMMER.

Das könnte ihm so passen.

»Herr Lauritz, Sie malen doch sowieso nur Frauen ohne Kopp. Ich wüßte nicht, weshalb Ihnen ausgerechnet mit meinem gedient sein sollte!«

Er zuckte zusammen. Rumms, das saß! Ich hatte den Acrylpanscher in seine Schranken verwiesen. Auf diesen hochplateausohligen Hormonhuber war ich weiß Gott nicht versessen.

Nichtsdestotrotz verließen wir in bestem Einvernehmen das Ristorante. Lauritz sprang in einen überdimensionalen schwarzen Amischlitten, ein Macho-Mobil, wie es im Buche stand. Er winkte mir kurz zu, ließ den Motor aufheulen und preschte davon. Ich beobachtete, wie er sich rücksichtslos hupend in den fließenden Verkehr einfädelte.

Zu Fuß machte ich mich auf den Weg in die Redaktion. Plötzlich entdeckte ich ein paar Meter weiter Ariane Alfa. Mein Herz begann zu klopfen. Ich verlor sie aus den Augen – was für ein Gedränge auf dem Gehweg! –, nein, da war sie wieder. Sie hatte sich bei einem eleganten graumelierten Herrn untergehakt. Ihr Daddy oder ihr Sugar-Daddy? Jetzt blieb sie stehen, legte den Kopf bittend zur Seite, er nickte, sie fiel ihm um den Hals. Dann verschwanden sie in der Nobelboutique Elegantia. Sicher kriegte sie jetzt einen Zobel oder ein Hermelin-Cape.

In der Redaktion schrieb ich einen Bericht über die Vernissage und übertrug das Interview. Max schwebte herein und tischte mir begeistert die aktuellen Skandale auf. Nach dem Termin bei dem OB hatte er einen Abstecher zu seinem Stamm-Griechen gemacht, wo sich die ganze Journalistenelite traf, um Infos auszutauschen.

»Und stell dir vor, der Typ läßt sich scheiden. Will angeblich seine Affäre heiraten, die ist dreißig Jahre jünger!«

»Tja, Max, mit den dritten Zähnen kommt die zweite Frau«, sagte ich und dachte an Ariane. »Der Trend geht zur Zweitgattin, ganz klare Sache. Da mußt du was überlesen haben.«

Max stutzte. »Was?«

Wahrscheinlich sann er fieberhaft darüber nach, daß er dem Trend total hinterherhinkte, weil er es bislang nicht mal zu einer Erstgattin gebracht hatte. Dann ging ihm ein Licht auf. »Du hast in meinem Heft gelesen!«

Na, solang ich nicht von deinem Tellerchen gegessen hab! Aus deinem Becherchen getrunken!

In deinem Bettchen geschlafen! (Brrr!)

Ich gab den Tatbestand unumwunden zu. »Um ehrlich zu sein, Max: Was ich schon immer wissen wollte, aber nie zu fragen wagte, war, was du für Unterwäsche trägst!«

Max lachte meckernd und entblößte seine Ziegenzähne. Ironie troff von ihm grundsätzlich ab wie Wasser von einer Ölhaut.

»Scharfes Zeug, was?« fragte er. »Willste mal sehen?«

Er schickte sich an, seinen Hosenstall aufzuknöpfen.

»Laß gut sein, Max – lieber lutsch ich 'n Lappen!«

Und ich schickte ein Stoßgebet gen Himmel. Lieber Gott, mach mich blind, damit ich die Männer herrlich find!

Abends rief ich bei Konetzkis an und teilte ihnen mit, daß ich demnächst einzöge. Das Interview mit Leon Lauritz hatte den Chef gnädig gestimmt, und ich hatte es geschafft, zusätzlich zum Umzugsurlaub ein paar freie Tage rauszuschinden.

Wie immer saß Konrad bei seinen Zikaden. Irgendwann mußte doch mal ein Ende sein mit ihrem Geschlechtsverhalten! Oder hatten die Biester so einen ausgeprägten Geschlechtstrieb? Womöglich hatten die Weibchen multiple Orgasmen, und Konrad hatte es als erster und einziger Zoologe spitzgekriegt. Es konnte nicht mehr lange dauern, und er würde in der beliebten Tiersendung »Was kreucht und fleucht denn da in Wald und Flur?« über das Thema referieren.

Ich klopfte an seine Tür, denn ich mußte dringend mit ihm das Ende unserer Beziehung diskutieren. Vor allen Dingen mußte ich ihm klarmachen, daß er so bald wie möglich mit meiner Kohle rüberzukommen hatte.

»Konrad?«

Keine Antwort ist auch 'ne Antwort. Ich trat ein. Konrad fummelte mit einem Lötkolben an einer kaputten Wärmelampe herum.

»Konrad, wir müssen uns mal aussprechen.«

Konrad, sprach die Frau Mama, ich geh fort und du bleibst da!

Ich gab mir alle Mühe, sachlich zu klingen. Konstruktiv. Vernünftig. Nicht umsonst hatte ich mir die halbe Nacht mit der »Harmonischen Trennung« um die Ohren geschlagen. Die Ratschläge von Frau Doktor Dippelpsych Donata Donnersberger kannte ich in- und auswendig. Solange es nicht in Arbeit ausartete, wollte ich sie gern beherzigen.

»Was gibt's denn?« Er legte nicht mal den Lötkolben aus der Hand! Früher hatte er alles stehen- und liegenlassen, sobald ich auch nur die erste Silbe seines antiquierten Vornamens ausgesprochen hatte. So ändern sich die Zeiten.

»Hast du den Zettel an der Pinnwand gelesen?«

»Hm.«

LASS MICH IN RUHE! DU SIEHST DOCH, DASS ICH LÖTE!

»Also, Konrad, es tut mir wahnsinnig leid, es macht mich wahnsinnig betroffen und wahnsinnig traurig, echt! Aber ich muß...«

Dich entsorgen, du Langweiler! Du zäher Zoologe! Halt an dich, Caro! Denk an Frau Donnersberger! »...das heißt, wir müssen die Dynamik unserer Beziehung diskutieren.«

Welche Dynamik? In unserer Beziehung gab's keine Dynamik. Hatte es nie eine gegeben.

»Wie du sicherlich festgestellt hast, ist unser Kommunikationsverhalten empfindlich gestört.« Klasse Wort. Hatte ich von Donata geklaut.

»Hm.« Konrad lötete auf Teufel komm raus. Die Zikadenmännchen fingen heftig an zu zirpen. Ob aus Protest oder Zustimmung, vermochte ich nicht zu entscheiden. Jedenfalls störte ihr Singsang unser bißchen Kommunikation. Und zwar empfindlich. Ich räusperte mich und zwang mich zur Ruhe, wie Frau

Donnersberger es empfahl. Ganz vorsichtig wollte ich mich an die delikate Thematik heranpirschen, um zu verhindern, daß Konrad geschockt kollabierte, sich womöglich den Daumen lötete, wenn ich die Sprache auf das unmittelbar bevorstehende Ende unserer Beziehung brachte.

»Ich möchte dir hiermit mitteilen, daß ich bald ausziehe. Es ist mir klar, daß dies eine einschneidende Veränderung in deinen, äh, Lebensumständen darstellen muß und daß…«

Hörte er mir überhaupt zu? Und dafür hatte mir Suse diesen Wälzer hinterhergeschmissen? Ich schwafelte daher wie eine fetthaarige, blasse Alt-Achtundsechzigerin aus einem betroffen-heitstriefenden Schwarzweißstreifen vom Filmförderfonds!

»Konrad, es ist AUS!« schrie ich.

Harmonische Trennung! Wo gibt's denn so was! Dieser Donnersberger fehlte wohl 'ne Latte im Zaun!

Konrad murmelte vor sich hin. Ich konnte nichts verstehen, weil die Zikadenmännchen zirpten.

»Was?«

»Ich sagte, macht nix.« Er legte den Lötkolben aus der Hand und drehte sich um. »Ist alles nicht so wild.«

Alles nicht so wild? Bislang hatte ich mich in dem Glauben ge-suhlt, Konrads Welt würde einstürzen, wenn ich ihn im Stich ließe. Eigentlich hatte ich mich felsenfest darauf verlassen, er würde sich die Haare raufen, seine Hornbrille zertreten, Amok laufen und alle Zikaden zerquetschen aus schierer Verzweif-lung.

Und nun das? ALLES NICHT SO WILD?

»Konrad!« rief ich drohend.

»Na ja«, er wand sich verlegen auf seinem Schemel, »erinnerst du dich an Camelia?«

Camelia? So heißen Damenbinden, aber keine anständigen Frauen. Undeutlich erschien vor meinem geistigen Auge ein plumpes Weibsbild mit platten Gesichtszügen und noch platte-ren Füßen.

»Meinst du die entenärschige Brillenschlange, die mal hier war?«

Konrad hatte ihr bei der Diplomarbeit geholfen. Wenn ich mich recht entsann, arbeitete sie über Nacktschnecken.

»Na ja«, sagte er wiederum. »Camelia und ich ...«
... HABEN UNS HINREISSEN LASSEN!
»Konrad!« rief ich abermals drohend. »Sag bloß, du hast dich mit der Nacktschnecke gepaart?«
Und ich dusselige Kuh hatte immer angenommen, mein Lebensabschnittspartner sei ein Ausbund an Treue und Tugend, lediglich empfänglich für die Reize von Flora und Fauna!
Konrads zerknirschte Miene sprach Bände und machte jede weitere Frage überflüssig. Wahrscheinlich würde die gemeine Nacktschnecke lüstern über die Schwelle kriechen, sobald ich meinen letzten Pappkarton über selbige geschleppt hatte.
Ich konnte nur hoffen, daß die Nacktschnecke der natürliche Feind der Zikade war.

Kurz nach dem Umzug gab ich eine Einweihungsfete für die Mädels. Ich hatte Delikatessen bei Behrens besorgt, und wir taten uns an Krabbencocktail und diversen Salaten gütlich.
»Also so was«, sagte Suse kauend, »hätte ich Konrad nie zugetraut. Aber wie heißt es so schön: Unverhofft kommt oft!«
Wir waren wieder mal beim Thema Nacktschnecke gelandet. Wortlos schenkte ich Wein nach. Ehrlich gesagt, stand mir das Thema Nacktschnecke Oberkante Unterlippe. Zudem war Konrad für seine Verhältnisse ausgesprochen ausfallend geworden, als ich meine Ansprüche auf gewisse Möbelstücke geltend machte, von denen er fälschlicherweise annahm, sie seien im Lauf der Jahre in seinen Besitz übergegangen. Und er war fast affektinkontinent geworden, als ich bei ihm meine Außenstände einforderte. Bislang hatte er keine müde Mark rüberwachsen lassen.
»Mal was anderes: Was macht ihr über die Feiertage?« fragte ich, um das unerquickliche Thema zu beenden. Wie immer würde ich Heiligabend bei meinen Eltern verbringen. Davor grauste es mir jetzt schon. Rein theoretisch konnte man sich Heiligabend nur in Begleitung eines verschleißgeilen Psychoklempners nach Hause trauen, fand ich.
»Suse, hat dein Chef Heiligabend schon was vor?« fragte ich hoffnungsvoll.
Konnte ja sein, das Schicksal war mir hold, und Doktor Feudel-

berg verzehrte sich danach, der Familie Buchholz therapeutischen Beistand zu leisten, Karpfen und Kerzenschein inbegriffen.

»Und ob! Der macht eine Maulesel-Trekking-Tour im Himalaja. Die eigenen Grenzen erfahren, Bewußtseinserweiterung... ihr wißt schon.« Suse sah aus, als wäre sie liebend gern mitgeflogen. »Der hat's gut. Und ich muß in Hamburg bei Muttern abhängen.«

Hillu griff beherzt nach einem kalten Hühnerschlegel. »Peanuts! Stellt euch mal vor, ich hab die GANZE BAGAGE am Hals! Schwager, Schwägerin, sämtliche Bälger, die Schwiegermutter. Nach den Feiertagen nehme ich erst mal meine Grippe, zur Erholung!«

Also Fehlanzeige mit Weihnachten. »Und Silvester?«

Betretenes Schweigen in der Runde. Hillu vermied sorgfältig jeglichen Blickkontakt mit mir, statt dessen starrte sie auf den halb abgenagten Hühnerschlegel, als sie stammelte: »Caro, Uli und ich machen 'ne kleine Fete. Aber die Leute würden dir nicht gefallen, ehrlich, alles Pärchen...«

»Ich seh schon, als Single-Frau ist man bloß die Hälfte wert«, versetzte ich trocken.

Herrje! Man konnte meinen, als Single-Frau liefe man mit einem Schild um den Hals herum: Bin solo! Mann verzweifelt gesucht! Tot oder lebendig!

Früher hatte Hillu Konrad und mich immer eingeladen, damals, im Doppelpack, als noch nicht die Gefahr bestand, daß ich mich über andererleuts Ehemänner hermachte. »Suse?«

Suse wand sich in Verlegenheitskrämpfen. »Na ja...«

»Komm, du bist doch auch solo über Silvester!«

Sie hatte mir erzählt, daß Sigi, der hochalpine Hirni, sich über die Feiertage an irgendwelchen Felswänden – war's am Marterhorn? – abseilen wollte. Es sah verdammt danach aus, als seien alle Männer momentan auf dem Selbsterfahrungstrip. Mit voller Wucht in die Schlucht, hollereidudiliö! (Alle? Konrad auch? Klar, wahrscheinlich erforschte er die Feuchtbiotope der Nacktschnecke... Caro, halt an dich!)

»Schon, aber mein Chef ist dann wieder zurück und gibt eine Party, da bin ich eingeladen. Sorry, ich muß mal aufs Klo!«

Sprach's und verschwand. Mir schwante was.

»Das ist der Todesstoß für Jung Siegfried!« verkündete ich düster. »Trara! Hagen von Tronje naht, und Kriemhild Korff sinkt an seine hehre Heldenbrust.«

Ich sah die Szene regelrecht vor mir: Doktor Feudelberg hoch zu Roß (oder zu Maulesel, von mir aus), in schimmernder Rüstung, die blanke Lanze siegessicher gen Himmel gerichtet. Suse, ihrer Kemenate entflohen, juchzend und frohlockend die Burgzinnen erklimmend. Sigi, zu Füßen des Marterhorns in seinem Blute liegend…

Hillu stopfte sich ungerührt eine Handvoll Kartoffelchips in den Mund.

»Versteh ich nicht.«

»Na, die Nibelungensage! Hatten wir im Deutschunterricht.« Sie zuckte kauend die Schultern. »Ich nicht.«

Suse kam vom Klo.

»Wie heißt dieser Feudelberg eigentlich mit Vornamen? Hagen?« Das wär zu schön, um wahr zu sein!

»Was?«

»Vergiß es.«

»Ich hab mir was überlegt«, sagte Suse. »Wie wäre es, wenn wir drei zusammen in Urlaub fahren?«

Ich stand auf und holte eine neue Flasche Wein aus der Küche. Sollte sie ruhig ein bißchen zappeln.

»Meinetwegen«, sagte ich dann, »wenn's nicht der Himalaja ist. Da ist mir die Luft zu dünn. Da sind mir die Maulesel zu hoch.«

»Sollen wir zum Ski fahren in die Alpen?«

»Ich kann nicht Ski fahren!« ließ sich Hillu vernehmen. »Nicht in die Alpen!«

In die Alpen wollte ich auch nicht. Da hatten sie lila Kühe und lila Herzen und kein fast food. Nur slow food fressende Alm-Öhis, die so cool und so alt waren wie Gletscher. Und außerdem war es saukalt. »Was haltet ihr von den Kanaren? Last-minute-Flug?«

»Ist das da, wo der ganze Tschätt-sätt Urlaub macht?« fragte Hillu sensationslüstern und wischte sich die fettigen Hände an einer Serviette ab. »Gunther Sachs und so?«

»Nö – das ist Ibiza! Oder Marbella?« Mutti und Annedore wuß-
ten das sicher besser als ich. »Da kriegen mich keine zehn Maulesel hin!«

Auch keine lila Kühe. Mir hing der hiesige Jet-set schon zum
Halse heraus.

»Mallorca!« rief Suse. »Muß 'ne total tolle Insel sein, also das
Landesinnere. Wir könnten wandern und . . .«

»Wandern? Kommt gar nicht in die Tüte! Ich will am Strand
liegen und faulenzen. Plaja dell Soll, oder wie das heißt. Wenn
schon, denn schon!«

Hillu ging aufs Ganze. Was ich verstehen konnte, weil Uli-
Schnulli nicht sehr reisefreudig war und seinen Urlaub am liebsten am Baggersee verbrachte. Da wußte man wenigstens, was
man hatte. Pommes rot-weiß und ein Bier, so gehörte sich das.
Alles andere war Firlefanz.

»Wie willst du das eigentlich deinem Alten beibringen? Der läßt
dich doch im Leben nicht allein weg, wenn er malochen muß.
Dann kommt er ja abends heim und kriegt nichts gekocht!«

Uli arbeitete auch bei einer Bank, allerdings bei der Konkurrenz.

»Kein Problem!« sagte Hillu. »Ich quartiere meine Schwiegermutter bei uns ein. Die ist total happy, wenn sie mal in aller
Seelenruhe meinen Haushalt auf den Kopf stellen kann.«

Das wollte ich gern glauben. Ich hatte Hillus Schwiegermutter
einmal zu Gesicht bekommen, und das war genau einmal zuviel
gewesen.

»Also, Mädels, ich muß ins Bett!« rief Suse und gähnte herzhaft.

»Können wir jetzt endlich eine Entscheidung treffen?«

Ich zog meinen alten Westermann-Schulatlas aus dem Bücher-
regal und schlug ihn bei Südeuropa auf. Dann hielt ich ihn Suse
unter die Nase.

»Mach die Augen zu.« Sie gehorchte kichernd. »Und los!«

Sie fuhr mit dem rechten Zeigefinger durch die Luft, kreiste ein
paarmal und stieß entschlossen zu. Hillu und ich beugten uns
gespannt über den Atlas.

»Teneriffa!« schrien wir wie aus einem Munde. Suse machte die
Augen wieder auf.

»Also gut. Teneriffa. In Gottes Namen. Wer kümmert sich

drum?« Im Delegieren waren die Psychoklempner prima. Verantwortung abgeben hieß das im Fachjargon. Andere schuften lassen hieß es auf gut deutsch.

Ich versprach, Prospekte im Reisebüro zu besorgen, entließ die beiden in die kalte Winternacht und kuschelte mich in meine duftende Satinbettwäsche.

Kein Schnarchen störte meinen Schönheitsschlaf.

Im Namen der Kunst

Draußen lamentierte Else beim Schneeschippen lautstark mit Kemal, dem türkischen Kneipenwirt von nebenan, über Sinn und Zweck der Winterfütterung für die gefiederten Freunde des Menschen, bis Egon herausgepoltert kam und der unfruchtbaren Diskussion ein Ende bereitete.

Ansonsten Totenstille.

Keine einzige Zikade zirpte.

Womit ich nicht sagen will, daß ich sie vermißte.

Nichts lag mir ferner.

Genüßlich rekelte ich mich auf meinem funkelnagelneuen, noch jungfräulichen King-size-Futon und beobachtete versonnen, wie die Schneeflocken aus dem Himmel purzelten.

Genauso, wie ich es mir vorgestellt hatte.

Grunzend wälzte ich mich auf die Seite und gedachte der überstandenen Feiertage. Wie immer hatte ich Mutti Heiligabend mit einer Halbliterflasche Herztonikum überrascht, und wie immer war ich von Annedore mit einer Magnumflasche Klimakteriumsglück übertrumpft worden. Zwar hatte ich im Vorfeld die Geschenke-Selbermachen-Rubriken sämtlicher Frauenzeitschriften studiert, war aber leider auf kein extravagantes Weihnachtsgeschenk für Mutti gestoßen. Stricken und Sticken sowie Häkeln und Nähen fielen nicht in mein Ressort. (Zu Muttis stetem Entsetzen, und überhaupt: Wo doch Annedore sooo tolle Topflappen häkeln konnte!) Es waren also von vornherein die entzückenden selbstgestrickten Pullöverchen aus Flauschgarn sowie die liebevoll selbstbestickten Beutel aus feinstem Linnen flachgefallen. Da ich davon ausgegangen war, daß Mutti weder beim Anblick eines selbstgeschweißten Grillrosts mit Spiralfedern noch einer selbstgeflochtenen Leselampe aus thailändischem Bambus in Freudentränen ausbrechen würde, hatte ich diese Geschenkideen ebenfalls verworfen. So auch den selbstgeschnitzten Aal aus Kernseife, denn am Ende stand ich wieder dumm da, falls Annedore mit einem selbstgebackenen Wal aus Hefeteig anrückte.

Der Engerling – in einem viel zu engen Kleid, das an die Pelle einer Bockwurst erinnerte – hatte ein Weihnachtsgedicht aufgesagt. Annedore – in festlicher Bluse mit Schlüppchen – hatte mit Mutti im Duett »Frö-hö-liche Weih-nacht über-all« gesungen, und um die zittrigen Weiberstimmen zum Schweigen zu bringen, hatte ich vorgeschlagen, das schöne deutsche Weihnachtslied »Leise pieselt das Reh« zu intonieren, war aber mit diesem Vorschlag nur bei Vati und Herbert auf Gegenliebe gestoßen. Bei den Weibern auf Granit, woraufhin ich ziemlich bald das Weite gesucht hatte. Noch am ersten Feiertag hatte mir der Karpfen Pfötchen gegeben, so daß ich mich genötigt gesehen hatte, an der nächstgelegenen Trinkhalle einen Magenbitter zu erstehen.

Seufzend rappelte ich mich hoch, tauschte den vanillefarbenen Satinpyjama gegen Jeans und Pullover, frühstückte im Stehen ein Knäckebrot, trank eine Tasse Nescafé und schlüpfte in die dicken Winterboots. Ich hatte mir vorgenommen, meine Wochenendeinkäufe in dem kleinen Tante-Emma-Laden umme Ecke zu tätigen.

»Na – schon auf?« fragte Else und stützte sich auf die Schippe, als ich aus dem Haus trat. Sie trug einen Vorkriegsmantel, abgeschnittene Fingerhandschuhe und Knobelbecher. In ihren lilaweißen Watteflöckchen hingen ein paar Schneeflöckchen. Nie sah sie Else Kling ähnlicher als heute!

»Wat 'n Schnee! So 'n Schnee hatten wir lange nich!« Sie stellte die Schippe ab und begann, Salz zu streuen.

Ich trat zur Seite und zog meine Handschuhe an. Else versetzte dem Streusalzeimer einen Fußtritt und winkte der klapprigen

Nachbarin von gegenüber, die sich Schritt für Schritt den spiegelglatten Bürgersteig entlanghangelte und solcherart das Schicksal herausforderte.

»Guten Morgen allerseits!« schrie Else, als unsere Haustür aufging. Das Ehepaar Großhans & Schulte-Großhans kam heraus. Bislang hatte ich die beiden noch nicht zu Gesicht bekommen, so daß ich jetzt neugierig stehenblieb. Ich wollte wissen, wer sich hinter dem gediegenen Messingschild verbarg.

»Guten Morgen, Frau Konetzki«, sagte die Frau mit rauchiger Stimme.

Sie trug kamelfarbene Pumps und einen kamelfarbenen Mantel. Sogar ihr Haar war kamelfarben. Einen Höcker hatte sie nicht, dafür aber viel zuviel Schmacke auf der Backe.

Else machte uns miteinander bekannt. »Dat is die Frau Buchholz, die oben im Appattmäng wohnt, und dat is die Frau Schulte-Großhans und dat is der Herr Großhans.«

Jedesmal, wenn sie einen Namen nannte, warf sie der betreffenden Person eine Handvoll Streusalz vor die Füße. Reiner Reflex wahrscheinlich.

Herr Großhans, ein Mann von fürwahr hünenhafter Gestalt, nickte mir aus luftiger Höhe freundlich zu.

»Tachchen!« sagte er. »Soso, Sie sind der Neuzugang!«

Es hörte sich an, als handele es sich bei meiner Wenigkeit um eine nasse Katze, die den Konetzkis in einer sturmdurchtosten Nacht zugelaufen war. Die winzige Gattin zerrte mit manikürten Fingern an seinem Jackenärmel.

»Komm, Möpsi, shoppen! Bei Behrens ist der Beluga-Kaviar im Angebot!«

Na, wenn sie sonst keine Sorgen hatte! Möpsi tat, wie ihm geheißen, und trottete wie ein Schoßhund hinter ihr her. Ich machte mich sofort daran, Else auszuhorchen, und erfuhr, daß Möpsi Abteilungsleiter eines namhaften Chemiekonzerns war und die Gattin eine hochkarätige Karrierefrau, die die namhafte Edelboutique Elegantia ihr eigen nannte. Kein Wunder, daß sie so aufgetakelt daherkam. Kinder hatten sie nicht, dafür einen Langhaardackel, der bei Frau Schulte-Großhans im französischen Bett schlief, wie mir Else unter dem Siegel der Verschwiegenheit mitteilte. Schade – ich wünschte, sie hätten einen Mops gehabt. Oder ein Kamel. Das wäre echt der Hyper-Hammer gewesen!

Wir guckten zu, wie Möpsi seine monströse Nobelkarosse freischaufelte und Eis von der Windschutzscheibe kratzte, während die topgestylte Gattin ungeduldig auf und ab trippelte. In Pumps würde ich mir sämtliche Zehen abfrieren.

»Tschö!« sagte ich zu Else, als die beiden, nachdem die saft- und kraftlose Batterie der Nobelkarosse endlich ihren Widerstand aufgegeben hatte, in einer stiebenden Schneewolke davonbrausten.

Der Tante-Emma-Laden lag neben der Trinkhalle, an deren Tresen mehrere Exemplare der Spezies Mann herumhingen und Schnäpse kippten. Wahrscheinlich waren sie von ihren Ehefrauen hier geparkt worden, damit diese in Ruhe shoppen konnten. Wenn ich es recht bedachte, gefiel mir »Shoppen« ausgesprochen gut. Das Wort klang irgendwie so nach New York, nach großer weiter Welt.

Vor dem Laden kläfften mich diverse angebundene Dackel an. Dackel schienen hier im Viertel in der Haustier-Beliebtheitsskala auf Platz eins zu rangieren, dicht gefolgt von Wellensittichen und Kanarienvögeln.

Der Tante-Emma-Laden hieß »Klasse-Kauf« und war konseqent im späten Fünfziger-Jahre-Look eingerichtet. Die einzigen Zugeständnisse an die Moderne waren die Registrierkasse und die Kühltheke. An der Kasse stand eine lange Schlange lilalockiger Omas an. Irgendwo in der Nähe mußte ein farbenblinder Friseur sein Unwesen treiben. Ich schnappte mir ein Einkaufswägelchen.

Das Sortiment war in der Hauptsache auf die Bedürfnisse von Rentenempfängern und hausbackenen Hausfrauen abgestimmt. Gleich links neben dem Eingang befand sich ein Verkaufsstand mit blickdichten Strumpfhosen, Miederhosen, Hüfthaltern und mordsmäßigen Büstenhaltern. Ein paar Schritte weiter quollen mir aus einem wackeligen Regal überreichlich Produkte für die Ginseng-Clique entgegen, als da wären Haftcreme für die Dritten, Drei-Phasen-Reiniger, Knoblauchpillen, Hühneraugenpflaster, Nieren- und Blasen- und Abführtee. Die Tampons, die ich verzweifelt suchte, hatte man zwischen den Putzlumpen und dem Klopapier deponiert. Suse würde jetzt sicher rufen: Freud läßt grüßen, meine Süßen!

Ich fahndete nach Dosensuppen (vornehmlich nach Brokkoli-cremesuppe, Ariane Alfa ließ grüßen!), wurde fündig, fischte anschließend klammheimlich eine Tube Pickelcreme aus dem Kernseifen- und Deorollerregal, versteckte sie unter den Bandnudeln, machte einen großen Bogen um die kleine Kühltheke und stellte mich am Wurst- und Käsestand an. Etliche Omas waren vor mir an der Reihe, und es dauerte eine geschlagene halbe Stunde, bis ich dran kam, weil alle Omas von jeder Wurst bloß eine Scheibe wollten und außerdem der Verkäuferin haarklein erzählten, daß der Sohn beziehungsweise die Tochter am Wochenende zu Besuch komme. Samt Enkelchen! So wat von schön war dat! Ich bewunderte die Engelsgeduld der Verkäuferin, einer hochgewachsenen Frau mit honigblondem Dutt, die sogar noch die Kraft aufbrachte, auch mich freundlich zu bedienen.

Dann machte ich einen kleinen Schlenker zum Obst, warf ein Netz Mandarinen ins Wägelchen, wich einer zweiten Verkäuferin aus, die ebenso hochgewachsen und honigblond war wie die erste und Sprudelkästen hin und her wuchtete, wobei sie einen alten Song von Howie summte: »Dei-heine Spu-huren im Sa-hand!« Es ging doch nichts über gutgelauntes Personal. Obwohl »Spuren im Schnee« momentan passender wäre.

Mit dem Vorrücken der Kassenschlange passierte ich ein Regal mit Hundefutter, Kolbenhirse, Sonnenblumenkernen und Meisenknödeln und gelangte zum Wühltisch, auf dem die preisgünstigen Produkte eines Kafferösters lagerten. Ich weiß nicht, warum, aber Wühltische verführten mich schon immer zu sofortigem Wühlen. Die sternchenförmigen Backformen waren im Sonderangebot, klar, jetzt nach Weihnachten. Für die bübchen-blauen Herren-Frotteeschlafanzüge hatte ich keine Verwendung. Ich widmete mich den Damen-Unterhosen. Schade, die gab's nur ab Größe 46 aufwärts.

»Tolles Modell!« sagte eine Männerstimme hinter mir. »Man beachte den absolut klassischen Schnitt, die Superpaß-form...«

... MACHT DEN GROSSEN PO FROH!

Ich ließ den Monsterslip, den ich in der Hand hielt, fallen wie eine heiße Kartoffel. Mein Hintermann lachte.

»Haha!« rief ich gehässig. »Selten so gelacht, was?«

Der Typ rammte mir sein Wägelchen in die Kniekehlen. »Sorry. War nicht so gemeint!«

Er inspizierte die Waren auf dem Wühltisch und entschied sich für einen bübchenblauen Frotteeschlafanzug, Größe 56. Für was auch sonst? Damit waren die Weichen für einen eventuellen Fortgang unserer Bekanntschaft gestellt.

»Tolles Modell!« sagte ich anzüglich. »Und erst der klassische Schnitt!«

»Okay, es steht eins zu eins. Ich gebe mich kampflos geschlagen.« Er zwinkerte belustigt. Als er sich nach einer Flasche Rotwein bückte, bemerkte ich, daß sich zwei Geheimratsecken genüßlich in sein schwarzes Haar fraßen. Fürwahr, ein Adonis war er nicht. Für so einen war der Schlafanzug lange gut.

Die Schlange rückte wieder vor. Wenn das so weiterging, konnte es sich nur noch um Stunden handeln, bis ich hier rauskam. Vor mir mühte sich eine alternativ angehauchte Kindsmutter mit ihrer etwa fünfjährigen Tochter ab.

»Will aber Schokolade!«

»Mara-Melinda, der Papi und die Mami haben dir doch gestern abend erst wieder erklärt, was die kleinen Männchen, die in der Schokolade wohnen, mit deinen Milchzähnchen machen.«

Mara-Melinda waren die Scheißmännchen, die in der Schokolade wohnten, schnurzpiepegal. Die Milchzähnchen sowieso.

»Will aber Schokolade!« schrie sie mit hochrotem Kopf und fing an zu flennen. Die Omas in der Schlange waren ganz gefesselt von dem Schauspiel.

»Soll ich dir denn eine Tafel Schokolade schenken?« fragte eine mitleidig. Mara-Melinda hörte prompt auf zu heulen und richtete ihre fünfmarkstückgroßen veilchenblauen Augen auf die Oma. Es war zum Steinerweichen.

Das fand die Kindsmutter jedoch ganz und gar nicht. In oberlehrerhaftem Tonfall verbat sie sich jegliche Einmischung in ihre erzieherische Maßnahme.

Die Oma wandte sich beleidigt ab. Ich spähte in den Einkaufswagen der Kindsmutter und fand meine schlimmsten Vermutungen bestätigt. Vollkornplätzchen, Sauerkrautsaft, Grünkern-Tortellini, Öko-Putzzeug, Knoblauch, Jasmintee, Recycling-Klopapier. Das, was am Hintern so kratzt, daß man sich wünscht, man hätte nie geschissen. Als hätte die Kindsmutter es geahnt, drehte sie sich nach mir um und strahlte übers ganze kernseifegepflegte Gesicht. Das Strahlen hielt an, bis sie den hochwertigen Haushaltsreiniger in meinem Wagen ortete.

»Ach, hallo!« sagte sie, nicht zu mir, sondern zu meinem Hinter-mann. Er grüßte zurück, und als die Kindsmutter sich zu Mara-Melinda runterbeugte, um ihr eine Tüte Kartoffelchips zu entrei-ßen, übergab er sich imaginär in seinen Einkaufswagen.

Das war mir ja eine klasse Kundschaft im »Klasse-Kauf«!

An der Kasse saß eine dritte hochgewachsene honigblonde Frau. Irgendwo mußte hier ein Nest sein! Lauter Walküren! Wahr-scheinlich hießen sie Walburga, Brunhilde und Gudrun und hat-ten alle denselben Nachnamen, nämlich Wagner. Ich legte meine Waren auf das Fließband, wobei ich sorgfältig darauf achtete, daß die Pickelcreme für meinen Hintermann unsichtbar blieb. (Nicht, daß es mir so ging wie dem Typen in dem Präservativ-Werbespot – bloß nicht!) Nach und nach tippte die Walküre die Preise ein. Bei der Pickelcreme stutzte sie, drehte die Tube ratlos hin und her, hob sie schließlich hoch und schrie durch den gan-zen Laden: »Äy, wat kost 'n dat hier? Ist die Pickelkräm im An-gebot?!«

»Nö!« kam es von hinten. »Macht neun fünfundneunzig!«

Hinter mir hörte ich ein Räuspern. Warum hatte der liebe Gott kein Einsehen? Warum tat sich der fleckige Linoleumboden nicht auf und verschluckte mich? Mit Haut und Haaren? Konnte die Walküre denn nicht nach dem Bandnudelpreis fra-gen? Nach dem Haushaltsreinigerpreis? Warum nur mußte sie sich aus den Gegenständen, die auf dem Fließband lagen, ausge-rechnet diese extrem peinliche Pickelcreme herauspicken?

Gesenkten Kopfes verstaute ich meine Einkäufe in einer »Klasse-Kauf«-Plastiktüte, wofür ich einen strafenden Blick der Kinds-mutter erntete, die – wie hätte es auch anders sein können! – ihren Öko-Krempel in einem Weidenkörbchen heimtrug.

Nix wie weg! Wenn ich Glück hatte, würde ich den Typ niemals wiedersehen. Schließlich lebten wir nicht in einer Kleinstadt.

Am Sonntag schlief ich bis in die Puppen, brunchte gegen halb drei und suhlte mich in meiner Luxuswanne, bis meine Haut ganz aufgeweicht war und ich das Gefühl hatte, daß mir Schwimmhäute zwischen den Zehen wuchsen. Dann salbte ich meinen Luxuskörper – na ja, in der rechten hinteren Kniekehle entdeckte ich eine krampfaderverdächtige Zone, meine Pobakken hingen neuerdings so merkwürdig nach unten, und überhaupt brauchte ich den Wonderbra wirklich DRINGEND – mit einem Rest Sonderangebots-Körpermilch aus meinem früheren Leben.

Ich entkorkte eine Flasche Chablis und erhitzte die Brokkolicremesuppe in der Mikrowelle. Auf meinem Tisch stand keine einzelne popelige weiße Rose, sondern ein Mordsbukett herzblutroter Baccara-Rosen, das mir Leon Lauritz gestern per Fleurop hatte zukommen lassen.

Else war richtig neidisch gewesen, weil sie von Egon nur zum Geburtstag und zum Muttertag Blumen kriegte.

Das Kärtchen, das im Bukett gesteckt hatte, lehnte an der Kristallvase. Ich setzte mich aufs Sofa und las den Text abermals, obwohl ich ihn mittlerweile in- und auswendig kannte.

»Ach, Caro!« stand auf dem Kärtchen. »Im Namen der Kunst – überwinden Sie sich und sitzen Sie mir Modell. Der Kopf bleibt dran, er wird auch gemalt. Versprochen! Ihr Leon Lauritz.«

In mir rangen Vernunft und Unvernunft. Die Vernunft trug einen mausgrauen Jogginganzug und rief, während sie auf die Unvernunft – in knappen weißen Boxershorts – eindrosch, daß Lauritz auch nur ein Mann war, der auch nur das Eine wollte wie eben alle Männer. Die Unvernunft befreite sich aus dem Klammergriff der Vernunft und hielt dagegen, daß Konrads Leiche schon ziemlich kalt war und Leon zwar kein Lachsschnittchen oder Sahnetörtchen, aber doch zumindest ein Erfrischungsstäbchen. Ob Orangen- oder Zitronengeschmack, das behielt die Unvernunft für sich. Aber sie gewann den ungleichen Kampf.

Zugegebenermaßen fühlte ich mich natürlich auch enorm geschmeichelt, daß der Acrylpanscher ausgerechnet mein Antlitz der Nachwelt erhalten wollte.

Und überhaupt: Wer war ich denn, daß ich mich der Kunst verweigerte? Vor allem, wenn sie mich so charmant bat?

Mit einem zweiten Glas Wein trank ich mir den nötigen Mumm an, wählte die Atelier-Nummer und fixierte das Bukett, während das Freizeichen ertönte.

»Hallo, hier Lauritz!« Diesmal hatte er anscheinend keinen Pinsel im Mund.

»Buchholz. Besten Dank für die Rosen…«, stammelte ich. Dann verschlug es mir die Sprache, weil mir plötzlich Vatis alter Lieblingswitz einfiel. Ein Mann im Blumenladen. Der nicht weiß, welche Blumen er seiner Angebeteten schenken soll. Die Verkäuferin sagt: Nehmen Sie Rosen, dann wird sie Sie kosen. Der Mann überlegt. Und fragt nach einer Weile: Haben Sie auch Wicken?

Leon unterbrach mein Gestammel. »Keine Ursache. Könnten Sie schon heute abend? Sie kennen doch das alte Sprichwort, nichts auf morgen verschieben…«

WEM DU 'S HEUTE KANNST BESORGEN…

Ich überlegte. Um acht hatte ich einen Termin im Garten der Galerie Geiz & Knickerich. Ein Zahnklempner, der in seiner Freizeit auf Künstler machte, stellte dort Skulpturen aus Schrott aus. Gegen neun konnte ich mich bestimmt abseilen.

»Um neun?«

»Alles klar!« rief Lauritz. »An die Arbeit!«

Er barst ja geradezu vor Schaffensdrang!

»In Gottes Namen!« seufzte ich ergeben in den Hörer.

»Nein«, sagte er, »im Namen der Kunst.«

Auch gut.

Im verschneiten, parkähnlichen Garten der Galerie Geiz & Knickerich tummelten sich mehrere vermummte Gestalten der High Snobiety. Für die anwesenden Damen bot die winterliche Open-air-Vernissage eine willkommene Gelegenheit, ihre Nobel-Zobel vorzuführen. Ich hätte meinen Hintern drauf verwettet, daß es sich bei dem Publikum in erster Linie um Privatpatienten des ausstellenden Zahnklempners handelte. In meinem ganzen Leben hatte ich noch nie soviel Jacketkronen auf einem Haufen gesehen. Ich fotografierte zwei der Skulpturen, bevor das Schneetreiben wieder einsetzte. Die Skulpturen standen auf Sockeln und bestanden aus rostigen Schrauben, krummen Nägeln, ausrangierten Zahnrädern und dergleichen mehr. Sie hatten so komische Namen wie »Angstschweiß« oder »Mundgeruch«. Es hatte ganz den Anschein, als verarbeitete der Zahnklempner seine täglichen Erfahrungen aus der Praxis skulpturenmäßig. Und – o Wunder! – die Dinger brachten Geld! Sogar mehr als die Kronen und Inlays! Die Skulptur »Karies«, die aus einem Nagel bestand, der sich in ein Stück rostiges Blech bohrte, sollte sage und schreibe achttausend Mark kosten.

Sicher saß der Zahnklempner jeden Abend in seinem Hobbykeller, mit einem Schweißgerät bewaffnet, und rief: Glück, sei mir hold, aus Eisen werde Gold!

Ganz gegen meine Gewohnheit hielt ich ein Schwätzchen mit dem Kollegen vom Tageblatt. Wir tranken einen Glühwein – mehr Glüh als Wein, die Galerie machte ihrem Namen alle Ehre – und tauschten uns über die Auswüchse der Gegenwartskunst aus. Kurz nach neun machte ich mich auf den Weg zu Leon Lauritz.

Sein Atelier fand ich nur mit Mühe. Der von mir gedungene Taxi Driver war mit seiner Droschke schon längst über alle Berge, als es mir endlich gelang, in den trostlosen Hinterhof vorzustoßen, ihn im Stockdunklen zu überqueren, ohne mir den Hals zu brechen, und an der von Lauritz beschriebenen, mit lila Lackfarbe angemalten Tür zu klingeln.

Der Künstler begrüßte mich mit verklärtem Gesichtsausdruck und verkündete, gerade heute abend sei er in einer ausgesprochen kreativen Verfassung. Allerdings guckte er mich dabei so durchdringend an, daß ich mich bang fragte, was er wohl damit meinte. Vielleicht deckte sich ja sein Verständnis von kreativer Verfassung nicht mit meinem.

Galant half er mir aus der Lederjacke, warf sie achtlos auf einen chromblitzenden Designer-Sessel, der aussah wie ein Gebärstuhl, und führte mich in seine Behausung. Die Behausung entpuppte sich als Etage einer ehemaligen Seifenfabrik, nur roch es jetzt nach Farbe. An den hohen Fenstern standen diverse Staffeleien, darauf Bilder in halbfertigem Zustand. Konnte auch sein, sie waren fertig. Bei Leon wußte man das nicht so genau.

Ansonsten herrschte ein heilloses Chaos. In jeder Ecke standen

Farbtöpfe, lagen Pinsel, neben dem Kamin – in dem leider kein heimeliges Feuerchen loderte – stapelten sich Zeitschriften und Bücher, der Schreibtisch bog sich unter der Last der Aktenordner, unter denen er begraben war. Malerisch verteilt waren schmutzige Tassen, verdorrte Topfpflanzen, angebissene Brote, dreckige Socken, ein fleckiger Morgenmantel. Es sah aus wie bei Hempels unterm Sofa. So, als steckte der Kamm in der Butter.

In der Mitte stand ein großer Tisch aus Acryl. Klar, Acryl war naheliegend. Auf dem Tisch stand eine offene Flasche Rotwein.

»Auf gutes Gelingen!« rief Leon und drückte mir ein Glas in die Hand. »Auf, auf, frisch ans Werk!«

Während er mich auf eine kreischrote Ledercouch komplimentierte, die in einem besonders zugigen Winkel neben einem besonders undichten Fenster stand, schwafelte er über Perspektiven und Vorentwürfe.

»Die Skizze fertige ich mit Violett als Grundfarbe an, mit Terpentin verdünnt. In groben Strichen den Aufbau des Modells...«

Das Modell kriegte schon jetzt einen kalten Arsch auf der unkommoden Sitzgelegenheit. Wie lange würde er wohl brauchen, bis er diese ominöse Skizze fertig hatte? Minuten? Stunden? Ich ruckelte ungeduldig hin und her. Weiß der Himmel, wieso sich manche Leute Ledercouchen in die Wohnung stellten. Diese Dinger waren ungefähr so gemütlich wie – ich ließ meinen Blick schweifen –, genau, wie Gebärstühle.

»...ein bißchen Spiel von Licht und Schatten, und voilà!« Leon knipste eine Unzahl Scheinwerfer an und stürzte sich auf die unschuldige weiße Leinwand. Mich beschlich allmählich das Gefühl, daß er wirklich nur aufs Malen scharf war. Das würde auch erklären, wieso er mir keine Wicken geschickt hatte.

»Kopf nach links, jaaa, so bleiben!« Er hopste tatsächlich auf und ab wie das tapfere Schneiderlein. Mein Zwerchfell begann zu explodieren.

»Nicht lachen! Bitte!« Der gestrenge Meister nahm offenkundig Anstoß an der überbordenden Fröhlichkeit seines Modells. Ich zwang mich, ans Ozonloch zu denken, an die Klimakata-

strophe und den sauren Regen, an Terrorkommandos und Tier-
transporte, an Altlasten und Abtreibungen. Es klappte. Es gelang mir, den nötigen Ernst zu wahren.

Die Prozedur zog sich ewig hin. Leon lugte hinter der mannshohen und mannsbreiten Leinwand hervor, um mich mit zusam-
mengekniffenen Augen zu mustern. Meine Gesäßmuskulatur
war in einen tiefen Winterschlaf gefallen, meine Gesichtszüge
eingefroren, meine Hände eiskalt. Als hätte ich stundenlang bei
Behrens in der Tiefkühltruhe gesessen.

Endlich legte Lauritz den Pinsel aus der Hand, strich sich über
den Zammelzopf, trat ein paar Schritte zurück und pfiff durch
die Zähne.

»Super!« rief er zufrieden.

»Darf ich mich jetzt bewegen?« fragte ich weinerlich. Niemals
mehr würde ich einem dahergelaufenen Pinselschwinger Modell
sitzen. Nicht für Geld und schon gar nicht mehr für gute Worte.
So schnell, wie ich fror, konnte ich gar nicht mit den Zähnen
klappern. Bestimmt hatte ich mir eine Grippe geholt.

»Klar, stehen Sie auf. Sie werden sehen, das wird ein tolles Bild!
Allererste Sahne!«

Ich erhob mich und machte erste Gehversuche. »Zeigen Sie
mal!«

Hinkend steuerte ich die Staffelei an. Behende glitt Lauritz herbei und lotste mich von der Leinwand weg.

»Lassen Sie mich doch mal gucken!«

Schließlich hatte ich den ganzen Abend stillgesessen, da sollte
man meinen, daß ich mir einen Blick auf das Machwerk redlich
verdient hatte.

Aber Lauritz ließ sich nicht erweichen. »Erst, wenn's fertig ist.
Sie sind natürlich Ehrengast bei meiner nächsten Vernissage!«

Dann eben nicht. So erpicht war ich nun auch wieder nicht auf
das Geschmiere, daß ich auf Knien vor ihm rutschen würde.

»Noch ein Glas Wein zur Belohnung?« fragte Lauritz und
näherte sich mit den Gläsern.

Der Acrylhocker, auf dem ich mittlerweile Platz genommen
hatte, war auch nicht dazu angetan, meinen Allerwertesten auf-
zuheizen. Die Kälte kroch erneut in mir hoch. »Haben Sie mal
eine Decke?«

Er hob verwundert die Augenbrauen. Es war wohl noch nicht vorgekommen, daß ein weibliches Wesen in seiner Gegenwart einem akuten Anfall von Verhüllungsdrang anheimfiel. Wahrscheinlich war er es gewohnt, daß sich die Weiber, die er herlockte, in Windeseile ihrer Klamotten entledigten und splitterfasernackend in Richtung ungemachte Bettstatt hasteten.

»Ist Ihnen denn so kalt?« fragte er ungläubig.

WOMÖGLICH IST DIE FRIGIDE!

»Und wie!« Wäre es zuviel verlangt, wenn ich ihn bat, mir eine Wärmflasche zu machen?

Leon zauderte. Was tun, sprach Zeus? Wozu würde er sich durchringen? Leon, mach mir ein Fläschchen! Koch mir Kamillentee! Bißchen dalli, wenn ich bitten darf!

»Wissen Sie was«, sagte er, »ich fahre Sie heim. Das kann man ja nicht mehr mitansehen!«

ICH MUSS DIE TUSSI LOSWERDEN! DIE SPINNT JA!

Er reichte mir meine Jacke. Innerlich fluchte ich, daß ich weder Schal noch Handschuhe dabeihatte. Das kommt davon! tönte Muttis Stimme in meinen Ohren. Annedore hat immer ein Leibchen an! Feinripp! Baumwolle! Jawoll! Und lange Unterhosen! Da konnte ich in meinem Mini-Slip wohl kaum mithalten.

Es schneite schon wieder. Wir stiegen in Leons schwarze Amikutsche.

»Is 'n das eigentlich für 'n Auto?« fragte ich und sank lethargisch ins Polster.

»Eine Corvette. Automatikgetriebe. Von Null auf Hundert in...«

Die ganze Fahrt über schilderte mir Lauritz die Vorzüge seines Ersatzpenis. Vor Kemals Kneipe stieg ich aus.

»Wir telefonieren!« rief Leon. »Gute Nacht – und besten Dank fürs Sitzen!«

Ich wartete, bis von der Corvette nur noch die Schlußlichter zu sehen waren.

Aus dem »Kara Deniz« krochen einladende Düfte in meine Nase. Ein ausgeprägtes Hungergefühl machte sich in mir breit. Diese Brokkolibrühe erwies sich als nur unzureichend sättigend. Mir war schleierhaft, wie Ariane Alfa das aushielt.

Mannhaft überwand ich mich und stieß die Kneipentür auf, steuerte den Tresen an und bestellte bei Kemal ein Döner Kebab.

»Hallöchen!« sagte eine Männerstimme neben mir. »So sieht man sich wieder!«

Schreck laß nach! Der Hintermann aus dem »Klasse-Kauf«! Wie hinterhältig doch das Schicksal zuschlägt! So unvermutet und hartnäckig wie ein Hexenschuß! Er faltete die Zeitung zusammen, in der er gelesen hatte, und prostete mir mit seinem Bier zu.

»Neu in der Gegend?«

»Ja«, sagte ich knapp. Dann ließ ich mir auch ein Bier kommen.

»Wo wohnst du denn?«

»Nebenan, bei Konetzkis. Kennst du die?«

Er nickte, allmählich taute ich auf. »Kennst du auch Schulze-Großkotzens? Die shoppen Tag und Nacht! Aber nicht bei Tante Emma!«

»Schoppen?« Er runzelte die Stirn.

»Na – einkaufen! Ich glaube, sie schmeißt die ganze Kohle für Klamotten und Schmacke raus, für Kaviar und so 'n Zeugs. Mich würden ja keine zehn Pferde dazu kriegen, Fischsperma zu essen!«

»Mich auch nicht!« Wir prosteten uns einträchtig zu. »Deshalb trink ich auch kein Wasser. Wasser ist widerlich. Da ficken Fische drin.«

Ich mußte lachen und verschluckte mich. Optisch fand ich ihn zwar nur bedingt tauglich, Drei plus vielleicht, Zwei minus, wenn's hochkam, aber immerhin hatte er es geschafft, mich zum Lachen zu bringen. Das hatte Konrad in sieben Jahren nicht geschafft. Der Small talk fing an, mir Spaß zu machen.

»Unter mir vegetiert ein steinalter Lateinlehrer vor sich hin, du weißt schon, gichtige Ärmchen, schütteres Haar. Der leidet unter präseniler Bettflucht und wandelt die ganze Nacht ruhelos auf und ab!«

»Tacitus deklamierend?« fragte der Typ. Nicht nur ich schien eine blühende Phantasie zu haben.

»Genau!« Ich hatte den Lateinlehrer zwar noch nicht gesehen, aber schließlich waren alle Lateinlehrer so. Man konnte unmöglich halbwegs lebendig sein, wenn man sich mit einer so toten Sprache wie Latein befaßte.

»Ist ja der Hammer!« sagte er und stellte mit mir hemmungslos Spekulationen über das öde Leben des Lateinlehrers an, während ich gierig mein Döner verschlang. Wir einigten uns darauf, daß er gewiß keine Nachkommen hatte – wer ließ sich schon von einem Lateinlehrer schwängern? – und daß man ihn eines Tages auf der Bahre raustragen würde.

Ein Bier später verließen wir das »Kara Deniz«. Ich blieb vorm Haus stehen und scharrte mit den Stiefelspitzen im Schnee.

»Gute Nacht!« sagte ich. »Wie heißt du eigentlich?«

Verschämt sah der Typ zu Boden. »Julius«, sagte er nach einem kurzen Zögern.

Mit dem Namen hätte ich mich auch geschämt an seiner Stelle.

»Und du?« Jetzt scharrte er mit seinen Boots im Schnee.

»Caro…« Das »line« verschluckte ich vorsichtshalber. »Na dann, man sieht sich!«

Hoffentlich nicht so bald. Ich pfriemelte meinen Schlüssel aus der Tasche und sperrte die Haustür auf. Julius machte keinerlei Anstalten, das Weite zu suchen.

»Du, ich bin unheimlich müde!« Demonstrativ gähnte ich. »Ich muß dringend in die Falle.«

»Ich auch, nun mach schon.«

War er auf der Suche nach einem One-night-stand? War er gar ein polizeilich gesuchter Triebverbrecher, der ausgerechnet mich als Ventil für seine angestauten Triebe auserkoren hatte? Vor meinem geistigen Auge spulte sich der klassische Krimi ab. Er würde mich in den dunklen, muffigen Hausflur stoßen, an die Wand drücken und sich an mich pressen. Er war eindeutig stärker als ich und würde mich in Windeseile vergewaltigt haben, wenn er's drauf anlegte. Ich konnte nur hoffen, daß Else einen leichten Schlaf hatte und meine gellenden Schreie rechtzeitig hören würde.

»Auf was wartest du denn?« Julius machte Anstalten, sich an mir vorbeizudrängeln.

»Auf was ich warte?« schrie ich erbost. »Schleich dich, verdammt noch mal!«

»Ich bin hier zu Hause«, sagte er salbungsvoll. »Und ich will jetzt sofort meine Tacitus-Gutenachtgeschichte lesen.«

Er schwenkte einen Haustürschlüssel, der meinem aufs Haar glich, sperrte auf, machte Licht und schob mich in den Flur.

»Du bist der Pauker?« fragte ich entgeistert.

»Nuda veritas – die nackte Wahrheit!« Er grinste. »Wenn du nicht einschlafen kannst, kannst du bollern, dann komm ich hoch und lese dir was vor. Vielleicht über die Germanen oder den Gallischen Krieg. Tschö!« Immer noch grinsend verschwand er hinter seiner Wohnungstür.

Wie peinlich! Noch Stunden später wälzte ich mich schlaflos in meiner duftenden Satinbettwäsche.

Harndrang, laß nach

Am letzten Tag des Jahres übermannte mich ein nie gekannter Shopping-Drang. Mit dem Bus fuhr ich in die City, wo ich als erstes bei Betty Beauty einfiel, dem führenden Kosmetikshop. Bereits nach einer halben Stunde geduldigen Wartens gelang es mir, die Aufmerksamkeit einer Verkaufskraft auf mich zu lenken. Hüftewiegend kam sie angeschlendert, schmiß mit einer ruckartigen Kopfbewegung ihre silbrig schimmernde Mähne in den Nacken und stemmte die Hände in die Hüften.

»Was Bestimmtes?« Ihre Stimme tropfte in meinen Gehörgang, ließ mich an Sirup denken, an zähen, klebrigen Zuckerrübensirup. Die Bewegungen der Tussi hatten was Träges, sie sah aus, als würde sie selbst im Schlaf noch Bonbons lutschen.

»Lippenstift, Wimperntusche, Kajalstift«, leierte ich kraftlos herunter. In solchen Läden verließ mich meine Courage. Grundsätzlich. Ich kam mir immer vor wie das häßliche Entlein, das vor den schönen Schwänen kuscht.

Die Verkaufskraft musterte mich von Kopf bis Fuß und mit sichtbaren Anzeichen von Desinteresse. »Aha!«

PAH! SOWIESO HOPFEN UND MALZ VERLOREN!

»Äntschie!« quäkte sie, und die Auszubildende kam auf hohen Stelzen angestakst. »Mach mal weiter, Lipstick, Mascara, Eyeliner, du weißt schon…«

Offenbar erachtete sie die kosmetischen Kenntnisse der Auszubildenden für die Beratung meiner Person als ausreichend. Äntschie tänzelte herbei. Unverkennbar wähnte sie sich auf einem Laufsteg. Immerhin ließ sie sich dazu herab, mir ein Sortiment von Lippenstiften, o Gott, nein, LIPSTICKS zu präsentieren, ohne daß ich ihr die Füße küssen mußte.

»Aubergine wird im Moment gern genommen«, flötete sie und schmierte einen großzügigen Klecks auf meinen Handrücken. Es sah aus, als hätte ich ein Hämatom.

»Oder das – ein neues Produkt aus dem Hause Hanne Hattman!« Sie steigerte sich ja in eine schier unglaubliche Verkaufswut hinein! »Die neuen Erdfarben sind auch total trendy!«

Sie verteilte mehrere Proben der erdfarbenen Serie auf meinem geduldigen Handrücken, bis es aussah, als hätte ich Lepra. Nein, also dieses humusfarbene Zeugs konnte sie sich ans Knie nageln.

»Also gut, Aubergine!« Wenn 's gern genommen wurde!

»Und Mascara? Hier, der ist absolut wasserfest!«

Wozu brauchte ich wasserfeste Wimperntusche? Wenn ich mich recht entsann, hatte mich niemand für Silvester zu einer Pool-Party eingeladen. Na, auch egal. Her mit dem Gelümps!

Als Äntschie meine Einkäufe zusammenpackte, erklang das Türgeläut. Eine rauchige Stimme verlangte die komplette, sündhaft teure Pflegeserie von Femme fatale.

»…die ganze Chose, Nachtcreme, Nährcreme, Tagescreme mit UV-Filter, Make-up-Teint Chic No. 7, Cleaner, Tonic!«

Mein lieber Scholli! Die Lady schien es aber bitter nötig zu haben. Ich an ihrer Stelle hätte mich gleich liften lassen, das kam bestimmt billiger.

»Ach – Sie?« sagte die rauchige Stimme plötzlich.

WAS HAT DIE SCHLAMPE DENN IN DIESEM LUXUS-SHOP ZU SUCHEN?

Neben mir am Verkaufstisch stand Frau Schulze-Großkotz und sortierte die Vielzahl ihrer Kreditkarten, vom faltigen Hals bis zu den Zehen in den Farbton Kamel gehüllt.

Ja, ich!

Wieso denn nicht?

Schließlich lebte ich auch nicht von der Stütze. Auch wenn ich nicht kiloweise Kaviar in mich hineinschaufelte.

»Tolle Pflegeserie, dieses Femme fatale!« Frau Schulze-Groß-kotz kontrollierte ihr Konterfei in einem der zahlreichen Spiegel und zupfte an dem erdferkelbraunen Seidenschal, mit dem sie ihren kamelfarbenen Mantel aufgepeppt hatte.

»Kann ich nicht mitreden, hab ich noch nicht nötig!«

Ätsch-bätsch-ausgelacht! Da hatte sie ihr Fett weg und ganz ohne Fairy Ultra. Diese neureiche klimakterische Kuh!

Ich schnappte mir meine Betty-Beauty-Tragetasche und eilte aus dem Laden. Ganz oben auf meiner Einkaufsliste stand das magi-sche Wort WONDERBRA. Rein theoretisch hätte ich ja die Boutique von Frau Schulze-Großkotz aufsuchen können, aber ich wollte ihr keine Gelegenheit geben, mich nach meiner Körb-chengröße zu fragen. Diesen Freudentaumel gönnte ich ihr nun wirklich nicht.

Statt dessen suchte ich unverzüglich einen kleinen, aber feinen Dessous-Shop in einer Seitenstraße der Kaufrauschmeile auf. Die einzige Verkaufskraft war damit beschäftigt, einer älteren Dame Miederhosen zu präsentieren. Völlig unbehelligt konnte ich mich an das verlockende Dessous-Sortiment heranpirschen. Was für eine Auswahl! Slips satt! Büstenhalter satt! Der helle Wahnsinn! Und ich dusselige Kuh trug seit Jahr und Tag das hautfarbene Modell Einer für alle, ein ausgeleiertes Ding, das man – mit ein bißchen gutem Willen – ziehen konnte von hier bis zum Westhofener Kreuz. Wollüstig ließ ich meine Finger über die dargebotene Ware gleiten.

»Auf Wiedersehen, Frau Kunze!« Die Verkaufskraft – Brille, Dutt, dezenter Schick – winkte der Miederhosen-Käuferin nach, schloß die Tür und sprang mir jäh zur Seite. Bevor ich mich auch nur ansatzweise in Verlegenheitskrämpfen winden konnte, hatte sie mich am Wickel.

»Was soll's denn sein?« fragte sie mit Verschwörermiene.

Ein Zögern meinerseits, ein prüfender Blick ihrerseits. Dann be-antwortete sie sich die Frage gleich selbst, was die ganze Sache wesentlich vereinfachte. »Ein Wonderbra, oder?«

Erleichtert nickte ich. Die Frau verstand ihr Metier. Nicht lang fackeln! Ratzfatz stand ich mit diversen Exemplaren meiner Körbchengröße in der Umkleidekabine. Schnell zog ich den Vorhang zu. Runter mit den Klamotten! Her mit dem Wonderbra! Fasziniert starrte ich in den Spiegel. Welch atemberaubendes Dekolleté!

Hach!

Willkommen in der Oberweite-Oberliga, Caro!

Nie würde ich die herausnehmbaren Füllkissen herausnehmen. Behüte! Auf Anhieb entschied ich mich für das Exemplar aus schwarzem, matt schimmerndem Satin. Und weil ich gerade so schön im Kaufrausch war, erwarb ich auch gleich den dazu passenden Slip aus elastischer Spitze mit hohem Beinausschnitt.

Euphorisch verließ ich den Laden und schwenkte die Tüte, in der die heiße Ware schlummerte. Meine Euphorie ließ schlagartig nach, als ich mit voller Wucht in Julius hineinrannte. Der schon wieder!

»Du schon wieder!« entfuhr es mir.

»Das ist ja 'ne Überraschung! Hab ich dich beim Shoppen erwischt!« Bevor ich es verhindern konnte, grapschte er nach meiner Tüte.

»Gib her!« knurrte ich, bösartig wie ein Straßenköter, und trachtete danach, meine Habe wieder an mich zu bringen. Nicht, daß ich mich genierte. (Doch – und wie!) Aber es mußte ja nicht gleich die ganze Stadt mitkriegen, daß ich es nötig hatte, upzupushen. Und Julius schon gar nicht.

»Mach mal halblang! Ich will dir doch nichts klauen! Also ehrlich… was hast du denn da?« Er klaubte das BH-Päckchen aus der Tüte und studierte die Beschriftung. »One and only Wonderbra? Was is 'n das?«

In Windeseile hatte er es aufgerissen und das Corpus delicti ans unbarmherzige Tageslicht gezerrt. Der Wonderbra sah in seinen Pranken winzig aus. Schweißtropfen traten mir auf die Stirn. Ich war der Ohnmacht nahe. Lieber Gott, mach, daß sich das Ding in Luft auflöst! Sofort!

Julius schlenkerte das Wäschestück neckisch hin und her. »Wie süß – für Männerhände viel zu schick! Schade bloß, daß ich nicht in den Genuß komme. Wer ist denn der Glückliche?«

Wutentbrannt entriß ich ihm den Büstenhalter. »Geht dich einen Scheißdreck an.«

Ich hastete von dannen. Julius scharwenzelte hinter mir her.

»Renn doch nicht so! Wart mal. Hey, Caro, komm, neulich waren wir noch Freunde!«

Neulich, ja. Aber da hatte er auch noch nicht mein Unterwäsche-geheimnis geteilt. Unmöglich konnte ich mit einem Mann befreundet sein, der mich beim Wonderbra-Kauf ertappt hatte. Oder doch?

Unsicher ging ich langsamer. Julius holte auf.

»Sei nicht sauer. Komm, ich spendiere dir einen Big Schling. Und 'ne Cola.«

Treuherzig guckte er mich aus braunen Dackelaugen an. Ich seufzte.

»Na gut. Aber ich hab nicht ewig Zeit, ich muß…«

»…ein Bad nehmen, den Body eincremen, vor dem Spiegel posieren, Bauch und Po einziehen. Ist mir bestens bekannt!«

Ich starrte ihn an. Hatte er eine Kamera in meiner Wohnung installiert? Wie der Typ in dem Film »Sliver«? Beobachtete er mich nachts, wenn er wachlag und nicht schlafen konnte und sein Tacitus ihn langweilte? Mißbrauchte mich zur Befriedigung seiner Basic Instincts?

»Was ist denn?« fragte er unschuldig. »Guck nicht so, ich weiß, wovon ich rede. Nichts Menschliches ist mir fremd. Ich hab immerhin drei große Schwestern.«

Bei Schlingsrunter, der beliebten Imbißkette, erzählte ich ihm von Annedore.

»Trägt die auch schwarze Satinunterwäsche?« Soso, er hatte also ganz genau hingeguckt!

»Nö, bestimmt nicht. Die ist so von der Sorte Mein-Hüfthalter-bringt-mich-um.«

»Und wer ist nun der Auserwählte?«

»Keine Ahnung«, beichtete ich. »Es handelt sich um einen rein prophylaktischen Kauf.«

Komisch, das Beichten fiel mir bei Julius ganz leicht. Vielleicht war er in einem früheren Leben mal katholischer Pfarrer gewesen. Das würde auch sein krankhaft gesteigertes Interesse an Reizwäsche erklären.

Zu Hause posierte ich hochzufrieden in meinen Neuerwerbungen vorm Spiegel. Bei einem Täßchen Tee studierte ich die Veranstaltungshinweise in KUNO und entschloß mich, den heutigen Abend im Sidestep zu verbringen. Daß meine Freundinnen flachfielen, war noch lange kein Grund, an Silvester Trübsal zu blasen. Da sich eine bleierne Müdigkeit in meinen Gliedern breitmachte, kuschelte ich mich ins Bett, um ein bißchen vorzuschlafen. Die Nacht würde sicher lang werden.

Doch es sollte anders kommen.

Am frühen Abend erwachte ich mit Kopfweh. Ich stand auf, ganz wackelig auf den Beinen. Mit zittrigen Fingern löste ich zwei Vitamin-C-Brausetabletten in einem Glas Wasser auf. An Nahrungsaufnahme war nicht zu denken. Schon allein beim Anblick der Dosensuppen auf dem Küchenregal wurde mir speiübel.

Fröstelnd drehte ich die Heizung höher, bibbernd ging ich pinkeln. Zog zwei Pullover über meinen vanillefarbenen Pyjama, machte mich auf die Suche nach dem Fieberthermometer. Fehlanzeige. Das hatte ich sicher in Konrads Nachttischschublade vergessen.

Mein Kopfweh ließ nicht nach. Und pinkeln mußte ich auch schon wieder. Und das ganze Kreuz tat mir weh! Die Zigarette, die ich mir aus purer Verzweiflung ansteckte, schmeckte nicht. Angeekelt drückte ich sie nach zwei Zügen aus.

Das konnte nur eins bedeuten: Ich war krank.

Sterbenskrank.

Und mutterseelenallein.

Keine Schulter zum Ausweinen.

Keine Hand, die mir über die fieberheiße Stirn strich.

Hemmungslos fing ich an zu flennen.

HILFE!

Eine Ewigkeit ließ ich Suses Telefon klingeln. Vergebens. Sicher tummelte sie sich schon auf der Feudelbergschen Party. Bei Hillu ertönte das Besetztzeichen.

Teufel auch! Sollte ich denn hier verrecken?

Julius fiel mir ein. Julius war zwar kein Mann für gewisse Stunden, aber meine letzte Hoffnung. Entkräftet, wie ich war, fiel mir erst mal der Besen aus der Hand, mit dem ich bollern wollte.

Beim zweiten Versuch schaffte ich es, dreimal auf die Holzdielen zu pochen. Erschöpft ließ ich mich aufs Sofa plumpsen.

Kurz darauf klingelte es Sturm. Ich schleppte mich zur Tür. Julius stürmte herein, bereit und gewillt, mich gegen alle potentiellen Vergewaltiger oder sonstige Gefahren, die in den Nischen meiner Wohnung lauerten, zu verteidigen.

»Mein Gott! Wie siehst du denn aus?« rief er.

»Idiot!« schrie ich und konnte nicht verhindern, daß mir erneut Tränen die Backen herunterrollten. »Ich bin sterbenskrank! Tu was!«

Daß Männer immer so begriffsstutzig sein müssen!

Julius befühlte meine Stirn. »Fieber, und nicht zu knapp. Ich kenne mich damit aus, schließlich war ich Sanitäter beim Bund.«

Was für ein Trost!

»Un nu?« wimmerte ich.

»Un nu?« äffte er mich nach.

Er schob mich die Wendeltreppe hoch, schüttelte meine Kissen auf und kommandierte mich ins Bett. Widerstrebend entledigte ich mich der beiden Pullover. Als er meines Satinpyjamas ansichtig wurde, kriegte er fast Zustände.

»Kein Wunder, daß du die Grippe hast. In dem halbseidenen Ding holt man sich ja den Tod. Hast du keinen anderen Schlafanzug?«

Ich schüttelte trotzig den Kopf. Meine unerotischen Flanellschlafanzüge waren alle im Altkleidersack gelandet. Auf Nimmerwiedersehn. Wahrscheinlich hatte man Putzlappen daraus gemacht. Konnte gut sein, daß meine Schwester just in diesem Moment mit einem meiner recycelten Schlafanzüge ihr Klo schrubbte.

Julius stürmte von dannen und kehrte nach einigen Minuten mit dem bübchenblauen Frotteeschlafanzug zurück.

»Da!« sagte er triumphierend. »Leih ich dir. Hält echt warm.«

Ich fügte mich ins Unvermeidliche. Kurz darauf lag ich im Bett, während er pfeifend in der Küche werkelte. Nach einigen Minuten tauchte er mit einem Teller Haferschleim und einer Wärmflasche auf. Die Wärmflasche riß ich mir sofort unter den

Nagel, den Haferschleim schaffte ich nur halb, und das auch nur mit gutem Zureden. Nein, mein Süppchen eß ich nicht!

»Du stellst dich vielleicht an«, sagte Julius und schob mir ein Fieberthermometer in den Mund.

»O as u as enn eunden?«

»Zwischen den Tortengäbelchen. Mund zu!«

Was? Seit wann besaß ich Tortengäbelchen? Na, auch egal. Allmählich wurde ich wieder schläfrig. »Julius?«

»Hm?«

Ich deutete auf das Thermometer. Die Grippe reichte mir völlig, keinesfalls wollte ich im Halbschlaf das Ding kaputtbeißen und an einer Quecksilbervergiftung sterben.

»Ach, entschuldige! Ui, neununddreißig-zwo! Nicht schlecht!«

»Liest du mir jetzt Tacitus vor?«

»Schlaf lieber. Tacitus läuft uns nicht weg.« Er schickte sich an, mein Schlafgemach zu verlassen.

»Julius!« rief ich mit letzter Kraft, bevor mir die Augen zufielen.

»Ja?«

»Sag mal was Lateinisches – bitte!«

Er überlegte. »Mutabile femina.«

»Heißt 'n das?« murmelte ich.

»Sag ich dir, falls du wieder gesund wirst.«

»Ehrlich?«

»Ehrlich! Versprochen ist versprochen.«

Und auf leisen Sohlen verzog er sich nach unten an meinen Schreibtisch, wo er einen Stapel Klassenarbeiten korrigierte und meinen Schlaf bewachte. So ein selbstloser, aufopferungsbereiter Mensch! (Helfer-Syndrom, kicherte Suse höhnisch im Hintergrund! – Halt's Maul, Frau Doktor Korff!)

Ich fiel in einen tiefen, traumlosen Schlummer.

Das neue Jahr fing ja gut an! Die vermeintliche Grippe wurde und wurde nicht besser. Komischerweise plagten mich weder Husten noch Schnupfen, sondern Rückenschmerzen und ein zwanghafter Drang, Wasser zu lassen.

Julius gab auf. Da half sein Sanitäterwissen auch nicht mehr. Er vermutete eine Infektion des Urogenitaltraktes – hört,

hört! – und schlug vor, ich solle am besten einen Urologen aufsuchen.

Aber welchen? Einen Urologen hatte ich bislang nicht nötig gehabt. Else empfahl mir einen, dessen Praxis nur ein paar Straßen
entfernt lag. Roderich von Ramroth, alter, aber angeblich nicht
verarmter Adel. Ramroth dokterte seit Jahren an Egons Prostata
herum. Ich stellte mir einen weißhaarigen Tatterich vor, der ge-
beugten Hauptes durch die Behandlungsräume hoppelte, beschloß, mich für so einen senilen Lustgreis nicht extra aufzumot-
zen, und machte mich auf den Weg.

Die Praxis Ramroth war ultramodern ausgestattet. Else hatte
recht, allzu verarmt konnte der Adel nicht sein.

An der Anmeldung lungerte eine der üblichen weißbekittelten
Damen herum, und als ich eintrat, verlangte sie als erstes mein
Krankenkassenkärtchen. Mit verbissenem Gesichtsausdruck
führte sie das Kärtchen in einen Computerschlitz ein und gab
sich dem Studium meiner Daten hin.

»Buchholz, Caroline!« murmelte sie vor sich hin. Jawoll, Buchholz und nicht von Monaco.

»Ihre Beschwerden?« fragte sie schließlich, knickte die Karteikarte und schaute mich erwartungsvoll an.

»Äh...«

Ein aschblonder, verwegen aussehender Typ trat ein und verkündete, er wolle die Morgenurinprobe seiner Oma abgeben.

Die Sprechstundenhilfe guckte gar gestreng. »Einen Moment.
Sie sehen doch, daß ich beschäftigt bin. Ihre Beschwerden, Frau
Buchholz!«

MACH HIN, DU ZICKE! DAMIT ICH MIT DEM ENKEL
FLIRTEN KANN!

»Ja, also... Fieber, und mein Rücken tut weh...« Seitenblick. Es
widerstrebte mir doch sehr, in Gegenwart eines attraktiven
Mannes meine Neigung zu vermehrtem Wasserlassen einzuge-
stehen. Verlegen spielte ich mit dem Krankenkassenkärtchen,
das mir die Sprechstundenhilfe wieder zurückgegeben hatte.

Sie klopfte ungeduldig mit dem Kugelschreiber gegen die Karteikarte.

»...und ich muß oft aufs Klo!« flüsterte ich.

»Vermehrter HARNDRANG!« schrie sie begeistert. Eifrig

notierte sie meine Symptome auf der Karteikarte. Der Enkel schaute mich angeekelt an. Es gab scheint's wenig Männer, die auf kranke Frauen abfuhren. »Nehmen Sie im Wartezimmer Platz, es kann noch dauern.«

Das hatte ich befürchtet.

Im Wartezimmer schlugen etliche Patienten die Zeit tot. Bei den beiden älteren Männern gegenüber dachte ich sofort an Egon und tippte auf Prostataleiden. Sie unterhielten sich leise über das Wetter. Neben mir versuchte eine gestreßte Mutter, ihr quengeliges Kind zu bändigen. Schreiend verweigerte es die Annahme der Legosteine in der Kinderspielecke, und noch lauter schreiend wehrte es sich dagegen, sich die Nase putzen zu lassen. Ein zäher Faden Rotz seilte sich dort ab. Die Mutter verlegte sich schließlich darauf, aus einem Märchenbuch vorzulesen.

»Will 'n Computerspiel!« schrie das Kind und warf sich trotzig auf den Boden. Der Rotzfaden versickerte im lindgrünen Veloursteppich. Die Mutter stand auf und versohlte dem Kind den Hintern. Ruhe. Es ging halt nichts über althergebrachte erzieherische Maßnahmen.

Der eine Rentner sagte zu dem anderen: »Gleich muß ich wieder 'ne Brücke machen.«

Der zweite Rentner lachte schallend. Ich kapierte den Gag nicht sofort, aber dann wurde mir schlagartig klar, was er meinte. Vor meinem geistigen Auge sah ich, wie der senile Lustgreis einen Fingerling überstreifte und... o Gott, ich durfte gar nicht dran denken!

Insgeheim verfluchte ich Leon Lauritz, dessen eiskalte Ledercouch mich in diese heikle Situation katapultiert hatte. Da war ich ganz sicher. Die Couch hatte mir den Rest gegeben.

Um mich abzulenken, vertiefte ich mich in das Studium der Friederike, nachdem ich Zeitschriften mit so hochtrabenden Titeln wie Tennis-Tricks und Golf-Profi verworfen hatte. Die Rentner murmelten leise vor sich hin, das unleidliche Kind schwieg still. Die Mutter strickte ein Pullöverchen in Anthrazit-Melange.

Langsam blätterte ich mich durch die Modeseiten. Partymode für Silvester!

Die tollste Nacht des Jahres hatte ich verschlafen. Julius hatte

mich Schlag zwölf geweckt, mir ein Aspirin und sich ein Pikko-
löchen eingeflößt, aber das war auch schon alles gewesen.

Die Mädels in der Frauenzeitschrift hatten eindeutig mehr Sil-
vesterspaß! Sie trugen samt und sonders einen Wonderbra, da
ging ich jede Wette ein! Stolz reckten sie die upgepushten Busen
in die Kamera, schwenkten Wunderkerzen und süffelten Champagner. Und zwar mit einem Gesichtsausdruck, als seien sie auf
Ecstasy. Ein schwarzhaariger Vamp bahnte sich einen Weg
durch das Partygetümmel, wobei sie lässig einen zotteligen Zobel über den halb entblößten Oberkörper geworfen hatte. Die
Bildunterschrift verkündete, daß der zottelige Zobel unglaublich
sexy mache. Dem Gesichtsausdruck des Vamps nach zu urteilen,
machte er auch unglaublich schwachsinnig. Eine volltrunkene
Blondine lag bäuchlings unter dem Tisch, auf dem das Silvester-
buffet aufgebaut war. Zu vorgerückter Stunde, so hieß es, sei es
auf dem Teppich am gemütlichsten.

Hätte ich mich doch bei Leon malerisch auf das stinkende Schaf-
fell neben dem Kamin sinken lassen, statt auf der Ledercouch
rumzuhocken! Dann wäre mir viel erspart geblieben!

Auf der nächsten Seite wälzte sich eine Brünette nicht unterm,
sondern im Buffet, dem exquisiten Stoff ihres kleinen Schwarzen
schien es ganz und gar nicht zu schaden, wenn man ihn mit
Cocktailsauce einsaute.

Sicherlich hatte sich Ariane Alfa Silvester auch in einem leckeren
Buffet gewälzt. Sich rosa Cocktailsauce ins Dekolleté gekleckert.
Mit einem lasziven Augenaufschlag – lange, seidige Wimpern,
wasserfeste Mascara! – einen der anwesenden Partylöwen –
Jaguar vor der Tür, im absoluten Halteverbot! – angelockt und
ihn mittels gurrendem Lachen dazu gebracht, die Sauce abzu-
schlecken. Einer ihrer goldenen Pumps steckte mit dem Absatz
im Waldorfsalat, no problem, der Partylöwe zog ihn raus, goß
Schampus rein und trank das perlende Naß aus Arianes Schuh.

Was für eine rauschende Ballnacht für Schneeflittchen und die
vielen Kerle!

Und ich Pechmarie hatte im bübchenblauen Frotteeschlafanzug
das Bett gehütet.

Das Wartezimmer leerte sich. Nur noch einer der Rentner lei-
stete mir Gesellschaft. Ich blätterte um zum Jahreshoroskop,

Jungfrau. Mit Genugtuung erfuhr ich, daß das neue Jahr mit Spannung und Abenteuer aufwarten würde. Durch Zufall, so las ich weiter, hätte ich mich erst vor kurzem aus einer beengenden Situation befreien können. Wie wahr!

»Sie haben die Nase voll von Ihrem Job. Ziehen Sie die Konsequenzen. Die Sterne für eine neue Karriere stehen gut. Im Hauruck-Verfahren kommt es zu einem beruflichen Umbruch.«

Ich runzelte die Stirn. Die Arbeit bei KUNO war mir mittlerweile so lieb wie Leibschmerzen. Ich schuftete und schuftete, aber der Rubel rollte nicht. Karrieremäßig mußte ich mir wirklich was einfallen lassen, da hatte das Horoskop ganz recht.

»Zwar stürzen Sie sich in der nächsten Zeit voller Lust und Elan in amouröse Abenteuer…«

Heißa! Harndrang, laß nach!

»…doch sollten Sie auf laue Beziehungen verzichten. Den Singles unter Ihnen kann es passieren, daß ein Traummann ihren Weg kreuzt.«

Beruhigt legte ich die zerfledderte Zeitschrift aus der Hand. Mit diesem Superhoroskop brauchte ich mir keine Sorgen mehr zu machen. Nur – welche Karriere sollte ich anstreben? Vielleicht Talkmasterin, fürwahr ein schöner Beruf. Mutti liebte Talkshows über alles, sie wäre sicherlich begeistert, mich auf der Mattscheibe zu sehen, im niveadöschenblauen Kostüm, Themen erörternd wie »Mein Nachbar ist schnäppchensüchtig« oder »Meine Schwester ist verknallt in den Melitta-Mann«. Ja, das waren die Themen, die heutzutage den Zuschauerinnen unterm Nagel brannten! Die Einschaltquoten würden in die Höhe schnellen, wenn ich auf Sendung war und die schweißfeuchte Hand des jammernden Talkgastes knetete und mir im jeweils richtigen Moment ein mitfühlendes Schluchzen abrang…

Die Sprechstundenhilfe riß mich jäh aus meinen hochtrabenden Plänen. Schroff bugsierte sie mich ins Behandlungszimmer, wies mich an, auf dem Stuhl vor dem großen Schreibtisch Platz zu nehmen, und teilte mir mit, der Doktor komme gleich. Das wollte ich auch hoffen. Schließlich hatte ich genug meiner kostbaren Zeit in seinem Wartezimmer vertrödelt.

»So – dann wollen wir mal!«

Ich wollte überhaupt nichts mehr.

Bloß eins noch.

Tot umfallen.

Denn Doktor von Ramroth entpuppte sich als dynamischer End-dreißiger in weißen Jeans und weißem Shirt. Von wegen Tatter-greis! Das braungebrannte Gesicht zeugte von seinem letzten Skiurlaub in Davos-schneit-und-sündhaft-teuer-ist, und jetzt verstand ich auch, wie die Golf- und Tennismagazine ins Warte-zimmer gelangt waren. Ich hatte mich schon gewundert, denn Tattergreise konnte ich mir bestenfalls beim Schachspielen oder Patiencenlegen vorstellen.

»Wo brennt's denn?« fragte der Urologe besorgt.

Brennen war gar kein Ausdruck! Mein Herz war ein flammendes Inferno!

Er ließ sich auf seinen weißen Leder-Chefsessel fallen, nahm meine Karteikarte in die Hand und überflog hastig das Gekritzel seiner Sprechstundenhilfe.

»Vermehrter Harndrang, Frau Buchholz?« Er drehte die Karte um. »Ach, hier steht's ja.«

Wortlos nickte ich. Roderich von Ramroth verschlug mir glatt die Sprache. Man hätte meinen können, ich konsultierte ihn wegen akuter Stimmbandlähmung.

Er stand auf. »Dann machen Sie sich mal frei.«

Frei? Herrje! Lieber Gott, warum hast du nicht verhindert, daß ich ungewaschen aus dem Hause ging? Lieber Gott, warum hast du nicht verhindert, daß ich Hemd und Höschen Marke Liebes-töter – Feinripp, Geschenk von Mutti zu Weihnachten, das hält dich warm, Kind! – anbehielt? Und so uneitel war, mein funkel-nagelneues, verführerisches Garnitürchen achtlos im Bade lie-genzulassen?

Zögernd trottete ich hinter den Paravent.

»Alles runter, bis auf die Unterwäsche!« brüllte der Doktor hin-ter mir her.

Das würde er bitter bereuen. Jede Wette!

Hinter dem Paravent hing ein Spiegel. Nachdem ich mich freige-macht hatte, blickte mir aus dem Spiegel eine Frau entgegen, die ungefähr soviel Sex-Appeal verströmte wie der Putzlumpen mei-ner Schwester.

Von Ramroth schnürte mir einen Ledergürtel um den Oberarm

und ließ mich eine Faust machen. Immer noch besser als eine Brücke. Er zapfte mir literweise Blut ab – so kam es mir zumindest vor – und pfiff die Sprechstundenhilfe herbei, die das Röhrchen mit spitzen Fingern entgegennahm.

Dann schob er mir mein unkleidsames Unterhemd bis unter die Achseln und schlug mir mit der flachen Hand auf den Rücken.

»Au!« schrie ich. Ramroth, du Tier!

»Tut das weh?«

Und ob!

»Und das?«

Er schlug mich wieder. Es tat immer noch weh. »Starke Klopfempfindlichkeit des Nierenlagers. Haben Sie Schüttelfrost gehabt? Temperatur?«

»Neununddreißig-zwo!« sagte ich wie aus der Pistole geschossen. Eigentlich könnte er mein Hemd wieder runterlassen.

Er nickte bedächtig. »War nicht anders zu erwarten.«

Jovial gab er mir einen Klaps auf den Po. »Sie können sich wieder anziehen.«

UND ZWAR ZÜGIG! SCHÜTTEL!

Mit puterrotem Kopf kroch ich hinter den schützenden Paravent. So schnell ich konnte, stieg ich in meine Jeans und zwängte mich in meine diversen Pullover. Als ich wieder hervorkam, war ich schweißgebadet.

»Also, Frau Buchholz, wir haben es mit einer akuten Pyelonephritis zu tun. Die Laborbefunde werden das sicherlich bestätigen.«

Er reichte mir einen Plastikbecher. Erweckte ich den Eindruck, ich könnte die Wahrheit nicht ohne einen ordentlichen Schluck Schampus vertragen? O Gott – was war überhaupt eine Pyelo-Poly-Dingsda? Ich kannte nur Polycolor.

»Lassen Sie mir eine Urinprobe hier. Wir untersuchen das Zeug auf Bakterien, am besten, Sie rufen morgen an und lassen sich die Befunde durchgeben.« Er griff zu einem Kugelschreiber. »Sie holen sich das aus der Apotheke, ein Antibiotikum. Haben Sie eine Penicillinallergie?«

»Nicht daß ich wüßte.« Was nicht war, konnte ja noch werden.

Schwungvoll unterschrieb er das Rezept. »So, bitte schön! Heute mittag, heute abend je zwei Tabletten, ab morgen zweimal täglich eine! Morgens und abends! Wiedersehn – und gute Besserung!«

Wie ein geprügelter Hund schlich ich aus dem Behandlungszimmer und schloß mich im Klo ein, um in den Plastikbecher zu pinkeln. Da mir Julius heute früh einen Liter Kamillentee verabreicht hatte, kriegte ich den Becher randvoll. Mit einem schwarzen Filzstift, der auf dem Klo bereitlag, schrieb ich meinen Namen drauf und vertraute den Becher der Sprechstundenhilfe an.

Mißgelaunt nahm sie meinen dampfenden Urin in Empfang. Ich konnte sie verstehen. Ich hätte nicht mit ihr tauschen mögen.

Solcherart gedemütigt, verließ ich die schicke Praxis, suchte eine Apotheke auf, wo ich das Rezept einlöste, und begab mich schnurstracks nach Hause, um mich ins Bett zu legen und im Fieberwahn von dem Urologen zu träumen.

Die Tücken der Lust

Julius war für den Rest der Schulferien zu seinen Eltern gefahren. Vorher hatte er mich zur Bettruhe ermahnt und einen Haufen Lebensmittel aus dem »Klasse-Kauf« herbeigeschafft, damit für mein leibliches Wohl gesorgt war. Sicherheitshalber hatte er mir auch einen zweiten bübchenblauen Frotteeschlafanzug dagelassen, zum Wechseln, falls ich den anderen durchschwitzte.

Hillu und Susc hatten mich besucht, geplagt von schlechtem Gewissen und bepackt wie die Maulesel. Ich erstickte in Süßigkeiten, Psychoratgebern und Frauenromanen. Toll! Das Kranksein fing allmählich an, mir Spaß zu machen. Besonders viel Spaß machte mir der Gedanke, daß Max vertretungsweise zwei Veranstaltungen von Literatur Pur beiwohnen mußte. Dieser Kelch ging an mir vorüber.

Doktor von Ramroth hatte mir telefonisch mitgeteilt, daß sich eine Unzahl Streptokokken in meinem Urin tummelte. Das Penicillin würde sie zwar vernichten, da war er sich sicher, aber in vierzehn Tagen sollte ich noch mal eine Morgenurinprobe vorbeibringen. Bis dahin war Bettruhe angesagt.

Wohlig streckte ich mich aus, um mich dem Frauenroman, den Hillu dagelassen hatte, zu widmen, nachdem ich den von Suse mitgebrachten Psychoratgeber – »Singles in der Krise« von Frau Dippel Psych Miriam Miesmacher, was ein ausgemachter Blödsinn! – nach einigen Seiten wieder aus der Hand gelegt hatte. Der Frauenroman hatte den vielsprechenden Titel »Weichei verzweifelt gesucht« und erging sich über die amourösen Abenteuer einer Frau, die unbedingt einen Softie wollte, der ihr die Slips mit der Hand wusch. Erst überblätterte ich etliche Seiten, dann etliche Kapitel, schließlich las ich das Ende. Nicht glaubhaft, aber wahr: Sie hatte tatsächlich einen Softie an Land gezogen, gegen den das Sanso-Lamm der reinste Macho war. Nach der letzten Zeile – »Er stellte das Bügeleisen ab, nahm ihre kleine Hand in die seine und blickte ihr aufrichtig in die strahlenden Augen.« – stieß ich das Machwerk unwirsch von der Futonkante.

So was aber auch!

Immer diese verlogenen Happy-Ends!

Ich stand auf und guckte aus dem Fenster. Weit und breit kein softer Märchenprinz in Sicht, der minneschwanger auf seine Laute einschlug, mir aufrichtig in die fieberglänzenden Augen blickte und um meine kleine Hand anhielt. Das war eben das wirkliche Leben.

In der Küche kochte ich mir einen Kamillentee, mit dem ich die Tablette runterspülte. Von meinem Schreibtisch holte ich mir einen Notizblock und einen Stift, tapste die Wendeltreppe hoch, schüttelte die Kissen auf und sann über meine Karriere nach.

Sollte ich Romane schreiben? Das konnte doch so schwer nicht sein. Nachdenklich knabberte ich am Kugelschreiber und überlegte mir mögliche Variationen des einzig wahren Frauenthemas. Frau will Mann. Frau sucht Mann. Frau findet Mann. Frau hat Mann. Frau hat Mann dicke. Frau hat Mann umme Ecke gebracht.

Nein – so ging das nicht. Vielleicht sollte ich damit anfangen, mir ein wohlklingendes Pseudonym auszudenken. Ein wohlklingendes Pseudonym war die halbe Miete. Kein Mensch würde Bücher von einer Autorin kaufen, die Caroline Buchholz hieß. Um Bücher zu verkaufen, mußte man schon Sara Sellerie oder Rita Ravioli oder Nora Nutella heißen.

Oder eben Caro Carrera.

Kurz, aber heftig gab ich mich dem Tagtraum hin, in dem von mir anvisierten roten Porsche durch die City zu preschen. Es war mir nicht gelungen, dem Uralt-Golf wieder Leben einzuhauchen, und so hatte ich ihn im Rahmen einer sentimentalen Anwandlung Konrad vermacht. Wenn es mir nicht bald gelang, einen Bestseller zusammenzuschustern, konnte ich mir den Porsche ein für allemal abschminken. Zumal Konrad immer noch keine müde Mark hatte rüberwachsen lassen. Wutentbrannt formulierte ich ein Mahnschreiben, in dem ich ihn zur unverzüglichen Begleichung seiner Schulden aufforderte. Diese Aktion schwächte mich dermaßen, daß mir der Kugelschreiber aus der schweißnassen Hand glitt und ich in einen unruhigen Schlaf fiel.

Abends rief Suse an, um sich nach meinem Ergehen zu erkundigen. Ich erkundigte mich im Gegenzug nach ihren Fortschritten bei der Eroberung Herrn Doktor Feudelbergs. Neulich hatte sie Hillu und mir mit schamhaft niedergeschlagenen Augen gebeichtet, daß sie nach der Silvesterparty im Feudelbergschen Federbett gelandet war. Als Entschuldigung für diese Entgleisung mußte der stattgehabte Alkoholabusus herhalten.

»Na, Kriemhild?« fragte ich sensationslüstern. »Hat Hagen sich in seine schimmernde Rüstung geworfen? Schon die Lanze gewetzt?«

Suse lachte. »Morgen abend gehen wir zu Luigi. Und nenn den doch nicht immer Hagen. Er heißt Harald.«

»Mach dir bloß nicht ins Hemd. Das ist doch Jacke wie Hose. Und Jung Siegfried?« Wo war der Bezwinger des Marterhorns abgeblieben?

»Sigi ist noch in den Alpen. Der kommt erst in einer Woche wieder. Bis dahin…«

»Bis dahin mußt du dich entscheiden. Welches Schweinderl hätten S' denn gern?«

Ich tippte auf Hagen. Suse würde sich für das scheichreiche Analytikerschwein entscheiden, garantiert. Und Sigi, die arme Sau, am ausgestreckten Arm verhungern lassen. Besser vielleicht, ich gab ihr das Handbuch »Harmonische Trennung« endlich mal zurück.

Suse verweigerte leider jeglichen Kommentar zu der von mir aufgestellten Hypothese und speiste mich mit einem lauen »Kommt Zeit, kommt Rat!« ab.

Enttäuscht sank ich in die Kissen und griff nach der Fernbedienung. Abends, wenn ich nicht mehr lesen mochte, zappte ich mich durch die Programme. Wenn nichts Gescheites lief, spielte ich zwar mit dem Gedanken, mich ins Kino zu schleppen, aber ich hatte Angst, ich könnte unterwegs einen Kälteschock kriegen und einen Rückschlag erleiden. Draußen lag die Temperatur bei minus zehn Grad, seit Tagen fror es Stein und Bein.

Im Regionalprogramm lief eine packende Reportage über Sanierungsmaßnahmen am Kölner Dom. Offenbar bröckelte der Dom so vor sich hin. Bauarbeiter balancierten auf himmelhohen Gerüsten, trugen lustige gelbe Helme und sahen der Gefahr eines möglichen Absturzes gefaßt entgegen. Schon nach fünfminütigem Zuschauen konnte ich nicht mehr hingucken, die Spannung – Absturz oder nicht? – war einfach zuviel für mein angeschlagenes Nervenkostüm.

Ich schaltete um auf einen der öffentlich-rechtlichen Sender. Hier stellte ein glubschäugiger Moderator die Frage: »Haben Frauen Androgene?« Während er dazu eine extra aus den Staaten eingeflogene Koryphäe interviewte, fiel mir die Antwort spontan ein.

Klar haben Frauen Androgene! Zumindest viele Hochleistungssportlerinnen. Und nicht zu knapp! Alles Mannweiber! Testosteron statt Titten, Damenbart statt Damenbinden. Die brauchten sie sicher nicht. Manchmal wünschte ich, ich hätte auch mehr Muskeln und dafür weniger Mensis gehabt.

Aus purer Langeweile rechnete ich aus, wieviel Jahre meines Lebens ich meine Tage hatte. Ausgehend von dreizehnmal Periode pro Jahr à fünf Tage – von dreizehn bis dreiundfuffzig, wir Frauen kommen ja heutzutage immer früher in die Pubertät und immer später ins Klimakterium! –, kam ich auf die ungeheuerliche Zahl zweitausendsechshundert. Geteilt durch dreihundertfünfundsechzig… mehr als sieben Jahre meines Lebens würde ich mit einem Stöpsel zwischen den Beinen rumlaufen, mit Depressionen und Frauenbauchweh. Ernsthaft erwog ich eine Androgenkur zwecks Vermännlichung. Die Vorteile einer Vermännlichung lagen auf der Hand. Abgesehen davon, daß das leidige Frauenleiden wegfiel, würde ich immun gegen überquellende Mülleimer, Blutspritzer an Badezimmerspiegeln und Haarballen in Waschbecken. Alle Männer, die Suse und Hillu und ich kannten, waren dagegen immun. Das konnte nur mit den Hormonen zusammenhängen. Eine andere Erklärung gab es einfach nicht.

Die Sendung war zu Ende, es folgte das Sportstudio. Ich zappte mich durch die Privaten. Man konnte meinen, das ganze Leben wäre ein Quiz. Oder ein Softporno, heute, am Samstagabend. Auf Sex Satt lief ein Fummel-Film, in dem atombusige Blondinen nach dem Genuß eines den Geschlechtstrieb stimulierenden Drinks kichernd auf ein schwappendes Wasserbett hopsten, auf dem ein schwabbeliger Potenzprotz lauerte. Der Potenzprotz trug einen hautengen Slip, durch den sich jeder Samenstrang einzeln abzeichnete. Brrr!

Zapp!

Auf Telequick lieferten sich Kim Basinger und Mickey Rourke einen Quickie vorm offenen Kühlschrank. Neuneinhalb Wochen lang wälzten sie sich wollüstig im Fleischsalat, und Mickey schleckte Kim begeistert Cocktailsauce aus dem Dekolleté. Die Nummer mit der Cocktailsauce lag wohl total im Trend. Sobald ich wieder fit war, würde ich welche einkaufen. Konnte ja sein, daß sich irgendwann ein Mann vor meinen Kühlschrank verirren würde. Wie stand ich denn dann da ohne Cocktailsauce?

Zapp!

In der ersten Reihe lief unterdessen ein Heimatfilm. Eine üppige Maid mit massenhaft Sülze in der Rüschenbluse hüpfte gar anmutig durch den Silberwald und sammelte Pilze in ein Weidenkörbchen. Dann grollte der Berg. Ja, mit dem Berg war nicht zu spaßen! Ein Gewitter zog auf, Regentropfen prasselten der Maid ins Dekolleté und verhagelten ihr die Sülze. Der Film war in den fünfziger Jahren gedreht worden, vor der Erfindung des Wonderbra, heutzutage konnte einem so ein Malheur nicht mehr passieren! Im allerletzten Moment sprang mit einem gewaltigen, widerhallenden »Hollereidudiliö!« der schmucke Oberförster über den wildgewordenen Gebirgsbach, drückte der Maid geistesgegenwärtig seinen Gamsbarthut aufs klamme Blondhaar und trug sie jodelnd zum nächsten Unterstand.

Herrje, was für ein Showdown!

Wollüstig seufzend sank ich immer tiefer ins Kissen. Mein Finger spielte mit der Fernbedienung.

Zapp!

Ah, Kanal Voll! Da liefen immer so nette Arztserien. Meine Lieblingsserie war »Doktor Krank, der Arzt, den die Frauen versauen«. Sie handelte von einem Gynäkologen, der dem Ansturm seiner Patientinnen nicht gewachsen war. Ihrem Triebstau schon gar nicht.

Schade, die Sendung war gerade vorbei. Eine attraktive Ansagerin erschien auf der Mattscheibe. »Liebe Zuschauerinnen«, sagte sie, »Kanal Voll will Ihnen Gelegenheit geben, das TV-Programm aktiv mitzugestalten.«

Das war wirklich eine lobenswerte Idee. Nur, wie wollten sie das anstellen? Interessiert setzte ich mich auf.

»Deshalb schreiben wir einen Wettbewerb aus. Schicken Sie uns Ihr Drehbuch! Lassen Sie Ihrer Phantasie freien Lauf! Die Teilnahme-Infos senden wir Ihnen zu. Rufen Sie gleich an.«

Die Telefonnummer von Kanal Voll wurde eingeblendet. Wie hypnotisiert griff ich zum Kugelschreiber und kritzelte die Nummer in meinen Notizblock. Das Schicksal hatte mir soeben eine Riesenchance in die Hände gespielt.

Man sollte es nicht für möglich halten, aber manchmal war das wirkliche Leben der reinste Trivialroman.

Tage später hockte ich dick eingemummelt mit einer Wärmflasche im Rücken am Computer und dachte angestrengt nach. Das Drehbuchschreiben ging mir leider nicht so flott von der Hand, wie ich gehofft hatte. Sollte ich eine Familienserie schreiben? Einen Krimi? Eine Love-Story?

Die Informationen und Instruktionen von Kanal Voll waren zwar eingetroffen, aber irgendwie fehlte mir noch die zündende Idee.

Else stattete mir einen Besuch ab. Schwer atmend griff sie sich an die künstliche Hüfte und ließ sich auf mein Sofa fallen. »Ich hab wat für Sie, Vitamine, datse wieder auffe Beine kommen!«

Aus der mitgebrachten Obstschale lachten mich Apfelsinen, Äpfel und Mandarinen an.

»Das ist aber nett, danke! Trinken Sie einen Kaffee mit?« Von Kamillentee war ich mittlerweile abgekommen.

»Da sach ich nich nein!« rief sie. »Schontree Kräm habense nich zufällig da?«

So ein Pech aber auch! Ganz zufällig war mir ausgerechnet der ausgegangen.

»Tut 's auch ein Sherry?«

»Hauptsache, et sinn paar Prozente drin!«

Prozente hatte der Sherry zur Genüge. Beim zweiten Gläschen lockerte sich Elses eh schon loses Mundwerk gewaltig.

»Der Herr Brittinger kümmert sich ja ganz rührend um Sie«, stellte sie fest. »So wat Nettes, also wirklich!«

HAT ER SIE SCHON FLACHGELEGT?

»Jawoll!« stimmte ich grinsend zu.

»Ein feiner Mensch!« Else nippte an ihrem Sherry.

»Fürwahr, fürwahr!« Dem Statement ließ sich schwerlich was entgegensetzen. Bevor sich Else in nicht zu stoppende Lateinlehrer-Lobeshymnen hineinsteigerte, lenkte ich ihre Gedanken auf das Thema, das ich momentan viel spannender fand. »Der Herr Doktor von Ramroth ist auch ein feiner Mensch.«

»Ach?« Else sprang so prompt an wie ein Otto-Motor. »Dat Kerlchen gefällt Ihnen also! Hab ich mir doch gleich gedacht. Is auch noch zu haben, genau wie der Herr Brittinger.«

Na bitte! Da war sie, die Information, auf die ich gewartet hatte. Danke, das reicht! Aber wenn Else erst mal warmgelaufen war, war sie nicht mehr zu bremsen.

»Obwohl die Weiber ihm in Scharen hinterherlaufen, dem Ramroth. Also ich sach immer zu Egon, Egon, sach ich, die eine Arzthelferin, die junge, die himmelt den ja an – un dann die Frau Doktor Frische, Internistin, oben drüber, aber die is geschieden, ob er da ma nich 'n Rückzieher macht?«

Ich überlegte sorgenvoll, ob ich nicht lieber einen Rückzieher machen sollte. Der Mann erstickte in unmoralischen Angeboten, da würde er sich sicher nicht nach einer rotblonden Journalistin verzehren. Oder?

»So!« sagte Else und stellte ihr leeres Glas ab. »Muß wieder runter, Egon dat Abendbrot richten. Is ja aufgeschmissen ohne mich, die Männer sinn so hilflos.« Leicht schwankend erhob sie sich. »Gute Besserung dann. Wenn wat is, rufense unten an.«

»Mach ich – und danke für die Vitamine!«

Beim Gläserwegräumen kam sie mir – die zündende Idee! Flugs machte ich mich über den Computer her.

Die Hauptfigur des Drehbuchs mußte ein Arzt sein, klar! Daß ich darauf nicht eher gekommen war! Ärzte waren bei den Fernsehzuschauerinnen einfach am beliebtesten. Logisch, daß der Arzt toll aussah. Etwa so wie Til Schweiger, dynamisch und charmant. (Na ja, eben wie Roderich von Ramroth.) Logisch auch, daß er einen Porsche fuhr. Einen arztkittelweißen Porsche Carrera. Und natürlich war er alleinstehend. Ein alleinstehender Urologe, genau, urologiemäßig hatte ich ja jetzt einschlägige Erfahrungen gesammelt! Er hieß Tassilo von Rauschenbach, weil Adelstitel immer gut ankamen. Er war nicht verarmt, aber vereinsamt. Bis spät in die Nacht saß er Arztbriefe diktierend in seiner Praxis, weil daheim keine liebende Gemahlin mit einem viergängigen Menü auf ihn wartete.

Die Weiber umbrummten ihn wie ein Bienenschwarm die ersten Frühlingsblüten. Aber für welches Weib sollte er sich entscheiden? Für die frisch geschiedene Internistin, die eine Etage über ihm praktizierte? Für die frisch deflorierte Arzthelferin, die ihn blauäugig anschmachtete? Oder für die frisch geliftete Privatpatientin, niveaulos, aber neureich?

So schnell, wie mir die Inspirationen kamen, konnte ich kaum tippen.

Also der Internistin gönnte ich ihn nicht! Die mit ihrem frustrierten Zug um den Mund würde Tassilo total zermürben und in Depressionen stürzen. Und die Arzthelferin spekulierte sicher nur auf eine Versorgungsehe. Pah! Wenn sie Frau Doktor werden wollte, sollte sie halt selbst studieren. Für die Privatpatientin war mir Tassilo auch zu schade, obwohl ihr letztes Face-lifting wirklich gut gelungen war.

Dafür hatte ich ihn schließlich nicht zum Leben erweckt, daß ich ihn jetzt verantwortungslos ins Unglück laufen ließ. Das hieße Perlen vor die Säue werfen! Hallo Witz!

Also abspeichern – und weiter im Text:

Sprechzimmer Praxis. (Innen – Abend)

Ein hochmoderner Behandlungsraum, in der Mitte ein großer Schreibtisch, vollgepackt mit Karteikarten, links eine Pizza-Service-Schachtel.

Nahaufnahme: Tassilo von Rauschenbach sitzt mit traurigem Gesichtsausdruck am Schreibtisch und kaut nachdenklich auf einer Salami-Pizza herum. Plötzlich schmeißt er den Rest in den Mülleimer, geht zum Schrank, zieht seinen Trenchcoat über, knipst die Schreibtischlampe aus und verläßt die Praxis.

Gehweg vor der Praxis. (Außen – Abend – Nieselregen)

Tassilo von Rauschenbach springt in seinen Porsche, läßt den Motor aufheulen und biegt mit quietschenden Reifen um die Ecke.

Szene-Kneipe. (Innen – Abend – Stimmengewirr)

Tassilo von Rauschenbach schiebt den Vorhang an der Tür zur Seite und tritt ein. Suchender Blick. Am Tresen gewahrt er die rotblonde Journalistin, die ihn vor zwei Wochen konsultiert hat. Im Gegensatz zu neulich sieht sie pumperlgesund aus, geradezu entzückend. Zögernd geht er auf sie zu.

Er: Das ist ja eine Überraschung!

Sie (errötend): Herr Doktor von Rauschenbach! Guten Abend.

Sie verschluckt sich an ihrem Altbier.

Er: Gute Idee, die Nieren durchzuspülen!

Er bestellt sich ebenfalls ein Bier. Sie prosten sich zu.

Sie: Sie hatten sicherlich einen langen Tag?

Er (zweideutig): Ja – und es sieht ganz danach aus, als würde es auch eine lange Nacht werden.

Er schaut ihr tief in die granitgrauen Augen. Sie interessiert sich mehr für seine unberingten Urologenhände, die mit dem Porscheschlüssel spielen.

Sie (haucht): Ach, wirklich?

So weit, so gut. Ich schaute auf die Uhr. Halb drei! Ich sollte schon längst im Bett liegen! Fieberhaft überlegte ich, wie die Journalistin heißen könnte, und einigte mich mit mir auf

Simone. Simone klang so schön emanzipiert, fand ich. Simone Sandrock, das war prima.

Jawoll.

Tassilo von Rauschenbach und Simone Sandrock verlassen gemeinsam die Szene-Kneipe.

Computer aus. Schluß für heute.

Wie sagt Scarlett O'Hara doch gleich in »Vom Winde verweht«: Morgen ist auch ein Tag.

Als ich wieder gesund war, hatte ich das Drehbuch fertig. Ich las mir die Teilnahmebedingungen von Kanal Voll noch mal durch. Drei Kopien wollten sie haben!

Damit das nicht zu sehr ins Geld ging, suchte ich über Mittag, als ich sicher sein konnte, daß Max sich irgendwo umsonst durchschlemmte, die KUNO-Redaktion auf und benutzte den Kopierer. Dann tütete ich die Unterlagen ein, klebte den DIN-A4-Umschlag zu, frankierte ihn und machte, daß ich wegkam, bevor mich jemand erwischte und mir Arbeit unterjubelte. Schließlich war ich noch krankgeschrieben.

Mit einem Stoßseufzer warf ich auf dem Heimweg das Kuvert in einen Briefkasten. Dann suchte ich ein Reisebüro auf und sackte alle Prospekte über Teneriffa ein, die die Angestellte willens war, herauszurücken.

Im Treppenhaus stieß ich beinahe mit der alternativen Kindsmutter aus dem »Klasse-Kauf« zusammen.

»Ach – wohnen Sie auch hier?« fragte sie erschrocken und stellte sich schützend vor Mara-Melinda.

WIE FURCHTBAR!

Offensichtlich traute sie Leuten, die ihre Einkäufe in der Plastiktüte heimtrugen, auch eine Kindesentführung zu. Weiß der Himmel, welche Schandtaten sie mir zutrauen würde, wenn ich erst mal im Porsche beim »Klasse-Kauf« vorfuhr!

»Ja, aber noch nicht lange«, sagte ich und lächelte das Kind an. Ich entführ dich nicht, Kleine, keine Angst, das steh ich erstens nervlich nicht durch, und zweitens hab ich kein Valium im Haus.

»Sie müssen Frau Mönnighoff sein!«

Der Trockenblumenkranz! Typisch.

Sie nickte. »Wir wohnen schon ewig hier – sechs Jahre – seit

Johannes den Job hat – ich bin ja mit Mara-Melinda zu Hause – damit das Kind auch gefördert wird – die Kleine ist irre kreativ – also wirklich – Wahnsinn – heute morgen hat sie aus Tüchern ein Zelt gebaut – wir kaufen ihr kein fertiges Spielzeug – das hemmt die Kreativität – und eigentlich gehen wir ja immer auf den Wochenmarkt – da ist das Gemüse frischer...«

BLUBBER – BLUBBER – BLUBBER!

Ich schlackerte mit den Ohren. Herrje, man konnte meinen, ich hätte irgendwo bei ihr 'ne Mark reingeschmissen! Wenn ich was auf den Tod nicht abkonnte, dann Leute, die – ohne Luft zu holen – ihren ganzen Lebenslauf runterrattern, sobald man sie angesprochen hat.

»Auf den Wochenmarkt bin ich früher auch gegangen...« setzte ich an.

»Das beste Zeug weit und breit hat Bio-Benny!« lobte die Kindsmutter. »Und Mara-Melinda kriegt da immer eine Bio-Möhre!«

Es hatte den Anschein, als sei die gute Frau Mönnighoff, wie so viele Wochenmarktkundinnen, dem abgestandenen Charme des Gemüseverkäufers erlegen. Bio-Benny – weitaus knackiger als seine Karotten – nutzte sein smartes Aussehen schamlos aus, indem er mit den Kundinnen herumbalzte und sie ablenkte, während er ihnen sein verschrumpeltes Grünzeug aufschwätzte.

»Pah!« rief ich. »Eine Bekannte von mir wohnt in dem Kaff, wo der seinen sogenannten Öko-Hof betreibt!«

Und detailliert schilderte ich ihr, daß Bennys kleine Bio-Felder zwischen den großen Feldern von Bauern lagen, die mit ökologischem Anbau nichts am Hut hatten. Von denen kriegten seine Felder immer eine Ladung Insektenvertilgungsmittel ab, und Benny konnte ultrareinen Gewissens behaupten, nicht zu spritzen.

Frau Mönnighoff spielte ratlos mit einem losen Faden ihres groben handgestrickten Schafwollpullovers. »Ach, wie furchtbar!«

Die Vorstellung, unwissentlich Insektizide verspeist zu haben, machte ihr kernseifegepflegtes Gesicht im Nu um Jahre älter. Richtig verhärmt sah sie auf einmal aus. Wenn ich ihr jetzt noch weismachen würde, daß Kernseife vor Formaldehyd oder so strotzt, würde sie in Rekordzeit bei Betty Beauty auf der Matte stehen. So schnell konnte man diese Alternaiven austricksen. Aber das mit Bio-Benny stimmte. Das hatte mir unsere Volontärin vor einiger Zeit erzählt.

»Mama, komm!« quengelte Mara-Melinda und lugte hinter dem ungebleichten Hanfrock ihrer Mutter hervor.

»Gleich, mein Liebes!« sagte Frau Mönnighoff und beeilte sich, mir von dem Mutter-Kind-Kreativ-Workshop vorzuschwärmen, an dem sie jeden zweiten Nachmittag mit Mara-Melinda teilnahm.

Ich sah den beiden nach, bis sich die Haustür hinter dem Jute-Rucksack schloß. Darauf hätte ich meinen Hintern verwettet, daß die keinen Würg-Shop ausließ. Jetzt war mir auch klar, wieso Julius im »Klasse-Kauf« so getan hatte, als würde er sich übergeben.

Die meisten Rätsel lösen sich halt durch heftiges Zuwarten.

Als ich wieder vollständig genesen war, hatte ich einen immensen Nachholbedarf. Ich hatte Lust auf eine richtige Sause! Daher rief ich Suse an, die sich sogleich bereit erklärte, abends mit ins Sidestep zu kommen.

Hillu konnte nicht, weil Uli darauf bestand, den Tagestip-Spielfilm mit ihr gemeinsam anzugucken. Händchenhaltend würden sie vor der Glotze sitzen, er mit einem Bier, sie mit einer Cola, auf dem Couchtisch ein Teller mit Schnittchen, eine Tüte Kartoffelchips. Wohl bekomm's!

Das Sidestep war brechend voll, als ich eintrat. Ausnahmsweise hatte ich es mal geschafft, vor Suse da zu sein, die sonst immer hyperpünktlich war. Der Wirt spielte seine Lieblingsmusik, und ich mußte aus vollem Halse gegen Mick Jagger anschreien, um ein Altbier zu bestellen.

Nach einigen Minuten hetzte Suse herein, völlig außer Atem.

»'tschuldige, ich bin zu spät!«

»Hat dich Hagen nicht weggelassen? Hat er dich mit der Lanze bedroht?« flachste ich.

»HARALD! Also ehrlich, kapier das doch mal!« regte sie sich auf. »Was ist aus deinem Drehbuch geworden? Fertig?«

Ich hatte Suse über Tassilos Irrungen und Wirrungen in Sachen

Liebe auf dem laufenden gehalten und mir von ihr ab und zu einen Tip aus der Psychokiste geben lassen. »Fix und fertig. Schon längst abgeschickt. Ich bin total gespannt, was draus wird!«

»Am Ende hörst und siehst du nichts mehr davon, und eines schönen Tages läuft der Scheiß im Fernsehen.«

Danke, Frau Doktor Korff! Wenn es etwas gab, was mir wirklich fehlte, dann war das eine gehörige Portion Pessimismus. Und für so was hatte der Staat einen Haufen BAföG rausgeschmissen!

»Ich dachte immer, ihr Psychoklempner lernt, wie man Leute aufbaut, und nicht, wie man sie runterzieht! Kein Wunder, daß die Patienten jahrelang in so 'ne Psychopraxis wanken, bei eurer Arbeitsmoral!« empörte ich mich. »Da lob ich mir die Urologen. Die machen einen wenigstens gleich gesund!«

Suse lachte. »Der Urologe hat's dir ja schwer angetan. Kommt Hillu auch?«

»Nö. Die sitzen aneinandergepappt vorm Bildschirm.«

»Mann, was 'ne Pattex-Beziehung!« Suse schüttelte den Kopf und bestellte sich ein Wodka-Tonic. »Wie heißt eigentlich dein Drehbuch?«

»Die Tücken der Lust!« verkündete ich stolz. »Ein abendfüllender Film!«

»Tücken der Lust – ich krieg einen Krampf! Was für ein Schwachsinn!« Suse verdrehte die Augen, krümmte sich und hielt sich die Magengegend. »So was guckt doch kein Mensch!«

»Und ob!« Schließlich hatte fast jeder fernsehfähige Zuschauer die Tücken der Lust schon am eigenen Leibe erfahren. Von Suse ganz zu schweigen.

»Hast du eigentlich deine Altlast entsorgt?« fragte ich anzüglich.

»Altlast?« Sie stutzte.

»Na, Jung Siegfried! Oder hängt er immer noch nichts ahnend im Seil? Am Marterhorn?«

Suse zuckte mit den Schultern. »Ich hab ihm einen ellenlangen Brief geschrieben, seither hat er sich nicht mehr gemeldet.«

So war das also. Ratz-fatz lag Jung Siegfried in seinem Blute, und

Hagen schwang die Lanze. Ich war zumindest so fair gewesen, Konrad Gelegenheit zu einem klärenden Gespräch zu geben. Man konnte sich doch auch harmonisch trennen. Also wirklich! Die Tour mit dem blauen Brief fand ich jedenfalls ausgesprochen link.

»Link hin, link her, er wird sich schon nicht umbringen«, sagte Suse, als ich ihr Vorhaltungen machte. »Das einzige, was Sigi wirklich treffen würde, wäre, wenn ihm jemand das Skifahren verbieten würde!«

Wie abgebrüht sie war! Wie berechnend! Gedankenvoll bestellte ich mir noch ein Bier. Suse mußte mal für kleine Mädels und glitt vom Barhocker. Im Spiegel hinter dem Tresen überprüfte ich zufrieden meinen upgepushten Busen. Die Herstellerfirma hatte wahrlich nicht zuviel versprochen. Neben mir unterhielten sich zwei Yuppies über ihre Kreditkarten. Der Wirt schob eine neue CD rein und drehte die Anlage endlich leiser.

Der dicke Samtvorhang an der Eingangstür bauschte sich.

Und dann passierte das schier UNGLAUBLICHE!

Der Vorhang teilte sich.

Durch den Samt brach Roderich von Ramroth wie ein Hirsch durchs Dickicht.

Suchend blickte er sich um, erkannte mich und kam auf mich zu.

AUF MICH!

»Na, das ist ja eine Überraschung, Frau Buchholz!«

Ich verschluckte mich an meinem Altbier. »Herr Doktor von Ramroth, guten Abend!«

»Gute Idee, die Nieren durchzuspülen!« Er bestellte sich ebenfalls ein Bier. »Alles wieder okay mit den Dingern?«

Ich nickte. »Sie hatten sicherlich einen langen Tag?«

»Tja!« sagte er und blickte mir tief in die granitgrauen Augen. »Und es sieht ganz danach aus, als würde es auch eine lange Nacht werden.«

Er hatte seinen Text wirklich gut gelernt. Ich mußte an mich halten, um nicht laut loszubrüllen.

Das wirkliche Leben war doch wahrhaftig noch kitschiger als das kitschigste Drehbuch!

Gott sei Dank tauchte Suse wieder auf. Mit psychologischem

Gespür erfaßte sie den Ernst der Lage und täuschte geistesgegenwärtig und reaktionsschnell einen mittelschweren Migränean-
fall vor.

»Oh!« rief sie und legte sich die Hand an die Stirn. »Oh! Ich muß
dringend heim, meine Migräne bringt mich um!«

Es sah total echt aus. So echt, daß Roderich von Ramroth schon
die Arme aufhielt, um sie aufzufangen, falls sie in Ohnmacht fiel.
Kaum war Suse entschwunden, waren wir beim Du.

»Meine Freunde nennen mich Roddy!« säuselte Roderich und
tätschelte mir mit einer seiner unberingten Urologenhände das
Ärmchen. Hach! Auf dem Tresen lag ein Autoschlüssel. Ich
schmolz dahin wie die vielzitierte Butter an der Sonne. Konrads
eiskalte Leiche und mein jungfräulicher Futon kamen mir in den
Sinn, und fast hätte ich Roddy gefragt: Gehn wir zu dir oder zu
mir?

Stunden später verließen wir das Sidestep. Vor der Tür stand sein
arztkittelweißer Porsche im absoluten Halteverbot. Roddy hielt
mir den Schlag auf, ließ den Motor aufheulen und bog mit hundert Sachen umme Ecke.

Es wurde eine lange Nacht.

Es ging alles blitzschnell.

Wir sprangen aus dem Porsche.

Im Erdgeschoß fielen wir uns in die Arme.

Im ersten Stock küßten wir uns leidenschaftlich. So leidenschaftlich, daß das Messingschild der Sippe Schulze-Großkotz beschlug.

Im zweiten Stock rissen wir uns gegenseitig die Klamotten vom
Leib und im Sinnesrausch fast den Mönnighoffschen Trockenblumenkranz vom Nagel.

Im dritten Stock steckte Roddy seine Zunge in mein Ohr.

In Windeseile landeten wir auf dem Futon – halb zog ich ihn,
halb sank er hin! –, der die längste Zeit jungfräulich gewesen
war.

Ach – die Tücken der Lust!

Wie schade, daß ich immer noch keine Cocktailsauce im Kühlschrank hatte!

Am nächsten Morgen weckte mich ein tremolierender Tenor –
Roddy sang unter der Dusche. Ich schlug die Augen auf und sah

als erstes meinen wundervollen Wonderbra. Malerisch hing er in der Yucca-Palme. Auf dem Boden kuschelte sich mein Slip an ein Paar reinseidene, burgunderfarbene Herrensocken. Genießerisch vor mich hin schmatzend wälzte ich mich auf dem Futon, bis Roddy zwei Tassen Kaffee die Wendeltreppe hochbalancierte.

»Hat es dir gefallen?«

»Und ob!« Wahrscheinlich guckte ich aus der Wäsche wie 'ne Mieze vorm Milchschälchen.

»Was sagt eine Frau nach dem dritten Orgasmus?« fragte Roddy.

Ich kicherte. Das Spiel hatten wir die ganze Nacht gespielt.

»Na?«

»Danke, Roderich!« sagte ich salbungsvoll.

Fast hätten wir den Kaffee verschüttet.

Die Patienten des ungestümen Urologen mußten sich halt noch ein wenig gedulden. Es war eben alles eine Frage der Priorität. Und nicht eine Frage der Ehre, wie einem so mancher Kinofilm weismachen wollte.

Die Welt will betrogen sein

Es blieb natürlich nicht bei dem One-night-stand. Jeden Abend landeten Roddy und ich auf einen Absacker im Sidestep. Und danach unweigerlich auf meinem Futon.

Jede Nacht war der reinste Urknall.

Jeden Morgen hing mein Wonderbra in der Yucca-Palme.

Anfangs schwebte ich auf Wolke sieben.

Nach einer Woche kannte ich alle Urologenwitze, die jemals erfunden worden waren. Sie waren durch die Bank schlüpfrig hoch drei und begannen meist mit den Worten: Kommt ein Mann zum Urologen.

Nach zwei Wochen wünschte ich inbrünstig, Roddy hätte irgendwo einen Knopf zum Abstellen.

Nach drei Wochen war mir die Freude am Sex vergangen. Zumindest vorerst.

Irgendwie war es wie mit den Zikaden.

Einmal mochte ES ja ganz possierlich sein.

Zweimal auch noch.

Aber JEDE Nacht? Kinner, nö!

Wenn dieser unersättliche Urologe mir weiterhin meinen Schönheitsschlaf raubte, würde ich vorzeitig altern. Ich würde Schlupflider bekommen und Stirnfalten, meine Haut würde grau und fahl werden. Himmel hilf! Im Geiste sah ich mich schon bei Betty Beauty zu Kreuze kriechen und um die teure Pflegeserie von Femme fatale betteln: Bitte schön, bitte gleich, bitter nötig – die ganze Latte rauf und runter!

Es galt, meinem körperlichen Verfall sowie dem Urologen Einhalt zu gebieten. Ich mußte diese kräftezehrende Affäre schleunigst beenden. Aber wie? Roddy wäre zutiefst beleidigt, würde ich ihn abends, wenn er nach seiner Sprechstunde anrief, am Telefon abwimmeln.

Du, Darling, mir ist heute so gar nicht nach dem EINEN! Möchtest du nicht lieber mal ein paar Arztbriefe diktieren? Deine Mama besuchen? Die Internistin anbaggern?

Mutti hatte mir einst ins Poesiealbum geschrieben: Denkst du irgendwann, es geht nicht mehr, kommt von irgendwo ein Lichtlein her. So ging es nicht mehr. Aber wo blieb das Lichtlein? Verdammt! Diese Poesiealbumsprüche waren mindestens so verlogen wie die Happy-Ends in Filmen und Romanen.

Eines späten Nachmittags klingelte Julius an meiner Tür. Als ich aufmachte, präsentierte er mir mit spitzen Fingern einen goldenen Ohrring.

»Ist das deiner?«

»Ja – wo hast du ihn gefunden?« Ich streckte die Hand danach aus. »Gib her!«

Unentschlossen spielte er mit dem glitzernden Ding. »Lag unter der Fußmatte vor meiner Tür. Geht ja neuerdings ganz schön was ab bei dir, nachts.«

MEIN LIEBER SCHOLLI!

Ich gestattete mir, damenhaft zu erröten. Dann riß ich ihm den Ohrring aus der Hand und versetzte patzig: »Na und?«

Julius biß sich auf die Lippen. Er stand in meinem Türrahmen wie bestellt und nicht abgeholt.

WAS HAB ICH DIR DENN GETAN? ICH HAB DOCH NUR DEN OHRRING...

»Komm rein, ich mach uns einen Kaffee!« lenkte ich ein. Willig folgte er mir in die Küche und sah zu, wie ich Wasser in die Kaffeemaschine füllte, Pulver in den Filter kippte und zwei Tassen aus dem Regal nahm. »Mit Milch?«

Er nickte. »Ich wollte dir ja nicht zu nahe treten, aber bei den Brunftschreien...«

Ich mußte grinsen. Brunftschreie war genau der richtige Ausdruck. Daß Roderich sich aber auch nicht zu zügeln vermochte! Wir nahmen mit einem halben Meter Sicherheitsabstand auf dem Sofa Platz und schlürften unseren Kaffee. Und weil mir das Beichten bei Julius so leicht fiel, beichtete ich ihm die Urologen-Nummer. Er zeigte sich verhältnismäßig unbeeindruckt, was ich auf den Neid der Besitzlosen zurückzuführen geneigt war. Es wurde wirklich Zeit, daß Julius sich eine nette junge Referendarin suchte.

»Was macht denn bei dir die Frauenfront?« fragte ich teilnahmsvoll.

»Frauenfront! Pah! Mea virtute me involvo!«

»Was?« Wollte er sich einen Volvo kaufen? Immer dieses Scheißlatein!

»Ich hülle mich in meine Tugend!« übersetzte er. Und fügte anzüglich hinzu: »Im Gegensatz zu anderen Leuten.«

IM GEGENSATZ ZU DIR, DU SCHLAMPE!

»Tugend – daß ich nicht lache!« entfuhr es mir. »Tugend ist nichts anderes als Mangel an Gelegenheit!«

Bei ihm bestimmt. Davon war ich überzeugt. Ihm würde sich keine Gelegenheit zur Untugend bieten, solange er sich nachts in bübchenblaue Frotteeschlafanzüge hüllte. Wahrscheinlich ließ er sogar die Socken an im Bett. Männern war alles zuzutrauen, Lehrern erst recht. Unauffällig schielte ich auf seine Füße. Sie steckten in alten Turnschuhen; zwischen den Schuhen und dem Saum seiner Jeans blitzte ein Fitzelchen Frottee hervor. Ein weißgraues Fitzelchen Frottee, um genau zu sein.

Julius seufzte und steckte sich eine Zigarette an. »Übertreib's nicht mit dem Urologen. Das scheint mir doch eine res dubia zu sein – eine zweifelhafte Angelegenheit! Daß du auf so einen...!«

... TYPEN HEREINFÄLLST!

Kopfschüttelnd trank er seinen Kaffee aus.

»Das ist kein Typ!« schrie ich. »Im Prinzip ist Roddy DER Traummann! Adlig! Attraktiv! Steinreich! Promoviert!«

»Traummann! Im Prinzip! Ein promoviertes Sexmonster, das ist er!«

Ich hatte bislang gar nicht gewußt, daß der Erfahrungshorizont eines Lateinlehrers sich auch aufs weite Feld sexueller Betätigung erstreckte. Vielleicht hatte er mal vertretungsweise Sexualkundeunterricht gegeben.

Ich seufzte und verfiel erneut aufs Beichten. Zumal es unmöglich war, mich bei den Mädels auszuheulen. Suse jammerte über Hagens Einfallslosigkeit beim Akt. Sie hätte vor Neid lila gepinkelt, wenn ich ihr von den Spielarten der Erotik erzählt hätte, die Roddy kannte. Hagen schwor auf die Missionarsstellung, stockkonservativ. Der Recke war kein Typ zum Rumturnen, seine Psychoakrobatik reichte ihm vollauf. Hillu klagte über Ulis Lustlosigkeit (sexuelle Inappetenz, nach Frau Doktor Korff – Null-Bock-Syndrom, nach mir!) und konnte es kaum erwarten, nach Teneriffa zu fliegen. Es gelüstete sie heftig nach einem spanischen Snack, wie sie sich auszudrücken beliebte.

Julius hingegen hörte sich mit einer wahren Engelsgeduld mein Wehgeschrei an. Ab und zu räusperte er sich und sagte »Aha!« oder »Also wirklich!«, ansonsten war er mucksmäuschenstill.

»Weißt du, ich hab einfach keine Lust mehr, jeden Abend den Vamp zu spielen. Das hält doch keine Frau aus!«

Ich schneuzte mich in das karierte Taschentuch, das mir Julius wortlos reichte.

»Un nu?« fragte ich kleinlaut. »Ich will ihn abservieren, ich brauch dringend 'ne Erotikpause!«

Einen Schonwaschgang, sozusagen. Ich dachte an Annedore, die sicher schon seit der Hochzeitsnacht im Schonwaschgang wusch.

Julius dachte angestrengt nach. »Also, wenn du mich so fragst...«

»Ja?«

»So 'n Urologe ist doch bestimmt ganz und gar auf seine Maschinerie fixiert und diesbezüglich total empfindlich.«

»Ja?« Los, spann mich nicht auf die Folter, du Oberlehrer!

»Und?«

»Na ja, ich könnte mir vorstellen, daß dem die Lust ganz schnell vergeht, wenn sich – sagen wir mal – ein paar Strepto- oder sonstige Kokken in deinem Genitaltrakt tummeln!«

Ich starrte auf die leeren Kaffeetassen. Klar, Kokken! Das war die Lösung! Das Lichtlein! Ach – was sag ich! Das reinste Fußballstadion-Flutlicht! Wo sich Kokken tummeln, würde nicht nur ein Urologe darauf verzichten, sich zu tummeln!

»Als zuverlässiges Hausmittel in hartnäckigen Fällen hat sich auch der gemeine Scheidenpilz bestens bewährt«, dozierte Julius. »Hochgradig ansteckend, da grault sich jeder Mann vor. Kannst du mir glauben.«

Ich lachte. »Hattet ihr beim Bund haufenweise, was?«

Er lachte ebenfalls. »Du weißt doch, nichts Menschliches...«

»...ist dir fremd!« johlte ich. »Schließlich hast du drei Schwestern!«

Wir kriegten uns kaum noch ein vor Spaß. Julius setzte sich in Positur und schwenkte mein Lineal wie einen Zeigestock.

»Mundus vult decipi!« deklamierte er theatralisch. »Die Welt will betrogen sein!«

Diese Lateinlehrer waren wahrhaftig mit allen Wassern gewaschen. Von den alten Römern ganz zu schweigen.

Noch am selben Abend betrog ich die Welt. Beschiß den hyperpotenten Platzhirsch, der Punkt acht bei mir anrief und dem die Vorfreude auf die allnächtlichen Vergnügungen schon in den Eingeweiden rumorte, nach Strich und Faden. Ach! und Oh! hauchte ich in den unschuldigen Hörer und erfand einen stattgehabten Besuch beim Gynäkologen. Dafür mußte ich meine Phantasie weiß Gott nicht überstrapazieren, da ich jedes Jahr einmal zur Krebsvorsorge ging.

»Uuund?« röhrte Roddy mißtrauisch. »Was hat er gesagt?«

LIEBER HIMMEL, LASS SIE NICHT SCHWANGER SEIN!

»Pilzinfektion!« brach es triumphierend aus mir heraus. Zwölf-
ender, weiche! Zurück ins Dickicht! »Und wie! Alles krib-
belt!«
Schweigen in der Leitung. Lediglich ein Rascheln drang an mein
Ohr. Sicherlich juckte es ihn schon, und er kratzte sich sachte am
Gemächte.
»Er hat mir Creme verschrieben und Vaginaltabletten, ein…«,
ich machte eine Kunstpause, »…sogenanntes Breitspektrum-
Antimykotikum.«
Grinsend knüllte ich den Zettel zusammen, auf den Julius das
schlimme Wort gekritzelt hatte. In pingeligster Lehrerschrift,
aber das spielte keine Rolle.
Roddy stammelte »Ach je!« und versicherte mich seines Mitge-
fühls. »Übrigens«, sagte er dann, »muß ich noch einen Riesen-
stapel Arztbriefe diktieren. Lästige Pflicht, du verstehst, hab ich
die letzte Zeit ziemlich vernachlässigt.«
Was man von seinem Geschlechtstrieb nicht behaupten
konnte!
»Aber das macht doch nichts!« rief ich, Verständnis heuchelnd.
»Wenn die Pflicht ruft!«
Ich würde jedenfalls nicht nach ihm rufen. Ich hatte mir meinen
ungestörten Schönheitsschlaf erstunken und erlogen.
Und dann rief erst mal Teneriffa.

Bei Suse sah es aus, als hätte eine Bombe eingeschlagen. Ich ließ
meinen Koffer neben einem Berg Unterwäsche fallen und verzog
mich aufs Sofa. Suse hüpfte wie ein verrückt gewordenes Huhn
durch die Wohnung, kam in unregelmäßigen Abständen in
durchsichtigen Sommerfähnchen wieder zum Vorschein und
tänzelte vor dem Spiegel herum.
Ich sparte nicht mit bissigen Kommentaren. »Das Ding sieht aus
wie ein dreckiges Negligé!«
Schimpfend riß sie sich den champagnerfarbenen Fetzen vom
Leib, feuerte ihn in die nächste Ecke und verschwand erneut im
Kleiderschrank.
»Und – wie findest du das? Geht doch – oder?«
Sie tauchte in einem knallengen, paillettenbestickten silbernen
Lurexkleidchen auf, in der Hand eine ebenfalls paillettenbe-

stickte silberne Handtasche. Die absolute Härte war jedoch die silberne Schirmmütze, die sie sich aufs Haupt stülpte. Ich verdrehte die Augen.

»Weißt du, wie du aussiehst? Wie ein wildgewordener Laserstrahl!«

»Haha!« Sie wand sich aus dem glitzernden Kleidchen, wobei es vernehmlich Rrratsch! machte. »Oh, Mann!«

»Ich will dich ja nicht hetzen, aber in zweieinhalb Stunden geht der Flieger!«

»Der Flieger kann mich mal!« kreischte Suse und inspizierte den Riß im Paillettenkleid. Überflüssigerweise klingelte auch noch das Telefon.

»Das war Harald!« sagte Suse, als sie den Hörer auflegte. Sie bückte sich und sortierte mit nachdenklichem Gesichtsausdruck ihre Unterwäsche. »Er vermißt mich schon jetzt!«

»Ach was! Der will dir nur den Urlaub madig machen!«

»Quatsch! Er liebt mich eben.« Sie kniff die Lippen zusammen. Unter Anwendung brutaler Gewalt gelang es ihr, den Koffer zu schließen.

»Laß deine Wut nicht an dem Koffer aus. Muß Liebe schön sein! Wenn ich groß bin, kauf ich mir auch ein Pfund.«

Liebe! Also ehrlich. Wenn das Liebe war, konnte ich drauf verzichten.

Hagen, der gestrenge Recke, konnte es schlichtweg nicht verwinden, daß Jungfer Kriemhild sich ohne ihn zu amüsieren trachtete. Recken auf dem Maulesel im Himalaja, das mochte ja noch angehen, aber Jungfern im Flieger nach Teneriffa? Also so was! Analytiker waren letztendlich auch nur Männer. Und wie alle Männer maßen sie mit zweierlei Maß.

Auf dem Weg zum Flughafen schwieg Suse beharrlich. Der Psychoklempner hatte es tatsächlich fertiggebracht, ihr schon im Vorfeld der Urlaubsreise Schuldgefühle einzuimpfen.

Wir saßen auf unseren Koffern und rauchten und warteten auf Hillu. Der Zeiger der Uhr rückte bedrohlich weiter. Von Hillu keine Spur.

»Wenn sie in zehn Minuten nicht da ist, checken wir ohne sie ein«, sagte ich. »Kann gut sein, daß eins der Kinder Keuchhusten gekriegt hat. Oder Windpocken.«

Suse zermalmte ihre Zigarettenkippe mit dem Absatz ihres Lederstiefelchens. »Wahrscheinlich hat ihr Uli unter Androhung der sofortigen Scheidung bei Zuwiderhandlung verboten, mit uns zügellosen Single-Weibern durch die Weltgeschichte zu schwirren!«

Bei »schwirren« mußte ich an einen schillernden Kolibri denken, der schwerelos von Blüte zu Blüte schwirrte. Eine Assoziation, die Hillus Erscheinen sofort zunichte machte. Schwergewichtig und schwer atmend stapfte sie durch die Halle auf uns zu wie ein Nashorn durch die Savanne.

»Allmächtiger!« entfuhr es mir.

Sie schleppte sich mit zwei überdimensionalen Koffern ab, einer Handtasche und einer rosaroten Box, die so aussah, wie ich mir immer eine Hutschachtel vorgestellt hatte.

»Endlich!« riefen wir.

»Also, diese Packerei!« Sie durchwühlte die Handtasche und entnahm ihr einen Schokoriegel. »Und Uli hat noch angerufen!«

»Laß mich raten«, sagte ich. »Er vermißt dich schon jetzt?«

Sie nickte und kaute.

»Kannst ihn ja mitnehmen!« schlug ich vor. »Der paßt locker in einen Koffer – wenn man ihn ein bißchen staucht.«

Hillu verschlang den letzten Bissen ihres Schokoriegels. »Ich bin doch nicht blöde! Meinst du, ich nehme eine Tüte H-Milch mit auf die Alm?«

Womit zweifelsfrei bewiesen wäre, daß es völlig Wurscht ist, ob Männer ihre Frauen vermissen oder nicht.

Wehe, wenn sie losgelassen!

Nach vierstündiger Flugzeit, die wir uns mit Sekttrinken vertrieben, landeten wir. Nach zweistündiger Wartezeit in der Halle des Aeropuerto Reina Sofia, die wir uns mit Rotweintrinken vertrieben, kam endlich der vom Reiseveranstalter zugesicherte schnittige, vollklimatisierte Bus, der uns zum Hotel bringen sollte. Vor einem mehrstöckigen weißen Kasten, der aussah wie aus einem Science-fiction-Film, hielt der Fahrer mit quietschenden Reifen an. Zischend öffneten sich die vollautomatischen Türen.

»Tür zu, es zieht!« alberte Suse alkoholisiert. Hillu und ich dösten auf unseren Sitzplätzen. Der Fahrer wurde ungeduldig, ebenso die übrigen Businsassen.

»Señoras, Hotell Casa Blanca, bittä aussteigen, bittä!«

»No, Señor! Das ist nicht unser Hotel!« keifte Suse. »Unser Hotel ist ein malerisches Landhaus in einem parkähnlichen Garten mit Palmen, nicht so 'n Klotz an der Hauptverkehrsstraße!«

Die Ungeduld des Fahrers steigerte sich derweil ins Unermeßliche. Er machte Anstalten, unsere Koffer aus dem Bus zu werfen, wobei er unverständliche gutturale Laute ausstieß. Als er sich die rosarote Box schnappte, wurde Hillu schlagartig hellwach.

»Mein Beauty Case!« rief sie. »Halt!«

»Hotell Casa Blanca, bittä, Señoras!« gellte der Fahrer, wischte sich mit einem Taschentuch den Schweiß von der Stirn, rang anschließend die Hände und zeigte auch sonst allerlei Anzeichen von Verzweiflung. »Bittä!«

»Kommt, wir tun ihm den Gefallen!« sagte Suse. »Sonst muß ich noch die Zwangsjacke aus dem Koffer holen.«

Kichernd kletterten wir aus dem Bus und taumelten in den gleißenden Sonnenschein. Hillu klammerte sich an ihr Beauty Case. Ich kramte in meinem Brustbeutel nach den Reiseunterlagen und studierte sie mit gerunzelter Stirn.

»Da haben wir den Salat. Hier steht: Wenn das gebuchte Hotel keine Kapazitäten mehr frei hat, ist der Veranstalter berechtigt, die Reisenden umzuquartieren.«

»So isses nämlich mit den Last-minute-Anbietern!« rief Suse. »Die halten nicht, was sie versprechen.«

»So isses auch mit den Last-minute-Männern!« sagte ich anzüglich. »Die halten auch nicht, was sie versprechen. Paß bloß auf!«

Suse streckte mir die Zunge raus. Hillu hockte auf einem Koffer und stopfte Marzipanherzen in sich rein.

Ernüchtert schickten wir uns in das Unvermeidliche und steuerten die Rezeption des Kastens an. Eine stolzer Spanier in einer Stewarduniform händigte uns zwei Zimmerschlüssel aus, reagierte auf keinen unserer Einwände, verstand und sprach prinzipiell keine der von uns an ihm ausprobierten Fremdsprachen und Suses Spanisch schon gar nicht.

»Du mit deinem Volkshochschulkurs«, raunte ich. »Hoffentlich reicht dein Wortschatz für die Speisekarte!«

Unsere Gemächer lagen im elften Stock. Man hatte uns ein Doppel- und ein Einzelzimmer zugeteilt.

»Wer will das Einzel?« fragte Suse.

»Ich nicht!« schrie Hillu. »Ich schlafwandle nachts, am Ende fall ich hier runter, und keiner merkt's!«

Ich zuckte die Schultern. »Mir egal. Solang keine von euch schnarcht ...«

»Dann nehme ich es.« Suse kickte ihren Koffer mit einem gezielten Fußtritt über die Türschwelle. »Wir treffen uns in einer Stunde zum Essen, ich muß jetzt Harald anrufen, das hab ich ihm versprochen.«

Sie schlug die Tür vor unseren neugierigen Nasen zu.

Ich klopfte. »Am besten fertigst du ein schriftliches Protokoll an, hörst du! Jeden Tag. An der Rezeption haben sie bestimmt ein Fax! 18 Uhr: Ankunft. 18.10 Uhr: kein Spanisch gekonnt. 18.30 Uhr: Koffer ausgepackt. 18.40 Uhr: geduscht!«

Und so was will eine emanzipierte Frau sein! Und dazu Psychologin! Die jahrelange Ausbildung war für die Katz gewesen, wenn sie dermaßen unreflektiert Hagens zwanghaftem Kontrollbedürfnis nachkam, ohne Widerstand zu leisten.

»Reg dich ab«, sagte Hillu, als ich mein Gepäck in das Doppelzimmer wuchtete. Ich folgte ihr auf den klitzekleinen Balkon. Wortlos starrten wir auf neue Betonklötze, die ringsherum aus dem Boden wuchsen.

»In dieses Kaff kriegen mich keine zehn Pferde mehr!« sagte ich. »Lieber lutsch ich 'n Lappen. Playa de las Americas!«

Pah! Beim besten Willen konnte ich keinen Strand ausmachen. Nur Hotelburgen, Bauschutt, Kräne, die in den fahlblauen Himmel ragten. Hier und da eine eingestaubte Alibipalme. Der einzige Farbtupfer war der hoteleigene Swimmingpool. Enttäuscht warfen wir uns auf das ächzende, durchgelegene Doppelbett. Hillu zauberte eine Schachtel Pralinen hervor.

Frustriert fraßen wir die Schachtel ratzekahl leer und machten uns daran, die Koffer auszupacken. Ich staunte nicht schlecht, als ich mitkriegte, was Hillu alles zum Vorschein brachte. Einen Haufen Klamotten, kiloweise Süßigkeiten. Ihre Koffer schienen

schier unerschöpflich, vielleicht hatten sie einen doppelten Boden.

Während ich den Fernseher ausprobierte und feststellte, daß
man ständig Peseten einwerfen mußte, um gucken zu können,
duschte sie. Und zwar ewig. Dann tauchte sie wieder auf, in
einen rosa Badeschal gehüllt, eine Packung auf dem Gesicht, und
verbreitete hektische Betriebsamkeit. Sie schob den Fernsehap-
parat zur Seite, kramte ein Reisebügeleisen hervor und plättete
eine Bluse.

»Wir sind im Urlaub«, sagte ich. »Schluß mit dem Hausfrauen-
dasein.«

Meine Worte fielen nicht auf fruchtbaren Boden. Wie unter
Hypnose bügelte Hillu weiter. Im Schweiße ihres Angesichts
machte sie sich bereits an der dritten Bluse zu schaffen. Ihre Pak-
kung gerann und fing an zu klumpen. Es sah aus, als hätte sie sich
eine Portion Frischkäse ins Gesicht gekleistert.

Ich stand auf, um ebenfalls zu duschen. Das spärliche Rinnsal,
das aus dem Brausekopf tropfte, war kalt. Ich fluchte und
schwor mir, Hillu demnächst nach fünf Minuten die Dusche ab-
zudrehen.

Dann versuchte ich, meinen Kosmetik-Krimskrams im Bad un-
terzubringen. Aber wo? Wohin ich auch schaute, jeden erdenk-
lichen Winkel hatte sie mit Beschlag belegt. Sage und schreibe
sieben verschiedene Sorten Nagellack, Nagellackentferner,
Nagelschere und -feile, Gesichtsmasken, Reinigungsmilch,
Make-up-Tuben, Puderdosen und -quasten, Tages-, Nacht- und
Nährcreme, Deoroller, eine Sparpackung Slipeinlagen, Fön
und Lockenstab sowie -wickler, Shampoo, Festiger, Haarspray,
Bodylotion, Hansaplast, Hühneraugenpflaster, Pickelcreme,
Kajal- und Lippenstifte, Wimperntusche, Parfümflakons, Seife
im Dosierspender...

»HILTRUD!« schrie ich.

Irgendwas mußte sie mißverstanden haben, anders konnte ich
mir dieses Drogerie-Depot nicht erklären. Wollte sie hier über-
wintern? Hatte sie klammheimlich die Scheidung eingereicht,
die spanische Staatsbürgerschaft beantragt und gedachte, auf
Teneriffa alt zu werden? Den Plunder konnte doch eine einzige
Frau zu ihren Lebzeiten unmöglich aufbrauchen!

»Was denn?« Hillu kam ins Bad getrottet, ließ den Badeschal zu Boden fallen und begann, sich mit Bodylotion zu salben.

»Dieser ganze Krempel hier... was soll denn das?« Es gibt Fragen, die müssen einfach gestellt werden. »Hast du am Flughafen den Duty-free-Shop ausgeraubt?«

»Wieso?« fragte sie scheinheilig, griff nach einer Nagellackflasche, setzte sich aufs Klo und pinselte sich die Zehennägel altrosa an. »War alles im Beauty Case!«

Mit Hingabe strich sie Lack auch auf die Fingernägel, wackelte mit den Zehen, wedelte mit den Händen, schraubte das Fläschchen zu, drängelte mich vom Waschbecken weg und wusch sich die Packung ab. Akribisch trug sie Tagescreme auf, dann zwei Schichten Grundierung, verteilte Puder auf ihrer Nase, Rouge auf ihren Wangen, malte sich den Schmollmund an und gab nicht eher Ruhe, bis sie den Kopp voller Lockenwickler hatte. Dann benutzte sie einen Deoroller – Duftnote Jasmin – und ein Intimspray – Duftnote Veilchen – und verschwand, um kurz darauf in Slip und – ich wähnte mich der Ohnmacht nahe! – Wonderbra wieder aufzutauchen.

WONDERBRA!

Willkommen im Club, Hillu!

Entgeistert schaute ich ihr zu, wie sie sich die widerspenstigen Wickler aus dem Haar riß, wuschelte und zupfte, toupierte und sprayte. Ich kämpfte mit einer Anwandlung von Atemnot. Wie hielt Uli das aus? Ich an seiner Stelle hätte längst allergisches Asthma. Hustend flüchtete ich vor der Überdosis Haarspray.

Der Teneriffa-Trip wurde trotz des Hotel-Flops ein Hit. Wir Mädels verstanden uns meist prächtig.

Nachdem wir die nähere Umgebung durchforstet und festgestellt hatten, daß wir auf Playa de las Americas gut und gerne verzichten konnten, beschlossen wir, daß unseres Bleibens in dieser Touristenfalle nicht länger sein sollte. Unter Zuhilfenahme von Suses spärlichen Spanischkenntnissen gelang es uns, einen Seat Marbella anzumieten. Mit der Mühle machten wir die Insel unsicher. Hemmungslos verfielen wir sämtlichen Attraktionen, die Teneriffa zu bieten hatte. Wir bummelten durch botanische Gärten im Norden, wo wir neben mannshohen (phallischen, wie Frau Doktor Korff mit ebenfalls phallisch erhobenem Psychologinnenzeigefinger dozierte) und dreitagebart-stachligen Kakteen fürs Foto posierten. Wir wohnten einer Delphin-Show bei, wo wir uns die Hände wund klatschten. Wir plauderten mit buntgefiederten Papageien und ließen alle anderen schrägen Vögel, die sich dann und wann an unsere Fersen hefteten, außer acht. Wir schipperten mit der Fähre nach Gomera, wo wir uns einer nervenzerreißenden Fahrt in einem altersschwachen Linien- bus aussetzten, dessen weder Tod noch Teufel fürchtender Fahrer mit hundert Sachen auf tiefe Schluchten zuraste, um kurz vorm vermeintlichen Absturz die abgefahrenen Bremsbeläge seines Vehikels zu testen, was die einheimischen Fahrgäste zu Beifalls- stürmen anspornte, uns jedoch den Angstschweiß auf die Stirn trieb.

Morgens vorm Frühstück und abends vorm Essen und nachts vorm Schlafengehen wurde ich unfreiwillig Zeuge der Pflichttele- fonate, die die Damen mit den daheimgebliebenen Strohwitwern führten. Suse erstattete dem Psychoklempner pedantisch Bericht über jede Minute, die sie außerhalb seiner Reichweite verbrachte. Hillu hörte sich geduldig Ulis Litanei über vollgekackte Höschen, verlorengegangenes Spielzeug und ausgekotzten Spinat an, lachte sich halbtot vor Schadenfreude, sobald sie den Hörer auf die Gabel geschmissen hatte, um kurz danach in tiefe Melancholie zu verfallen, mit Tränen in den Augen Fotos ihrer Kinder anzustar- ren und ihre Süßwarenvorräte zu reduzieren.

Erst war ich froh, daß ich keinen Kerl am Bein hatte, der mich telefonisch tyrannisierte.

Nach ein paar Tagen glühte ich vor Neid, weil mich niemand zu vermissen schien.

Wen könnte ich anrufen? Roddy fiel flach, den wollte ich keines- falls reaktivieren. Bei Konrad würde wahrscheinlich die gemeine Nacktschnecke ans Telefon kriechen. Ganz abgesehen davon, daß ich nie im Leben so tief sinken und nach allem, was gewesen war, bei Konrad anrufen würde.

Schließlich raffte ich mich auf und rief Julius an, der sich nach einem Überraschungsmoment leidlich begeistert zeigte und mir versicherte, daß daheim alles paletti sei.

Die letzten Tage unseres Aufenthalts widmeten wir der puren

Erholung. Campari trinkend räkelten wir uns auf den Liegestühlen am Swimmingpool und lästerten über die anderen Hotelgä-
ste. Über bläßliche Engländerinnen, die sich mit der Grazie über-
fütterter Flußpferde zu Wasser ließen und vor Wonne quiekten.
Über germanische Möchtegern-Gigolos im mindestens dritten
Frühling, die ihre Wampen Gassi führten und jeden Quadrat-
zentimeter nackten weiblichen Fleisches taxierten, während sie
so taten, als würden sie die Bild-Zeitung lesen. Über holländi-
sche Hausfrauen, die mit schweißfeuchten Fingern Babywäsche
fürs Enkelchen strickten. Über irische Hafenarbeiter, die sich das
graue Brusttoupet kraulten und samt und sonders Pranken wie
Baggerschaufeln hatten.
Hillu wälzte sich auf den Rücken. »Was Gestalten!«
»Jaja«, sagte ich schlaftrunken. »Der liebe Gott hat einen großen
Tiergarten.«
Suse saugte geräuschvoll an ihrem Strohhalm. »Jedem Tierchen
sein Pläsierchen!«
Mit halbgeschlossenen Augen beobachtete sie ein paar Schwe-
dinnen im Teenie-Alter, die barbusig um den Pool flanierten.
Ihre üppigen Brüste hüpften zur Freude der männlichen Poolbe-
sucher heftig auf und nieder.
»Da können wir nicht mithalten!« sagte ich. »Mangels Mas-
se.«
»Masse bedeutet nicht automatisch Klasse«, sagte Suse.
»Ist aber ein Hingucker!« sagte Hillu und verfolgte neidisch je-
den Hüpfer der schwedischen Brüste. »Uli kauft sich ab und zu
den Playboy, weil er bei mir nix zu gucken hat. BMW, sagt er
immer, Brett mit Warzen.«
Deshalb also der Wonderbra!
Hillu griff in die Packung Erfrischungsstäbchen, die sie neben
ihrem Liegestuhl deponiert hatte. »Noch jemand?«
Suse und ich langten zu. Ich mußte an Leon Lauritz denken. Ob
er mir wohl irgendwann sein Erfrischungsstäbchen anbieten
würde? Fast verschluckte ich mich vor Lachen.
Suse steckte sich träge eine Zigarette an. »Was ist denn los?«
Ich offenbarte ihnen mein schweinigeliges Gedankengut.
»Ach?« wunderte sich Suse. »Ich dachte, du hättest mit Lau-
ritz?«

»Nö – hab ich nicht!«

»Verständlich!« rief Hillu. »So 'n Erfrischungsstäbchen ist ja echt arm. Lieber 'ne Prinzenrolle!«

»Da fällt mir ein Witz ein, den mir ein Patient erzählt hat«, sagte Suse. »Warum...«

»Hey, läuft das nicht unter Schweigepflicht?« Kaum hatten diese Psychoklempner genügend Abstand zwischen sich und die Behandlungscouch gebracht, gingen sie mit den Witzen ihrer Patienten hausieren.

»Witze nicht. Nur Träume. Also – warum stirbt die Monarchie aus?«

Hillu und ich hatten keine Ahnung.

»Weil Ferrero alle Königsnüsse für Rocher braucht!« johlte Suse. Auf DIE Antwort wäre noch nicht einmal Mutti gekommen. Die interessantesten Hintergrundinfos über den Hochadel unterschlug die Platinpost wohlweislich.

Hillu führte sich genüßlich ein Mon Chéri zu Gemüte. »Die Kirsche ist der Höhepunkt!«

»Aber nur in Ermangelung anderer Höhepunkte«, stellte ich fest.

Suse gab sofort ihren Senf dazu. »Hillu, du mußt endlich aufhören, Lustgewinn durch orale Ersatzbefriedigung zu erlangen. Das ist doch zwanghaft!«

»Du bist auch zwanghaft. Du kriegst deinen Lustgewinn durchs Klugscheißen! Gehen wir eigentlich endlich mal in die Disco?« maulte Hillu.

Seit Tagen lag sie uns damit in den Ohren. Seit Tagen nickten wir mechanisch. So auch jetzt. Der Eisverkäufer nahte und enthob uns einer konkreten Antwort.

»Von wegen Erfrischungsstäbchen! Ich und mein Magnum!« rief ich erleuchtet.

Suse stöhnte, sie habe es jetzt endgültig satt, die Geschlechtsmerkmale der Männer mit gängigen Erzeugnissen der Süßwarenindustrie vergleichen zu müssen, und schickte einen ellenlangen Monolog über werbegeschädigte Weiber hinterher. Dann rollte sie sich auf den Bauch und schloß demonstrativ die Augen.

Hillu und ich tuschelten.

»Suse?« sagte ich.

»Hm.«

»Eine Frage noch!«

»Hm.«

»Mit was würdest du denn Hagens...?«

Vorsichtshalber brachten wir uns aus der Gefahrenzone, für den Fall, daß Suse jetzt den ganzen Laden zusammenschrie. Aber der erwartete hysterische Anfall blieb aus. Und als wir schon gar nicht mehr mit einer Antwort gerechnet hatten, murmelte Suse: »Es steckt viel Spaß in Toffifee!«

Wir gaben Hillus Drängen nach und gingen am letzten Urlaubs- abend in eine Diskothek. Kaum hatten wir an der Theke Platz genommen, waren wir umringt von dunkelhaarigen, glutäugi- gen Don Juans, deren Vorstellung von Glück darin zu gipfeln schien, uns eine Bacardi-Cola spendieren zu dürfen.

»Ich komm mir vor wie bei der Fleischbeschau«, sagte Suse. »Das war eine absolute Schwachsinnsidee von euch!«

»Wieso von uns?« fragte ich und deutete auf Hillu.

Hillu fühlte sich sichtlich wohl auf ihrem Barhocker. Hochzu- frieden stellte sie den upgepushten Inhalt ihrer frisch gebügelten Bluse zur Schau und lieferte sich ein heftiges Blickgefecht mit einem der herumlungernden Hormonhirnis. Mit nahezu schlaf- wandlerischer Sicherheit hatte sie ausgerechnet den mit der wirklich dicksten Goldkette um den Hals, der wirklich dichte- sten Brustbehaarung und dem wirklich hirnrissigsten Grinsen auserkoren.

»Ramon!« sagte ich im Brustton der Überzeugung. »So was kann nur Ramon heißen.«

Zu allem Überfluß trug Ramon schneeweiße Lackschühchen. Wenn es etwas gab, das mich bei Männern noch mehr abtörnte als bübchenblaue Frotteeschlafanzüge, dann waren das schnee- weiße Lackschühchen, unter Eingeweihten auch gern Hengst- schläppchen genannt. (Schon mal bei einer Hengstparade ge- wesen? Wo man den Viechern weiße Bandagen um die Fesseln wickelt?)

Der Hengst wieherte über eine Bemerkung von Hillu und bleckte sein gelbliches Gebiß. Einen Bacardi später verschwand sie mit ihm auf der Tanzfläche.

Suse und ich wehrten den Angriff der restlichen Hengste ab und suchten Zuflucht auf dem Klo.

»Das ist er! Der Pausensnack, der spanische Schnellimbiß«, orakelte ich düster, während wir in den nebeneinanderliegenden Klozellen auf der Brille hockten und uns im Synchronpinkeln übten. »Ich wußte noch gar nicht, daß Hillu auf Pferdefleisch steht. Hoffentlich brennt sie nicht mit ihm durch! Nicht daß er sie schändet, in der nächsten Baugrube verbuddelt und davongaloppiert!«

»Hör auf!« rief Suse. »Du guckst zu viele Krimis. Hoffentlich hat sie Pariser dabei.«

»Bestimmt. Die hat 'ne ganze Drogerie dabei.«

Als wir an der Theke saßen, ließ Hillu den Hengst auf der Tanzfläche stehen und gesellte sich wieder zu uns.

»Na!« rief Suse. »Wir dachten schon, daß du mit diesem Objekt der Begierde ...«

»Das würde ich nie tun! NIEMALS! Sex ohne Liebe ist doch wie Pommes ohne Mayo.«

Ach was! Wenn ich mich recht entsann, hatte es sich neulich so angehört, als gebe es bei ihr zu Hause noch nicht mal Pommes.

»Also kein Pausensnack?« fragte ich anzüglich. »Nicht mal ein klitzekleines Gäbelchen Paella? Ein klitzekleines Häppchen Pferdefleisch?«

»So groß ist mein kleiner Hunger auch nicht, daß ich mich auf Ramon stürzen müßte!«

Ramon! Ich hab's geahnt, ich hab's geahnt!

Wir zählten unsere restlichen Peseten ab und rutschten von den Barhockern. Ramon warf Hillu einen testosterontriefenden Blick nach, von dem sie keine Notiz nahm. Vor der Diskothek holte sie ihre allerletzte Tafel Schokolade aus dem Täschchen und schmiß sie in die nächste Mülltonne.

»Was zum Teufel...«, setzte ich an. Suse kniff mich in den Arm und warf mir einen Blick der Marke Halt-dein-Maul-oder-es-setzt-was-verdammt zu.

»Schluß mit den Snacks!« sagte Hillu entschlossen. »Ab heute nur noch Hauptmahlzeiten.« Ab heute nur noch die dicke Suppe, die seit Jahren als einziges Gericht auf ihrer Speisekarte stand. Garantiert pferdefleischfrei.

Was man sich einbrockt, wird ausgelöffelt.
Appetit kann man sich holen, gegessen wird daheim.
Basta!

Der Tiger von Eschnapur

Daheim war der Frühling eingekehrt. Der Schnee war geschmol-
zen, im kleinen Garten hinterm Haus blühten die Krokusse. Julius hatte nicht nur meine Grünpflanzen gegossen, sondern auch
meinen Briefkasten geleert und den Inhalt ordentlich auf dem
Schreibtisch gestapelt.
Ich wuchtete den Koffer aufs Sofa, sah die Post durch und widmete mich zuerst dem Brief, auf dem in Konrads krakeliger
Schrift meine Adresse stand. Konrad teilte mir kleinkariert mit,
er habe das Geld überwiesen, und zwar abzüglich der von mir
nachträglich für Telefon- und Heizkosten zu entrichtenden Be-
träge. Das war's. Kein einziges persönliches Wort. Akribisch
filzte ich den Briefumschlag, um jeglichen Racheakt Konrads –
womöglich versuchte er, mir Zikaden in die Wohnung zu
schmuggeln! – zu vereiteln. In einem fliederfarbenen Kuvert
fand sich eine gedruckte Einladung zur nächsten Vernissage von
Leon Lauritz. Immerhin hatte er es sich nicht nehmen lassen,
handschriftlich hinzuzufügen, daß ich mich als Ehrengast betrachten solle und er gespannt auf meine Reaktion sei. Das war
ich allerdings auch.
Obwohl ich die Post zweimal durchwühlte, konnte ich kein
Schreiben von Kanal Voll entdecken. Schade. Mir würde also
nichts anderes übrigbleiben, als demnächst wie gehabt in der
KUNO-Redaktion anzutanzen.
Lustlos packte ich den Koffer aus und stopfte die Schmuddelwä-
sche in den Wäschekorb. Bei der Gelegenheit zischte mir das
Stichwort »Schonwaschgang« durchs Hirn. Inkonsequenter-
weise hatte ich Roddy eine Ansichtskarte aus Teneriffa geschickt. Die müßte er eigentlich inzwischen gekriegt haben. Ob

er sich wieder bei mir melden würde? Oder sprang er durchs nahe Dickicht, ein Rudel Hindinnen auf den Hufen?

Nachdem ich ein Vollbad genommen hatte, legte ich mich ein Weilchen aufs Ohr. Im Flugzeug hatte ich nicht schlafen können, und so war ich hundemüde. Immerhin waren wir in aller Herrgottsfrühe im Hotel aufgebrochen. Gegen sieben Uhr abends riß mich das Schrillen des Telefons aus einem Alptraum, in dem ein verlorengegangenes Drehbuch und ein wildgewordener Regisseur in Hengstschläppchen und Hawaiihemd vorkamen. Freud ließ grüßen!

»Ja?«

»Kind!« Herrje, Mutti! »Du wolltest dich doch sofort melden, wenn du wieder da bist!«

SOFORT! ALS ALLERALLERERSTES!

»Hallo, Mutti. Ich teile dir hiermit mit, daß ich wieder da bin.«

»Und – wie war's?« fragte Mutti und redete weiter, ohne eine Antwort abzuwarten. »Also, ich ersticke in Arbeit! Gut, Annedore hilft natürlich, wo sie kann, aber sie hat ja alle Hände voll zu tun mit...«

Gähnend schaltete ich auf Durchzug und tapste mit dem Telefon zum Sofa, auf dem ich mich ausstreckte und meine Zehennägel inspizierte. Hillus Lack war abgeblättert.

»...so ein Streß! Und Vati rührt keinen Finger! Als ob sich alles von allein macht! Kannst du mit deinem Computer eigentlich Tischkärtchen ausdrucken?«

Sie sprach Computer aus wie »Kommputter«. Und überhaupt – wozu Tischkärtchen? Jäh erwachte ich aus meiner Lethargie.

»Was?«

»Na ja, ich dachte, das geht – wenn nicht, muß ich sie mit der Hand schreiben, oder vielleicht kann Stephanie... Tante Margarethe kommt sogar!«

Tante Margarethe? Muttis Patentante? Was ging hier eigentlich ab? Hatten sich in meiner Abwesenheit irgendwelche familiären Skandale angebahnt, von denen ich wissen müßte? Hatte Mutti etwa einen Mann für mich gesucht? Per Heiratsanzeige? Und einen gefunden? Und plante jetzt die Hochzeit?

»Was soll denn das ganze Theater?« fragte ich mißtrauisch.

»Caroline!«

Das klang hochgradig entrüstet.

»Ja?« fragte ich unschuldig.

»Diesmal feiern wir doch ganz groß!«

WIR! DIE GANZE SIPPSCHAFT! HACH!

Feiern? Es fiel mir wie Schuppen von den Augen. Muttis sechzigster Geburtstag! Ein hartnäckiger Verdrängungsmechanismus war am Werk gewesen und hatte mich die geplante Festivität in einem eigens angemieteten Oer-Erkenschwicker Etablissement glatt vergessen lassen.

»Und du bringst deinen Prinzen mit!« Das war keine Einladung, sondern ein Befehl.

DAMIT ICH IHN DER VERWANDTSCHAFT VORFÜHREN KANN!

Welchen Prinzen? O Gott! Sie meinte Roderich. Was mußte ich auch vorm Urlaub mit dem adligen Lover protzen! Jetzt hatte ich den Salat. Ich würgte Muttis Tirade ab, begab mich schnurstracks zum Kühlschrank und fiel über alles Eßbare her, was aufzutreiben war. Dann machte ich mir ein Bier auf und rief bei Hillu an. Uli nahm ab und setzte mich darüber in Kenntnis, daß seine Gattin auf einem Tupperabend weile. Im Hintergrund hörte ich die Kinder greinen.

Ich versuchte mein Glück bei Suse. Ebenfalls Fehlanzeige. Sicherlich lag sie in der Feudelbergschen Villa Hagen zu Füßen und himmelte ihn an. Wenn sie sich in ihrer blinden Verliebtheit nicht gar dazu herabließ, ihm die Rüstung zu polieren, sprich: ihm die Hemden zu bügeln.

Da konnte man mal wieder sehen! Einmal im Leben braucht man dringend seelischen Beistand – und? Die Damen tummeln sich auf Tupperabenden! Vergnügen sich in Villen!

Frustbebend verzog ich mich wieder ins Bett, das noch warm war, und zappte mich durch die Fernsehprogramme, bis ich erneut vom Schlaf übermannt wurde.

Alsbald hatte ich mir eine Strategie zurechtgelegt. Es galt, das Familienfest zu überstehen, ohne das Gesicht zu verlieren, vor allen Dingen, ohne sich vor Annedore bis auf die Knochen zu blamieren. Die Sache war im Prinzip ganz einfach: Ich mußte ein

Double für Roderich auftreiben. Beziehungsweise einen Stuntman, denn es handelte sich um einen Thriller mit massenhaft riskanten Szenen und ungewissem Ausgang.

Und ich hatte auch schon einen ausgeguckt.

Kurz entschlossen rief ich Julius an. Hoch erfreut erklärte er sich bereit, sich auf meine Kosten abends bei Luigi durchzuschlemmen. Aber nötig, sagte er, sei das nicht. Schließlich habe er meine Blumen gern gegossen. Was er nicht wußte, war, daß wesentlich anspruchsvollere Aufgaben seiner harrten als banales Blumengießen.

Als wir gegen halb neun bei Luigi eintrudelten, hatten wir einen Mordshunger. Der Kellner eilte uns voraus an einen kleinen Zweiertisch. Wir nahmen Platz. Julius schluckte zweimal, als er in die Speisekarte blätterte und die Preise sah, und entschied sich bescheiden für Spaghetti bolognese und ein Bier.

»Ich hab Schecks dabei!« raunte ich über die altrosa Damasttischdecke. »Stell dich nicht so an! Nimm die Nudeln als Vorspeise, dann sehen wir weiter.«

Mich beschlich das dumpfe Gefühl, daß noch ein gutes Stück Arbeit fällig war, um Julius zum Adligen aufzuzäumen. Während er sich über die Spaghetti hermachte, stellte ich Überlegungen über seine Tischmanieren an.

»Hast du schon mal was von Servietten gehört?«

»Hm?« Julius trank einen Schluck Rotwein. Das Bier hatte ich ihm ausgeredet.

»Schon gut.«

Keinesfalls durfte ich ihn verschrecken. Ich plante, mein delikates Ansinnen erst beim Nachtisch vorzubringen, wenn er satt und zufrieden war. Als der Kellner Zabaglione und Tiramisu servierte, räusperte ich mich.

»Julius, sag mal...«

»Ja?« Erwartungsvoll guckte er mich an. »Was denn? Hast du deine Schecks vergessen?«

Wenn's nur das wäre! Ich kratzte mit dem Löffelchen eine Schicht Tiramisu ab. »Quatsch!«

»Aber irgendwas brennt dir doch auf der Seele!«

»Meine Mutter hat bald Geburtstag und plant eine Riesenfete.«

So, Julius, friß das feine Häppchen! Los! Tatsächlich – er fraß es.

»Es gibt nichts Schlimmeres als Familienfeste. Da tanzen Onkels und Tanten an, die man nie zuvor zu Gesicht bekommen hat, und tätscheln einem das Ärmchen. Grauenhaft! Und immer das Gesülze: Na, bist du denn jetzt endlich Studienrat? Na, wo hast du denn deine Freundin gelassen?« Julius schob den leeren Zabaglionebecher zur Seite und steckte sich eine Zigarette an.

Ich winkte den Kellner herbei und bestellte Cappuccino. »Und deine Schwestern?«

»Wie? Was ist mit denen?«

»Die müssen sich doch bestimmt aufrüschen und ihre Kerle vorführen!«

»Na klar! Was denkst du denn?«

Genau das. Auch mir war nichts Menschliches fremd. Der Kellner brachte den Cappuccino. Gedankenverloren kippte ich viel zuviel Zucker in das schaumige Getränk.

»Gehe ich recht in der Annahme, daß du dich nicht gerade darum reißt, einem Familienfest beizuwohnen, das nicht in dein Ressort fällt?« fragte ich möglichst beiläufig.

Julius schaltete prompt. »Gehe ich recht in der Annahme, daß du ein Attentat auf mich planst, aber wie die Katze um den heißen Brei herumschleichst?«

Ich nippte an dem Cappuccino und verklickerte Julius die sich anbahnende Katastrophe im Detail. Zwischendurch warf ich ihm flehende Blicke zu. Er runzelte die Stirn.

»Und welche Rolle hast du mir zugedacht? Halt – sag's nicht! Laß mich raten. Roderich – stimmt's? Ich soll deiner Verwandtschaft den Platzhirsch machen!« Er stieß beide Zeigefinger durch die schwindende Haarpracht und wackelte mit ihnen.

»Guck mal, mir wächst schon ein Geweih!«

Wir prusteten so laut los, daß die Gäste an den Nebentischen indigniert in unsere Richtung sahen.

»Ist das zuviel verlangt?« fragte ich, als unser Lachanfall abgeklungen war.

»Na ja – weil du's bist! Die Rolle will ich spielen, okay, aber die Regie überlasse ich dir.«

Ich erklärte Julius, daß es erstens notwendig sei, sich für diese

Paraderolle in einen möglichst maßgeschneiderten Anzug zu werfen.

»Kein Problem. Ich hab einen Repräsentieranzug für solche Gelegenheiten im Schrank hängen, sogar einen Schlips!«

»Fliege finde ich schicker. Weißt du was – ich kauf dir eine! Als Gage! Zweitens müssen wir uns über die Gepflogenheiten des Adels informieren. Die Sippe wird dich ausquetschen! Nach deinem Schloß fragen oder nach deinem Landsitz.«

»Kein Problem. Da wachse ich rein. Ist mal was anderes – variatio delectat.«

»Bitte?«

»Na, Abwechslung macht Spaß!«

Wir lachten verschwörerisch. »Übrigens, was für ein Auto hast du eigentlich?«

»Einen Kadett Kombi. Wieso?«

»Wir brauchen einen Porsche!« Dummerweise hatte ich bei Mutti nicht nur mit dem Adligen geprahlt, sondern zu allem Überfluß auch mit seinem fahrbaren Untersatz. Und so doof war selbst Mutti nicht, daß sie einen Opel nicht von einem Porsche unterscheiden konnte. Mir würde nichts anderes übrigbleiben, als einen Teil des von Konrad überwiesenen Geldes für einen Wochenendleihwagen rauszuschmeißen. Aber das war mir die Sache wert.

Entgegen meinen schlimmsten Befürchtungen türmten sich nach dem Urlaub keine Papierberge auf meinem Schreibtisch in der Redaktion, und auch Max hatte sich während meiner Abwesenheit keine neuen recherche- und arbeitsintensiven Reportagethemen ausgedacht. Im Gegenteil, er ließ mich in Ruhe schalten und walten, da er selbst von den Vorbereitungen zu einer bevorstehenden Modenschau, die KUNO mitorganisierte, ganz und gar in Anspruch genommen war.

Ich wohnte der letzten Veranstaltung von Literatur Pur bei, einer Lesung im Bücherwurm. Die Lyrikerin Elvira Ehrenfels zeigte kein Erbarmen und rezitierte nicht enden wollende Gedichte über die Gestirne und das Firmament, obwohl das Publikum sich schon nach einer halben Stunde vor Langeweile auf den unkomfortablen Stühlen krümmte. Anderntags gelang es mir, in Win-

deseile einen knappen, aber vielsagenden Verriß über das Gesülze abzufassen. Zufrieden überflog ich den letzten Abschnitt
meiner Kritik – »Über die hinter den Gedichten stehende Indivi-
dualität erfährt man nichts, denn die Dichterin redet von sich
lediglich in tausendfach verbrauchten Klischees. Die gehäuft
auftretenden Substantivierungen und schiefen Genitivmeta-
phern tragen nicht dazu bei, den Sinn ihrer Gedichte zu ent-
schlüsseln. Bevor die Dichterin weitere dicke Wolken aus Wort-
müll produziert, sollte sie sich in Präzision üben. Denn: Ein gutes
Gedicht ist auch immer ein präzises Gedicht. Und das gilt nicht
nur für Rilke oder Celan, sondern auch für Elvira Ehrenfels.« –,
speicherte das Geschriebene ab und verließ die Redaktion.
In allerbester Laune machte ich mich auf den Weg zum »Klasse-
Kauf«, wo ich vorm Zeitschriftenständer Stellung bezog und
nach anfänglichem Zögern meine Auswahl traf. Wenn ich mich
durch diesen Blätterwald gepflügt hatte, konnte ich mitreden.
Das Titelbild der Platinpost zeigte unter der Überschrift »Frei-
wild nach der Scheidung?« Lady Di, verschämt lächelnd, ein
glitzerndes Diadem ins Blondhaar genestelt; das Silberne Blatt
ließ sich nicht lumpen und hielt mit Caroline von Monaco dagegen, die in einer seidigen Designerrobe, meterlange Perlen-
schnüre um den Hals gewickelt, irgendeinen Ball eröffnete.
Reich & Geld wartete mit Prinz Albert auf, klassisch mit Krawatte.
Ich stellte mich an der Kasse an. Die Omas vor mir hatten auch
alle die Platinpost im Einkaufswagen, um sich über das zu Herzen gehende Schicksal von Lady Di zu informieren.
Zu Hause machte ich es mir mit einem heißen Kakao gemütlich,
breitete die Zeitschriften vor mir aus und studierte sie gründlich.
Alle markanten Passagen strich ich mit einem rosa Textmarker
an, damit sich Julius ohne unnötige Zeitverschwendung schlau
machen konnte. Mein Hauptaugenmerk richtete ich dabei auf
die Freizeitaktivitäten der Adligen männlichen Geschlechts.
Offenbar waren sie alle markig-kernig und frönten durch die
Bank besonders risikobehafteten Hobbys. Prinz Albert, ein passionierter Bobfahrer, stürzte sich auf einem zentnerschweren
Schlitten durch den Eiskanal, ohne mit einer seiner hochwohlgeborenen Wimpern zu zucken. Prinz Charles schlich mit der

Flinte im Anschlag durch die Waldungen der britischen Insel, in Gummistiefeln und Lodenjacke, zur Rechten und Linken eifrige Treiber, die das Wild aus dem Unterholz scheuchten und aufpaßten, daß Charles sich nicht in die hoheitliche Kniescheibe schoß.

Offenbar fiel der europäische Adel derzeit mit Kind und Kegel in die High-Snobiety-Wintersportorte ein. Wenn man sich die Bilder so anguckte, konnte man meinen, Kitzbühel und St. Moritz und Davos würden nur so überschwappen vor Adligen. Ganz besonders elegant, so betonte Reich & Geld, sausten sie auf den Brettln durch die weiße Winterwelt und trafen sich abends zum Après-Ski, wo der Champagner in Strömen floß.

Nachdem ich mit den Zeitschriften durch war, stellte ich mir vor, wie es wäre, als Reporterin aus den Königshäusern Europas zu berichten. Im Geiste sah ich mich mit Diana beim Sektfrühstück über die Todsünden der Männer lästern, mit Caroline im kleinen straßbesetzten Schwarzen in der Spielbank von Monte Carlo zocken und mit Fergie im Schlepptau sämtliche Londoner Läden leershoppen.

Hach!

Weniger begeisterte mich allerdings die Vorstellung, mit Charles bei minus zwanzig Grad durchs Hochmoor zu stapfen, ein totes Sumpfhuhn über die Schulter geworfen, den Atem eines Treibers im Nacken.

Seufzend deponierte ich die Zeitschriften auf meinem Schreibtisch. Heute abend wollte ich sie Julius bringen, damit er sich in aller Seelenruhe auf seine Rolle vorbereiten konnte.

Ende der Woche begab ich mich in die City, um Julius eine Fliege zu kaufen. Mittlerweile hatte er mir stolz seinen Anzug vorgeführt, einen anthrazitfarbenen Zweireiher, mit dem er sich in der Tat sehen lassen konnte. Bei Charles & Antony suchte ich die Herrenabteilung auf, ließ die bübchenblauen Frotteeschlafanzüge links liegen und suchte eine mitternachtsblaue Satinfliege aus. Dann fiel mir ein, daß ich versäumt hatte, Julius nach seinem Hemdensortiment zu fragen. Ich konnte nicht riskieren, daß er an besagtem Abend in einem karierten oder quergestreiften Oberhemd aufkreuzte. So erstand ich vorsichtshalber ein reinweißes Herrenhemd aus Shantungseide, klassischer Schnitt, dreiviertellang, Größe auf Verdacht. Und weil ich gerade so im Kaufrausch war, beschloß ich, mir ebenfalls eine neue Robe zu gönnen. Neben diversen kleinen Schwarzen hing ein atemberaubender Satinfummel in demselben Mitternachtsblau wie die Fliege, tief dekolletiert, knielang.

Ein Traum!

Ich zögerte keine Sekunde.

Die Größe stimmte.

Der Preis stimmte nicht.

Auch egal.

Es gibt Momente im Leben einer Frau...

Das war so einer.

Ich verschwand mit dem Fummel in der Umkleidekabine. Er saß wie angegossen und bildete einen klasse Kontrast zu meinen Haaren.

Am Abend vor der Premiere fand die Generalprobe statt. Wie vereinbart klingelte Julius Punkt acht an meiner Tür, bewaffnet mit einer Flasche Billig-Schampus, einem Gesteck aus weißen Orchideen und duftend wie ein Teststreifen, dem es gelungen war, aus dem Eau-de-toilette-Labor von Calvin Klein durchzubrennen. Noch nie zuvor hatte er nach was anderem als nach – ja, nach was eigentlich? – Lehrer gerochen. Ich war baß erstaunt, aber augenblicklich wieder Herrin der Lage.

»Roderich!« hauchte ich kichernd hinter vorgehaltener Hand. »Welch reizende Idee von Euch, mich in meiner Kemenate zu beehren! Was für ein wohlriechendes Gebinde!«

Julius überreichte mir grinsend die Orchideen. Leider waren ihre Stengelchen klatschnaß und glibberig.

»Teuerste Jungfer!« säuselte er. »Wie allerliebst Ihr heute wieder Euren kaum vorhandenen Busen upgepusht habt!«

Es hätte nicht viel gefehlt, und ich hätte ihm das Gebinde um die Ohren gehauen.

»Na warte!« murmelte ich, stellte die Orchideen in ein Wasserglas und schritt in der festlichen Robe durch meine Gemächer. Spieglein, Spieglein, an der Wand, wer ist die Schönste im ganzen Land? »Und?«

»Astrein!« sagte Julius. »Selbst Lady Di würde neben dir verblassen. Nur...«

»Ja?« Auch noch meckern, oder was?

»Nur würde ich an deiner Stelle den Lockenwickler rausnehmen.«

Ich eilte vor den Badezimmerspiegel. So was aber auch! Da hing doch wahrhaftig noch ein einsamer, windschiefer Wickler an meinem Hinterhaupt! Eilends riß ich ihn aus dem Haar und versteckte ihn in dem geblümten Schminktäschchen, in dem ich außer Lockenwicklern auch die Pickelcreme vor neugierigen Männerbesuchaugen verbarg und das ich zur Sicherheit immer unter die Frotteehandtücher schob.

Julius war mir gefolgt, ohne daß ich es bemerkt hatte.

»Soso«, sagte er, »die Geheimnisse des Weibes. Machen meine Schwestern auch so. Die haben sogar Enthaarungscreme.«

»Pah! Hab ich nicht nötig!«

In Ermangelung von Champagnerkelchen holte ich zwei Sektgläser, um mit Julius anzustoßen. Nach zwei Gläschen Billig-Schampus fand ich, daß er ganz passabel aussah. Nach weiteren zwei Gläschen fand ich, daß er geradezu umwerfend aussah. Nach dem nächsten Gläschen hätte ich ihn am liebsten auf meinen Futon gezerrt, ließ es aber nach reiflicher Überlegung bleiben. Wenn Suses Theorie stimmte, war Julius nämlich stockschwul. Suse hatte neulich am Telefon steif und fest behauptet, jüngere Brüder älterer Schwestern seien in erhöhtem Maße anfällig für Homosexualität, und ich hatte ihre Theorie mit der Behauptung untermauert, daß ich Julius noch nie in Damenbegleitung gesehen hätte. Suse hatte mir glaubhaft versichert, der beste Freund der heterosexuellen Frau sei sowieso der homosexuelle Mann. Ich konnte nicht aus ihr rauskriegen, aus welchem Psychoratgeber sie das nun wieder hatte.

An Muttis Geburtstag, einem sonnigen Samstag, holte ich gegen Mittag den von mir fürs Wochenende reservierten Leihwagen ab, einen Porsche Carrera in Arztkittelweiß. Ein Traum, für den ich einen Scheck über eine Unsumme ausstellen mußte, die mir das Wasser in die Augen trieb.

Um halb sieben verließen Julius und ich das Haus. Else, die gerade die Fußmatte vor der Haustür ausschüttelte, traten fast die Augen aus den Höhlen, als sie uns sah.

»Also, so wat!« sagte sie. »Wat 'n stattliches Paar! Wo sollet denn hingehen? Schauspiel?«

»Nö, Familienfest!« antwortete ich. »Meine Mutter wird heute sechzig, da steigt 'ne große Fete.«

»Ach, Familienfest!« echote Else. »So wat Schönes!«

SOSO! SIE STELLT IHN DEN ELTERN VOR! IS BE-STIMMT BALD VERLOBUNG!

Wir eilten im Sturmschritt zum Wagen. Julius klemmte sich hinters Steuer. Ich schmiß das Rosennelkenschleierkraut-Gebinde aus Floras Blumenlädchen auf die Rückbank, hob den Daumen und sagte in professionellem Tonfall: »Okay, Film ab – Familienfest, die erste.«

Julius gab Gas.

Wir parkten eine Viertelstunde zu spät vorm Schauplatz der Festivität, einem Hotelrestaurant, ein. Und zwar vor den Augen meiner versammelten Verwandtschaft, die an den Fensterscheiben der Hotellobby klebte, um bloß nicht zu verpassen, wie der promovierte Baron Heidemaries jüngster Tochter den Schlag seines Sportwagens aufhielt.

Als wir eintraten, ging ein Raunen durch die Reihen der Onkels und Tanten. Mutti, frisch onduliert, in einem niveadöschen-blauen Frühlingsensemble und ebensolchen Pumps, nahm entzückt das Monstergebinde entgegen, das Julius geistesgegenwärtig vom Papier befreit hatte, und drückte es gegen ihren wogenden Busen.

»Gnädige Frau!« säuselte das Double. »Herzlichen Glückwunsch zum Wiegenfest!«

Ich umarmte Mutti und gratulierte, überreichte meine Präsente und stellte Julius als Doktor Roderich von Ramroth vor, wobei ich inständig hoffte, daß niemand aus meiner Sippe jemals an Nieren- oder Prostatakrankheiten gelitten und womöglich die Praxis des Original-Doktors aufgesucht hatte. Oder – noch schlimmer! – daß ein Cousin oder eine Cousine Julius beim Elternsprechtag…

Ich durfte gar nicht dran denken!

Aber niemand erhob Einspruch.

Erleichtert atmete ich auf.

Ehe ich mich versah, hatte Tante Margarethe Julius am Wickel. Sicher erzählte sie wieder von ihrem verblichenen Verlobten, einem Grafen, den dummerweise eine Lungenentzündung dahingerafft hatte, damals, in den dreißiger Jahren! Keinen Mann hatte sie mehr angerührt nach dem Ableben des Grafen, keinen einzigen! Jammerschade nur, daß er sich in die ewigen Jagdgründe davongestohlen hatte, bevor er sie zum Traualtar führen konnte. Manchmal, wenn Tante Margarethe gar zu dick auftrug, beschlich mich der Verdacht, daß die gräfliche Affäre sich lediglich in ihrer Phantasie zugetragen hatte und daß sie eigentlich eine sitzengebliebene alte Jungfer war. Vor Jahren hatte Vati nämlich mal gesagt: Die geht ungeöffnet zurück. Vati war bis zur Rente bei der Post gewesen, er benutzte gern Metaphern aus dieser Branche.

Annedore und Stephanie standen mit den spitzen Absätzen ihrer plumpen Pumps Löcher in den Teppich, umklammerten ihre Gläser und Handtäschchen und konnten sich scheint's gar nicht über die gute Partie freuen, die ich zu machen trachtete. Lässig schlenderte ich auf sie zu.

»Na? Wie gefällt euch Roderich?« Klar, daß sie sich insgeheim vor Neid verzehrten.

»Na ja!« preßte der Engerling hervor. Schon mal einen Engerling in einem eidottergelben Plisseekleid gesehen? Puh-ha-ha! Annedore wand sich. Die Geste paßte gut zu ihrem eidechsengrünen Kostüm.

»Na ja, er sieht nicht schlecht aus«, rang sie sich schließlich unter Qualen ab.

KACKE! KREUZT DIE SCHLAMPE WAHRHAFTIG MIT EINEM BARON AUF!

»Ihr solltet erst mal seine Praxis sehen!« protzte ich. »Weißer Teppichboden, Designerstühle, alles nur vom Feinsten! Und die Penthouse-Wohnung in der City! Und der Landsitz in…«

Ja, wo denn, Mensch? Vielleicht hätte ich doch besser ein richtiges Drehbuch für den Anlaß geschrieben. Mein Satz blieb unvollendet in der Luft hängen. Zum Glück blies Mutti zum Aufbruch an die festlich gedeckte Tafel. Die Verwandtschaft ließ sich das nicht zweimal sagen und stürmte los.

Neuer Streckenrekord!

Von Null auf Hundert in acht Komma sieben Sekunden!

Schließlich hatte man ein Geschenk abgedrückt!

Da wollte man sich wenigstens satt essen!

Julius warf mir ein umwerfendes Lächeln zu, drückte meinen Arm und flüsterte mir ins Ohr: »Alles im Griff auf dem sinkenden Schiff!«

»Das will ich auch hoffen!« flüsterte ich zurück und strahlte ihn zahnpastawerbemäßig an, weil mir bewußt war, daß etwa fuffzig mehr oder weniger mißgünstige Augenpaare auf uns ruhten.

Und das Traumpaar schritt an die festlich gedeckte Tafel.

Lady Caroline und Prinz Roddy halten Hof auf ihrem schottischen (na klar, schottischen!) Landsitz.

Die livrierten Diener stehen bereit.

Der niedere Adel ist vollzählig versammelt.

Prinz Roddy rückt Lady Caroline das Stühlchen unter den hochwohlgeborenen Hintern...

Herrje, der Sekt! Julius hielt rechts mein Schwitzehändchen und machte links artig Konversation mit einer Großtante väterlicherseits. Mutti kniff mich in die Taille und fragte, ob der Baron Geschwister habe, womöglich Brüder. Bloß nicht! Am Ende ging den ersehnten Enkeln noch der Titel flöten! Ich riß mich an meinem inneren Riemen und stammelte was von drei Schwestern. Mutti war beruhigt und widmete sich dem dampfenden Süppchen.

Nach dem Essen lockerte sich die Atmosphäre zusehends auf. Wie üblich, gab es auch in unserer Familie den dicken Onkel Eddi, der zuviel trank und spätestens ab zehn einen Witz nach dem anderen erzählte. Nach jeder Pointe hob er sein Glas Wein und rief: »Sorgen bringt das liebe Leben, Sorgenbrecher sind die Reben!« Alle lachten.

Alle bis auf Annedore, die mit säuerlich verzogenem Mund so stocksteif dasaß, als hätte sie einen Schrubber verschluckt, ab und zu ein paar Krümel von der Tischdecke fegte und Gläser zurechtrückte. Ja, das gemeine Hausweib, diese im Aussterben begriffene, von der Evolution überrollte Kreatur, konnte es nicht fassen, wie das Leben, das ungerechte, spielte. So ähnlich mußten sich die Dinosaurier damals gefühlt haben.

Dann ging's ans Tanzen. Julius und ich hatten bis zum Erbrechen Walzer linksrum und rechtsrum geübt. Wir schwebten über das spiegelglatte Parkett, wobei wir über die Verwandtschaft tuschelten, aber nicht vergaßen zu strahlenstrahlenstrahlen.

»Mir tun die Füße weh!« jammerte ich strahlend.

Julius schwenkte mich unverdrossen linksrum und sagte strahlend: »Ich krieg keine Luft mehr, die Fliege ist zu eng!«

»Außerdem ist mein Deo am Versagen!«

»Und deine Tante Margarethe hat Mundgeruch!« Er strahlte mich an wie eine Tausend-Watt-Birne. Schwenk nach rechts.

»Die hat ja auch eine Prothese!«

»Kannse die denn nicht mal in Kukident legen?«

»Du mußt mit Mutti tanzen – aber wehe, du tanzt mit Annedore!«

»Ich tanze doch nicht mit einem Schrubber!«

Endlich klang der Walzer aus. Julius schwankte tapfer auf Mutti zu, machte einen Diener und säuselte: »Darf ich bitten, gnädige Frau?«

Die gnädige Frau ließ sich nur allzu gerne bitten. Wie sich herausstellte, kriegte sie den Hals nicht voll und hielt den vermeintlichen Schwiegersohn in spe drei Walzer am Stück fest umklammert. Endlich gelang es Julius, sich zu befreien. Schweißüberströmt taumelte er vom Parkett und ließ sich auf den Stuhl neben mir plumpsen.

»Genug ist genug! Mann, hab ich einen Durst!«

»Ich auch.«

Er winkte einem Lakaien. »Ich bin dafür, wir steigen auf Bier um.«

»Bier auf Wein, das laß sein!« rief ich. »Alte Trinkerweisheit!«

»Blödsinn!« Der Lakai brachte das Bier, und Julius stürzte seins in einem Zug hinunter. »Noch eins!«

»Vergiß nicht, daß wir noch fahren müssen!«

»Trag mich ins Auto, ich fahr dich, wohin du willst!«

Männer! Harte Schale, weicher Keks. Ich schnappte mir mein Täschchen und suchte die Damentoilette auf, um meinen Anstrich zu renovieren. Vorm Spiegel lungerte Annedore herum und toupierte sich das Haar, bis es den Gesetzen der Schwerkraft widerstand.

»Scheinst dich ja gut zu amüsieren!« sagte sie mit einem scheelen Blick auf meine Lockenpracht. Vor der Abfahrt hatte Julius kontrolliert, ob auch wirklich alle Wickler raus waren. »Mit deinem Baron!«

MIT DEINEM ADLIGEN GESCHMEISS!

Ui! Der pure Neid! Giftgrün und Meister-Proper-groß hockte er auf ihrer gepolsterten Schulter und geiferte. Er sah aus wie der Gilb aus der Waschmittelwerbung, über den sich die Hausfrau grämt, während er seelenruhig auf der Gardinenstange sitzt und ätsch-bätsch ruft.

Ich überprüfte mein Make-up und verteilte ein bißchen Rouge auf meinen Wangen. Annedore ignorierte mich, beugte sich vor, trug Lippenstift auf und ließ die Zunge eidechsig über die Unterlippe gleiten. Fasziniert sah ich ihr zu. Sie verstaute den Stift in ihrem Krokohandtäschchen und sperrte sich in der Klozelle ein.

Im Saal schlug die Stimmung hohe Wellen. Einige Paare tanzten – hach, die schöne blaue Donau! –, und zu meiner Verwunderung hatte sich eine Gruppe Gäste um Julius geschart, der wild mit den Armen fuchtelte. Neugierig trat ich näher.

»Es geht nichts über die Kamtschatka-Schweißbracke! Der ideale Hund für die Jagd, einfach ideal.« Er trank einen Schluck Bier. Meine gesamte Verwandtschaft hing an seinen Lippen. »Ach, wenn ich an den letzten Herbst denke! Sumpfhuhnjagd im schottischen Hochmoor, Nebel, klar, da sieht man nicht viel, aber, äh, Bobby, mein bester Schweißbrackenrüde, spürt die Biester auf, und paff!«

Er kniff ein Auge zu und zielte mit einem imaginären Schießgewehr auf Tante Margarethe, die sich erschrocken an die Kehle griff.

»Rumms! Halali! Die Hähne laß ich ausstopfen, die hängen neben dem Kamin meines schottischen Landsitzes.«

»Oh, Herr Doktor von Ramroth! Wie spannend!« Eine von Muttis Kegelschwestern klatschte in die Hände. »Waren Sie denn auch schon auf Großwildjagd?«

Entkräftet sank ich ins Polster eines Cocktailsessels, eine Frau

am Rande des Nervenzusammenbruchs. Da ließ ich Julius einen
Moment allein, und schon übertrieb er maßlos. Es konnte nur
noch Minuten dauern, und irgend jemand würde ihn enttarnen.
Lügenbaron! würde die Meute rufen und sich auf ihn stürzen.
Ich warf ihm einen warnenden Blick zu. Er hob sein Glas und
prostete mir zu.

»Na ja, vor zwei Jahren in Kenia, am Fuße des Kilimandscharo,
es war granatenheiß, und die eingeborenen Träger…«
Ich sah die Szene in Technicolor vor mir: Julius im khakifarbe-
nen Safaridreß, ein eleganter Sprung aus dem Landrover, ein ge-
zischter Befehl, der kehlige Singsang der Träger, die Savanne, der
schneebedeckte Gipfel. Da! Ein Rascheln im mannshohen, dür-
ren Gras!

Ein Lakai brachte ein Tablett mit Schnäpsen herein und drückte
mir wortlos einen in die schlaffe Hand. Ich trank ihn ebenso
wortlos aus und nahm mir einen zweiten.

Es gibt Momente im Leben einer Frau, da ist ein Klarer Medizin.

Die Kapelle machte Pause, Julius erquickte die Sippe derweil mit
dem neusten Schickeria-Tratsch aus St. Moritz. Schade nur, daß
der Schnee so sulzig gewesen war! Als die Musik wieder einsetzte, zwang ich mich zum Aufstehen, strahlte Julius an und
sagte: »Damenwahl.«

Er strahlte zurück, und unter dem beifälligen Nicken der Gäste
legten wir einen zackigen ChaChaCha aufs Parkett.

»Und?« fragte Julius. »Bin ich gut?«

»Du Lügenbaron!« Ich trat ihm mit Absicht auf den Fuß. »Du
bringst es fertig und erzählst denen, du hättest den Tiger von
Eschnapur erlegt!«

»Gute Idee. Könnte glatt von mir sein.«

Bei der Promenade gerieten wir gefährlich ins Schlingern.

»Kannst du noch fahren?« fragte ich, als wir wieder im Takt
waren.

»Nö – du?«

Ich schüttelte den Kopf. »Wir übernachten hier, schließlich ist
das ein Hotel.«

Nach dem Tanz verabschiedeten wir uns. Mutti fiel Julius beinahe um den Hals, und er mußte ihr hoch und heilig verspre-

chen, demnächst mal sonntags zum Mittagessen mitzukommen. Endlich gelang es mir, ihn ihr zu entreißen und in Richtung Rezeption zu zerren. Der Nachtportier blickte unwirsch von seinem Playboy auf.

»Sie wünschen?«

»Zwei Ein...«

Die Eidechse und der Engerling bogen um die Ecke, einträchtig untergehakt und wild entschlossen, sich nichts entgehen zu lassen.

»Na, noch 'n Zimmer frei? Ihr könnt ja beide nicht mehr fahren!« sagte Annedore, anstandswauwauig wie eh und je.

BESOFFENE BAGAGE! WOLLEN DOCH MAL SEHEN ...

»Ist auch nicht geplant«, sagte Julius und zog mich an sich. »Ein Doppelzimmer!«

Der Nachtportier reichte ihm den Schlüssel und vertiefte sich wieder in seine Lektüre.

»Gute Nacht!« sagte Julius zu der erstarrten Eidechse, und zu mir sagte er: »Komm, Liebling!«

So ein ausgekochtes Schlitzohr! Aber wenn ich vermeiden wollte, daß auf der Stelle der ganze Bluff aufflog, mußte ich mitspielen.

»Natürlich, Liebling!« flötete ich.

Abgang von Lady Caroline und Prinz Roddy in die hoheitlichen Schlafgemächer.

Abgang des niederen Adels, leider ohne vorherigen Hofknicks.

Puh!

Geschafft.

Auf jedem Treppenabsatz blieb Julius stehen und rief: »Also, damals in Eschnapur!« Kaum hatten wir unser Zimmer betreten, warf er sich in voller Montur aufs Doppelbett, stieß das Wort »Tiger!« hervor und schlief prompt ein.

Gott sei Dank! Erleichtert huschte ich ins Badezimmer, wusch halbherzig die Schminke ab, pinkelte und zog mich bis auf Slip und Wonderbra aus, weil ich das teure neue Satinkleid nicht ruinieren wollte. Dann schlüpfte ich vorsichtig unter die Decke.

Julius schnarchte bereits, einmal schmatzte er sogar.

Am nächsten Morgen weckte mich ein Sonnenstrahl, der ungeduldig mein Gesicht abtastete. Ich schlug die Augen auf. Julius lag neben mir und schnarchte in einer Lautstärke, die einem Grizzly alle Ehre gemacht hätte.

Ich verpaßte ihm unter der Decke einen Fußtritt. »Hey, du!«
Er zuckte zusammen und schlug die Augen auf.

»Na? Gut geschlafen, Liebling?« Liebling? Hatte ich was mit den Ohren?

»Es hat sich ausgelieblingt. Der Film ist abgedreht!« rief ich. Die Klappe war gefallen. Das Double hatte seine Schuldigkeit getan.

»Von wegen! Der Tiger von Eschnapur hat zugeschlagen!«
»Was?« Der Typ hatte eine multiple Persönlichkeit! Hielt sich für einen Tiger! Suse, bitte, bitte, hilf mir! Bring die Zwangsjacke! Das Valium! Mach ihm 'nen Einlauf! Egal, was, Hauptsache, du schaffst ihn mir vom Hals.

Ich holte tief Luft. Verschlagen grinsend zeigte Julius nach oben. Meine verquollenen Augen wanderten deckenwärts.

An dem auf antik getrimmten Bicolor-Kronleuchter hing mein wundervoller Wonderbra.

Momente im Leben einer Frau

Die folgenden Tage ging ich Julius aus dem Weg. Morgens wartete ich mit Herzklopfen, bis ich seine Tür ins Schloß fallen hörte, und huschte kurz danach die Treppe runter. Abends schlich ich mit angehaltenem Atem die Treppe rauf.

Das Komische war: Ich traute mich kaum noch in die Badewanne, aus Angst, nicht rechtzeitig den Hörer abnehmen zu können, falls das Telefon klingelte. Falls er anrief. Hätte er tatsächlich angerufen, hätte ich natürlich ganz beiläufig getan –
»Ach, Julius, wie nett! Nö, du, heute abend hab ich schon einen Termin! Ja, tschö, man sieht sich!« –, denn im Beiläufigtun war ich fast so perfekt wie im Überraschungheucheln.

Aber er rief nicht an.

Er klingelte auch nicht.

Und erst recht legte er keine roten Rosen auf meine Fußmatte oder schmiß seitenlange Liebesergüsse in meinen Briefkasten.

Ich verstand die Welt nicht mehr.

Nachdem ich eine Zeitlang stumm gelitten hatte, hielt ich es nicht mehr aus. Im Stummleiden war ich nämlich gar nicht gut. Ich rief Suse an, um mich bei ihr auszukotzen. Ihre Stimme klang merkwürdig belegt, als ob ein Schnupfen im Anzug wäre. Noch am selben Abend fiel ich in ihr trautes Heim ein.

Sie empfing mich in einem zerlumpten Frotteeschlafanzug. Ihre Augen waren gerötet und leicht geschwollen, ihre Haare strähnig, ihre Bewegungen fahrig. Kurzum: Sie sah aus wie eine Grippekranke.

Oder…

…wie eine verlassene Frau!

Vorsichtig schob ich sie aufs Sofa, was sie willenlos geschehen ließ. Auf dem Tisch ihrer Wohnküche stand eine angebrochene Flasche Rotwein neben einem überquellenden Aschenbecher. Ich drückte eine noch kokelnde Kippe aus, leerte den Ascher, sammelte etliche zerknüllte Tempos ein und warf sie in den Mülleimer. Dann holte ich zwei Gläser, goß beide halbvoll und setzte mich auf einen der wackeligen alten Holzstühle, die Jung Siegfried in glücklicheren Zeiten auf dem Trödel erstanden hatte.

»Kannste denn nicht mal Bescheid sagen, wenn du so down bist, daß du den Fusel schon aus der Pulle trinkst?« fragte ich und legte einen Arm um Suses zuckende Schultern.

Sie schniefte. »Das nächste Mal, ist versprochen.«

Mit zittrigen Fingern fischte sie sich eine Zigarette aus der Packung, bot mir auch eine an und griff zum Feuerzeug. Schweigend rauchten wir. Nach einigen Minuten sagte Suse plötzlich laut und vernehmlich: »Das SCHWEIN!«

»Du meinst das Analytikerschwein?«

Sie nickte. »Das größte Schwein, das auf Gottes Erdboden rumferkelt.«

Rumferkelt?

»Was hat er denn…?«

»Was er hat? Mann, was glaubst du wohl, was er hat?« Suse
richtete sich auf. »Rumgeferkelt. Sag ich doch! Mit 'ner Jüngeren. Wir haben 'ne neue Kollegin, mit der hat er rumgeferkelt.
Gestern hab ich's rausgekriegt. Und mich hat er dauernd kon-
trolliert! Jeden Abend hat er hundertmal angerufen, um sich zu
vergewissern, daß ich nicht allein auf die Rolle gehe!«
Daß sie ihm nicht aus dem Ruder lief! Besitz gilt es zu wahren.
Hagens Kontrollzwang hatte ich doch schon auf Teneriffa dia-
gnostiziert. Diese Psychoklempner gehörten allesamt mit dem
Klammerbeutel gepudert.
»Suse!« Unbeholfen tätschelte ich ihr frotteeverhülltes Knie.
»Komm, krieg dich ein. Der isses nicht wert, daß du dir die
Augen aus dem Kopp heulst.«
Trotzig schüttelte sie meine Hand ab. »Weiß ich doch auch.«
»Aber?«
»Na ja, wir haben uns heute nachmittag total gefetzt. Und dann
hat er mir...«
Sie flennte wieder los. Ich reichte ihr ein Tempo. »Hier – was hat
er?«
Womöglich hatte dieser Zwangsneurotiker ihr eine runterge-
hauen! Na warte, Hagen, dir werd ich die Rüstung zerbeulen, da
kannst du Gift drauf nehmen!
Suse schneuzte sich und verteilte den Rest Rotwein in unsere
Gläser. »Prost! Er hat mir gekündigt.« Sie steckte sich eine neue
Zigarette an und blies den Rauch an die Decke. »Fristlos.«
»Was?« Ich erstarrte vor Schreck.
»Na ja, ich hab ihm eine geknallt und gesagt, daß er der hinter-
fotzigste, neureichste, am falschesten therapierte und impotente-
ste Typ ist, der mir je untergekommen ist!« Triumphierend sah
sie mich an.
»Es steckt viel Spaß in Toffifee«, murmelte ich.
Sie nickte vielsagend. »Und das war noch geprahlt.«
Sprach's und entkorkte die nächste Flasche Rotwein. Es gibt
Momente im Leben einer Frau, da kann sie einfach nicht nüch-
tern bleiben.
Das war so einer.

Am nächsten Morgen um sieben war die Welt noch lange nicht in Ordnung. Aber immerhin gelang es mir beim Frühstück – nach einer durchquatschten, alkoholschwangeren Nacht –, Suse klarzumachen, daß nach dem alten, ätzenden Analytikerschwein nur noch Jüngere und Schönere kommen könnten. Woraufhin Suse konterte, einen Jüngeren und Schöneren habe sie für das Analytikerschwein geopfert, und vor Reue fast zerfloß.

Und Jungfer (na ja!) Kriemhild saß am Küchentisch und weinte gar bitterlich um Jung Siegfried.

Anrufen wollte sie ihn allerdings genausowenig, wie ich Julius anrufen wollte.

Da ich Suse in dieser kritischen Phase nicht mit meinem vergleichsweise läppischen Julius-Problem belämmern wollte, schwieg ich still und versuchte krampfhaft, den Wonderbra am Bicolor-Kronleuchter zu verdrängen.

Aber nachts träumte ich von einem Tiger.

Einem Tiger mit dackelbraunen Augen.

Das Unbewußte ließ sich halt nicht verarschen.

Eines schönen Feierabends, als ich mich wohlig in meiner Badewanne suhlte – die Waschmaschine summte fröhlich schunkelnd vor sich hin, das warme Wasser gluckerte und machte mich ganz schläfrig –, klingelte unverhofft das Telefon.

Schrill!

Ich schlug die Augen auf.

Schrill!

Ich sprang aus der Wanne.

Schrill!

Verdammt! Fast wäre ich ausgerutscht. Wo war denn nur das Handtuch!

Schrill!

Nicht auflegen! Bitte, lieber Gott, mach, daß er nicht auflegt!

Schrill!

Tropfnaß und splitterfasernackend eilte ich an den Apparat.

Schrill!

Fast wäre mir der Hörer aus der Hand geglitten.

Atemlos rief ich: »Hallo?«

Tiger! Tiger! Tiger! hämmerte es in meinem Hirn.

Es dauerte eine lichtjahrlange Sekunde, bis jemand sich räusperte und fragte: »Caro, bist du's?«

Max. Es war Max. Nur Max.

SCHEISSE!

Ich umklammerte den Telefonhörer. Zu meinen Füßen bildete sich eine Pfütze. »Ja. Was ist denn?«

»Alarm!« schrie Max. Das hatte ich befürchtet. Wenn er um diese unchristliche Uhrzeit bei mir anrief, war es mit an Sicherheit grenzender Wahrscheinlichkeit dienstlich und hatte nichts Gutes zu bedeuten. Bestenfalls Überstunden. »Du mußt mich vertreten, dringend! Im Cave Club gibt der neue DJ sein Debüt, nachher um elf...«

Fast wurde mir schwarz vor Augen. Der Cave Club war die Hochburg der ortsansässigen Techno-Szene. Max, der berufsjugendliche Trendsetter, fuhr auf Techno voll ab, aber mein Ding war das nicht. Bei dieser Art Musik (wenn man es denn so nennen wollte) fiel mein Herzschrittmacher aus. Und überhaupt – noch vor einem Jahr hätte ich Stein und Bein geschworen, Techno sei eine Stadt in Finnland, gleich neben Turku. Konnte denn dieser verdammte Club nicht abbrennen? Sofort? Bis auf die Grundmauern?

»Max«, wimmerte ich, »das kannst du mir nicht antun. Alles, was du willst, aber das nicht.« Zur Not würde ich ihm eher die Designerhemden bügeln. »Lieber lutsch ich 'n Lappen!«

Bei dem Stichwort Lappen rastete Max aus. »Sei bloß still! Nie wieder rühre ich einen Lappen an!«

Wie sich herausstellte, war Max beim dilettantischen Versuch, Fenster zu putzen, auf dem Fensterleder ausgerutscht und hingeschlagen.

»Mein linker Knöchel ist dick angeschwollen, ich kann keinen Meter laufen!«

LOS! MITLEID! ABER DALLI! ICH BIN STERBENS-KRANK!

»Tja, die meisten Unfälle passieren im Haushalt«, konstatierte ich hämisch. Zu blöd nur, daß er sich nicht das Genick gebrochen hatte. Ich schmiß den Hörer auf die Gabel und zog mich hastig an.

Vor dem Cave Club stand ein Türsteher von den Ausmaßen Arnold Schwarzeneggers, dem die Krempe eines Cowboyhuts tief in die Stirn hing. Geringschätzig musterte er mich, am liebsten hätte er wahrscheinlich vor mir ausgespien. Dabei trug ich immerhin meine einzige undergroundig angehauchte Hose, hauteng Stretch-Jeans, lila-schwarz gestreift. Das erschien mir angemessen. Allerdings hatte ich keine Ahnung, was klamottenmäßig in Techno-Discos angesagt war.

Arnold spurte erst, als ich ihm mit dem Presseausweis unter seinem Riechkolben herumfuchtelte. Widerwillig winkte er mich durch.

Im schummrigen Halbdunkel tastete ich mich einen stollenähnlichen Gang entlang, dann eine Eisentreppe runter. Ohrenbetäubender Lärm empfing mich. Aus überdimensionalen Boxen peitschten monotone Hammer-Beats, lila Laserblitze zuckten, mein Herz fing an zu rasen. Sturzbäche von Schweiß rannen mir den Rücken runter. Auf der Tanzfläche herrschte ein heilloses Gedränge, illustre Gestalten hopsten auf und ab wie Jo-Jo-Bälle, rempelten mich unflätig an. Ich mußte Arnold recht geben: Outfitmäßig konnte ich fürwahr nicht mithalten. Die Techno-Freaks, die sich hier die Möglichkeit der Gehörzerstörung zunutze machten, trugen verspiegelte Sonnenbrillen und schwere Halsketten, die im richtigen Leben gut und gerne als Hundehalsbänder durchgegangen wären. Die Typen stellten ihre mageren, nackten Oberkörper zur Schau, ihre gepiercten Brustwarzen, die Trullas sprangen in knappen Büstenhaltern ohne was drüber rum und hatten Brillis im Bauchnabel.

Abfällige Blicke ruhten auf meiner Wenigkeit.

Wahrscheinlich dachten sie, ich sei aus dem Müttergenesungsheim ausgebüchst.

Der DJ brüllte in sein Mikro, daß jetzt auf der Stelle die »Wahnsinns-Äktschn« abgehen würde. Nach dieser Drohung setzte prompt das monotone Sound-Stakkato wieder ein – es klang, als würde eine Büffelherde vom Intercity überrollt –, auf einer riesigen Videowand tanzten Schneeflocken – oder waren's Koksflokken? –, die Typen und Trullas fingen erneut an zu zucken und zu zappeln, und alle außer mir guckten total ferngesteuert aus der Wäsche.

Ich wischte mir den Schweiß von der Stirn.

Genau so hatte ich mir als Kind die Hölle vorgestellt.

Übelkeit stieg in mir hoch. In fliegender Hast kramte ich die Kamera aus der Umhängetasche und knipste wild drauflos. Dann floh ich aufs Klo. Zwei Trullas in Neon-String-Tangas lungerten vor dem einzigen Waschbecken herum und pfiffen sich Pillen ein.

»Ey, Mann, ey, ich bin tierisch am Abräiven, ey!« sagte die eine.

Sie streckte ihrem Spiegelbild die Zunge raus, um den perfekten Sitz ihres Zungenbrillis zu kontrollieren.

Die andere toupierte den entengrützegrün gefärbten Bürzel, der ihren ansonsten kahlgeschorenen Kopf zierte. »Echt 'n Irrsinns-Spirit, Mann, ey, bei mir machtet immer ma KLACK, un ich krieg echt klasse Gedanken, ey!«

Und ich gleich einen Anfall – ey! Wenn die beiden Schlampen ihre tätowierten Dekolletés nicht bald aus dem Klo schoben, würde ich hundertprozentig in Ohnmacht fallen. Dann hätte es sich für mich ein für allemal ausgeKLACKt.

»Laßt mich mal…«, flüsterte ich kraftlos und stieß sie – ein letztes Aufbäumen? – vom Waschbecken weg.

Sie kicherten hysterisch und packten ihre schwarzen Lippenstifte wieder ein. Was auch immer sie sich eingeworfen hatten, es wirkte. Bestimmt Ecstasy oder so 'ne neumodische Designerdroge.

Ich klatschte mir eine Ladung kaltes Wasser ins Gesicht, hielt die Unterarme unter den Wasserstrahl und atmete tief durch. Die Schlampen lehnten an der schmuddeligen gefliesten Wand und konnten sich vor Spaß kaum einkriegen.

»Ey, Mutter!« rief die mit dem entengrützegrünen Bürzel. »Wat haste dir denn Geiles eingeschmissen?«

Sie kicherten um die Wette.

Ich verließ das Klo, bevor ich womöglich in die mißliche Lage geriet, irgendwelche Drogentoten reanimieren zu müssen. Meine innere Uhr stand mittlerweile auf Viertel vor Scheißegal. Was soll's – blieb der dämliche DJ halt uninterviewt.

Arnold schien mich überhaupt nicht wahrzunehmen, als ich aus dem Club stolperte. Er starrte verdrossen auf seine Westernstiefel.

Es regnete in Strömen. Ich wickelte mir den Schal um den Hals –
nachts war es noch empfindlich kühl – und machte mich zu Fuß
auf den Heimweg.

Am nächsten Tag hackte ich einen Totalverriß des Techno-
Abends in den Computer. Ich hatte es endgültig satt, mir über
jede Veranstaltung, und sei sie auch noch so popelig, seitenlange
schwülstige Lobeshymnen aus dem Kreuz zu leiern. Zudem
schrieben sich Verrisse quasi von allein, wie ich feststellte, was
einen Haufen Arbeit ersparte.
Als ich abends meinen Briefkasten aufsperrte, fiel mir der er-
sehnte Brief von Kanal Voll entgegen.
Wohlgemerkt: BRIEF!
Kein fingerdickes DIN-A4-Kuvert!
Was eigentlich nur bedeuten konnte, daß sie mein Drehbuch
nicht zurückschickten. Und das wiederum konnte nur eins bedeuten!
Ich stürmte die Treppe rauf, hielt es aber vor Ungeduld kaum aus
und versuchte, unterwegs das Kuvert aufzureißen. Vor Julius'
Tür rutschte es mir aus der Hand und landete auf seiner Fußmatte. Direkt neben einem kleinen Goldohrring, der ganz sicher
nicht mir gehörte.
Noch nie in meinem Leben hatte mir der Anblick eines Ohrrings
einen solchen Stich versetzt. Wie hypnotisiert bückte ich mich,
hob das Kuvert auf und wollte nach dem Ohrring greifen, als aus
der Wohnung ein kehliges Frauenlachen erklang. Schnell richtete ich mich auf und hastete von dannen. Als ich oben angekom-
men war, ging Julius' Tür auf. Das kehlige Lachen wurde lauter.
»Hahaha! Ach, guck mal, hier liegt er! Da kann ich drinnen ja
lange suchen!«
Ich beugte mich über das Treppengeländer und erspähte eine
atombusige Wuchtbrumme mit schwarzgelockter Wallemähne.
Die Wuchtbrumme befestigte den Ohrring am linken Ohr und
lachte sich halb tot, als Julius sie wieder in die Wohnung
zerrte.
So war das also! Von wegen homosexuell! Suse, diese dumme
Nuß, mit ihrem fehlgeleiteten Intellekt!

Mit gramgebeugtem Haupt schloß ich meine Tür auf, ließ die Tasche fallen und fluchte vor mich hin, während ich mit einem Messer das Kuvert aufschlitzte. Überflüssig anzumerken, daß ich am liebsten was ganz anderes damit aufgeschlitzt hätte. Aufgeregt überflog ich das Schreiben.

»Sehr geehrte Frau Buchholz!

Besten Dank für die Zusendung Ihres Drehbuchs... blabla... bedauern, Ihnen mitteilen zu müssen... blabla... von der Konzeption her für einen TV-Film ungeeignet... blabla... haben uns jedoch erlaubt, es an die Produktions-GmbH des namhaften Regisseurs Fred Flamingo weiterzuleiten. Flamingo, seit Jahren in den Vereinigten Staaten ansässig, beabsichtigt, wieder in seiner Heimat zu drehen und mit einer frivolen Beziehungskomödie die deutschen Kinos zu erobern... blabla... sollte Interesse bestehen, wird er sich mit Ihnen in Verbindung setzen.«

Daß ich nicht lache!

Ausgerechnet Fred Flamingo!

Den Teufel würde der tun!

Das hatte der weiß Gott nicht nötig, sich mit mir in Verbindung zu setzen. Fred Flamingo war dicke im US-Geschäft, er hatte sich mit Erotik-Thrillern etliche Millionen zusammengefilmt, ich kannte seine Filme alle, »Love in Los Angeles«, »Sex in Seattle«, »Nacht in New York«, »Mord in Manhattan«. Ich kannte sie in- und auswendig.

Bestenfalls würde er mir das Drehbuch zurückschicken, mit dem Vermerk »Gebühr zahlt Empfänger«.

Schlimmstenfalls würde ich es nie wieder in Händen halten, weil sich Fred Flamingo damit den Hintern abgewischt hatte.

Falls er sich vorher nicht drüber totgelacht hatte.

Ich zerknüllte den unglückseligen Brief und schmiß ihn in den Mülleimer. Aus der Traum!

Hastig riß ich mir die Klamotten vom Leib und legte mich ins Bett, wo ich meinen Frust ins geduldige Kopfkissen heulte. Wenn mich nicht alles täuschte, blieben mir ganze drei Alternativen.

Ich konnte schnurstracks in den Cave Club gehen, mein Erspartes in Ecstasy umsetzen, mir das Zeug komplett reinpfeifen und mich in der Klozelle einsperren, bis ich an der Überdosis krepiert war.

Ich konnte einen zwar langweiligen, aber gutverdienenden und gediegenen Mann mit inneren Werten aufreißen, mich von ihm verführen, schwängern sowie heiraten lassen und den Rest meines Lebens Erziehungsurlaub nehmen.

Ich konnte reumütig bei meinen Eltern zu Kreuze kriechen und wie Tante Margarethe enden – bloß daß ich ganz sicher nicht ungeöffnet zurückging.

Bei näherer Betrachtung sagte mir keine der Alternativen zu. Das eklige Ecstasy würde ich raus-, den ehrenwerten Ehemann erwürgen. Für Alternative Nummer drei konnte ich mich ganz und gar nicht erwärmen, weil ich Annedore diesen inneren Reichsparteitag einfach nicht gönnte.

Ich würde also weiter so vor mich hin dümpeln wie bisher. Und nie wieder würde ich mir einen Film angucken, nicht im Kino und auf Kanal Voll schon gar nicht. Das schwor ich mir.

Die Enttäuschungen der letzten Tage gingen nicht spurlos an mir vorüber. Eine ausgesprochene Antriebsarmut stellte sich ein; wie ein geprügelter Hund schlich ich in die Redaktion, verrichtete mechanisch meine Arbeit und besuchte lustlos die üblichen Veranstaltungen. Das vielversprechende Vorfrühlingswetter hielt nicht an, eine hartnäckige Kaltfront mit massenhaft Minusgraden machte sich breit. Nachts schneite es, morgens schippte Else Schnee.

Daheim fiel mir die Decke auf den Kopf, zumal ich zu meinem Schwur stand und mir Fernsehgucken konsequent versagte. Wenn ich zeitig aus der Redaktion kam, ging ich in den Stadtpark. Der See war wieder zugefroren. Am Ufer standen glückliche Mütter mit ihren dick eingemummelten glücklichen Kindern und fütterten die Enten und Schwäne mit Brotkrumen. Auf den Fußwegen, die kreuz und quer durch den Park führten, begegneten mir glückliche Pärchen, die verliebte Blicke tauschten und sich alle paar Meter aneinanderkuschelten, um zu knutschen.

Am liebsten besuchte ich den Bären im Tierpark, denn der war genauso einsam wie ich. Und genau wie ich hauste er in einem neuen Gehege. Ich drückte meine rotgefrorene Nase an die Gitterstäbe und versuchte, auf telepathischem Wege mit ihm zu kommunizieren. Er nahm jedoch keine Notiz von mir. Nur einmal trafen seine traurigen braunen Augen meine traurigen grauen Augen.

Abends und am Wochenende streunte ich durch die City. Ich bummelte die Konsumrauschmeile rauf und runter, schlenderte an Kneipen und Restaurants vorbei, blieb vor hell erleuchteten Schaufenstern stehen und betrachtete die Auslagen. Nach einiger Zeit ertappte ich mich dabei, daß ich ständig vor Juwelierläden hängenblieb und Eheringe anguckte. Würde ich mir einen goldenen oder silbernen Ehering aussuchen? Mit Brilli oder ohne? Es gab auch wunderschöne Platinringe, die gefielen mir besonders gut.

Bei den Bicolor-Ringen wurde mir gleich ganz anders.

Herrje! Ich war kurz davor, mich Julius vor die Füße zu werfen und ihm einen Heiratsantrag zu machen. Würde er den Antrag unüberlegt ablehnen, würde ich ihn mit meiner Aussteuer – immerhin befanden sich sieben Damasttischdecken, vier Butterdosen, ein sechsteiliges Kaffeeservice, drei Tortenplatten, fünf Sahneschüsselchen und sogar Tortengäbelchen in meinem Besitz, alles Kommunionsgeschenke! – ködern. Oder sollte ich Roddy reaktivieren? Ich könnte eine akute Poly-Dingsda simulieren, mich nach der Sprechstunde in seine Praxis mogeln, ohnmächtig zusammenbrechen und so lange ohnmächtig bleiben, bis er mich heiratete. Erst beim Jawort würde ich aus der Ohnmacht erwachen. Allmächtiger! Notfalls hätte ich mich sogar dazu herabgelassen, Konrads Leiche wieder auszubuddeln.

Wo ich ging und stand, sah ich Pärchen und nochmals Pärchen.

An jeder Straßenecke hörte ich Hochzeitsglocken. Auch wenn weit und breit kein Kirchturm zu sehen war.

Aus den Schaukästen der Fotoateliers lächelten mich frisch Vermählte an. Blieb ich länger davor stehen, hatte es urplötzlich den Anschein, die Bräute streckten mir die Zunge raus. Ätschbätsch! Wir haben das Klassenziel erreicht! Und du? Du törichte Jungfrau!

Schlug ich das Tageblatt auf, sprangen mir – obwohl ich heldenhaft versuchte, sie zu überblättern – die obligatorischen Anzeigen ins Auge: »Wir heiraten heute und freuen uns auf eine gemeinsame Zukunft.« – »Wir haben unseren Hafen gefunden.« – »Laßt Unrat, Müll und Dreck zurück, denn nur Scherben bringen Glück!«

Zu meiner Schande muß ich gestehen, daß ich einmal bei der Lektüre dieser Anzeigen einen akuten Anfall von Affektinkontinenz erlitt und einen Goldrandteller meines sechsteiligen Kaffeeservice an die strukturtapezierte Wand meiner Behausung schmiß. Er zerschellte in etwa tausend Einzelteile. Weinend fegte ich die Scherben zusammen.

KACKE VERDAMMTE!

Es gibt Momente im Leben einer Frau, da will sie einfach kein Single mehr sein.

Das war so einer.

Heulend strich ich durch die Stadt, eine einsame Wölfin auf der Suche nach einem Gefährten.

Schließlich kroch ich dermaßen auf dem Zahnfleisch vor Einsamkeit und Selbstmitleid, daß ich nicht mal davor zurückschreckte, Hillus Einladung zur Tupperparty anzunehmen. Gegen sieben stand ich vor dem Reihenhaus, in dem Heidtmanns wohnten, auf der Matte, da ich versprochen hatte, bei den Vorbereitungen zu helfen. Kaum hatte ich geklingelt, wurde die Tür von Colin, Hillus erstgeborenem Welpen, aufgerissen, der mit einer Spielzeugpistole auf mich zielte, »Paff!« schrie und mir die Tür vor der Nase zuknallte. Ich übte mich in kindgerechter Geduld und klingelte erneut. Diesmal öffnete Hillu höchstpersönlich, mit Lockenwicklern im Haar, hamsterfarbenen Hausschlappen und geblümter Küchenschürze. Abgesehen von den pinkfarbenen Leggings, die unter der Schürze hervorlugten, sah sie meiner Mutter zum Verwechseln ähnlich.

»Na endlich!« stöhnte sie, zerrte mich über die Schwelle und weiter in die Küche. »Ich muß die Kurzen noch abfüttern, ich weiß gar nicht, wo Uli bleibt, ausgerechnet heute! Am besten, du fängst mit der Käseplatte an!«

Irgendwo aus den Untiefen des Hauses erklang ein tierisches Gebrüll, ähnlich wie in Jurassic Park. Hillu drückte mir ein Messer in die Hand und schubste mich zum Kühlschrank. »Mach hin. Um halb neun geht's los, ich muß mal gucken – Colin! Robin! Ist bald Ruhe da oben? Gleich gibt's ein Donnerwetter!«

Das Gebrüll nahm bedrohliche Ausmaße an. Hillu verschwand im Flur, was mir den Anblick ihrer Rückfront vergönnte. Obwohl pinkfarbene Leggings so ziemlich das letzte sind, was füllige Frauen tragen sollten, kam mir Hillus Hintern weniger ausladend vor als sonst. Sie schien sich wahrhaftig auf die Hauptmahlzeiten zu beschränken.

Ich riß den Kühlschrank auf und entnahm ihm einige eingeschweißte Käseklumpen. Eine geschlagene halbe Stunde war ich damit beschäftigt, Gouda, Edamer und Emmentaler in Würfel zu schneiden und diese zusammen mit einer blauen oder grünen Weintraube aufzuspießen. Die Spieße waren aus rotem Plastik und hatten am stumpfen Ende bunte Wimpel. Kreativ arrangierte ich die Käsehäppchen auf einem runden Holzbrett, halbierte Gürkchen und Tomätchen, fischte unter Zuhilfenahme eines Tortengäbelchens Oliven aus einem Glas und schnitt mit Hingabe Rahmcamembert in gleichschenklige Dreiecke. Ich suchte und fand ein zweites Holzbrett und dekorierte die Camembertdreiecke mit Oliven, wobei die eine oder andere in meinem gierigen Schlund verschwand. Als ich dabei war, die Reste im Kühlschrank zu verstauen, erschien Hillu wieder auf der Bildfläche, ihren Wurf im Schlepptau.

Wenn man die Buben so ansah, konnte man sich gar nicht vorstellen, daß es sich bei ihnen um die Monster handelte, die vorhin Zeter und Mordio geschrien hatten. Frisch gekämmt und frisch gewaschen, in allerliebsten bübchenblauen Frotteeschlafanzügen (logo!), die Gesichtchen glänzend von Penatencreme, tapsten sie hinter Hillu her und kletterten auf ihre Stühle.

»Hast du denen jetzt Valium verabreicht?« fragte ich und rammte das Käsebeil in einen Batzen mittelalten Gouda.

Hillu lachte. »Nö. Die kriegen jetzt ihr Lieblingsessen!«

Sie stellte eine Schüssel in die Mikrowelle, deckte den Tisch und verteilte den dampfenden Inhalt der Schüssel auf zwei Kinderteller. Nudeln mit Tomatensoße. Klar. Welch ein Idyll! Hätte der Welpenerzeuger nicht außer Haus geweilt und hätte Hillu keine

Lockenwickler im Haar gehabt, man hätte glatt meinen können, mitten in einem Werbespot der Knorr-Familie zu sitzen.

Damit ich in der Woge von Selbstmitleid, die über mir zusammenzuschlagen drohte, nicht ersoff, steckte ich mir hastig eine Zigarette an. Hillu lehnte sich an den Kühlschrank.

»Am Ersten Mai machen wir 'ne Grillfete. Für dich lade ich einen alleinstehenden Mann ein«, sagte sie geheimnisvoll. Wie alle verheirateten Frauen konnte Hillu es kaum ertragen, wenn irgendwo in ihrer Reichweite ein Topf ohne Deckel unterwegs war. Mein angeborenes Mißtrauen ließ mich die Frage stellen, wen.

Hillu grinste. »Wirst du schon sehen.«

Ich gab mich geschlagen. Wahrscheinlich hatte sie einen knochentrockenen Banker im Sonderangebot, den sonst niemand wollte. Irgendeinen mausgrauen Sesselpupser ohne Haar, aber dafür mit Hornbrille und Hühnerbrust. Sicherlich sehr gediegen. Sozusagen Alternative Nummer zwei.

Die Buben hatten ihre Nudeln aufgegessen. Robin rülpste und krabbelte vom Stuhl.

»So, Leute!« rief Hillu. »Abmarsch! Zähneputzen nicht vergessen, und dann ist Matratzenhorchdienst angesagt!«

»Will noch nich ins Bett!« schrie Robin und trat gegen den unschuldigen Stuhl.

Colin griff sich die neongelbe Spielzeugpistole, zog es vor, mich nicht schon wieder zu erschießen, und stürmte in den Flur. Hillu packte Robin am Schlafittchen und zog mit ihm ab.

Nachdenklich stapelte ich das Geschirr in der Spülmaschine. Die Haustür flog ins Schloß, kurz darauf erschien Uli-Schnulli in der Küche, stutzte, als er meiner ansichtig wurde, und erkundigte sich nach dem Verbleib seiner Angetrauten. Ich wähnte sie wahlweise im Kinderzimmer oder im Bade, was ich ihm sachlich mitteilte, woraufhin er mir eher unsachlich mitteilte, wenn er abends heimkomme, erwarte er erstens eine warme Mahlzeit und zweitens keinen Menschenauflauf in seiner – SEINER! – Einbauküche. Da ich nicht erpicht darauf war, eine Ehekrise heraufzubeschwören, unterließ ich es tunlichst, Uli mit der Nase drauf zu stoßen, daß alsbald mit einem Menschenauflauf in seinem Wohnzimmer zu rechnen war, schlimmer gar, mit einem

Frauenauflauf. Des weiteren gab ich leichtsinnigerweise einem weiblichen Impuls nach, der mich zwang, wortlos die Schüssel mit dem inzwischen erkalteten Nudelgericht in die Mikrowelle zu schieben und einen Teller auf den Tisch zu stellen.

Kaum kriegte Uli das spitz, nahm er erwartungsvoll Platz. Männer schienen genau wie Kinder dahingehend konditioniert zu sein, beim Anblick von Nahrungsmitteln Ruhe zu geben. Die reinsten Pawlowschen Hunde!

Ich angelte mir einen Topflappen, jonglierte die Schüssel aus der fiepsenden Mikrowelle und stellte sie auf den Tisch.

»Wohl bekomm's!« sagte ich.

Es schien Lichtjahre her zu sein, daß ich zum letzten Mal einem Mann Essen serviert hatte. Aber offenbar war es wie mit Schwimmen und Radfahren: Man konnte noch so aus der Übung sein, man verlernte es einfach nicht.

»Hätte ich dir gar nicht zugetraut«, sagte Uli und häufte sich Nudeln auf seinen Teller. »So...«

...EINER SCHEISS-EMANZE! GRUMMEL-GRUMMEL!

»Was?«

»Na, daß du, äh, hausfrauliche Tugenden hast.«

OBWOHL DU EINE SCHEISS-EMANZE BIST! GRRR!

Was für ein Glück, daß Suse nicht Zeuge dieser entwürdigenden Szene war! Mit phallisch erhobenem Zeigefinger hätte sie mir mein Helfersyndrom zum Vorwurf gemacht und die ganze klassisch-freudianische Latte runtergerattert, bis sie keine Luft mehr gekriegt hätte.

Forschen Schrittes stürmte Hillu herbei. »Mann, Uli, endlich!«

»Hä?« grunzte der Göttergatte.

»Gleich kommt die Tuppertante, wir müssen den Tisch hier ins Wohnzimmer tragen, damit sie den Krempel aufbauen kann!«

Uli fiel fast das Essen aus dem Gesicht. »Welcher Krempel? Welche Tante?«

»Na, die Tuppertante!« rief ich hoch erfreut. Ich liebte schlimme Überraschungen, solange ich es nicht war, die schlimm überrascht wurde.

»Hab ich dir gestern abend doch vorgebetet, daß heute Tupperparty ist!« sagte Hillu mit einer solchen Engelsgeduld, als hätte sie einen minderbemittelten Erstkläßler vor sich. Szenen einer Ehe! »Und du hast mir versprochen, zeitig heimzukommen und zu helfen.«

»Das kann gar nicht sein!« empörte sich Uli. »Und überhaupt: Was interessiert mich mein dummes Geschwätz von gestern?«

Er holte sich ein Bier aus dem Kühlschrank und verkrümelte sich. Den abgegessenen Teller ließ er natürlich stehen.

Hillu zuckte die Schultern. Tritt sich fest, sagte ihr Blick.

Ich runzelte die Stirn.

Der Ehestand als solcher erschien mir momentan nicht unbedingt erstrebenswert.

Tupperpartys kannte ich bislang nur vom Hörensagen. Irgendwie war es mit Tupperpartys wie mit ansteckenden Krankheiten: Ich dachte immer, die kriegen nur andere.

Auf die Minute pünktlich erschien die Tuppertante, Frau Tuchbreiter, eine füllige Dame in einem kleidsamen lindgrünen Übergrößenensemble.

Sie begrüßte mich so überschwenglich, daß ich mir das Hirn zermarterte, unter welcher Theke wir zusammen unseren Rausch ausgeschlafen haben könnten. Dann breitete sie ihre Ware auf dem von Hillu und mir ins Wohnzimmer geschleppten Küchentisch aus.

Ich entsann mich meiner Verpflichtungen und holte die Käseplatten aus der Küche. Leider waren die Oliven inzwischen ziemlich verschrumpelt.

Frau Tuchbreiter sortierte Prospektmaterial und Bestellzettel.

Hillu schwebte herein, topgestylt und typgerecht geschminkt, und war voll des Lobes ob der im Wohnzimmer aufgebahrten Tupperutensilien.

Kaum hatte ich am linken Rand des kommoden Dreisitzers Platz genommen, klingelte es am laufenden Meter. Tupperinteressierte Damen quollen durch die Tür, Hillu stellte sie vor: ihre Kolleginnen Karin und Ingrid. Margitta und Marianne, Mütter von Colins und Robins KiTa-Kumpels. Sabine, die Freundin aus der Grundschulzeit. Hedwig, die Nachbarin.

Die Damen hatten sich allesamt mordsmäßig aufgerüscht. Bislang hatte ich mich auf einer Tupperparty gewähnt, so unter uns Frauen, aber man konnte ja nicht wissen. Vielleicht stand als Krönung des Abends ein Schönheitswettbewerb auf dem Programm, mit Sönke Wortmann und Til Schweiger als Jury, zudem Live-Übertragung im Ersten. Jedenfalls kam ich mir in Jeans und Sweatshirt richtig underdressed vor und ertappte mich dabei, daß ich schamgeschüttelt immer weiter hinter die schützenden Sofakissen kroch.

Als letzter Gast stieß Hillus Schwiegermutter zu der fröhlichen Runde, eine korpulente Matrone, die sich japsend auf das entgegengesetzte Ende des Dreisitzers fallen ließ, so daß ich an meinem Ende fast hochkatapultiert wurde, und sich schnaufend über die Käsehappen hermachte.

Frau Tuchbreiter versuchte, unsere Aufmerksamkeit zu erregen, indem sie die neusten Errungenschaften der Firma Tupper pries, als da waren ein sogenannter Schüttler (oder Rüttler), in dem man klasse alkoholische Mixgetränke wie beispielsweise Irish Cream zusammenschütteln (oder -rütteln) konnte, so man denn wollte.

Die anwesenden Damen waren im Prinzip schon für klasse alkoholische Mixgetränke, hatten sich jedoch scheint's länger nicht gesehen und wollten momentan lieber schwätzen als schütteln (oder rütteln).

»Hach!« schrie Margitta und griff in die Schüssel mit den Kartoffelchips. »Und dann sagt die zu mir, wißt ihr, was die sagt, also wirklich, sagt die doch wahrhaftig: Frau Rottenkamp, Sie könnten Pierre-Patrick ruhig mal zum kreativen Nachmittagsbasteln begleiten!«

»Meine Damen, im Rahmen der Angebotswoche...«, rief die Tuppertante und schwenkte einen Hochglanzprospekt.

»Im Salon Scheffel ist die saure Dauerwelle im Angebot!« rief Karin.

»Echt?« fragte Hedwig. »Da muß ich hin, ich seh aus wie ein Mop!«

Die Tuppertante versuchte erneut ihr Glück, nachdem sie die Schüttel- und Rüttelutensilien beiseite gestellt hatte. »In unserer revolutionären Frischhaltebox hält sich der Aufschnitt...«

Hillus Schwiegermutter fiel ihr ins Wort.

»Dat gab's zu unserer Zeit aber nich, kreatives Basteln un selber hingehen!« Sie schnaubte vor Zorn. »Also so wat!«
Was Gedankensprünge!
»Genau!« rief Marianne. »Da ist man froh, wenn man die Bälger vom Bein hat, wofür bezahlt man denn die KiTa, und dann soll man antanzen und sich die Nägel mit Uhu versauen, also wirklich!«
Fasziniert starrte ich auf ihre abgekauten Nägel. Da war selbst mit Uhu nichts mehr zu versauen.
Hillu schnappte sich ein Gürkchen. »Ich schlag jedesmal drei Kreuze, wenn ich meine Ruhe hab. Basteln! Das ist die Höhe, jawoll!«
Sie schaute mich auffordernd an. Ich schluckte schnell das Camembertdreieck runter, an dem ich kaute, und rief empört: »Jawoll!«
Prompt hatte ich bei den Kindsmüttern einen Stein im Brett, was sie mir durch solidarisches Murmeln kundtaten. Ingrid und Karin knabberten Salzstangen. Sie hatten das Dauerwellthema abgehakt und unterhielten sich über ihre Verdauungsprobleme. Hedwig kritzelte auf einen der Bestellzettel das Rezept für eine Avocado-Maske, Hillu sah ihr interessiert über die Schulter. Sabine bedauerte mich wegen meiner Kinderlosigkeit und schilderte mir die blutigen Einzelheiten der dreißigstündigen Geburt ihres Raffael-Rüdiger, den sie momentan gerade abstillte. Hillus Schwiegermutter war die einzige, die der um Aufmerksamkeit buhlenden Tuppertante ein bißchen Zuwendung angedeihen ließ.
»Wissense, Frau Tupperbrei...«
»Tuchbreiter!« Die Tuppertante trommelte ungeduldig mit ihrem Kuli auf den Deckel einer Frischhaltebox.
VERDAMMTE BAGAGE! UND ERST DIESE NERVIGE ALTE!
»Also, wissense, Frau Tuchbrei, zu meiner Zeit gabet dat nich. Tupper! Gab auch keine Tammpongs. Wir haben unsere Binden mit der Hand gewaschen und auffe Leine zum Trocknen gehängt – so war dat!«
Die Tuppertante nickte und kramte in einem ihrer Kartons. Ich hätte mich nicht gewundert, wenn sie Tuppertampons zum Vorschein gebracht hätte. »Meine Damen! Die absolute Sensation!

Unser Verkaufshit! Der bruchsichere Trinkbecher für die lieben Kleinen...«

Keine der Damen würdigte den Becher eines Blickes, da Karin gerade einen männerfeindlichen Witz erzählte. »Wieviel Männer braucht man, um eine Schokotorte zu backen?«

Wir hatten null Ahnung.

»Fünf. Einen, der den Teig rührt, und vier, die die Smarties schälen!« Schallendes Gelächter. Karin setzte noch einen drauf.

»Wann merkt 'ne Frau, daß Männer unersetzlich sind?«

Frau Tuchbreiter gähnte hinter vorgehaltener Hand. Die übrigen Damen hingen an Karins Lippen, als verkünde sie das Evangelium.

»Wenn sie versucht, mit dem Vibrator den Rasen zu mähen!«

Das Gelächter schwoll an. In der Wohnzimmerschrankwand klirrte Hillus Zinnbechersammlung.

Hach! Ich hatte es gelüftet, das Tupperparty-Geheimnis! Tratsch und Klatsch und spitze Witze unter dem Deckmäntelchen hausfraulicher Tugend, das war's! Die Tupperware diente bloß als Alibi.

Was für ein netter Abend!

Wenn bloß die Tuppertante unsere Unterhaltung nicht immer mit unqualifizierten Zwischenrufen unterbrochen hätte!

»Die absolute Novität! In diesem Gefäß können Sie das tiefgefrorene Hähnchen direkt in die Mikrowelle schieben!«

»Hähnchen is wat Leckeres!« sagte Hillus Schwiegermutter andächtig.

»Weißt du noch«, sagte Karin zu Hillu, »unser Azubi mit den Hähnchenschenkeln?«

Hillu krümmte sich vor Lachen. »Und ob!«

»Erzähl doch mal!« schrie Sabine sensationslüstern.

Auch ich stellte schon die Ohren auf. Für Skandalgeschichten war ich stets zu haben.

Frau Tuchbreiter allerdings nicht. Sie war es offensichtlich leid, gegen den Stimmenwirrwarr anzuschreien, und warf mit Kugelschreibern und Bestellzetteln um sich. »Sollten Sie sich für den Trinkbecher entscheiden, werden Sie es nicht bereuen!«

ICH BEREUE SCHON LANGE, DASS ICH HERGEKOMMEN BIN!

»Ich bereue auch nichts!« Karin tuschelte mit Ingrid. »Jederzeit würde ich es wieder tun!«

Ich sah sie fragend an. »Was?«

»Na, fremdgehen!« sagte sie. »Und du?«

Ich wurde einer Antwort enthoben, da die Tuppertante Gewürzdosen anpries.

»Rosenpaprika ist nicht so scharf!« sagte Marianne. »Kannste an alles tun. Auch an Hähnchen.«

Der Bestellzettel machte die Runde und wurde mir in die Hand gedrückt. Hillu zuliebe mußte ich irgendwas bestellen, das war ich ihr schuldig. Schweren Herzens entschied ich mich für drei Kleingefäße zur Joghurtherstellung. Ich würde sie Annedore zum Geburtstag schenken. So auf den Hund gekommen war ich schließlich doch noch nicht, daß ich plante, aus Langeweile in die Joghurtproduktion einzusteigen.

Furie in Formen

Die Osterfeiertage standen unmittelbar bevor. Mutti rief an und lud mich zum Kaffeetrinken ein. Schon wieder 'ne Familien-Horrorshow! Ich wählte Suses Nummer, um sie um therapeutischen Beistand zu bitten. Konnte ja sein, daß sie Lust verspürte, die LIEBE FRAU VON DER LENORFRAKTION zu besichtigen. Das würde sie bestimmt aus ihrer Trauer ob des Verlustes von Jung Siegfried reißen.

»Kaffeetrinken?« fragte Suse zögerlich. »Ostersonntag? Da kann ich nicht, weil, also, ich weiß gar nicht, wie ich's dir beibiegen soll...«

O je! Wenn sie so anfing, war irgendwas im Busch! Mir schwante Schreckliches!

»Suse!?«

»Hm?«

»Sag mal – dir ist nicht zufällig Hagen über den Weg geritten? Hoch zu Roß, in schimmernder Rüstung?«

Du bist ihm nicht zufällig in seine Ritterburg gefolgt? In sein Schlafgemach? Das Unaussprechliche wollte mir schier gar nicht über die Lippen kommen.

Suse lachte sich kaputt. »Nö. Bewahre!«

»Spann mich nicht auf die Folter!« rief ich neugierig. »Spuck's aus!«

»Na ja, Sigi hat mich letztens angerufen.« Ach, die treue Seele! »Und er war wahnsinnig lieb und wahnsinnig verständnisvoll!« Klar, was blieb ihm anderes übrig! Suse würde ihn schon psychoklempnermäßig eingewickelt haben. »Weißt du, ich hab ihm erklärt, daß die Sache mit Hagen, äh, Harald, also Feudelberg, meine ich, einfach unumgänglich war, verstehst du, seelenreinigend, kathartisch, sozusagen die Aufarbeitung meines Vaterkomplexes!«

Ha! Wo hatte die denn einen Vaterkomplex her? Wenn ich mich recht entsann, hatte Suse ihren Vater nie zu Gesicht bekommen, weil er bei den ersten Anzeichen ihres Werdens und Entstehens über alle Berge war. Aufarbeitung des Vaterkomplexes! Da lachen ja die Hühner! Eine geschmackliche Verirrung ersten Grades war's gewesen, ein Überschwappen überschüssiger Hormone! Ein letzter verzweifelter Versuch, den Spatz in der Hand gegen die Taube auf dem Dach auszutauschen! Jetzt, wo Sigi mit seinem Spatzenhirn und seinem goldenen Herzen und goldenen Schwänzchen wieder in Suses Hand saß und zwitscherte, würde sie ihn nicht mehr ungerupft davonflattern lassen.

»Wann ist die Hochzeit?« fragte ich knallhart und unterbrach Suses dilettantische Definitionsversuche der erotischen Eskapade mit dem Analytikerschwein.

»Wie kommst du darauf?« fragte Suse unschuldig. Im Unschuldigtun war sie aber fast so schlecht wie ich im Stummleiden.

»Ja, wie denn wohl? Ich brauch doch bloß an das Gefasel vom Last-minute-Mann zu denken, meinen gesunden Frauenverstand walten zu lassen und die Ohren zu spitzen, um deine biologische Uhr ticken zu hören«, sagte ich.

»Einen Termin haben wir noch nicht ins Auge gefaßt, den legen wir jetzt Ostern fest. Am Sonntag besuchen wir Sigis Eltern, am Ostermontag meine Mutter – als Verlobte.«

»Gratuliere, du hast das Klassenziel erreicht! Sonst noch irgendwelche News?«

»Du, ich hab 'ne neue Stelle, bald fange ich bei der Pro Familia an, als psychologische Beraterin bei Paarkonflikten!«

Da machten sie den Bock zum Gärtner. Beratung bei Paarkonflikten! Ausgerechnet Suse, die von einem Paarkonflikt in den nächsten schlitterte.

»Da komm ich notfalls auf dich zurück!« drohte ich ihr spaßeshalber an.

Momentan konnte ich jedoch nicht mit einem Paarkonflikt dienen, weil ich immer noch Single war.

Diese Tatsache galt es allerdings am Ostersonntag zu verheimlichen. Da Jungfer Kriemhild und Jung Siegfried mit der Deutschen Bundesbahn auf Verlobungstournee waren, fuhr ich mit Suses Opel in Oer-Erkenschwick vor, was Mutti sofort mit der Frage quittierte, wo denn der Baron abgeblieben sei und wieso er sich nicht befleißige, ihre Tochter standesgemäß im Porsche zu chauffieren.

Ich log, daß sich die Balken bogen. Skrupellos führte ich eine an Poly-Dingsda dahinsiechende Großtante mütterlicherseits ins Feld, ein allösterliches Familientreffen auf dem schottischen Landsitz und nicht zuletzt das Verlöbnis einer der Baronsschwestern.

Wie kam ich bloß auf Verlöbnis? Freud, du Freund fürs Leben!

Mutti und Annedore ah-ten und oh-ten, was das Zeug hielt, und vergaßen vor lauter Staunen ob der verwandtschaftlichen Verwicklungen der Sippe des Hochwohlgeborenen ganz und gar zu fragen, was mich denn dann bitte schön noch in Oer-Erkenschwick hielt.

Vati wohnte dem Szenario stillschweigend bei, konnte sich jedoch ein Grinsen nicht verkneifen. Ich hatte das dumpfe Gefühl, daß er die Farce durchschaute. Aber eher hätte er sich die Zunge abgebissen, als mich zu verpetzen. So war das früher schon gewesen. Wenn ich was angestellt hatte, hatte Vati die Angelegenheit in aller Stille bereinigt, bevor Mutti überhaupt Wind davon kriegte.

Das Kaffeetrinken führte mir vor Augen, daß sich bei Mutti und Annedore jede TV-Werbespot-Message ins Hirn fraß und dort hartnäckig nagte, bis die geweckten Bedürfnisse im nächsten Supermarkt befriedigt werden konnten. Die Kaffeetafel glänzte Rocher-golden. Ich war stark versucht, Mutti von den Königsnüssen zu erzählen, unterließ es aber, um den häuslichen Frieden nicht zu gefährden. Für jeden gab's einen lila Osterhasen, Mon Chéris und Ferrero Küßchen en masse. Vati wickelte seinen Osterhasen aus und präsentierte ihn uns nackt, wie die Firma Milka ihn schuf. Mutti schalt ihn ein altes Ferkel, die Eidechse und der Engerling krümmten sich vor Ekel, Herbert lachte – allerdings nur so lange, bis Annedores Absatz zum Einsatz kam und ihn zum Schweigen brachte.

Ich zog meinen Hasen auch aus, aus Solidarität, damit der von Vati nicht alleine nackig rumstehen mußte. Dann fiel mir noch ein toller Gag ein. Wenigstens einmal wollte ich meine Schwester vergackeiern, gerade jetzt, an Ostern.

»Annedore«, sagte ich zu ihr, »hast du schon gehört? Der Weiße Riese liegt im Krankenhaus!«

Annedore und Stephanie guckten mich irritiert an. Vati biß sich auf die Lippen.

»Wieso?« rang sich Annedore schließlich ab.

»Er hat zu Meister Proper ›Du Drecksack‹ gesagt, und der hat ihn zusammengeschlagen!«

Noch nie hatte ich zwei so dumme Gesichter gesehen. Mutti schnallte überhaupt nix und tat uns kund, Tante Margarethe liege auch im Krankenhaus. Als das Gespräch nach dem Kaffeetrinken um Möbelpolitur und Mottenpulver, Weichspüler und Wäscheklammern kreiste, machte ich mich auf die Socken. Vorher griff ich beherzt in das Körbchen mit den Ferrero Küßchen, damit ich eine Wegzehrung hatte, weil man nie wissen konnte, wann Suses Opel den Geist aufgab.

»Guten Freunden gibt man ein Küßchen!« rief Mutti mir werbegeschädigt nach und winkte. »Grüß mir den Baron!«

Ach ja, der Baron! Der Freund des Hauses! Pah! Ich beschloß, Julius bestenfalls in die Kategorie »Bekannter« einzuordnen. Das wirkliche Leben war halt nicht mit dem der Ferrero-Küßchen-Clique zu vergleichen. Von wegen gute Freunde! Bestenfalls waren's erregte Bekannte. Wenn ich es recht bedachte, waren mir bekannte Erreger lieber. Gegen die gab's wenigstens Penicillin.

In Riesenschritten nahte der Vernissage-Termin in der Galerie Galaxie. Allmählich wuchs in mir die Spannung. Hatte Leon Lauritz mich realitätsgetreu abgebildet? Nicht, daß ich darauf unbedingt Wert legte. Im Gegenteil, ich würde es wohlwollend als Pluspunkt für ihn verbuchen, wenn er meine Augen ein bißchen größer und meine Nase ein bißchen kleiner gemalt hatte.

Am Freitagvormittag hockte ich wie immer in der Redaktion und sortierte die Veranstaltungshinweise fürs Wochenende. Seufzend setzte ich mich an den Computer und verfaßte einen kurzen Bericht über die Collage-Gemälde von Janus Jablonski, die ich bei Geiz & Knickerich besichtigt hatte. Jablonski überklebte monumentale grellbunte Ölschinken mit schwarzweißen Papierschnipseln und pries das Ergebnis seiner Bemühungen als surrealistische Traumszenerien. Für mich sahen die Schinken aus wie Landschaftsaufnahmen aus der Vogelperspektive, aber das konnte ich unmöglich schreiben. Max hatte sich in letzter Zeit mehrmals darüber aufgeregt, daß nur noch Verrisse aus meiner Feder beziehungsweise aus meinem Drucker quollen. Also sah ich mich gezwungen, Jablonskis Werke zu rühmen. Nachdem ich eine verzweifelte Stunde lang mit mir gerungen hatte, gelangen mir denkwürdige Passagen, die vor überkandidelten Phrasen wie »perspektivische Konstruktion«, »meditative Spiritualität« und »konvulsivische Schönheit« nur so wimmelten. Nach einem unverfänglichen Schlußsatz speicherte ich den Schwachsinn ab.

»Stell dir mal vo-hor, da ist ein Pla-hatz, du weißt schon wo-ho, da schenkt man dir…«

Bei diesem unbeholfenen Tenor konnte es sich nur um Max handeln. Angetan mit einer lila Designerhose, einem lila Designerhemd und einer eidottergelben Designerkrawatte, schneite er in die Redaktion, biß in einen Bigschling und warf sein Citybag auf den Schreibtisch. Kauend sang er weiter.

»…ein Lä-hächeln und…«

Es war nicht zum Aushalten. Und diese Aufmachung! Er sah aus wie der Milka-Hase mit einer Lila-Kuh-Glocke um den Hals.

»Max!« sagte ich. »Ostern ist gelaufen!«

»Einfach gu-hut!« Er stutzte. »Was?«

»Ostern ist Schnee von gestern«, sagte ich. »Du brauchst wirklich nicht mehr wie der Milka-Hase rumzuhoppeln.«

»Wieso? Ich hab mich schon für heute abend gestylt, für die Vernissage von Lauritz. Du brauchst da nicht hin, ich schreibe selbst was.«

Seit wann denn das? Na ja, von mir aus! Hauptsache, er würdigte mein Konterfei und überschüttete es mit Lobeshymnen.

»Ich bin sowieso da«, sagte ich. »Als Ehrengast.«

Max bleckte seine Ziegenzähne und schnappte hörbar nach Luft.

»Ächt?«

WIESO 'N DAS? DA IST DOCH NUR DIE HIGH SAUCE!

Lässig schaltete ich den Computer aus. »Leon hat mich höchstpersönlich eingeladen. Handschriftlich auf Büttenpapier. Schließlich habe ich ihm Modell gesessen.«

»Modell? Lauritz hat DICH gemalt?«

DICH? DICH ALTE SCHLAMPE? IM LEBEN NICHT!

»Genau!« sagte ich und schenkte Max einen gönnerhaften Blick. »Er hat mein Antlitz auf eine zwei mal drei Meter große Leinwand gebannt.«

Max schluckte und machte den Mund endlich zu. Nach einigen Minuten verschwand er in Richtung Teeküche, wahrscheinlich würde er sich am Cognac vergreifen. Der Schock schrie nach Medizin.

Als ich im kleinen Schwarzen in der Galerie Galaxie eintraf, war es bereits halb neun. Ich war später hingegangen, um mir nicht den ganzen Eröffnungssermon des Galeristen wieder anhören zu müssen. Statt dessen wollte ich mir klammheimlich und in aller Ruhe das Gemälde zu Gemüte führen. Hastig schritt ich durchs Foyer, in dem sich die obligatorische Combo warmspielte, und betrat den Ausstellungsraum.

Das Gemälde war beim besten Willen nicht zu verfehlen. Es hing

in der Mitte der hinteren Wand und war effektvoll ange-
strahlt.

Mir brach der kalte Schweiß aus.

Dieser IDIOT!

Dieser hirnrissige Acrylpanscher!

Auf einem rabenschwarzen Quadrat, das wohl meinen Oberkör-
per darstellen sollte, prangte ein gleichschenkliges Dreieck in
Peinlichorange – mein Kopf! Das Dreieck hatte zwei granitgraue
Kreise und erinnerte mich an die Camembertschnitze von der
Tupperparty.

Das war alles.

Keine Sau würde mich jemals erkennen.

Und dafür hatte ich stundenlang stillgesessen! Mir diese peinliche Krankheit mit dem unaussprechlichen Namen geholt!
Überhaupt – ich konnte von Glück reden, wenn sie nicht chro-
nisch wurde!

Alles, alles hätte ich Lauritz zugetraut, aber nicht das! Wie
konnte er sich so hinreißen lassen? Und doch: Ich hätte es wissen
müssen. Einmal Panscher, immer Panscher. So einfach war
das.

Ich trat näher und inspizierte die Bildunterschrift. »Furie in Formen« entzifferte ich. Der Preis war im Katalog mit achtzehntau-
send Mark angegeben.

Stimmengewirr ertönte, die Ausstellung war eröffnet, das übliche Vernissagenpublikum stolzierte herein und stürzte sich auf
den Sekt und die Häppchen. Eine Brünette in einem kreischroten
Cocktailkleid fiel mir durch ihr immenses Rückendekolleté auf.
Als sie sich umdrehte, erkannte ich Ariane Alfa. Sie hier! Damit
hatte ich nicht gerechnet! Neugierig beobachtete ich sie, konnte
aber keinen männlichen Begleiter entdecken. Ich steckte mir eine
Zigarette an und wartete ab. Frauen wie Ariane waren stets in
männlicher Begleitung, und wenn's ein Daddy war, notfalls der
eigene. Na also! Da war er doch, der graumelierte Zobelspen-
der! Plötzlich kam Max mit drei Gläsern Schampus angetrabt,
gesellte sich zu den beiden und flüsterte Ariane was ins Ohr, was
sie mit einem perlenden Lachen quittierte.

Ich wandte mich ab und umklammerte mein Sektglas, bis die
Knöchel meiner linken Hand weiß hervortraten. Kein Wunder,

daß Max sich um die Veranstaltung gerissen hatte. Wahrscheinlich riß er sich auch um Ariane!

Bloß um mich riß sich keiner.

In meiner unmittelbaren Nähe diskutierte der Kollege vom Tageblatt mit anderen Journalisten das Monstergemälde. Sie fotografierten es und fanden es innovativ und interessant. Von konvulsivischer Schönheit sprach keiner.

Stirnrunzelnd überlegte ich, ob ich den Künstler mit meinem Zorn konfrontieren oder mich davonstehlen sollte. Zu spät! Als ich mich gerade zu letzterem entschlossen hatte, steuerte Leon Lauritz inmitten einer Schar von Anhängern auf mich zu und begrüßte mich mit dem angedeuteten Wangenkuß der Bussi-Schickeria.

»Caro!« rief er theatralisch. »Daß Sie es möglich gemacht haben!«

Er hakte mich unter und zog mich hinter eine Säule. »Gefällt es Ihnen?«

»Tja!« sagte ich. Seine Augen hingen flehend an meinen Lippen. Ich konnte mir nicht helfen, aber ich brachte es nicht fertig, ihm die nackte Wahrheit ins Gesicht zu schleudern. »Es ist von geradezu konvulsivischer Schönheit!«

Erwähnte ich schon, daß übertriebene Ehrlichkeit nun wirklich nicht zu meinen hervorstechenden Charaktereigenschaften gehörte?

Leon barst vor Begeisterung. »Klasse, was? Ich hab nicht zuviel versprochen!«

Er triumphierte. Dann drehte er sich zu seinem Gefolge um, dem üblichen Rudel mannstoller Blondinen und sensationsgeiler Reporter. Inmitten der mannstollen Blondinen stand eine alte Dame in einem buttercremefarbenen Seidenkleid, das Haar postklimakteriumsrot gefärbt, das Lackhandtäschchen an den voluminösen Busen gepreßt. Leon legte den Arm um ihre Schulter.

»Caro, darf ich vorstellen, das ist meine Mama!« sagte er stolz.

MEIN EIN UND ALLES!

Mama starrte mich mit einer schlecht verhohlenen Mischung aus Ekel und Aggression an. Ungefähr so, als wäre ich ein penetranter Pitbull, der sich am Hosenbein ihres Sohnes festgebissen hatte und den sie gleich mit einem gezielten Tritt in die ewigen Jagdgründe befördern würde. Mit den rasiermesserscharfen Absätzen ihrer riesigen Pumps (Himmel, hatten die Weiber auf Leons Bildern nicht immer RIESIGE Füße?) war sicher nicht zu spaßen.

»Angenehm, Frau Lauritz«, murmelte ich und machte im Geiste einen dicken Strich durch Leon Lauritz, den letzten potentiellen Verehrer auf meiner Liste. So wild auf sein Erfrischungsstäbchen war ich nicht, daß ich diese menschgewordene Buttercremetorte in Kauf genommen hätte.

Leons Mama nickte hoheitsvoll. »Es war mir ein Vergnügen.« Ihre Prothese knirschte vor unterdrücktem Zorn, als sie diesen Satz rauspreßte.

»Mir auch«, murmelte ich. Was soll der Geiz! Ödipus – Schnödipus! Hauptsache, der Bub hat seine Mama lieb.

Im Blitzlichtgewitter entdeckte ich Max, der einsam an einer Säule lehnte. Ariane Alfa war ihm wohl durch die Lappen gegangen. Wortlos ließ ich Leon und die Torte stehen und gab Fersengeld.

Anderntags lag ich bis mittags in den Federn und suhlte mich in Selbstmitleid. In Gedanken sah ich mich als Meteoriten, einen Schweif langsam verglühender Verehrer im Schlepptau, eine Odyssee im Weltraum.

Mein Verehrerpotential war erheblich geschrumpft. Nein, das war stark untertrieben! Eigentlich war überhaupt kein Potential da. Gab's denn keine richtigen Männer mehr? Echte Kerle?

Mensch, ich hatte diese Zwangs- und Stadtneurotiker so dicke!

Kurz vor knapp suchte ich den »Klasse-Kauf« auf, erstens, um meine Wochenendeinkäufe zu tätigen, zweitens, um die Chance, ein unverfängliches Zusammentreffen mit Julius herbeizuführen, nicht ungenutzt verstreichen zu lassen. Aber Julius war nirgends zu sehen, auch nicht am Wühltisch mit den Angebots-Schlafanzügen.

Also Fehlanzeige!

Abends igelte ich mich auf meinem Futon ein, nachdem ich ein frugales Mahl, bestehend aus fettstrotzenden Bratkartoffeln, reichlich Tomatenketchup und drei Spiegeleiern, verzehrt hatte. Die Dosensuppen-Ära war vorbei. Sollte sich Ariane Alfa doch mit der Brokkolibrühe zugrunde richten, von mir aus konnte sie drin baden – mir kam das Zeug nicht mehr in die Mikrowelle. Das schwor ich mir.

Und weil ich gerade frisch geschworen hatte, brach ich auf der Stelle meinen alten Schwur und stellte zum ersten Mal den Fernseher wieder an. Das Kopfkissen im Rücken, auf dem Nachttisch die Familienpackung Mon Chéri, eine Flasche Cola in greifbarer Nähe, lag ich danieder und ließ mich berieseln.

Um unnötigen Spekulationen bezüglich meiner Programmauswahl vorzubeugen, nehme ich gleich vorweg, daß ich bei der »Traumhochzeit« hängenblieb, obwohl die akute Gefahr bestand, daß ich eingedenk meines verehrerlosen Zustands beim Anblick glücklicher Brautpaare das arme Tier kriegen würde. Masochistisch, wie ich war, harrte ich bis zum Schluß der Sendung aus.

Ich wurde Zeuge, wie ein junger Mann in voller Montur in ein Schwimmbassin sprang, um seiner Angebeteten per Flaschenpost einen Heiratsantrag zu machen. Linda de Mol strahlte wie ein Honigkuchenpferd, pries die Heldentat des jungen Mannes über den grünen Klee und lispelte: »Diesse Flasse iss nattüliss niss ssufällig rot!«

Klar, daß die Flasche nicht zufällig rot war! Rot ist die Farbe der Liebe. Und der Leidenschaft. Das weiß doch jedes Kind!

Ach, wie sehr wünschte ich mir, daß Saskia und Sven das Traumpaar des Abends würden! Linda ließ begeistert ihre glitzernden Ohrgehänge wippen und zeigte ihr makellos weißes Gebiß, als sie dem Publikum mitteilte, wie »Ssasskia« auf die »Flassenposst« reagiert hatte.

»Äss war sso ssüss!«

Süß hin, süß her, die Paare mußten ein nervenzermürbendes Ja-Nein-Spiel über sich ergehen lassen, bis die Show auf ihren Höhepunkt zusteuerte. Geistesabwesend griff ich in die Mon-Chéri-Familienpackung (Höhepunkt! Hallo, Sigmund, alter Knabe!) und fixierte den Fernseher.

Dann war es endlich soweit. Das Traumpaar stand fest: Saskia und Sven. Juchhu! Die Hochzeit nahte! Linda fand anerkennende Worte für das Brautkleid, drückte der Braut einen gelben Rosenstrauß in die Arme, flennte grinsend mit, als das Traumpaar zu flennen anfing, und überreichte die Ringe.

»Ist es Ihr sehnlichster Wunsch, mit dem hier anwesenden Sowieso die Ehe zu schließen?« fragte der anwesende Standesbeamte.

»Ja, ich will!« hauchte die Braut.

»Ist es Ihr sehnlichster Wunsch, mit der hier anwesenden Dingsbums die Ehe zu schließen?« Der Standesbeamte ließ nicht lokker.

»Ja, ich will!« hauchte der Bräutigam.

Linda hüpfte ungeduldig von einem Bein aufs andere, bis der Ringetausch vorbei war. In ihrer rechten Hand schwenkte sie zwei Flugtickets für die Hochzeitsreise nach Brasilien.

»Um Kraft ssu tanken!« rief sie, herzte und küßte die Brautleute und konnte sich vor Spaß kaum einkriegen. Ich dachte so bei mir, Kraft würden die auch brauchen für den Ehealltag. Während Linda noch heftig am Herzen und Küssen war, wurde ein Sportwagen in den Saal gefahren. Linda ließ von den naßgeküßten Brautleuten ab und lenkte ihre Aufmerksamkeit auf den kleinen Flitzer.

»Dass Hochsseitssgessenk: ein Püsschooo dreinullssechss Cabrio – hersslichen Glückwunss!«

Die Brautleute fielen sich in die Arme. Wahrscheinlich hatten sie eine Zugewinngemeinschaft.

Linda sagte »Tssüss, tssau, auf die Liebe!« und winkte.

Das Publikum tobte.

Ich weinte in meine weinrote Satinbettwäsche, bis sie völlig durchgeweicht war.

Reichte es denn nicht, daß Saskia und Sven das Traumpaar des Abends wurden? Mußten sie denn ausgerechnet auch noch einen Sportwagen gewinnen?

Als ich die neue Ausgabe von KUNO aufschlug, steuerte meine Frustration auf einen neuerlichen Höhepunkt zu: Max ließ die »Furie in Formen« in seinem Artikel gänzlich unerwähnt.

Mein Seelenbarometer stand auf Orkan.

Mein Selbstwertgefühl war auf Null.

Wäre in der Redaktion in irgendeinem Mülleimer Platz gewesen, ich wäre auf der Stelle hineingesprungen.

Max schien das schlechte Gewissen umzutreiben. Jedenfalls verschonte er mich mit langweiligen Vernissageterminen und drückte mir statt dessen Porträts angeblich interessanter Persönlichkeiten aus der Kulturszene aufs Auge.

»Da kannst du mal paar neue Leute treffen!« sagte er gönnerhaft.

TYPEN VOR ALLEM! FRUST IST LUSTVERLUST!

»Wenn ich neue Leute treffen will, geh ich in den Schützenverein«, grantelte ich und inspizierte die Liste, die er mir rübergereicht hatte. Der erste Name auf der Liste war Georg Kosewinkel, aktiver Volleyballer, Bodybuilder und Gelegenheitstürsteher, auch Muskel-Schorsch genannt. Ich seufzte. So, wie sich das anhörte, schien es sich bei dem Typen nicht gerade um einen Traum-Mann zu handeln. Eher um einen Trauma-Mann.

Auf Muskelprotze konnte ich gut und gern verzichten. Wenn ich einen brauchte, konnte ich mir bei Suse ja Jung Siegfried ausleihen, jetzt, wo er wieder auf Platz eins ihrer internen Hormon-Hitliste stand.

Am Nachmittag rief ich den Bodybuilder an und vereinbarte mit ihm einen Termin im Sidestep. Als ich später dort eintrudelte, lief mir der Schweiß den Rücken runter. Vor lauter Frust hatte ich überhaupt nicht mitgekriegt, daß der Frühling mit aller Gewalt hereingebrochen war! Ich war viel zu dick angezogen. Der künstliche Bambus, mit dem der Wirt seinen provisorischen Biergarten zum Trottoir hin abschottete, war abgestaubt und stand in Reih und Glied. Sommerlich gekleidete Gestalten saßen auf den Holzbänken und tranken Bier.

Ich suchte mir ein freies Plätzchen, bestellte eine Cola und entledigte mich der Lederjacke. Nach einer Zigarettenlänge Wartezeit, die ich dazu nutzte, Stift und Notizblock zurechtzulegen, verfinsterte ein Schatten das Sonnenlicht. Unwirsch blickte ich auf, bereit, denjenigen, der es wagte, sich mir in die Sonne zu stellen, runterzuputzen, daß er in keinen Schlappschuh mehr paßte.

Herrje! Der Verursacher der Sonnenfinsternis würde im Leben

nicht in einen Schlappschuh passen, und wenn ich ihn noch so sehr runterputzte!

»Caro Buchholz?« fragte der Typ mit rauher Stimme, und als ich bejahte, deponierte er den Jethelm, den er in der behaarten Pranke hielt, umständlich auf dem Holzbänkchen und nahm mir gegenüber Platz. Das Holzbänkchen ächzte unter dem schätzungsweise hundert Kilo schweren Kraftpaket.

»Bist du Schorsch?«

Er nickte und wickelte sein Halstuch ab, faltete es zusammen und steckte es mitsamt dem Nierengurt in den Helm. Ich war mir hundertprozentig sicher, daß ich den Typ schon mal irgendwo gesehen hatte. Aber wo? Während ich mir das Hirn zermarterte, bestellte Schorsch einen Eimer Bier und blinzelte mich an. Dann erhellte ein Lächeln seine finster-maskulinen Gesichtszüge.

»Damals hast du's ja nicht lange ausgehalten!«

»Bitte?«

»Na, im Cave Club, weißt du nicht mehr?«

Im Cave Club? War ich wieder einem Verdrängungsmechanismus anheimgefallen? Meines Wissens hatte ich an diesem unseligen Abend mit niemandem auch nur ein Wort gewechselt, außer mit den Schlampen im Damenklo und mit dem – Türsteher!

Das war's! Ich hatte sein Gesicht nicht gesehen, ich konnte mich nur an den Cowboyhut von der Größe eines Heiligenscheins erinnern.

»Arnold!« rief ich hocherfreut.

»Arnold?« fragte Schorsch mißtrauisch und kippte sein Bier ab.

»Arnold Schwarzenegger«, klärte ich ihn auf. »Als ich im Cave Club war, hab ich dich insgeheim Arnold getauft. Wegen der Statur.«

Er grinste geschmeichelt. »Na ja. Der hat aber mehr Haare.«

Allerdings. Das mußte man in dieser Härte so stehenlassen. Muskel-Schorsch konnte man – ohne Gefahr zu laufen, der Lüge bezichtigt zu werden – eine ausgesprochen hohe Stirn bescheinigen. Dafür hatte er einen ausgewachsenen Drei-Tage-Bart.

Unser Gespräch kam nicht so recht in Gang, was in der Hauptsache daran lag, daß mein Interviewpartner nicht gern viel Worte machte. Ich notierte seine knappen Statements, horchte ihn über die Club-Szene aus und fotografierte ihn vorm künstlichen Bambus. Beim Fotografieren saß er stocksteif und wiegte den Helm wie ein Baby in seinen starken, behaarten Armen.

»Du bist ein waschechter Großstadt-Cowboy, stimmt's?« flachste ich. »Wo hast du dein Pferd angebunden?«

»Ich hab 'ne Harley«, sagte er stolz und schaute mich treuherzig an. »Komm mit, ich zeig sie dir!«

Wir bezahlten die Zeche und erhoben uns. Schorsch reckte und streckte seine mindestens Einsneunzig. Er trug hauteng, an den Seiten geschnürte Leder-Jeans, so hauteng, daß Spekulationen über seinen Körperbau überflüssig waren. O-beinig stakste er vor mir her, so O-beinig, als käme er von einem langen Ritt, als hätte er Tausende von Rindern über die Prärie getrieben. Vor meinem geistigen Auge sah ich die endlose Weite, das flirrende Sonnenlicht, den Staub, der unter den Rinderhufen aufwirbelte. In der Ferne ragten die Rocky Mountains rauchblau in den Horizont. An mein geistiges Ohr drang das Muhen aus unzähligen Rinderkehlen. In meine geistige Nase drang der Duft von Lagerfeuer und Bohneneintopf, von Steaks, dick wie ein Sattel. Ich ertappte mich dabei, daß ich die Titelmelodie von »Bonanza« summte.

Wir bogen um die nächste Ecke, und Muskel-Schorsch blieb vor einem Mordsmotorrad stehen.

»Darf ich vorstellen: meine alte Lady!« Er streichelte den Tank der Harley.

»Hat die Lady auch einen Namen?«

»Fat Boy!«

»Ich denk, das ist 'ne Lady?« Also wirklich! Konnte er denn das Motorrad nicht Lucy nennen?

»Sollen wir 'ne Runde drehen?« fragte Schorsch und guckte mich abwartend an.

WAS IST? TRAUSTE DICH, ALTE? ODER HASTE SCHISS?

Ich guckte die Lady an. Meiner Seel – in meinem ganzen Leben hatte ich noch nicht auf einem Motorrad gesessen.

»Au ja!« rief ich tatendurstig. »Du kannst mich heimfahren, das wäre prima!«

Umständlich kramte Schorsch den Nierengurt aus dem Helm,

legte ihn um, zog den Reißverschluß seiner Fransenlederjacke zu und wickelte sich das Halstuch um den Hals. Genauso umständlich setzte er den Helm auf. Dann endlich schwang er sich auf die Harley und startete sie.

Buff-buff-buff – sattes Grollen bollerte aus den Auspuffrohren. Es klang wie ein fernes Gewitter, alles bebte und vibrierte, die Eisbecher auf den Plastiktischen der nahen Eisdiele klirrten. Ich zog meine Lederjacke an und schwang mich todesmutig auf den Ersatz-Fury des Großstadt-Cowboys.

»Halt dich fest, ja?« schrie Schorsch gegen das Grollen an. »Alles okay?«

Ich krallte mich in die Fransen seiner Lederjacke. »Okay!«

Fury machte einen Satz nach vorn und schoß auf die Straße. Meine Haare flatterten, die Auspuffrohre knatterten. Es war ein tolles Feeling, ich mußte an all die alten Hits aus den Sixties denken, ich sah uns eine Küstenstraße am Pazifik entlangblubbern, in Kalifornien, klar, hach, going to San Francisco, surfing in the USA, kilometerlanger Sandstrand, Petting unter Palmen…

»Wo wohnst du denn?« schrie Schorsch und riß mich aus meinem Tagtraum. An der nächsten Ampel brüllte ich die Adresse in seinen Nacken, wo zwischen Helmrand und Halstuch ein paar dunkle, leicht verschwitzte Härchen hervorlugten.

Ich genoß die kurze Fahrt in vollen Zügen. Meine einzige Sorge war, daß durch die Vibrationen mein Tampon rausfallen könnte.

Als ich von der Harley kletterte, sah ich aus den Augenwinkeln, daß Julius auf der gegenüberliegenden Straßenseite entlangschlenderte, in jeder Hand eine Plastiktüte aus dem »Klasse-Kauf«. Ein kleiner Racheteufel ritt mich, und da ich überzeugt war, daß er uns gesehen hatte, verabschiedete ich mich von Muskel-Schorsch wesentlich inniger, als es die Situation erforderte, woraufhin dieser sich ein Herz faßte und mich fürs Wochenende zu einer Spritztour einlud. Zu einem Ausritt, wie er sagte. Zudem versicherte er mir, er werde seinen Ersatzhelm für mich mitbringen, und fuhr hupend davon.

Ratzfatz! So schnell ging das.

Jetzt hatte ich ihn am Bein, den Präriehund.

Den einsamen Wolf.

Im Treppenhaus lauerte mir Else mit einem Staubwedel auf.
»Frau Buchholz, na so wat!« rief sie. Sie rief es irgendwie eine
Spur zu überrascht, was mich auf den Gedanken brachte, daß sie
vorhin hinter ihrer Tüllgardine hervorgelugt haben und freiwil-
lig Zeugin der innigen Abschiedszene gewesen sein könnte.
»Ach, hallo! Lange nicht gesehen«, gab ich zurück.
»Bin meist draußen, is viel Arbeit im Garten, momentan!« sagte
Else und wedelte mit dem Staubwedel über den Türrahmen. »Ja,
ja, dat Frühjahr! Geht alles aufwärts. Ich spür dat nich mehr so,
mit den Hormonen, aber ihr jungen Leute…«
Verschmitzter Blick. Jetzt war ich mir sicher, daß sie auf der
Lauer gelegen hatte.
Bei dem Stichwort Hormone ging die Haustür auf, Julius trat
ein. Sein Erscheinen bewahrte mich davor, mir Elses Vermutun-
gen über frühlingsbedingte Hormonschübe anhören zu müs-
sen.
»Ach, der Herr Brittinger!« rief sie fröhlich. »Merkense auch die
Hormone?«
»Bitte?« Julius trat irritiert von einem Bein aufs andere.
»So«, sagte Else, »muß wieder rein, Egon dat Essen machen. Is ja
aufgeschmissen ohne mich.«
Die alte Kupplerin! Sie verzog sich in ihre Parterrewohnung. Die
Tür fiel mit einem lauten Knall hinter ihr ins Schloß. Erst guck-
ten Julius und ich demonstrativ aneinander vorbei und schwie-
gen betreten. Dann legten wir beide gleichzeitig los.
»Wer war die Wuchtbrumme?«
»Wer war der Lederfuzzi?«
»Pah!«
»Pah!«
Ich zog Julius hinter mir her Richtung Treppe, da Else sicher mit
auf Empfang ausgefahrenen Ohren am Schlüsselloch klebte. Er
folgte mir und sperrte seine Wohnung auf. Ich ließ mich auf den
Ikea-Zweisitzer fallen, Julius trug die »Klasse-Kauf«-Tüten in
die Küche und kehrte mit zwei Flaschen Bier zurück, die er mit
meinem Feuerzeug öffnete.

»Prost!«

»Prost!«

»Die Wuchtbrumme ist meine Schwester Marion« sagte Julius nach einer Weile.

»Ach? Und ich dachte schon, du hättest eine leckere Referendarin aufgerissen!« Wenn ich ehrlich war, mußte ich zugeben, daß ich mir genau das mal gewünscht hatte. In der Prä-Wonderbra-Ära, sozusagen. Vor der Nacht des Tigers. »Der Lederfuzzi ist Muskel-Schorsch.«

Die Information war ich ihm jetzt schuldig. Zug um Zug. Zwei Bauern waren losmarschiert. Psycho-Schach ist ein schönes Spiel.

Julius war am Zug, er machte einen Satz mit seinem Springer.

»Marion hatte Krach mit ihrem Mann und ist bei mir untergekrochen.«

Ich zog mit meinem Springer nach. »Muskel-Schorsch ist Türsteher, das Date war rein dienstlich. Interview.«

Nun wieder du, Julius! Komm, schnapp dir deinen Läufer!

»So dienstlich sah der gar nicht aus!«

Ich preschte ebenfalls vor. »So schwesterlich sah Marion auch nicht aus!«

»Ich kann's beweisen.«

»Ich auch.«

Wir steckten uns beide eine Zigarette an, um die nächsten Spielzüge zu überdenken. Allmählich wurde die Lage kritisch. Julius räusperte sich.

»Um dir den Baron zu machen, dafür bin ich lange gut!«

LOS! KRIEG SCHULDGEFÜHLE! KÜSS MIR DIE FÜSSE!

Gardez! Dame in Gefahr!

»Ach? Und du? Über die Baroneß herfallen! Ist das die feine englische Art?«

Was Julius konnte, konnte ich schon lange. Hach, was für ein Schlagabtausch! Ich wartete gespannt auf seinen nächsten Zug.

»So 'n Quatsch. Ich bin nicht über dich hergefallen. Ich bin wach geworden, weil ich mal mußte. Der Fummel hing über deinem Nachttischlämpchen, das brannte noch – ich hab ihn aus Scheiß auf den Kronleuchter geworfen! Sonst ist nix passiert, rein gar nix!«

Kacke verdammte! Einmal nicht aufgepaßt! Und schon matt! Schach war noch nie meine Stärke gewesen.

»Du, du…« Mir fehlten die Worte angesichts so viel Dreistigkeit. »Du Lügenbaron! Du Raubritter! Du Wegelagerer!«

»Komm, krieg dich wieder ein. Errare humanum est – Irren ist menschlich!« Julius grapschte nach meiner Hand. Die ich ihm prompt entzog. Aus dem Alter war ich wahrhaftig raus, daß ich mich durch Handauflegen wieder einkriegte, wenn ich am Ausrasten war.

»Faß mich nicht an!« Empört stand ich auf.

Das Ganze war schlichtweg ungeheuerlich.

Außer Spesen nichts gewesen. So was nannte man im Juristenjargon Vortäuschung falscher Tatsachen.

Herrje, war ich denn so unattraktiv, daß ein Mann sich noch nicht mal an mir vergriff, wenn ich wehr- und Wonderbra-los in tiefstem Schlummer lag? Was für ein Armutszeugnis!

So, wie die Dinge lagen, erwog ich keine Sekunde, die geplante Motorradtour abzublasen. Das angepeilte Aprilwochenende sparte nicht mit Sonne, und am Sonntagmittag stand ich gestiefelt und gespornt vorm Haus und wartete auf Mister Easy Rider. Schon von weitem hörte ich das satte Geblubber der alten Lady, dann bog Muskel-Schorsch um die Ecke. Er hatte sogar an den zweiten Helm gedacht.

»Müssen noch zwei Kumpels abholen«, brummte er zur Begrüßung.

Ich stülpte mir den Helm auf den Kopf, schwang mich auf den Soziussitz und krallte meine Finger wieder in die Fransen von Schorschs Lederjacke. Nach ein paar Minuten ließen wir die City hinter uns und blubberten über Land. Trotz Helm konnte ich den Frühling riechen. Wundervoll! Anfangs hatte ich ein bißchen Bammel, aber bald konnte ich sogar die Kurven genießen. Nur bei abrupten Überholmanövern revoltierte mein Magen, als hätte ich zum Frühstück ein Fuder Hummeln verspeist.

Bei den überholten Fahrzeugen handelte es sich zumeist um Familienkutschen mit liebevoll umhäkelten Klopapierrollen oder kopfnickenden Dackeln oder Aufklebern wie »Junior an Bord«. Die Juniors an Bord winkten uns zu, sofern sie wach und schon des Winkens mächtig waren. Einmal überholten wir einen steinalten Opa, der im Sonntagsstaat mit einem steinalten VW-Käfer und circa vierzig Sachen auf dem Landsträßchen dahingondelte. Ganz bestimmt fuhr er einem Rendezvous mit seiner steinalten Freundin entgegen, sie würden Tee trinken und steinalten Sandkuchen essen, im Gärtchen lustwandeln und in Erinnerungen schwelgen.

Nach einer halben Stunde erreichten wir ein ländliches Anwesen. Wir stiegen ab, Schorsch hängte die Helme links und rechts an den Lenker und kramte ein Päckchen Marlboro aus der Jakkentasche.

»Wohnen die hier, deine Kumpels?« fragte ich.

»Hm!« Schorsch kickte mit einem seiner Westernstiefel einen Kiesel über den Hof.

Ich sah mich um. Der Putz des Hauptgebäudes blätterte ab, die Scheune schien dem unvermeidlichen Zusammenbruch geweiht. Das Anwesen hatte sicher schon bessere Tage gesehen. Auf dem gepflasterten Hof standen ein paar Fahrzeuge, gegen die der steinalte Käfer des Opas wahrlich ein Jungspund war. Bei einem schwarzen Daimler fehlten die Reifen, er stand auf den Felgen und löste sich in seine Bestandteile auf.

»War mal 'n Leichenwagen«, sagte Schorsch und schmiß seine Kippe aufs Pflaster. Zwischen den Pflastersteinen wuchs eine Menge undefinierbares Grünzeug, jedenfalls da, wo keine Zigarettenkippen lagen oder Öllachen schwammen.

»Ach?«

Einen Leichenwagen hatte ich noch nie von nahem gesehen. Neugierig ging ich näher ran, fuhr jedoch erschrocken zurück, als ein fauchender Kater aus dem runtergekurbelten Fahrerfenster sprang, ein räudiges rotweißes Monster, das sich in seinem Mittagsschlaf gestört fühlte und jetzt auf die Rostlaube sprang, die neben dem Daimler stand und wohl ehemals so was wie ein Volvo gewesen sein mochte. Wer auch immer diese Wracks hier deponiert hatte, würde sich nicht die Mühe machen, sie einer umweltgerechten Entsorgung zuzuführen, sondern in aller Seelenruhe warten, bis das Zeug zu Staub zerfiel, und dann irgendwann mal zu Besen und Schippe greifen und den Staub zusammenfegen.

Mich deuchte, es sei eine halbe Ewigkeit vergangen, als endlich ein Typ aus dem Haus trat, auf uns zukam, Schorsch mit Schmackes ins Kreuz haute und »Ey, Alter!« rief.

Muskel-Schorsch brummelte eine Bemerkung in seinen Drei-Tage-Bart. Der Typ – er hieß Kuddel – war 'ne Ecke kleiner als ich und steckte von Kopf bis Fuß in einer feuerroten Lederkluft. Im Nu besprang er eine Enduro, die auf dem Pflaster vor sich hin ölte, und versuchte, sie mittels heftigem Auf- und Abhüpfen anzuwerfen. Nach mehrmaligen vergeblichen Versuchen raufte er sich das ebenfalls feuerrote Haar.

Muskel-Schorsch fragte spöttisch: »Sollen wir uns erst noch 'n Kaffee kochen?«

Kuddel grinste. »Nur die Ruhe!«

Wie das leibhaftige Rumpelstilzchen hüpfte dieser Springteufel auf der altersschwachen Yamaha herum, bis sie endlich mit einem lauten Knall auf die reanimierenden Maßnahmen reagierte und mit einem dumpfen Blob-blob-blob ihrer Freude über die in Aussicht stehende Tour Ausdruck verlieh.

Das dumpfe Blob-blob-blob lockte Kuddels Mitbewohner aus der abgewirtschafteten Kate.

»Ey! Kuddel! Is 'n los, Mann?« schrie er gegen das Geknatter der Yamaha an.

»Ey! Wir machen einen Ausritt, hol deinen Kram, Mann!« schrie Kuddel und gab Gas, damit die Maschine nicht wieder ausging.

Muskel-Schorsch steckte sich gelangweilt eine neue Zigarette an. Ich beobachtete den räudigen Kater, der sich auf der Motorhaube der Rostlaube rekelte, ein Hinterbein hob, die rosige Zunge ausfuhr und sich mit Hingabe den After abschleckte.

»Wer war das?« fragte ich und starrte dem Mitbewohner nach.

Schorsch blinzelte und nuschelte einen Namen, den ich nicht verstand. Ich wollte nicht noch mal fragen und beschloß, den Typ – in Anlehnung an den Namen seines Kumpels und aufgrund seiner äußeren Erscheinung: Jeans der Marke Loch an Loch und hält doch, Haare wie ein Ölteppich – Schmuddel zu nennen.

Schmuddel tauchte in seiner Ausrittmontur auf, schlug Schorsch ebenfalls ins Kreuz, spuckte in meine Richtung aus und sattelte sein Motorrad. Nach dieser schweißtreibenden Aktion trank er sein Bier aus, schmiß die leere Flasche in den Holunderbusch, rülpste und stülpte sich den Helm auf den Ölteppich. Angewidert wandte ich mich ab.

Zwar war mir die Besichtigung der Kate verwehrt geblieben, aber ich war geneigt, meinen Vorurteilen nachzugeben, und malte mir aus, daß die drei einsamen Aktenordner, die in Schmuddels Bude im einzigen holzwurmzerfressenen, sperrmüllreifen Regal standen, die Aufschriften »BAföG«, »Alu« und »Stütze« hatten. Vielleicht würde in zwanzig, dreißig Jahren ein vierter Aktenordner mit der Aufschrift »Rente« dazustoßen. Dann wäre das Quartett komplett.

Der Kater sah uns nach, als wir vom Hof fuhren. Erst jetzt bemerkte ich, daß ihm die Schwanzspitze fehlte. Bestimmt war Schmuddel mal im Vollrausch drübergebrettert. Die geschundene Kreatur rollte sich zusammen und machte nicht den Eindruck, als würde sie ihm das irgendwie nachtragen.

Glücklich ist, wer vergißt, was nicht mehr zu ändern ist. Der Kater hatte seine Lektion gelernt.

Mir stand das noch bevor.

Bald bereute ich bitterlich, mich auf diese Spritztour eingelassen zu haben. Muskel-Schorsch hatte sich mit seiner Harley an die Spitze gesetzt, hinter uns hörte ich das Blob-blob-blob von Kuddel und das Luddel-luddel-luddel von Schmuddel. Immer öfter schoben sich Wolken vor die Sonne, es fing an zu tröpfeln.

Dann tropfte es.

Regnete.

Und goß schließlich wie aus Eimern.

Die Regentropfen prasselten gegen das Visier des Helms, meine Hände wurden naß und klamm. Ich fror gottserbärmlich, fast so gottserbärmlich wie auf Leons Ledercouch. Das letzte, was ich brauchen konnte, war eine neuerliche Poly-Dingsda. Bloß nicht! »Harndrang – laß ab!« betete ich lautlos, während ich verkrampft an Schorschs Rücken klebte.

Die Jungs hatten ein Einsehen und machten an einer Eisdiele

halt. Die Eisdiele war leer, kein Wunder bei dem Wetter. Der Eisverkäufer ließ uns seine ungeteilte Aufmerksamkeit angedeihen und kam pronto mit heißer Schokolade rüber. Ich wärmte meine gefühllosen Finger an der Tasse. Schorsch und Kuddel und Schmuddel unterhielten sich in Motorradfahrerlatein.

»Haste eben die arme Sau mit dem Joghurtbecher und dem hundertneunziger Schlappen hinten drauf gesehen?« fragte Schmuddel und schlürfte einen Schluck Schokolade. Ein Sahneflaum blieb an seinen rissigen Lippen hängen. In Gedanken ließ ich die Fahrt Revue passieren, aber ich konnte mich nicht daran erinnern, irgendwo auf der Straße einen Joghurtbecher oder einen Schlappen gesehen zu haben.

»Ha!« schrie Kuddel. »Der ist vielleicht durch die Kurve geeiert, da kann er sein Hanging off voll vergessen!«

Schorsch rauchte schweigend.

»Ey, Muskel, Mann, haste deinem Ding mal schärfere Nockenwellen verpaßt?« Schmuddel grinste hinterhältig. »Haste die Lady frisiert?«

Endlich ein Thema, bei dem ich mitreden konnte!

»Was für Wellen?« fragte ich wißbegierig. Nockenwellen kannte ich noch nicht, nur normale Dauerwellen.

Meine Frage wurde ignoriert.

»Du mußt grad reden«, sagte Schorsch zu Schmuddel. »Deine Gummikuh klappert wie 'ne Kettensäge, echt, was, Kuddel?«

Kuddel feixte. Schmuddel biß ein Stück Daumennagel ab, spuckte es aus und zuckte die Schultern.

Mir zuckte es in den Händen. Und wie! Am liebsten hätte ich ihnen eine gelangt. Männer! Wenn sie nicht gerade über Fußball schwätzen oder über Computer, schwätzen sie Benzin.

Endlich ließ der Regen nach. Schorsch hatte keinen Bock mehr, mit den Typen weiterzureiten, und fragte, ob ich Lust hätte, bei ihm »Spiel mir das Lied vom Tod« anzugucken, und überhaupt könne er mir seine beachtliche Videosammlung zeigen. Eigentlich war ich nicht scharf auf Sex, Lügen und Videos, und nachdem ich auf Konrads Schmetterlingssammlung hereingefallen war, konnte mich keiner mehr mit Sammlungen ködern. Höchstens mit einer Brilli- oder Tausendmarkscheinsammlung, doch ich hatte noch keinen getroffen, der so was gehabt hätte. Aber ich hatte keinen Nerv, allein zu Hause rumzuhocken, und so nahm ich Schorschs Einladung an.

Seine Bude wäre glatt als Requisitenlager für einen Western durchgegangen. Im Flur lagerten etliche Stangen Marlboro, standen Dutzende von Westernstiefeln, hingen Poster von Clint Eastwood. Die einzigen Pflanzen, die er hatte, waren Kakteen. Ich ließ mich auf der Iso-Matte nieder, die ihm offenbar als Schlafstatt diente, wickelte mich in eine indianisch anmutende Decke und starrte auf den Fernseher. Schorsch schob die Kassette in den Videorecorder, setzte sich in den einzigen Sessel, legte die Beine auf den Tisch und kommentierte das Geschehen. Auf der Mattscheibe tat Charles Bronson das, was echte Kerle halt so tun.

»Leg ihn um, die Sau!« brüllte Schorsch, den es kaum im Sessel hielt. »Los! Mach ihn alle!«

Auf mich dagegen hatten Western von je her eine einschläfernde Wirkung. Mir fielen die Augen zu, und als ich sie wieder aufmachte, servierte Schorsch Bohneneintopf mit Rauchspeck sowie eine Flasche Whiskey.

»Geiler Film, was?« fragte er.

»Ultrageil!« sagte ich, roch an der bernsteinfarbenen Flüssigkeit in meinem Glas und beschloß, das Zeug stehenzulassen. Der Eintopf war nicht übel, zumindest war er nahrhafter als die Brokkolibrühe. Wir löffelten schweigend. Schorschs Adamsapfel hüpfte auf und ab, wenn er schluckte. Ich mußte an mich halten, um nicht loszulachen. Ob ich mal bei Else Jod-S-11-Körnchen klauen und ihm unters Essen mischen sollte? Singperlen? Vielleicht würde er dann gesprächiger. Mauserhilfe wäre auch nicht schlecht, bei dem Drei-Tage-Bart.

Nach dem Essen rülpste Schorsch und wühlte in einem Stapel CDs.

»Was willste denn hören?«

»Och, egal!«

»Schau mal, was dir gefällt!« schlug er vor. »Wir könnten ein bißchen tanzen!«

UND SCHMUSEN! UND ES AUF MEINER ISO-MATTE TREIBEN!

Hey, Cowboy, hätte ich fast gerufen, erstens hab ich Blähungen, und zweitens bin ich nicht scharf drauf, mir den Wolf zu tanzen.

Aus purer Neugier guckte ich den CD-Stapel durch. Gute Güte! Nur Western-Melodien! Wahrscheinlich lag er nachts auf seiner Matte und ließ seine Wildwest-Seele baumeln, malte sich aus, wie er am Rio Bravo entlangritt, die Glorreichen Sieben verfolgte, für eine Handvoll Dollar Charles Bronson umpustete und in Veracruz im Saloon saß, Black Jack spielte und sich Feuerwasser durch die Kehle rinnen ließ.

Kinner, nö!

Wenn so die echten Kerle aussahen, war ich geheilt.

Da war man ja seines Lebens nicht sicher!

Am Ende würde der mir noch das Licht ausblasen, wenn der Bohneneintopf zu kalt aus der Mikrowelle kam!

Ich zog meine Lederjacke an, hieb Schorsch ins Kreuz, sagte »Adios, Alter!« und haute ab. Man kann sich keine Vorstellung davon machen, wie erleichtert ich daheim aus den klammen Klamotten stieg, wie wohlig ich mich in meinem duftenden Wannenbad suhlte. Alles tat mir weh, offenbar hatte die Motorradtour Muskeln beansprucht, von deren Existenz ich bislang nichts geahnt hatte. Die Bekanntschaft mit Muskel-Schorsch würde ich nicht vertiefen – so heftig war mein frühlingsbedingter Hormonschub auch wieder nicht.

Der Erste Mai stand vor der Tür. Hillu rief an, erinnerte mich an die Grillfete und gab einen Salat in Auftrag. Was Suse und Sigi anging, befand sie sich bereits auf dem aktuellen Informationsstand. Die beiden würden kommen, ein paar Damen vom Tupperabend mit ihren Ehegatten, meine Wenigkeit und der von Hillu für mich auserkorene Prinz, der mich aus meinem Dornröschenschlaf küssen sollte.

»Was ist, wenn er mir nicht gefällt?« fragte ich mißtrauisch. »Ich muß ihn doch nicht nehmen, oder?«

»Ach was. Notfalls läßt du dich kostenlos beraten, Geldanlagen und so, Bausparverträge, da kennt er sich aus.«

Also doch ein Banker. Ich hatte es geahnt.

»Ich hab kein Geld zum Anlegen«, nölte ich. »Sieht er wenigstens gut aus?«

»Laß dich überraschen«, sagte Hillu.

Hillus Überraschungen kannte ich zur Genüge. Ich rief Suse an, um mit ihr den Banker durchzuhecheln. Sie wartete mit revolutionären Neuigkeiten auf. Sigi würde demnächst bei ihr einziehen und ihr den Hausmann machen. Ich gratulierte ihr überschwenglich und dachte, daß mir noch nie einer den Hausmann gemacht hatte. In grauer Vorzeit hatte mir mal einer den Baron gemacht…

Am Nachmittag des Maifeiertags verstaute ich die Schüssel mit dem Schichtsalat, den ich nach einem Rezept von Mutti fabriziert hatte, in einer Plastiktüte, holte mein Rad aus dem Keller und radelte zu Heidtmanns. Die Grillfete war bereits in vollem Gang. Auf einem Tapeziertisch, über den Hillu ein Bettlaken drapiert hatte, deponierte ich den Salat und staunte Bauklötze, als ich feststellen mußte, daß außer meinem noch drei weitere Schichtsalate dort in Tupperschüsseln reiften. So was Blödes! Wo war mein gesunder Menschenverstand geblieben, als Mutti mir am Telefon das Rezept diktiert und mir versichert hatte, Schichtsalat sei der Salat der Saison, damit läge ich voll im Trend, es könne gar nichts schiefgehen?

Vom Radfahren abgeschlafft, warf ich mich auf eine Gartenliege, begrüßte die Tupperdamen, bewunderte gebührend ihre Rangen und fragte Hillu nach dem Banker.

»Kommt noch, nur Geduld!« rief sie. »Wer will Maibowle?«

Sie versenkte die Tupperschöpfkelle in der grünlichen Flüssigkeit, die in der Tupperbowleschüssel gurgelte. Überhaupt – das einzige, was nicht aus Tupper war, war der gußeiserne Grill, Ulis Domäne. Er hatte sich ein Servierschürzchen umgebunden, auf dem zwei sich kreuzende Kochlöffel abgebildet waren, und machte auf Maître de cuisine. Wie all seine Geschlechtsgenossen pflegte er sich normalerweise mit den widersinnigsten Ausflüchten vor der Hausarbeit zu drücken, um bei Gelegenheiten wie dieser urplötzlich zur absoluten Hochform aufzulaufen. Um uns dusseligen Hausfrauen den Bocuse zu machen!

»Steaks in Marinade!« rief er effektheischend. »Selbstgemacht, die Marinade, ganz einfach, wenn man's draufhat!«

BLÄH! PLUSTER! UND OB ICH'S DRAUFHAB!

Keine von uns dusseligen Hausfrauen reagierte, die Hobby-

Bocuses standen dickbäuchig um den Grill, bebauchpinselten sich und luden sich halbrohe Rumpsteaks auf ihre Tupperteller.

»Weißt du, warum Männer keinen Rinderwahnsinn kriegen?« fragte Karin.

»Keine Ahnung – vielleicht, weil sie kein Hirn haben?« gab ich zurück. Das schien mir eine einleuchtende Erklärung zu sein.

Ingrid und Marianne kreischten vor Wonne.

»Nicht schlecht!« sagte Karin anerkennend. »Und weil sie eh alle Schweine sind.«

Die Hobby-Bocuses sannen auf Rache. Doch die einzige Reaktion auf Ulis Blondinenwitz – »Was ist der Unterschied zwischen der Titanic und 'ner Blondine? Bei der Titanic weiß man wenigstens ungefähr, wie viele drauf waren! Puh-ha-ha!« – war, daß Hillu gelangweilt fragte: »Was ist hundert Meter lang, liegt auf der Wiese und sonnt sich?«

Wir zuckten mit den Schultern. Unverdrossen rührte Hillu in der Maibowle. »Der Bart von dem Witz.«

Suse und Sigi trafen ein, eng umschlungen und weltentrückt. Sie teilten sich ein Glas Bowle, einen Tupperteller, ein Rumpsteak und eine Gartenliege. Sollte diese inkonsequente Frau Doktor Korff jemals wieder ihren Zeigefinger phallisch erheben und über Pattex-Beziehungen schwafeln, konnte sie sich warm anziehen. Wer im Glashaus sitzt!

Wir lagen lethargisch in den Liegestühlen, blinzelten in den strahlendblauen Himmel und ließen den lieben Gott einen guten Mann sein. Leise drangen Verdauungsgeräusche an mein Ohr, im Hintergrund lärmten die Kinder, Colin brach dann und wann durch die Ligusterhecke und knallte uns mit seiner Pistole ab. Scheintot schloß ich die Augen und dachte an Maikäfer. Seit Jahren hatte ich keine mehr gesehen. Als ich klein war, purzelten sie im Dutzend von den Bäumen. Wir klaubten sie auf und steckten sie in Schuhkartons, in deren Deckel wir vorher Löcher gepiekst hatten. Am zweiten Mai ließen wir sie wieder frei. Maikäfer – flieg…

Ich wurde erst wach, als Hillu mich in den Oberarm zwickte. Mühsam rappelte ich mich hoch. »Was ist denn?«

»Der Banker ist im Anmarsch!« zischte sie. »Jetzt reiß dich zusammen!«

DEINE CHANCE! LOS, SCHLAG ZU!

Schlaftrunken wischte ich mir die Augen, bevor ich sie ungläubig auf die hagere Gestalt richtete, die hakenschlagend über den millimeterkurzen Rasen auf uns zu kam.

»Du hast sie ja nicht alle!« flüsterte ich. Das ging an Hillus Adresse.

Der Banker stolperte tolpatschig über eine Rabattenkante, fing sich, fistelstimmte »Hallo, ich bin der Heinz!«, lächelte, indem er große gelbe Hasenzähne freilegte, bückte sich, um die Fahrradklammern aus der dunkelbeigen Schlotterhose zu ziehen, krempelte die Ärmel seines hellbeigen Hemdes hoch und fuhr sich mit der blassen Hand durchs sandfarbene Haar.

»Klasse Mann, Hillu!« sagte ich leise. »Und du hast wirklich an alles gedacht, Beige in allen Schattierungen war schon immer meine Lieblingsfarbe, und Karnickel waren schon immer meine Lieblingstiere, ich hab mich bloß nie getraut, das öffentlich zuzugeben.«

Ich fing einen Blick von Suse auf, der mir signalisierte, daß sie schwer an sich halten mußte. Heinz reichte jedem die feine Pfote und sagte jedesmal »Hallo, ich bin der Heinz!«, dann steuerte er zielstrebig die Liege neben mir an.

»Hallo, ich bin der Heinz«, sagte er. Endlich ein Mann, der meine Erwartungen erfüllte! Na ja, vielleicht konnte er auch nur den einen Satz. Was kann man von einem Karnickel schon verlangen!

»Und der Nachname ist Duracell, gell?« fragte ich mit Unschuldsmiene. Hillu warf mir einen Salzsäureblick zu.

HALT'S MAUL! SCHLAG IHN NICHT IN DIE FLUCHT!

»Hiltrud hat viel von Ihnen erzählt«, sagte Heinz. »Ich lese immer Ihre Artikel in KUNO!«

LECHZ! HECHEL! SABBER! HOPPEL! MÜMMEL!

Verlegen knetete ich meine Finger. »Och, echt?«

Er starrte mich an wie paralysiert, wie das sprichwörtliche Karnickel die Schlange. Seine Wimpern waren ebenso sandfarben wie sein Fell, Blödsinn, sein Haar, und seine Augenfarbe spielte verdächtig ins Rötliche. Hillu zuliebe harrte ich aus und hörte mir die Vorträge des Albino-Karnickels über Zinsen und Kredite, Bausparverträge und Kapitalertragssteuern an. In Gedanken war ich woanders.

Mann-oh-Mann! SO sah also Alternative Nummer zwei aus! Da konnte einem ja himmelangst werden!

Vor meinem geistigen Auge spulte sich das gediegene Leben mit dem gediegenen Heinz ab: In aller Herrgottsfrühe würde er aus dem Nest hüpfen, ins Bad hoppeln, während ich im altkleidersackreifen Frotteebademantel – verhärmtes Gesicht, strähnige Haare – Kaffee in eine Tupperthermoskanne kippte und Brote in einem Tuppervorratsbehälter verstaute (und eine Möhre dazulegte).

Dann würde Heinz aus dem Bad kommen, aufdringlich nach Rasierwasser riechen (so, wie ich ihn einschätzte, rasierte er sich naß und hatte immer ein paar blutige Schmisse ums Kinn, auf denen kleine Fitzelchen Klopapier pappten, ehrlich, ungelogen, kein Scheiß – so Männer gibt's!) und seine großen gelben Hasenzähne ins Brötchen schlagen (oder in eine Möhre).

Dann würde Heinz in die Bank hoppeln (heißa, endlich!).

Dann würde Heinz-Junior aufwachen. Ich würde ihn aus dem Nestchen nehmen, über seine sandfarbenen Haare streichen (vielleicht mendelte ja auch was von mir mit rein, dann wäre der Junior wahrscheinlich rotblond, aber wahrscheinlich wären die langweiligen Hasengene durchsetzungsfähiger, also doch sandfarben), seine hellbeigen Köttel entsorgen, ihn wickeln und in einen dunkelbeigen Strampel stecken.

Abends würde Heinz-Senior heimkommen und sein Essen in sich hineinmümmeln (Möhrensalat, Möhrentorte, Möhrenpizza, Möhrenauflauf).

Montag Waschtag. Dienstag Bügeltag. Mittwoch Tupperabend. Donnerstag Großeinkauf. Freitag Bankerstammtisch. Samstag Möhreneintopf. Sonntag Schwiegereltern.

Jeden Tag würde ich den engen Stall ausmisten, der unsere Wohnung war.

Jeden Monatsersten hätten wir Sex. In der Karnickelstellung.

HILFE!

»Hillu, sei nicht sauer, ich hab animalische Kopfschmerzen, ich muß jetzt wirklich gehen!« Bevor ich kotze! Unwirsch schüttelte ich Hasenheinz ab, der an meinem linken Arm hing und von langfristigen Geldanlagen faselte. Ich ließ meine Schüssel stehen, sprang auf mein Rad und strampelte so eilig davon, als wäre der Leibhaftige hinter mir her.

Zu Hause sank ich entkräftet aufs Sofa. Meine Phantasien von vorhin erinnerten mich an ein Kinderbuch, aus dem mir Mutti früher vorgelesen hatte. Nach kurzem Suchen fand ich es in meinem Regal. Es hieß »Das traute Heim der Osterhasen«. Ich schlug es auf und blätterte mich durch den Alltag einer kinderreichen Hasenfamilie. Die Hasen steckten allesamt in Menschenklamotten, das erste Bild zeigte die Hasenkinder beim Frühstück, drunter stand: »Alle Häschen mümmeln Möhren, weil sie auf die Mama hören.« Das letzte Bild zeigte Papa Hase in einem bübchenblauen Frotteeschlafanzug (!), drunter las ich: »Das Hasentagwerk ist vollbracht, na dann, Frau Häsin, gute Nacht!«

Den ganzen Scheiß hatte ich mal auswendig hergebetet, als Vierjährige, nicht ahnend, daß mich dreißig Jahre später meine Freundin Hillu mit einem leibhaftigen Hasen zu verkuppeln trachtete.

Nachts wachte ich schweißgebadet auf. Ich hatte von Hasen geträumt, in Rudeln waren sie über mich hergefallen, hatten mich mit ihren zuckenden Nasen beschnuppert. Ein besonders vorwitziger Hase hatte sogar...

Brrr! Alternative Nummer zwei war ein für allemal gestorben.

Am Morgen war die Redaktion verwaist, von Max weit und breit keine Spur. In der Teeküche stapelte sich wie üblich schmutziges Geschirr in der Spüle, wie üblich wusch ich angeekelt eine Tasse ohne Henkel aus und kippte den Rest Kaffee rein, eine rabenschwarze Plörre, die Tote zum Leben erweckt hätte. Lustlos sortierte ich die Veranstaltungshinweise, trug Termine in meinen Kalender ein und rief Suse an, die die verbleibende freie Zeit bis zum Antritt ihrer neuen Stelle genoß.

»Na, was machen deine Kopfschmerzen?« fragte sie anzüglich.

»Die waren sicher psychosomatischen Ursprungs«, gab ich zur Antwort und erzählte ihr von dem Hasenbuch und dem Hasentraum.

Suse lachte sich kaputt. »Sieh mal an – dein Frotteeschlafanzug-Trauma wurzelt in der frühen Kindheit! Hasi ist übrigens kurz nach dir davongehoppelt, und Hillu konnte es absolut nicht fassen, daß du ihren gediegenen Kollegen so schnöde verschmäht hast!«

»Hillu kann mich mal am A…bend besuchen. Die mit ihrer Kuppelei, weißt du noch, als sie dir diesen Zwerg Nase unterjubeln wollte?«

»Draufjubeln! Sie hat gesagt: Wie die Nase eines Mannes, so auch sein Johannes!« johlte Suse. Damals hatte Hillu mal einen Kumpel von Uli eingeladen – Gott sei Dank ging der Kelch an mir vorüber, ich hatte ja noch Konrad –, an dem das einzig Bemerkenswerte der riesige Riechkolben gewesen war. »Stimmt übrigens nicht. Du, morgen zieht Sigi bei mir ein!«

Ich drohte meinen Besuch für die nächsten Tage an, legte auf und stürzte mich in die Arbeit. Gegen halb fünf tauchte Max auf und hatte extrem schlechte Laune.

»Haste deine Tage?« fragte ich ironisch.

»Pah!« Max bohrte in der Nase und guckte mich giftig an.

Ich räusperte mich und widmete mich dem Computer. Ein falsches Wort, und Max würde explodieren wie eine Briefbombe der IRA. Das Fax-Telefon schrillte, das Gerät ratterte kurz und verstummte wieder. Dann schrillte es erneut. Max rollte mit seinem Bürostuhl rüber und zerrte an einem Fetzen Papier, der steckengeblieben war.

»Verfluchte Scheiße! Warum funktioniert das Biest nicht?« Es gelang ihm, den Fetzen zu entfernen. Gespannt wartete er auf das nächste Schrillen, das auch prompt einsetzte. Langsam ratternd schob sich eine Mitteilung aus dem Apparat. Ich speicherte meinen Text ab.

»Was ist denn das?« Stirnrunzelnd studierte Max das Fax, das noch zur Hälfte im Gerät hing. Sein Gesicht wurde lang und länger. Wahrscheinlich handelte es sich um die Absage irgendeines Rockstars, den er um ein Interview gebeten hatte.

Ätsch-bätsch! Wenn meine Schadenfreude sich hätte materialisieren können, wäre sie ein Äffchen gewesen, hätte auf meiner Schulter gesessen, die Zunge rausgestreckt und den schlimmen Finger gezeigt.

Max schlüpfte in einen türkisen Sweater mit Krokodil, schnappte sich sein Citybag und verließ ohne Gruß die Redaktion. Mann-oh-Mann! Am Ende kam er schon in die Wechseljahre und hatte just seinen ersten klimakterischen Anfall. Vielleicht war sein frühlingsbedingter Hormonschub dieses Jahr erstmalig ausgeblieben. Mir hätte das auch zu schaffen gemacht an seiner Stelle. Ans Klimakterium durfte ich gar nicht denken, dann wurde mir ganz schwarz vor Augen.

Ich druckte meinen Artikel aus. Dann endlich gab ich meiner angeborenen Neugier nach, zog den Wisch aus dem Fax und überflog ihn.

Der Wisch zitterte in meinen Fingern.

Ich steckte mir eine Zigarette an.

Las den Wisch mindestens zehnmal.

Das Fax war für mich.

Ein Fax aus Schlamerika!

FÜR MICH!

Und Max, dieser neidzerfressene Macho, ließ es einfach in dem Apparat stecken! Na warte!

Ich warf den Computer wieder an und schrieb meine Kündigung. Druckte sie zweimal aus. Ein Exemplar faltete ich sorgfältig zusammen und steckte es in meine Tasche, das andere Exemplar gab ich bei Mechthild, der Sekretärin vom Chef, ab.

Auch solche Momente gibt es im Leben einer Frau.

Im »Klasse-Kauf« erwarb ich eine Flasche Angebots-Champagner, ging heim, legte die Flasche in den Kühlschrank, deponierte das Fax auf meinem Schreibtisch, griff zum Telefon und wählte.

Nie zuvor hatte ich eine Nummer gewählt, die mit 001 anfing.

Es dauerte eine Weile, bis in Los Angeles jemand abhob.

Ich atmete tief durch und besann mich auf meine englischen Vokabeln. »Hi, can I please talk to Mister Flamingo?«

»Yes, of course!« zirpte die Lady im Office der Produktions-GmbH. »Hold the line, please!«

Der Einheitenzähler klickerte. Egal. Gebannt lauschte ich der Musik, die Flamingos Anrufern die Wartezeit vertrieb: »California Dreaming…«

Mann-oh-Mann!

Das isses

Den ganzen Abend fühlte ich mich wie unter Wasser. Ich hörte und sah kaum, was um mich herum vorging. Wenn ich an meine Spontankündigung dachte, kriegte ich es mit der Angst zu tun. In diesem unserem Lande lag die Arbeitslosenquote derzeit bei zehn Prozent. Über den Bildschirm flimmerten Bilder von resignierten Gewerkschaftsbossen, von streikenden Arbeitnehmern, von einem optimistischen Kanzler, dessen Vorstellungen von einer Sanierung des Staatshaushalts darin zu gipfeln schienen, daß das Kochbuch seiner Gattin ein Bestseller werden und die Staatskasse aus den Miesen reißen würde.

Und ich hatte meinen Job hingeschmissen!

Wegen einem Wisch aus Übersee!

In meinen trübseligen Gedanken sah ich mich im Sozialamt anstehen, in einer murmelnden, nur langsam vorrückenden Menschenschlange, in einem muffigen Flur, an dessen Decke sich gelbliche Stockflecken abzeichneten. Auf dem wackeligen Tisch in der Ecke stand eine vertrocknete Yucca-Palme, die – genau wie diejenigen, die hier Schlange standen – jegliche Hoffnung fahrengelassen hatte. In der Blumenerde steckte eine Unzahl Zigarettenkippen. Der arbeitslose Lehrer vor mir würde ab und zu einen Flachmann aus der Tasche seiner abgeschabten Cordjacke ziehen, vielleicht würde er mir sogar einen Schluck anbieten, gegen die Kälte, denn der Flur des Sozialamtes war sicher nicht geheizt. Irgendwo mußte ja schließlich gespart werden!

Der arbeitslose Geologe hinter mir würde nach einer halben Stunde seine Stulle auspacken und mir seinen Lebenslauf vorbeten. Ja, auf dem Umweltgeologiesektor sah es alles andere als rosig aus, seit Jahren schon, von wegen kontrollierter Rückbau, so 'n Quatsch, der ganze Arbeitsmarkt war außer Kontrolle, und seine Ehefrau – eine promovierte Chemikerin – ging putzen.

Ich würde meine allerletzte Zigarette aus der zerknautschten Packung fingern und in den Taschen meiner Billigjeans nach Zündhölzern wühlen und wünschen, ich könnte die Zeit zurückdrehen.

Und ausgerechnet dann, wenn ich endlich, endlich an die Reihe

kam, würde die Sozialamtsbeamtin Mittag machen, und ich müßte am nächsten Tag wieder antanzen. Wenn ich bis dahin nicht verhungert wäre oder mir auf der Bank im Stadtpark nicht 'ne Lungenentzündung geholt hätte.
SO würde meine Zukunft aussehen!
Was für ein Horrorszenario!
Was, wenn Fred Flamingo ein Patzer passiert war? Niemand war unfehlbar, auch Hollywood-Regisseure nicht.
Womöglich hatte er mich verwechselt!
So was Blödes aber auch, daß ich ihn nicht erreicht hatte! Die Lady am Telefon hatte was von Presseterminen und Fotosessions gefaselt und mich vertröstet.
Womöglich schob sich gerade jetzt, in diesem Moment, ein zweites Fax durch den Apparat: So sorry, Miss Buchholz, wir bedauern das Versehen!
Herrje!
Selten hatte ich so schlecht geschlafen wie in dieser Nacht.

Tags drauf traf ich Julius an der Käsetheke vom »Klasse-Kauf«, den ich kurz vor sechs aufsuchte, um mich abzulenken.
»Was ist denn mit dir los?« fragte er entgeistert, als er meiner ansichtig wurde. »Hast du deine Tage?«
Männer! Als ob's nicht zig andere Gründe dafür gäbe, daß Frauen mit fettigen Haaren, fahler Haut und einem verkniffenen Zug um den Mund rumlaufen. Und überhaupt: Mußte der so was an der Käsetheke fragen? In dieser Lautstärke? Die Omas drehten sich wie auf Kommando um und glotzten mich an. Wie peinlich!
»Nicht, daß ich wüßte«, gab ich spitz zurück.
Abrupt wendete ich mein Wägelchen und stellte mich ans Ende der Kassenschlange. Julius folgte mir auf dem Fuße. »Was ist denn? Bist du immer noch sauer auf mich? Los, sag doch mal!«
ICH STERBE VOR NEUGIER!
Ich stellte mich auf die Zehenspitzen und holte eine Packung After Eight aus dem Regal.
»Komm, Caro! Mach schon!«
»Ich hab im Lotto gewonnen und weiß nicht, wohin mit der

Kohle. Ehrlich! Ich ersticke in Geld. Aber sonst geht's mir blendend.« So, du Nervensäge!

»Haha! Hast du schon was vor? Wir könnten doch...«

»Was könnten wir?« Wollte er mir wieder den Baron machen? Wonderbra-Weitwerfen?

»...was essen gehen. Auf ein Döner zu Kemal. Oder auf 'n Bier ins Sidestep!«

ICH WILL AUCH GANZ BRAV SEIN!

»Okay. Ich lad dich auf meinen Lotto-Sechser ein.«

Die Walküre, die an der Kasse saß, spitzte sensationslüstern die Ohren und musterte mich von oben bis unten. Klar, in den alten Leggings, in Bigshirt und Turnschuhen sah ich nicht gerade aus wie die leibhaftige Lottokönigin. Klar auch, daß sie die Story garantiert nicht für sich behalten würde.

»Erzählen Sie's nicht weiter«, raunte ich, als sie mir das Wechselgeld gab. »Bettelbriefe sind eh zwecklos. Übrigens hab ich die Schuhcreme für Diabetiker nicht gefunden. Haben Sie umgeräumt?«

»Schuhcreme für Diabeti...« Die Walküre kriegte einen knallroten Kopf. Wortlos tippte sie Julius' Waren ein. Sieh an, er hatte wieder zugeschlagen! Drei Paar weißgraue Frotteesöckchen für nur fünffünfundneunzig! Wenn das kein Schnäppchen war!

Mehr oder minder einträchtig machten wir uns auf den Heimweg.

Bei Kemal war die Hölle los. Wir warteten fast eine Stunde an der Theke, als dann immer noch kein Tisch frei war, kauften wir uns ein Döner auf die Hand und schlugen kauend den Weg zum Sidestep ein, wo ich zwei Gläser Schampus orderte und mit Julius anstieß.

»Jetzt aber raus mit der Sprache!« sagte er und stellte sein Glas auf die Theke. »Nicht viele Anlässe schreien nach Champagner – welcher isses? Hast du einen Heiratsantrag bekommen? Oder einen Journalistenpreis? Oder hast du – du hast doch nicht etwa im Ernst im Lotto gewonnen?«

CARO, ICH WOLLTE DICH SCHON IMMER HEIRATEN! EHRLICH!

Ich glaube, wenn der Wirt des Sidestep nicht ausgerechnet an diesem Abend seine Oldie-Phase gehabt und »California Dreaming« gespielt hätte, hätte ich mein Geheimnis mit ins Grab genommen. Unter den gegebenen Umständen platzte ich jedoch mit der Neuigkeit raus. Erst staunte Julius Bauklötze, dann spielte er die beleidigte Leberwurst.

»Och, Mensch, von dem Drehbuch hast du mir nie was erzählt.«

»Ich hab keinem was erzählt, außer Suse und Hillu! Meinst du, ich will mich bis auf die Knochen blamieren, wenn's ein Flop wird?«

»Fred Flamingo«, sagte Julius andächtig. »Ist das der kleine Dicke, der immer so große Zigarren raucht? Ist der nicht mit Michelle Pfeiffer verheiratet?«

»Quatsch!« Michelle würde sich weiß Gott zu beherrschen wissen. Es gab wenig Frauen, die sich dazu herabließen, einen Fleischklops zu heiraten. Ich steckte mir eine Zigarette an. »Was soll ich jetzt machen?«

»Adhuc tua messis in herba est«, sagte Julius. »Für Nichtlateiner: Noch ist dein Weizen grün. Wenn du's richtig anpackst, wird er blühen!«

»Du meinst, ich soll wirklich und wahrhaftig fliegen?« Dieser Oberlehrer mit seiner verqueren Metaphorik!

»Logisch! So 'ne Chance kriegst du nur einmal im Leben. Paß auf, du machst mit den Typen von KUNO einen Deal. Ziehst die Kündigung zurück, nimmst statt dessen Urlaub. Notfalls unbezahlten. Wegen familiärer Verpflichtungen oder weiß der Kukkuck. Dir fällt schon was ein! Du bist doch sonst nicht aufs Maul gefallen! Dann schnappst du dir ein Ticket und fliegst, so einfach ist das, basta!«

Mir fiel meine Vormieterin ein, die Hals über Kopf nach Malibu abgehauen war. Auch nach Kalifornien. Wer weiß – vielleicht lag's an der Wohnung? Ich teilte Julius meine Überlegungen mit.

»Die? Nach Kalifornien? Wer sagt denn so was?«

»Na, Else!« Ich winkte dem Wirt und bestellte eine zweite Runde Schampus. »Hätte ich der gar nicht zugetraut, so 'ner alten Jungfer!« Ich verklickerte ihm, wie ich mir meine Vormieterin vorstellte, eben als altjüngferliche Bibliothekarin mit Hornbrille und Haarnadeln.

»Ich werd verrückt!« rief Julius. »Stimmt alles bis auf ein Detail: Sie war nicht Bibliothekarin, sondern Beamtin. Aber diese Kalifornien-Nummer...«

»Beamtin? Beim Sozialamt?«

»Woher weißt du das denn?« Er fiel fast vom Glauben ab. »Hast du das zweite Gesicht?«

Hätte ich das bloß! Nicht auszudenken, was aus mir geworden wäre, hätte ich einen Tag meines Lebens so ausgesehen wie... na ja, vielleicht wie Michelle Pfeiffer!

»Nenn es, wie du willst. Ich nenn es weibliche Intuition.« Ich trank einen Schluck Champagner. »Ich will ja nicht neugierig sein, Julius...«

Doch. Will ich. Bin ich. Jetzt und immerdar.

»...hast du mit der Beamtin – du weißt schon?« Das hätte noch gefehlt!

»Kann mir nicht passieren. Schließlich hab ich das große Latinum«, versetzte Julius trocken. Was hatte denn das damit zu tun? »Ab und zu hat sie sich halt bei mir ausgeheult, das war alles, dazu bin ich immer lange gut.«

ALLE FRAUEN WOLLEN NUR DAS EINE VON MIR! SCHLUCHZ!

»Es kann sich nur noch um Jahre handeln, bis du das Bundesverdienstkreuz kriegst! Mensch, wahrscheinlich hast du die Staatsdienerin davor bewahrt, vom Balkon zu springen«, mutmaßte ich.

»Ich hab sie vor der Ehelosigkeit bewahrt«, prahlte Julius. »Mittels einer genial formulierten Heiratsannonce! Es hat prompt einer angebissen! Mitte Fuffzig zwar...«

»Iiii!« ekelte ich mich lautstark. »Was will die denn mit so 'nem Pflegefall? Da könntest du mich draufschweißen, ich würde mich in Sekundenschnelle losrosten! Ist er wenigstens Millionär?«

In Kalifornien wuchsen die Millionäre bekanntlich auf den Bäumen. Sonnenklar – die Staatsdienerin hatte sich ins gemachte Nest gesetzt. Luxus im Überfluß, Pool und Personal.

»Nö. Er hat ein Hotel in Malente.«

Es dauerte geraume Zeit, bis die Information in mein Hirn gesickert war. Malente. Mal-ente.

Nicht Mal-ibu.

Grundgütiger!

Else, du alte Tratsche!

Caro, du alte Schlampe!

Eigentlich sollte man als ausgewachsene Journalistin in der Lage sein, sorgfältig zu recherchieren.

Julius drückte energisch seine Zigarette aus. »Möchte bloß mal wissen, wie Else auf Kalifornien kommt.«

Ich hätte jetzt sagen können: Ich hab sie drauf gebracht. Aber ich hielt meinen Rand. DAS Geheimnis würde ich todsicher mit ins Grab nehmen.

Ich zahlte die Zeche und glitt geschmeidig vom Barhocker. Als ich den Weg zum Ausgang einschlug, entdeckte ich Konrad. Mein Sehr-Ex-Lover saß an einem kleinen Zweiertisch, wie immer in Feld-Wald-Wiesen-Jacke. Geistesabwesend starrte er in sein Bierglas, mit dem leidenden Gesichtsausdruck, den ich nur zu gut kannte. Dem Gesichtsausdruck der Marke Angst essen Seele auf, den alle Männer kriegen, sobald man von ihnen verlangt, über ihre Gefühle zu sprechen oder das Klo zu schrubben. Ihm gegenüber saß – ich traute meinen Augen kaum, litt ich an grauem Star? – Ariane Alfa. Nicht im Cocktailkleid, sondern in verwaschenen Jeans, das Haar zu einem zotteligen Zopf zusammengezwirbelt. Sie redete unentwegt auf Konrad ein, nippte kurz an ihrer Cola und fing an, wild zu gestikulieren. Es sah mir ganz danach aus, als wäre die Nacktschnecke ausgestorben. Zumindest für Konrad.

»Guck mal«, sagte ich zu Julius, »mein Ex!«

»Was – der? Und die Trulla?«

»Ariane Alfa!« Das war mir so rausgerutscht.

»Italienerin?«

Ich schüttelte den Kopf. Wir verließen die Kneipe, unterwegs beichtete ich Julius, daß mich ein einziger Blickkontakt mit diesem Superweib völlig aus der Bahn geworfen hatte. Mich dazu inspiriert hatte, mein Leben umzukrempeln. Single zu werden. Julius sagte kein einziges Wort, während wir durch die samtschwarze Frühlingsnacht schlenderten. Nur einmal legte er kurz den Arm um mich. »Ich find's gut so. Sonst hätten wir uns nie kennengelernt. Guck mal, 'ne Sternschnuppe! Wünsch dir was!«

Hach! Was war er doch für ein romantischer Mann!

Wenn bloß das große Latinum nicht zwischen uns stehen würde!

Ich könnte mich glatt vergessen.

Vorm Haus fiel mir mein Champagnervorrat ein. »Soll ich dir mal meine Schampussammlung zeigen?«

Okay, das war geprahlt. Aber warum soll eine Frau nicht auch mal einen Mann mit leeren Versprechungen in ihre Wohnung locken? Das Imperium schlägt zurück!

»Au ja!« rief Julius begeistert.

Als ich kichernd die Kühlschranktür aufriß, mimte er den Kenner. »Ui! Ein besonders erlesenes Exemplar! Ein Jahrgang von absolutem Seltenheitswert! So was sieht man nicht alle Tage.«

Der Korken knallte, wir verzogen uns aufs Sofa. Stolz hielt ich Julius das Fax unter die Nase. »Guck mal, das isses.«

Flüchtig überflog er den Wisch und nahm meine Hand. »Genau. DAS ISSES!«

Es gibt Momente im Leben einer Frau…

Das war wieder so einer.

Im Radio sangen die Eagles »Hotel California«, durch die offene Balkontür drang die linde Maienluft. Irgendwann riß Julius die Packung After Eight auf und fütterte mich mit Pfefferminztäfelchen.

»Mit Pfefferminz bin ich dein Prinz!« sagte er zärtlich. »Wenn das keine Steigerung ist im Vergleich zu dem popeligen Baron!«

Die Dinger zergingen auf der Zunge. Julius machte sich an meiner Bluse zu schaffen. Ich trank einen Schluck Schampus und rief werbegeschädigt: »Oh, Mortimer – Tiger!«

Leoparden küßt man nicht, Tiger schon. Und wie!

Als ich am nächsten Morgen die Augen aufschlug, sah ich als erstes die leere After-Eight-Packung, als zweites meinen wundervollen Wonderbra. Malerisch hing er an der alten Messing-Schreibtischlampe.

Allerdings wußte ich diesmal haargenau, wie er dort hingekommen war.

Beschwingt eilte ich in die Redaktion. Max saß singend vorm Computer – »Für das Be-heste im Ma-hann!«, offenbar hatte er sich heute morgen frisch rasiert. Er zeigte sich angenehm überrascht, mich zu sehen, und erkundigte sich sogar eingehend nach meinem Befinden. Offenbar hatte ihn der Chef noch nicht von meiner Kündigung unterrichtet. Nachdem ich mir mit Kaffee Mut angetrunken hatte, machte ich mich auf den Canossagang in die untere Etage.

Mechthild hing am Telefon, beschwichtigte einen Anzeigenkunden und rollte genervt mit den Augen. Schließlich gelang es ihr, den Kunden zu Reinhold durchzustellen. »Soll sich der Blödmann doch selbst drum kümmern!«

Ich pflichtete ihr bei. »Hat der Chef heute einen Termin frei?«

Mechthild blätterte im Terminkalender. »Ganz schlecht, höchstens gegen vier, aber versprechen kann ich nichts. Worum geht's denn? Kann ich vielleicht...«

»Es geht um das Kuvert, das ich für ihn abgegeben hab.«

»Ach, du Schande!« Sie schlug sich mit der flachen Hand vor die Stirn. »War das wichtig? Caro, Mist, ich hab's total verschwitzt, irgendwo liegt es noch rum!«

Hektisch durchwühlte sie den Papierberg, der sich links auf ihrem Schreibtisch türmte. »Hier! Ich hab's! Ich bring's gleich rein. Du, nicht sauer sein, okay?«

Ich riß ihr das Ding aus der Hand. »Wo werd ich denn? Hat sich sowieso erübrigt!«

Auf der Toilette zerfetzte ich das Kuvert samt Inhalt und spülte die Papierfitzelchen durchs Klo. Sozialamt ade! Kalifornien, ich komme! Mir plumpste ein Stein vom Herzen, ach, was sag ich, ein ganzer Felsen. Nie hätte ich geahnt, daß Mechthilds Vergeßlichkeit auch mal positive Auswirkungen haben würde.

Ich ging hoch in die Redaktion, konfrontierte Max mit den nackten Tatsachen und setzte ihm meine Urlaubspläne auseinander.

»Alles ist mö-höglich!« sang er.

»Komm, jetzt mal im Ernst: Meinst du, das geht?«

»Warum nicht. Laß mal sehen.« Er zog sich den Terminkalender ran. »Ab Juni? Nullo problemo! Da haben wir in der Redaktion sowieso eine Praktikantin, dann muß die halt ran.«

»Eine Praktikantin?« Davon wußte ich ja noch gar nichts.

Max wand sich auf seinem Chefsessel. »Hat mir so 'n alter Knabe aus dem Tennisclub aufs Auge gedrückt, ist seine, äh, Mätresse, du weißt doch, wie das geht!«

ICH HAB MICH HALT BELALLEN LASSEN!

»Nö!« Im Dummstellen war ich große Klasse, wenn ich wollte. Im Moment wollte ich.

Max schlug eine lindgrüne Mappe auf. »Gerlinde Gattermann. Achtundzwanzig. Studium, na ja, vier Semester Anglistik und Romanistik, dann Ausbildung zur Fremdsprachensekretärin. Will sich jetzt verändern und mal reinschnuppern, bevor sie sich für ein Volontariat bewirbt.«

»Wird schon eins kriegen!« sagte ich gehässig. Mit Gerlindes Vitamin B war das keine Frage. »Foto dabei? Zeig her!«

Zumindest wollte ich sehen, was für eine Schnepfe sich auf meinem Sessel ihren Hintern plattdrückte, während ich busineß-mäßig in den Staaten weilte. Zögernd reichte mir Max die Mappe.

Bei dem Foto, das dort abgeheftet war, handelte es sich nicht um ein normales Paßbild – wie bei Bewerbungen üblich –, sondern um eine Farbaufnahme von künstlerischem Wert, Format DIN A 5. Eine rehäugige Brünette mit üppigem Busen guckte verführerisch in die Kamera. Fehlte bloß noch, daß sie sich lasziv die Lippen leckte!

Gerlinde Gattermann alias... Ariane Alfa.

Ich schnappte nach Luft.

Werbeagentur! Von wegen!

Heiratsanträge per Fax! Ha!

Roter Alfa!

»Fährt der alte Knabe aus dem Tennisclub einen roten Alfa Spider?« fragte ich. »War er mit Gerlindchen bei Lauritz' Vernissage und hat dir dort die Kleine untergejubelt?«

Max starrte mich verblüfft an. Nickte mit gebleckten Ziegenzähnen. Kam aus dem Staunen nicht mehr raus.

Tja, die vielbesungene weibliche Intuition.

Mochten die Männer dran glauben.
Ich glaubte eher an den Klapperstorch.

Die Zeit verging wie im Fluge. Ich träumte über meinem Kalifornien-Bildband und kaufte mir einen Haufen CDs, so daß ich all
meine favorite songs hören konnte – zwecks Einstimmung.
Ich blätterte die neue Ausgabe der Friederike durch, um mich
über die topaktuellen Sommermodetrends zu informieren. Damit ich nicht wie eine Landpomeranze in Los Angeles aufkreuzte
– in Äll Äi, wie Max sagte, ächt! –, wollte ich vor dem Abflug
mein Outfit um ein paar Klamotten aufstocken. Zum einen
schwebte mir ein pfirsichfarbenes Busineßkostüm vor, damit
ich bei Fred Flamingo als toughe Lady durchging, zum anderen
erwog ich den Kauf einiger ultimativer Sommerfähnchen, die ich
beim Lunch in kalifornischen Freßtempeln vorzuführen gedachte.
Unter der Überschrift »Sommer-Mode-Hits« rekelten sich
braungebrannte Models an Südseegestaden, leider in Klamotten, die ich bestenfalls für Karneval in Erwägung gezogen hätte.
In der diesjährigen Saison war Safarilook angesagt, super kom-
binierbar mit weichen Tönen wie Beige und Sand. Na so was!
Hasenheinz war der wahre Trendsetter, hatte geistesgegenwärtig die Zeichen der Zeit erkannt und die Kollektion bereits vor
Saisonbeginn auf Hillus Grillfete vorgeführt. Wer hätte das gedacht! Max hatte einen Trend verpennt!
Eins der Models, eine Grazie in Graubeige, behängt mit soge-
nanntem Ethnoschmuck – hier: ausgebleichte Tierknochen an
Lederschnüren –, lächelte sogar ausgesprochen hasenzähnig
in die Kamera. Alles, was recht war, aber Zeit und Geld reich-
ten einfach nicht mehr für neue, teure Jacketkronen. Ich würde
mit meinem gottgegebenen Gebiß in die Staaten fliegen müssen, auch wenn kleine weiße Zähne momentan nicht up to date
waren.
Mein Selbstwertgefühl war durch die Erfolge, die ich verbuchen
konnte – Drehbuch an den Mann, Tiger zur Strecke gebracht! –,
enorm gestiegen, und so traute ich mich in die Nobelboutique
von Frau Schulze-Großkotz. Ich nahm an, daß sie sich mit weichen Tönen auskannte, da sie bereits seit Jahr und Tag den Farb-

ton Kamel trug, den man mit ein bißchen Wohlwollen durchaus als weich bezeichnen konnte. Frau Schulze-Großkotz erkannte mich nicht auf Anhieb und rümpfte die gepuderte Nase, als ich meine Füße über die Schwelle ihrer Boutique setzte. Vielleicht waren meine Töne zu hart, Violett und Schwarz, pfui Deibel, schäm dich, Caro, modemäßig biste echt 'ne Nullnummer! Kaum hatte ich jedoch meine Identität gelüftet sowie meine Wünsche artikuliert, umsprang sie mich, als wäre ich ein goldenes Kalb. In Windeseile schwätzte sie mir ein Kostümchen im Farbton Südseesand auf, Jersey-Pikee, für die Kleinigkeit von vierhundertfuffzig Mark, fast geschenkt, wenn man ihren Worten Glauben schenken durfte. Hektisch durchwühlte sie sämtliche Regale, schmiß mir ein paar Fähnchen in die Umkleidekabine und erging sich wortreich über das Shoppen in den States, da kannte sie sich aus, jawoll.

»Ich hab 'ne Freundin«, sagte sie, während sie ihre Nase puderte und ich hinter dem barmherzigen Vorhang versuchte, den seitlichen Reißverschluß eines apricotfarbenen Schlauchkleides zuzukriegen, »die ist extra nach New York geflogen, um ihre Umstandsgarderobe zu kaufen. Hier gibt 's ja bloß so formlose Lappen.«

»Allerdings. Wem sagen Sie das!« Hach, Karrierefrauen unter sich!

In dem Schlauchkleid hatte ich einen Sieben-Monats-Bauch. Vielleicht sollte ich in New York zwischenlanden.

»Shoppen in London ist auch klasse!« rief Frau Schulze-Großkotz. »Haben Sie die Leopardenhose schon anprobiert?«

Hatte ich. Paßte wie angegossen. Würde sogar noch passen, wenn ich ein Glas Mineralwasser getrunken oder einen halben Magermilchjoghurt gegessen hatte. Eine Leopardenhose aus Ziegenveloursleder durfte in keinem Kleiderschrank fehlen, das leuchtete sogar mir ein. Notfalls konnte ich sie auftragen, wenn Julius und ich in Kenia auf Großwildjagd gehen würden. Heißa Safari! Vielleicht noch einen neckischen Tropenhelm?

Widerstandslos erlag ich den Versuchungen, mit denen mich Frau Schulze-Großkotz, Meisterin der eigenen Gewinnoptimierung und der Einkommensschmälerung ihrer Kundschaft, köderte. Ich verließ die Boutique mit sage und schreibe drei vollgestopften Plastiktüten. Das lachsfarbene Negligé würde ich Julius nicht beichten, ich würde es an seinen Argusaugen vorbei in den Koffer schmuggeln. Ich hatte es gekauft, um für alle Eventualitäten gerüstet zu sein, erst recht für die, daß sich nächtens Tom Cruise mit seiner Top Gun in meine Kemenate verirren sollte.

Am Pfingstsonntag lieh ich mir Julius' Kadett und fuhr zum Mittagessen nach Oer-Erkenschwick, um der Sippschaft die brandheiße Neuigkeit unter die Nase zu reiben, am besten beim süßen Dessert, damit Annedore die Pille nicht gar zu bitter schmeckte.
Nach Hausfrauenart wartete Mutti mit Gemüse der Saison auf. Es gab weiche Farben, Quatsch, frischen Spargel mit Sauce hollandaise, zuvor ein schmackhaftes Lauchcremesüppchen, garantiert nicht aus der Dose.
Annedore – in dem eidechsengrünen Kostüm, das an Geschmacklosigkeit nur schwer zu überbieten war, zu harte Farbe, by the way – tauschte verschwörerische Blicke mit der dicklichen Nichte, ließ mich jedoch bis zum Nachtisch ungeschoren. Als Mutti Schokoladenpudding mit Sahne auffuhr, war es um ihre Selbstbeherrschung endgültig geschehen.
»Na?« fragte sie scheinheilig. »Wo steckt denn der Herr Baron? In Schottland?«
Der Engerling grinste. »Oder in St. Moritz?«
ODER ISSER AUF UND DAVON? JUCHHU!
Ungerührt schaufelte ich Schokopudding in mich hinein. Mutti rang die Hände und gab ihrer Enttäuschung darüber Ausdruck, daß sich der Herr Baron gar so rar machte. Vati grinste stumm in sein Dessertschälchen. Herbert schaute mit unschuldigen Blauaugen von einem zum anderen. Ich kratzte den letzten Rest Pudding zusammen. Dann holte ich zum Rundumschlag aus.
»Tut mir unendlich leid, daß ich euch einen Strich durch die Rechnung machen muß«, sagte ich und legte meine Stirn in pseudobetrübte Falten. »Besonders für dich, Mutti. Wird nix mit dem adligen Schwiegersohn!«
»Das hab ich mir gleich gedacht!« rief Annedore euphorisch.
EIN SCHÖ-HÖNER TAG!
»Ich auch! Ich auch!« rief der Engerling und krümmte sich vor

Wonne, etwa so, wie sich unsereins krümmt, wenn der Blinddarm kurz vorm Durchbruch ist.

»Aber Kind«, rief Mutti, »das ließ sich doch so gut an! Und meine Kegelschwestern fanden ihn so nett! Und Tante Margarethe! Was machen wir denn jetzt bloß?«

WO KRIEGEN WIR AUF DIE SCHNELLE EINEN NEUEN HER?

Alles lief genau nach Plan. Sie hatten ihren Text mindestens so gut drauf wie Roddy an dem denkwürdigen Abend im Sidestep.

»Hat er dich verlassen?« fragte Annedore mit schlecht vorgetäuschtem Mitgefühl. Na ja, von einem gemeinen Hausweib konnte man keine Oscar-reife schauspielerische Leistung erwarten.

»Nö. Ich hab ihn Lady Di abgetreten. Die hat ihn nötiger als ich. Nächste Woche könnt ihr's in der Platinpost lesen.«

Schlagartig war es so still, daß man hören konnte, wie das Amselmännchen, das minnetrunken draußen im Apfelbaum tirilierte, einen Ständer kriegte.

Nach einer Weile maulte Annedore: »Verarschen kann ich mich alleine.«

Das wollte ich gern glauben.

Da ich nicht die Absicht hatte, der Sippe die Story mit dem Roderich-Double auf die Nase zu binden, gab ich dem Gespräch eine neue Wendung. »Übrigens, ich fliege nach Los Angeles!«

»Ach je!« jammerte Mutti. »Um Gottes willen, Kind! Loss Änscheles, muß das denn sein? Da gibt's Schwule und Drogen und Aids und Bandenkriege und Erdbeben und Messerstechereien!«

»Rein beruflich, versteht sich!«

Die dickliche Nichte signalisierte so was wie Interesse. Klar, alle dicklichen Nichten gucken Fernsehserien, die an der Westcoast spielen. Irgendwelche Seifenopern mit irgendwelchen Teenie-Idolen. »Mußt du David Hasselhoff interviewen?«

»Nö!« entfuhr es mir. »Ich komm selbst ins Kino!«

»Haha! Ich seh dich schon im Kino!« japste Annedore. »Eintrittskarten verkaufen!«

Heroisch ignorierte ich ihren Zwischenruf, obwohl es mich

ziemlich viel Selbstüberwindung kostete, ihr keine Schlagsahne ins Gesicht zu klatschen.

»Also – ich hab ein Drehbuch geschrieben, Fred Flamingo hat's gekauft und verfilmt es für den deutschen Markt.«

»Ein Drehbuch?« fragte Mutti erst zögerlich, dann hoffnungsvoll: »Für einen Heimatfilm?«

Wie alle Damen jenseits des Klimakteriums war sie nicht nur hochgradig hochadelsüchtig, sondern auch hochgradig Silbersee- und Oberförster-süchtig. Am liebsten guckte Mutti Filme aus den fünfziger und sechziger Jahren. Da war wenigstens die Welt noch heil. Bei den alten Streifen konnte man sich drauf verlassen, daß der Berg gewaltig rief und das Edelweiß üppig blühte, daß der Gipfel zu hoch war und das Niveau zu niedrig. Daß die Baroneß den Oberförster kriegte oder der Baron die Försterstochter. Und man konnte sicher sein, daß der Gebirgsbach allemal munterer dahinplätscherte als die Handlung, die auf jeden Fall seichter war als das Bächlein.

»Kein Heimatfilm«, sagte ich, »eine, äh, frivole Beziehungskomödie – sozusagen.«

»Aha!« sagte Mutti, obwohl sie garantiert keinen Schimmer hatte, was gemeint war. Unter die Rubrik frivole Beziehungskomödie fielen bei ihr Schwarzweißfilme, in denen Inge Meysel und Johannes Heesters sich am Ende in die Arme sanken.

Annedore und Stephanie taten keinen Mucks mehr. Mitsamt dem wehrlosen Herbert verzogen sie sich in ihre eigenen Gefilde. Ihnen war die Petersilie ein für allemal verhagelt.

Nachdem ich Muttis Sorgen bezüglich der für die Vereinigten Staaten notwendigen Impfungen zerstreut sowie ihr versprochen hatte, keinen Schwulen anzufassen, zu beißen oder sonst irgendwie mit einem solchen, geschweige denn mit einem anderen in Körperkontakt zu treten, bei drohenden Erdbeben unverzüglich einen Bunker aufzusuchen, mich nicht in Messerstechereien einzumischen und kein Kokain zu schnupfen, auch wenn's umsonst war, wurde ich gnädig entlassen.

Vati brachte mich zum Auto.

»Ich bin stolz auf dich«, sagte er, »auch wenn ich nicht alles schnalle.«

Ich umarmte ihn. »Danke.«

»Und ich versohl dir wirklich und wahrhaftig eigenhändig zum ersten Mal im Leben den blanken Arsch, wenn du nicht sofort anrufst, wenn du drüben gelandet bist!«
Diesmal grinste er nicht. Er meinte das völlig ernst.

Der Tag des Abflugs rückte näher und näher. Hillu und Suse bombardierten mich mit Telefonanrufen. Suse versicherte mich ihres psychologischen Beistands und wurde nicht müde, Jung Siegfried zu rühmen, den besten Hausmann weit und breit, der sogar ihren Wonderbra mit der Hand wusch.
Ihren WONDERBRA?
Noch 'n Clubmitglied!
Hillu erzählte mir, daß sie Konrad im Stadtpark mit einer Tussi erwischt hatte. Mit einer etwas ungepflegten Brünetten in Feld-Wald-Wiesen-Jacke, angetan mit plumpem Schuhwerk. Konrad hatte mit ihr Händchen gehalten. Seite an Seite hatten sie reglos ausgeharrt und stundenlang in einen trüben Tümpel gestarrt. Vielleicht war Konrad von den Zikaden abgekommen und machte jetzt in Fröschen. Man durfte gespannt sein, wie lange Ariane-Gerlinde das aushielt, wenn überhaupt. Wo sie doch von ihrem Sugar-Daddy Besseres gewohnt war.
Julius half mir beim Packen. In einem unbeobachteten Moment kramte ich das Negligé aus dem Schrank hervor, rollte es zusammen und stopfte es zwischen meine Blusen.
Else brachte mir eine Flasche Schontree Kräm.
»So wat haben die Amis nich«, sagte sie und stellte die Flasche neben meinen geöffneten Koffer. »So wat Komisches, dat ihr alle nach Kalifornien abhaut!«
Davon war sie nicht mehr abzubringen. Ich versuchte es erst gar nicht. Einen alten Hund quält man nicht mit neuen Kunststükken. Im übrigen war es mir egal, wo die Staatsdienerin im gemachten Nest saß, in Malente oder in Malibu.
Ich würde mir mein Nest selber machen. Jawoll.
Und ich wußte auch schon, wie.
Weshalb sollte ich nicht vermarkten, wie hinterhältig das Schicksal zuschlug? Wenn ich es nicht tat, würden andere es tun und sich damit dumm und dusselig verdienen.
Am Anfang war ein Blickkontakt.

Wenn das nicht das Garn war, aus dem Drehbücher gesponnen werden!

Minuten später flimmerten folgende Zeilen über den Bildschirm meines Computers: »Der Bus hielt und spie eine Handvoll Leute aus. Die nächste Ampel stand auf Rot. Auf dem Fahrstreifen neben dem Bus stand ein roter Alfa Spider...«

Mal sehen, ob sich Fred Flamingo für das Thema erwärmen konnte.

American Dream

Am Tag X klingelte der Wecker exakt um sechs Uhr in der Früh. Obwohl ich vergessen hatte, ihn mit einer neuen Batterie zu füttern!

Der Koffer ging zu. Auf Anhieb! Ich mußte mich noch nicht mal draufsetzen.

Das Taxi kam bereits nach zehn Minuten. Der Lohnkutscher hatte auffallend gute Laune und erzählte Schwänke aus seinem Lohnkutscherleben.

Der Flughafen war über Nacht nicht abgebrannt. Es lag auch keine Bombendrohung vor.

Ich checkte ein, Fensterplatz, Raucher.

Himmel! Es ging alles viel zu glatt!

Nichts war bisher schiefgegangen. Das einzige, was jetzt noch passieren konnte, war ein Flugzeugabsturz. Über dem Atlantik. Die Maschine würde in eine Schlechtwetterzone geraten. Hühnereigroße Hagelkörner würden mit voller Wucht auf die Tragflächen prallen, und wusch! würden sie abbrechen. Der Mayday-Schrei des Piloten würde nach hinten dringen, die Stewardessen würden so kopflos herumlaufen wie Leons Acrylweiber und mit Schwimmwesten um sich schmeißen. Das Flugzeug würde ins Trudeln kommen, in die aufgewühlte See stürzen, die Gischt würde meterhoch spritzen... lieber Gott, mach, daß es im Atlantik bloß kleine Haie gibt!

225

Zur Beruhigung und um die Zeit bis zum Abflug totzuschlagen, gönnte ich mir eine Tasse Kaffee und einen doppelten Cognac. Zu dumm, daß ich den Schontree Kräm nicht eingepackt hatte.

Endlich – der Flug wurde aufgerufen!

Mein Sitznachbar war ein Managertyp in grauem Karrierezweireiher. Dessen Sitznachbar war ein Japaner, der eine Verbeugung andeutete, als er sich setzte. Ich nickte ihm zu und guckte angestrengt aus dem Fenster.

Herrje!

Handwerker!

Wenn mich nicht alles täuschte, schweißten sie an der Tragfläche! Manchmal wünschte ich, ich hätte im Kopf ein eingebautes Valiumreservoir – irgendwo zwischen Klein- und Großhirn müßte doch ein freies Plätzchen sein für so ein ausgleichendes Organ! Es kostete mich schier übermenschliche Anstrengung, mich vom Anblick der Handwerker loszureißen. Ich wühlte in meinem Handtäschchen – Safari-Look, weiches Beige, Pflanzenfasern – und beförderte den eigens für den Flug erworbenen Frauenroman ans Tageslicht. Acht Stunden sind kein Tag, aber zwölf Stunden können ganz schön lang sein.

Beim Start hielt ich die Luft an. Als wir oben waren, entspannte ich mich endlich. Ein Blick aus dem Fenster verschaffte mir Gewißheit: Die Tragfläche war noch dran. Ich zog den Kostümrock gerade und holte meine Zigaretten raus. Der Manager räusperte sich, unterließ es tunlichst, mir Feuer zu geben, und nahm einen Leitz-Ordner aus seiner Aktentasche, dessen Inhalt er stirnrunzelnd studierte. Der Japaner lockerte seine Krawatte und klappte ein winziges Köfferchen auf, in dem ein Notebook steckte. Der Mini-Computer piepste hektisch, der Japaner starrte konzentriert auf den Bildschirm. Ich ließ alle Hoffnungen auf einen kurzweiligen Flug fahren, drückte die Zigarette aus und vertiefte mich in den Roman.

Nach über hundert Seiten – die Protagonistin hatte es nach einigem Hin und Her geschafft, ihre Netze auszuwerfen und etliche dicke, wenn auch impotente Fische an Land zu ziehen –, fing der Japaner urplötzlich an, Selbstgespräche auf japanisch zu führen. Es hörte sich an wie »yokohamamitsubishisushitoyota«.

Damit hatte ich nun wirklich nicht gerechnet. Im Gegenteil war ich davon ausgegangen, er sei womöglich stumm. Bei diesen Japanern wußte man nie, das waren totale Workaholics, vielleicht schnitten sie den Typen ja die Zunge ab, wenn sie einen Urlaubsantrag stellten. Denn schließlich aßen sie auch rohen Fisch, also wirklich, wer rohen Fisch aß, dem traute ich alles zu.

Ich versuchte, meine Beine auszustrecken. Wer auch immer behauptete, über den Wolken müsse die Freiheit wohl grenzenlos sein, konnte nicht die Beinfreiheit im Flieger gemeint haben. Der Manager paßte auf wie ein Luchs, daß meine Pumps seinen strammen Waden nicht zu nahe kamen. Wahrscheinlich formulierte er in Gedanken schon eine Klage auf Schadensersatz für den Fall einer ihm von meinen Absätzen beigebrachten Fleischwunde.

Ganz deutlich hörte ich, wie mein Magen knurrte. Der Manager hatte es auch gehört. Er klappte seinen Ordner zu, musterte mich mit plötzlich erwachtem Interesse und fragte: »Sie tragen einen Wonderbra, oder?«

WARUM HAB ICH DAS NICHT EHER GESCHNALLT? WAHNSINN! SABBER!

Ich japste nach Luft. Unerhört! Wie konnte sich dieser Mensch erdreisten, von einer ihm wildfremden Frau die Preisgabe ihres Unterwäschegeheimnisses zu fordern?

»Was geht Sie das an!« rief ich empört. Der hatte wohl 'nen feuchten Fisch in der Hose! »Sie haben sich noch nicht mal vorgestellt!«

»Na, na«, sagte der Manager beruhigend. »Gestatten, Bernd Brusius, Mathematikprofessor! Ihr Dekolleté ist atemberaubend! Da wird man doch mal fragen dürfen!«

SOLL SICH NICHT SO ANSTELLEN! WEIBER – ALSO WIRKLICH!

Kein Manager? Mathematiker? So was aber auch! Da flog ich einmal im Leben nach Los Angeles und mußte ausgerechnet neben einem Kerl sitzen, der wahrscheinlich bis auf drei Stellen hinterm Komma mein real vorhandenes Brustvolumen ausrechnen konnte! Womöglich sogar im Kopf! Ohne Taschenrechner! Wie peinlich!

Das Auftauchen der Stewardeß enthob mich einer Antwort, sie

reiche uns vollbeladene Tabletts. Ich entfernte die Zellophanfolie von den Tupperschälchen − also echt, der Flug war doch wahrhaftig teuer genug, konnten die sich denn keine Goldrandschälchen leisten? −, winkelte die Arme an und machte mich über das Essen her. Der Mathematikprofessor kaute genüßlich und referierte über das glorreiche Revival des Büstenhalters.

»Das muß man sich mal vorstellen!« sagte er, spießte eine Krokette auf und musterte sie fachmännisch. »Früher habt ihr die Büstenhalter verbrannt! Jetzt schlagt ihr euch drum! Lila Latzhose und Schlabberbusen ade! Zum Glück, kann ich da nur sagen!«

Er lehnte sich zufrieden zurück und nestelte an seinem sekundären Geschlechtsmerkmal, einer Krawatte in Überbreite und Überlänge − was er wohl damit kompensierte, der alte Macho? Eigentlich lag es auf der Hand. Ich schlug den Roman wieder auf. Die Protagonistin quälte sich mit ihren impotenten Kerlen ab. Mochte mal wissen, wer ihr den Floh ins Ohr gesetzt hatte, daß solche Schwachstecker die besseren Männer wären.

Die Stewardeß servierte einen Drink. Zugleich servierte sie Formulare für die US-Einwanderungsbehörde und den Zoll, die es auszufüllen galt. Erleichtert klappte ich den Roman zu und las mir die Fragen auf den Formularen durch. Was die Amis alles wissen wollten! Vorsichtshalber kreuzte ich überall »NO« an. No − bei mir war kein Strafverfolgungsverfahren anhängig. No − ich war kein verurteilter Mörder. (Gott sei Dank hatte ich Konrad nicht umgebracht, sondern bloß verlassen.) No − ich litt nicht an einer infektiösen Krankheit. (Oder? War Torschlußpanik eine Krankheit? War sie ansteckend?) Ich schielte auf den Wisch des Mathematikers. Auch er hatte überall »NO« angekreuzt. So ein Schwindler! Machotum, fand ich, war auf jeden Fall ansteckend − Machotum greift um sich wie eine Epidemie, sobald ein paar Männer auf einem Haufen sind. Das zweite Formular war schnell erledigt. Mit ultrareinem Gewissen konnte ich versichern, weder Wurst noch Wellfleisch, weder Wurzeln noch Wirsing mit mir zu führen.

Die Stewardeß sammelte die Formulare wieder ein. Als sie sich über den Mathe-Prof beugte, starrte er auf ihren Busen.

»Sind Sie mit Ihrem Wonderbra zufrieden?« fragte er. Schuß ins

Schwarze. Ihr Dekolleté brauchte den Vergleich mit meinem nicht zu scheuen.

»Sind Sie mit Ihrem Toupet zufrieden?« fragte die Stewardeß ungerührt.

Der Mathematiker duckte sich wie ein gescholtener Hund. Ich reckte mich und warf einen Blick auf sein Haupthaar. Die Stewardeß lag richtig: Der Typ hatte ein Toupet. Wer weiß, was an ihm noch alles künstlich war. Nicht nur wir Weiber arbeiten mit allen Tricks. Auch Männer mogeln.

Das erste, was ich von Los Angeles sah, war dicker gelber Nebel. Wie ein riesiger Gilb schwebte er über der Stadt, dagegen wäre selbst Meister Proper machtlos gewesen.

»Smog!« sagte der Professor mit Kennerblick.

Ich ignorierte seine Bemerkung und konzentrierte mich auf den Blick aus dem Fenster. Als die Maschine runterging, kriegte der Gilb kleine blaue Augen. Swimmingpools! In rauher Menge! Klasse! Vielleicht würde bei Fred Flamingo eine Pool-Party steigen, mit allen Schikanen, mit tollen potenten Männern, deren Humor noch trockener war als ihre Martinis.

Die Schlange vor dem Schalter mit der Aufschrift »IMMIGRA-TION«, in der ich meinen Koffer später vorwärtstrat, war länger als die in meiner Sozialamtsphantasie. Rechts und links der Schlange patroullierten Cops mit Feuerwaffen und Funksprech-geräten. Ich kam mir vor wie ein Schaf, das zur Schlachtbank getrieben wird. Am Schalter saß eine dicke Beamtin in Uniform, die die Einreisenden anblaffte.

»Passport!« bellte sie, als ich an der Reihe war.

Ich reichte ihr meinen Paß. Sie starrte auf das Foto, starrte mich an, starrte wieder auf das Foto und grunzte. Nachdem sie den Grund meines Aufenthaltes, meinen Aufenthaltsort und die geplante Länge meines Aufenthaltes aus mir herausgepreßt hatte, wollte sie wissen, ob ich irgendwelche Trips plante.

»No!« rief ich scheinheilig. Wo werd ich denn!

NO war ganz offensichtlich das Zauberwort, das einem Tür und Tor in die Staaten öffnete. Die Beamtin gab mir den Paß zurück und winkte mich durch.

Schweißgebadet bahnte ich mir meinen Weg durch den Los An-

geles International Airport, verlief mich mehrmals und landete
schließlich an einem Ausgang. Fred Flamingo hatte mir zugesichert, daß er mich abholen ließe. Aber wo? Von wem?

Kleinlaut hockte ich auf meinem Koffer und rauchte klammheimlich eine Zigarette. Im Land der unbegrenzten Möglichkei-
ten wurde es nicht so gern gesehen, wenn man rauchte. Rauchende Colts waren okay, rauchende Frauen waren bäh. Als ich
die Zigarette wegschnippte, nahte eine bonbonrosa Stretch-
Limousine. Der Limousine entstieg ein baumlanger Schwarzer
mit Uniform und Chauffeursmütze. Offenbar standen sie hier
ungemein auf Uniformen.

»Missus Bookhulsch?« fragte der Schwarze.

Fast hätte ich »NO!« gerufen. Ich schluckte, nickte, er bückte
sich nach dem Koffer, warf ihn in den Kofferraum und hielt mir
den Schlag der Limousine auf. Im Inneren war es eisig kalt, klar,
diese Amikutschen hatten alle Klimaanlage. Der Chauffeur gab
Gas.

Flamingos Villa lag mitten in Beverly Hills, wo nur die Reichen
und Schönen wohnen. Die Villa – ein von Palmen umstandenes
bonbonrosa Bauwerk mit dorischen Säulen, das aussah wie aus
Zuckerguß – war so riesig und so kitschig, daß es mir den Atem
verschlug. Die Limousine glitt durch ein Tor, das sich automatisch öffnete, nachdem der Chauffeur eine Art Scheckkarte in
einen Schlitz geschoben hatte, glitt über knirschenden Kies, vorbei an Marmor-Springbrunnen, vorbei an millimeterkurz ge-
schorenem Rasen, auf dem bonbonrosa Plastikflamingos standen.

Ich kam mir vor wie in einer amerikanischen Seifenoper. Wie im
Denver Clan! Ich hätte mich nicht gewundert, wenn Crystal mit
einem Kristallkelch in der Hand die Treppen heruntergeschrit-
ten wäre, in einer champagnerfarbenen Designerrobe, mit von
künstlichen Wimpern verhangenem Blick und von echten Perlen
verhangenem Dekolleté.

Charly, der Chauffeur, reichte mich weiter an Carmen, das me-
xikanische Hausmädchen – in Uniform, versteht sich! –, das mir
durch kilometerlange Flure vorauseilte, bis wir die Villa durch-
quert hatten und vor einer Glasschiebetür anlangten.

Dort reichte mich Carmen an den puertorikanischen, selbstverständlich uniformierten Hausboy Carlos weiter. Selbiger führte mich an den Pool (juchhu!), auf dem türkisen Wasser schwamm eine Plastikinsel mit Plastikpalme und Plastikflamingo. Hoffentlich war wenigstens das Wasser echt.

Auf der Terrasse neben dem Pool schaukelte Fred Flamingo höchstselbst in einer Hollywood-Schaukel. Er war klein und kloßig, behaart wie ein Schimpanse und trug ein zum Weglaufen geschmackloses, bis zum Bauchnabel offenes Hawaiihemd. Eine pfundschwere Goldkette baumelte um seinen speckigen Hals, eine brillibesetzte Prolex glitzerte am Handgelenk. Seine zierlichen Füße steckten in schneeweißen Hengstschläppchen. Er hätte locker Danny DeVito doubeln können. Als er meiner verschwitzten Wenigkeit ansichtig wurde, legte er seine dicke Zigarre in den Aschenbecher.

»Sir!« rief Carlos. »Señora Bookhulsch!«

»Okay!« sagte Flamingo und klopfte neben sich auf die Schaukel. »Kommen Sie, nehmen Sie hier backbord Platz!«

UND ZWAR DALLI, WENN ICH BITTEN DARF! TIME IS MONEY!

Welch kindliches Stimmchen! Er hätte DeVito nicht nur doubeln, sondern auch synchronisieren können.

Ich nahm Platz und kramte verlegen nach meinen Zigaretten, um Zeit zu schinden. Ausgerechnet, wo ich einem leibhaftigen Hollywood-Regisseur gegenübersaß, war ich klebrig und verschwitzt.

Wahrscheinlich hatte ich Körpergeruch.

Wahrscheinlich war meine Wimperntusche verlaufen, mein Lippenstift verschmiert und mein Make-up geronnen.

Wahrscheinlich hingen Überreste des Gemüses, das ich im Flugzeug verzehrt hatte (dunkelgrüne Brokkolipartikelchen, igitt!), zwischen meinen Schneidezähnen.

So wird das nie was, Caro! Abgeschminkt, die Karriere!

Obwohl – vielleicht rissen es ja meine Haare raus. Dank Drei-Wetter-Taft lagen sie mittags in Kalifornien noch genauso toll wie morgens im Kohlenpott.

»Wie war die Überfahrt?« fragte Flamingo und trug zur Smog-intensivierung bei, indem er eine dicke Wolke Zigarrenqualm in die Luft blies.

231

»Ich bin geflogen«, sagte ich mit Nachdruck. Mir war schleierhaft, wie er annehmen konnte, ich sei per Schiff gekommen.

»Okay«, sagte er, und er gab Carlos, der bei Fuß stand, ein Zeichen.

Carlos mixte mir einen Martini – etwas tolpatschig, hach, ein Haushalt ohne den Schüttler-Rüttler der Firma Tupper hatte halt seine Tücken! –, der so steif war wie die Scheibchengardinen meiner Schwester. Flamingo ließ sich ein frisches Beck's Bier geben. Ich fummelte die Olive aus meinem Martini und starrte meinen Gastgeber andächtig kauend an.

»Okay, Carlos.« Der Hausboy machte den Abgang. »Bin in jungen Jahren zur See gefahren, müssen Sie wissen. Damals, nach der Lehre als Koch im Hattinger Hof, und bevor ich dann Kabelträger bei Fassbinder wurde...«

»Aber nicht als Leichtmatrose!« mutmaßte ich.

»Hoho! Nee, nee, als Smutje, in der Kombüse hab ich gestanden, warten Sie nur ab, ich koche heute abend, ich bin Meister aller Saucen!«

Vielleicht war Polen doch nicht verloren. Wenn Flamingo leidenschaftlich gern kochte, würde er Brokkolipartikel zwischen den Zähnen zu den läßlichen Sünden zählen. Jedenfalls schien er keinen Anstoß an meinem derangierten Outfit zu nehmen. Er erzählte mir weitschweifig von seiner typischen Tellerwäscher-Karriere in den Staaten.

»...und schließlich hab ich mir gedacht: Mensch, Fred, machste eben selbst Filme, was soll denn groß passieren?« Als er Zigarrenasche abstreifte, sah ich auf seinem rechten Handrücken ein Flamingo-Tattoo. Der Mann hatte eine Granatenmacke, das war so sicher wie das Amen in der Kirche.

»Ist Fred Flamingo eigentlich Ihr richtiger Name?« fragte ich neugierig. »Der klingt so erfunden!«

»So?« Er guckte mich aus listigen Schweinsäuglein an. »Mit meinem richtigen Namen hätte ich nie Karriere gemacht. Können Sie sich das vorstellen: ›Sex in Seattle‹, Regie: Alfred Kranich aus Hattingen? Nee, nee. Ein gutes Pseudonym ist die halbe Miete. Fred Flamingo kommt viel besser.«

»Al Albatros käme auch gut!« rief ich enthusiastisch. Wenn's schon unbedingt ein Vogel sein mußte, warum kein Albatros?

»Stimmt! Sie sind eine kreative Person, das hab ich gleich gemerkt. Obwohl das Drehbuch streckenweise…«
DILETTANTISCH IST! FADE! KEIN WUNDER BEI DEM
FADEN NAMEN!
»…so was Landrattenmäßiges hat.« Er trank einen Schluck
Beck's. »Wir müssen das besprechen. Um ehrlich zu sein, mein
Autor hat bereits einige Passagen umgeschrieben. Schauplatz der
ganzen Chose ist jetzt Hamburg, Tassilo spielt weder Tennis
noch Golf, er segelt, am Wochenende fährt er nach Sylt,
klar?«
»Klar!« sagte ich inbrünstig. Sail away. Damit konnte ich mich
abfinden. Aber Tassilo würde keinesfalls in einer Stretch-Limousine rumgondeln. Nur über meine Leiche. »Ich bestehe auf dem
arztkittelweißen Porsche!«
»Keine Einwände. Sein Beruf – nicht Urologe, Gynäkologe
kommt besser – okay?«
Wenn ein Gynäkologe besser kam, sollte es mir recht sein. Aber
der Urologe war auch nicht schlecht gekommen, wenn ich mich
recht entsann.
Flamingo sah mich an, zustimmend nickte ich. »Okay.«
»Noch ein Problem – der Titel!«
Der Titel? »Sie wollen den Titel ändern?«
Sämtliche Titel der Flamingoschen Zelluloidmachwerke flimmerten vor meinem geistigen Auge über die Leinwand. Ich sah es
plastisch vor mir: Er würde den Film »Sex auf Sylt« nennen.
Oder – noch schlimmer! – »Nackt an der Nordsee«. Vielleicht
sogar »Deftig in den Dünen«. Das war er seinem Alliterations-
fimmel schuldig.
»An was dachten Sie denn?« fragte ich schwach. Allmählich war
mir alles egal. Mein Kopf war so leer wie mein Glas, ich war total
geschafft. Ich vermutete, daß ich unter dem litt, was Else (ach,
Else, Hilfe, Heimweh!) »Tschätt Läck« genannt hätte. Die Zeit-
verschiebung machte mir zu schaffen.
Okay, vielleicht auch der steife Martini.
»Happy in Hamburg!« rief Flamingo und sah mich beifallheischend an. »Ist doch klasse, oder?«
Von mir aus! Ich murmelte »Okay!« und hatte meine liebe Last,
die Augen offenzuhalten.

»Müde, was?« Flamingo brachte seine Fleischmassen in die Vertikale und warf einen Blick auf seine Prolex. »Schon gleich sechs, ich geh in die Kombüse. Ihren Seesack hat Carlos ins Gästehaus gebracht, da hinten, hauen Sie sich mal in die Koje. Bis nachher, es kommen ein paar Leute von meiner Crew zum Essen.«

Das Gästehaus entpuppte sich als kleiner Bungalow am anderen Ende des Anwesens. Ich warf mich in Klamotten aufs Bett und fiel alsbald in einen unruhigen Schlummer. In meinem Traum hockte ich im Ausguck eines Walfängers, Fred Flamingo stand an Deck, ein Klabautermann im Hawaiihemd. Julius tauchte auf, bewaffnet mit einer Harpune. Ich schrie »Wal bläst backbord!« und stemmte mich in den auffrischenden Wind, der immer stärker wurde, bis ich mich nicht mehr im Ausguck halten konnte und in die Tiefe fiel ... und fiel ... und fiel ...

Als ich aufwachte, lag ich vorm Bett.

Julius mit Harpune! Wenn das nicht Bände sprach! Sigmund Freud selig hätte sich nicht eingekriegt vor Spaß. Niemals würde ich Julius diesen Traum erzählen. Bei aller Liebe nicht.

Es gibt Geheimnisse im Leben einer Frau, die müssen Geheimnisse bleiben.

Ich duschte, zog den Bauch ein, die Leopardenhose an, dazu eine sandfarbene Seidenbluse. Dann durchstreifte ich das weitläufige Anwesen und stieß nach einer halben Stunde eher zufällig auf den Pool. Keine Menschenseele war da, außer Carlos, der mit einem überdimensionalen Schmetterlingsnetz Blätter aus der türkisen Brühe fischte. Schien wahrhaftig echt zu sein, das Wasser.

»Señor in kitchen!« teilte er mir mit und zeigte auf die Glasschiebetür.

Immer dem Geruch nach! Es duftete verführerisch, ich hatte einen Mordskohldampf! In der Küche huschte Flamingo erstaunlich leichtfüßig über die Holzplanken, schwenkte Pfannen, kostete mit gespitztem Mündchen und schwang den Kochlöffel über den Töpfen wie ein Galeerenkapitän die Peitsche über den rudernden Sträflingen. Pullt, Männer, pullt!

»Ahoi!« rief er.

»Ahoi!« rief ich.

»Ahoi!« rief auch der Papagei, der auf einer Stange neben dem Kühlschrank saß.

»Klappe, Nick!« rief Flamingo. »Reichen Sie mir mal die Feigen, da, steuerbord auf der Anrichte!«

»Aye-aye, Sir!« rief ich.

So 'ne Küche hatte ich noch nie gesehen. An einem Tau, das quer durch den Raum gespannt war, hingen weiße Rettungsringe, auf denen in bonbonrosa Großbuchstaben »FRED FLAMINGO« stand; aus der Wand schraubte sich ein Steuerrad aus poliertem Palisanderholz, und über dem Herd war ein Nebelhorn befestigt.

Ich setzte mich auf einen Hocker und schaute dem Meister aller Saucen beim Abschmecken zu. Nick schaute ebenfalls zu, und jedesmal, wenn er einen Köttel fallen ließ, krächzte er »Leinen los!« und nickte fröhlich.

Wenn ich das in meinem Club erzähle! dachte ich. Das glaubt mir kein Mensch. Nie und nimmer. Höchstens Max (»Alles ist mö-höglich!«).

Nacheinander tauchten die Mitglieder der Flamingo-Crew in der Kombüse auf. Sie sprachen durch die Bank deutsch, was mir sehr gelegen kam. Wie mir der Autor, Lobo Lovegood (eigentlich Lorenz Liebegut), mitteilte, bestand die Crew fast nur aus Exil-Deutschen. Das rudimentäre Englisch, das Flamingo spreche, reiche bestenfalls dazu aus, sein Hauspersonal herumzukommandieren.

»Von der Kommandobrücke aus?« alberte ich. Bei Lobo traute ich mich, er war eine Seele von Mensch, obwohl er aussah wie Kojak im Piratenkostüm.

Er lachte. »Genau. Aber nur bei Windstärken unter sieben, sonst wird ihm speiübel, und er muß unter Deck!«

Flamingo schlenderte auf uns zu, die unvermeidliche Flasche Beck's in der Hand. »Vergiß nicht zu erwähnen, daß ich wenigstens gut Französisch kann, mon ami!«

»Naturellement, mon ami!« sagte Lobo geziert. »Bloß mit der Sprache hapert's, das mußt du zugeben!«

Flamingo kicherte weibisch. »Hach, Lobo, solange du hältst, was dein Nachname verspricht!«

Für einen Moment schloß ich die Augen. Wenn Mutti DAS

wüßte! Zustände würde sie kriegen! Da war ich gerade mal ein paar Stunden in Loss Änscheles und hatte schon zwei Schwule angefaßt! Und ich dusselige Kuh hatte nix geschnallt, bis jetzt. Knirsch, knirsch – die Unschuld vom Lande hat endlich geschaltet: Fred Flamingo war so warm, daß das Bier in seiner Flasche in Null Komma nix auf Siedetemperatur war.

Das Essen war fertig, Fred tutete mit dem Nebelhorn, auf Kommando wechselten wir die location, wie die Regieassistentin Sue Snider (Susanne Schneider, ganz einfach, wenn man's erst mal drauf hatte!) sagte, und nahmen am festlich gedeckten Tisch auf der Terrasse Platz.

Als Vorspeise gab es Sandwiches mit Avocadorahm-Dip, als Hauptgang Lamm mit Apfelrahmsauce.

»Vorsicht!« rief Sue. »Ein Löffelchen Sauce entspricht dreitausend Kilokalorien!«

Erschrocken ließ ich das Löffelchen fallen.

»Pah, stell dich nicht so an, Sue«, flötete Liz Mountain (richtig, herzlichen Glückwunsch, hundert Punkte: Elisabeth Berg!), das Scriptgirl. »Was dich nicht umbringt, macht dich nur härter! Du mit deiner Wespentaille kannst das doch ab!«

Was Sue abkonnte, konnte ich schon lange ab. Ich genoß das deliziöse Sößchen, zumal mir die fürs Show-Business nötige Härte noch abging.

»September stechen wir in See«, sagte Fred. Er thronte am Kopfende, rechts, äh, steuerbord von ihm saß Lobo. »Leinen los und Schiff ahoi! Segel setzen! Volle Fahrt voraus! Dann das Casting in Hamburg, mal gucken, wer uns die Bude einrennt, um Tassilo zu spielen. Carmen!«

Carmen brachte die Nachspeise, pochierte Feigen in Orangenrahmsauce. Wir kosteten.

»Und?« schrie Fred.

»Köstlich!« schrien wir im Chor.

»Na also«, sagte Fred zufrieden. »Mehr wollte ich doch gar nicht hören. Lobo, unsere Missus Bookhulsch ist mit den Änderungen einverstanden, vielleicht gehst du das Ding in den nächsten Tagen mal mit ihr durch.«

»Aye, Sir. Mach ich.« Lobo fuhr sich mit der flachen Hand zackig an ein imaginäres Matrosenkäppi. »No problem.«

»Dann dachte ich, wir verpassen ihr mal einen gescheiten Namen, Caroline Buchholz kommt nicht so gut, also nee, los: brainstormen!«

Die Crew verstummte auf Anhieb. Auf der einen oder anderen Stirn bildeten sich tiefe Denkerfalten. Gespannt umklammerte ich mein Glas Chardonnay. Dann platzte ich mit meinem Wunschnamen raus, rein prophylaktisch, bevor sie mich womöglich Carol Bookwood tauften. »Caro Carrera!«

»Was?« Vor lauter Schreck ob meines unerwarteten Kreativitätsschubs vergaß Fred, an seiner Zigarre zu paffen.

»Carrera?« sinnierte Lobo. »Gar nicht schlecht.«

»Hm!« machte Sue abfällig. »Klingt so italienisch, so nach Little Italy, ich weiß ja nicht!«

»Papperlapapp! Nonsens! Klappe, Sue!« rief Fred. Na, na, bloß kein Zoff in Beverly Hills, Leute! »Carrera kommt gut. Assoziationen: Rasanz, Risiko...«

»...Rekord!« ergänzte Lobo.

»Okay! Gekauft! Ende der Diskussion!« Fred ließ den Stummel seiner Zigarre in ein leeres Martiniglas fallen und warf Lobo einen verliebten Blick zu. »Ab in die Kojen, Leute! Morgen um neun Besprechung der Promotion-Tour im Studio!«

Die beiden zockelten kojenwärts.

»Was für 'ne Promotion-Tour?« fragte ich Liz.

»Für den neuen Film, ›Wild in Washington‹, der läuft in zwei Wochen hier an.«

»Politthriller mit bißchen Sex«, sagte Sue und reckte sich. »Oder eigentlich: Sexfilm mit bißchen Politik!«

Liz und Sue gackerten um die Wette, tranken ihre Martinis aus und verabschiedeten sich. Als ich durch die Dunkelheit Richtung Gästehaus ging, vernahm ich ein kehliges Lachen. Dann tönte eine Frauenstimme an mein sensibles Ohr.

»Oh, si, si... muy bien!« Ha, Carmen! Unverkennbar.

»Mi corazón... ah!« Das konnte sich nur um Carlos handeln.

»Si, si, si!« Carmen.

»Uuuah!« Carlos.

Backbord zuckten die Hibiskusblüten.

Ich konnte mir nicht helfen, aber hier waren wirklich alle Zuta-

ten für ein klassisches B-Movie vorhanden. Kulisse: eine kitschige Villa. Akteure: ein schwuler Regisseur und sein halbseidenes Gefolge, hemmungsloses Hauspersonal, nicht zu vergessen das Landei im Gästehaus.
Alias Caro Carrera.
Aber erst ab morgen.
Morgen war schließlich auch noch ein Tag.
Für heute hatte Caroline Buchholz das glänzende Näschen gestrichen voll vom Show-Biz und haute sich in die Koje.

Fred hatte Liz als Begleitung für mich abgestellt, die Limousine samt Chauffeur stand uns zur Verfügung, und Charly kutschierte uns so vorsichtig herum, als wären wir rohe Eier. Er erwies sich als hervorragender Fremdenführer, da er in Los Angeles aufgewachsen war und die Stadt inklusive Umgebung wie seine Westentasche kannte. Allerdings scheiterte er bei dem Versuch, mir die diversen Stadtteile einzubleuen. Dieses Äll Äi schien mir ziemlich sinn- und planlos zusammengestückelt. Liz lachte und sagte, in den vier Jahren, die sie jetzt hier sei, habe sie sich mindestens hundertmal verfranst.
Herrje! Ich hätte längst aufgegeben. Liz war wohl aus einem anderen Holz geschnitzt. Bewundernd starrte ich sie an. Liz, die fleischgewordene Männerphantasie. Haar wie gesponnenes Gold. Eine Haut wie Schlagsahne, ein Schmollmund wie die Bardot, usambaraveilchenviolette Augen, so groß wie Tellerminen. Und die Figur! Wespentaille! Beine, so weit das Auge reichte! Monroe-Busen! Mit Liz hatte der Schöpfer sein Meisterwerk geschaffen. Dagegen war ich Abfall, ein Span, der dem lieben Gott von der Hobelbank gefallen war, ohne daß er's gemerkt hatte.
Charly kutschierte uns langsam durch Beverly Hills, damit ich die Villen betrachten konnte, und Liz informierte mich über deren Bewohner, die nicht nur in ihren Pools zu schwimmen schienen, sondern auch in Geld. Ständig begegneten uns andere Nobelkarossen – sehr beliebt schien der Rolls-Royce zu sein –, Charly kannte und grüßte die meisten Chauffeure, sie grüßten zurück. Die Insassen blieben hinter getönten Scheiben verborgen. Wahrscheinlich waren die Scheiben aus Panzerglas.
Liz hatte eine Schwäche für Restaurants, die in waren. Mega-in

waren momentan japanische Restaurants. Meine schlimmsten Befürchtungen wurden wahr, denn sie schleppte mich prompt zu ihrem Lieblingsjapaner.

Während mir aufgrund der unkommoden Sitzhaltung die unteren Extremitäten allmählich abstarben, las sie mir die Speisekarte vor.

»Sushi!«

»NO!« Das Zauberwort kam wieder zum Einsatz. »Roher Fisch! Muß das sein?«

»Ist echt lecker«, sagte Liz, »dazu Reis und Algen!«

»Reis fällt bei mir in die Rubrik diätetische Lebensmittel«, sagte ich angewidert. »Kommt gleich hinter Zwieback. So was eß ich nur, wenn ich Wanstreißen hab!«

Und rohen Fisch nur, wenn ich welches kriegen will, hätte ich fast hinzugefügt. An Algen wollte ich lieber gar nicht denken. Als Kind beim Nordseeurlaub hatte ich mal eine im Mund gehabt – eklig! Ich hatte so laut geschrien, daß in einem Radius von einem Kilometer die Sandburgen eingestürzt waren.

Verdammt! Fühlte sich denn keiner dazu berufen, den japanischen Köchen beizubringen, wie man einen Elektroherd anschmeißt, Butter in einer Pfanne erhitzt, Fisch paniert und BRÄT? Und zwar so lange, bis er goldbraun und knusprig ist? War das denn zuviel verlangt?

»Pommes haben die wohl nicht?« nölte ich und nippte an dem bitteren Tee, den Liz bestellt hatte. Nie hätte ich gedacht, daß der Tag kommen würde, an dem ich Pommes rot-weiß für die kulinarische Offenbarung schlechthin halten würde.

»Wir können zu 'nem Burger fahren!« lenkte Liz ein. »Aber morgen gehen wir zum Mexikaner, abgemacht?«

»Okay!« In Windeseile stand ich auf meinen Füßen.

Beim Burger verdrückte ich drei Hamburger, trank einen Liter Coca-Cola und aß zum Nachtisch ein Softeis. Das schien mir eine reelle Basis für weitere Unternehmungen zu sein.

Wie sich herausstellte, hatte Liz nicht nur eine Schwäche für japanisches Essen, sondern auch für japanische Designermode. Shoppen war angesagt. Hach, was wäre Frau Schulze-Großkotz neidisch gewesen! Wir flanierten durch die Shops und hielten Ausschau nach Schnäppchen, während Charly am Steuer der

Limousine saß, in der Los Angeles Times blätterte und darauf wartete, unsere Tüten im Kofferraum verstauen zu dürfen.

In einer kleinen, aber feinen Boutique, die außer japanischen Designerklamotten auch erschwingliche Fummel führte, probierte ich ein bonbonrosa Stretchkleid an, passend zur Limousine. Liz probierte ein algengrünes Schlabberkleid an, passend zu ihrem Leibgericht.

Als ich aus der Umkleidekabine trat, sah ich SIE.

Barbra Streisand.

Sie trug eine riesige Sonnenbrille und das gleiche Stretchkleid wie ich, nur in Beige. Offenbar stand sie auch auf weiche Farben. Sie posierte vor dem Spiegel, die Verkäuferin hielt sich in unmittelbarer Nähe auf und gab zustimmende Gurrlaute von sich.

»Nice!« flötete Frau Streisand schließlich. »Okay.«

Sie schenkte mir ihr weltberühmtes schiefes Lächeln. Ja, wir Reichen und Schönen müssen zusammenhalten, nicht wahr! Was für ein erhebender Augenblick!

Als Liz endlich aus der Kabine kam, war die Streisand längst verschwunden.

»Ach – die!« sagte Liz abfällig, als ich ihr aufgeregt von Barbra erzählte, und ließ lässig eine Kaugummiblase zerplatzen. »Daß die sich nicht mal die Nase richten läßt. Am Geld kann's nicht liegen. Über Geld spricht die nicht, das hat die. Und kosmetische Chirurgie gibt's hier an jeder Straßenecke!«

»Kosmetische Chirurgie?« echote ich. Man höre und staune! So was kannte ich bislang nur aus Wartezimmer-Illustrierten. In denen konnte man immer nachlesen, welcher Star sich welchen Körperteil hatte liften oder tieferlegen oder unterfüttern oder straffen lassen.

»Neunundneunzig Komma neun Prozent der Schicksen, die hier rumlaufen, haben Silikontitten, da kannste Gift drauf nehmen!« sagte Liz.

Ich guckte auf ihren Monroe-Busen. »Und du?«

Sie kicherte. »Na ja – aber wehe, du petzt! Weißt du, ich nehme nebenbei Schauspielunterricht, vielleicht…«

…ENGAGIERT MICH STEVEN SPIELBERG VOM FLECK WEG!

In dem Coffee-Shop, wo wir uns von den Strapazen des Shoppens erholten, beichtete mir Liz zahlreiche Nebenrollen in Fummel-Filmchen. So hatte sie sich anfangs über Wasser gehalten, bevor sie zur Flamingo-Crew gestoßen war.

»Ohne entsprechende Oberweite läuft im Show-Biz gar nichts!« sagte sie und rührte gedankenverloren in ihrem Espresso.

»Ich behelfe mich mit einem Wonderbra«, erwiderte ich. »Echt genial!«

»Mal gucken, wie weit du damit kommst.«

Für eine Oer-Erkenschwickerin war ich schon ganz schön weit damit gekommen, fand ich. Und ganz ohne Silikon. Wenn das keine reife Leistung war!

Anderntags landeten wir beim Mexikaner.

Die Tortilla war ja gar nicht so übel.

Aber der Kaktussalat kam mir tagelang hoch.

Die Maschine gewann zusehends an Höhe. Ein Japaner saß neben mir und hackte Daten in seinen Mini-Computer, neben dem Japaner saß ein Manager – oder war's wieder ein Mathematikprofessor? – und blätterte in einem Leitz-Ordner. Die beiden glichen den Typen vom Hinflug aufs Haar.

Ich steckte mir eine Zigarette an.

Irgendwie hatte ich das Gefühl, nach einem langen Traum aufzuwachen. Eine turbulente Woche lag hinter mir, die erste Woche meines Lebens, die ich mutterseelenallein an einem Ort verbracht hatte, wo ich kein Schwein kannte.

Ich hatte im Pazifik gebadet. Ich war den Muscle-Beach von Venice rauf- und runterflaniert. Ich hatte mir am Strand von Malibu einen Sonnenbrand geholt. Ich war in einer Limousine über den Pacific Coast Highway geglitten. Ich hatte mir die Nächte auf Pool-Partys um die Ohren geschlagen. Ich hatte den kühlen Wind, der abends durch die Canyons fuhr, genossen, obwohl ich in meinem bonbonrosa Stretchkleid gebibbert hatte.

Ich war weder ausgeraubt noch vergewaltigt worden.

Auch nicht ermordet.

Ich hatte überlebt.

Im nachhinein kam es mir so vor, als hätte ich die Woche in einem Survival Camp verbracht.

Bloß ohne Regenwürmeressen.

Obwohl – wenn ich so an das Sushi dachte, zu dem mich Liz gestern doch noch überredet hatte...

Okay, Schwamm drüber. Cool, Baby.

Ich drückte die Zigarette aus und kramte in meiner Handtasche nach Notizblock und Kugelschreiber. Fred war von meiner neuen Drehbuchidee begeistert gewesen, der Arbeitstitel lautete »Blickkontakt«. Nach zwei Stunden hatte ich mir etliche Notizen zu dem Thema gemacht. Neidisch warf ich einen Blick auf den winzigen Computer des Japaners. So ein kleines Kerlchen würde ich mir demnächst auch zulegen, die Investition war unerläßlich und würde sich bezahlt machen. Und nächste Woche würde ich auf die Bank gehen und die Eingänge auf meinem Girokonto überprüfen; Fred hatte mir glaubhaft versichert, sein Office habe die Drehbuch-Knete bereits überwiesen. Im September würde ich die Crew dann in Hamburg treffen, wenn sie dort vor Anker ging...

Die Stewardeß näherte sich mit einem Tablett. Ich entfernte die Zellophanfolie und inspizierte den Inhalt der Tupperschälchen. Kein Sushi! Kein Kaktussalat! Kalbsfrikassee und Brokkoli. Diese Langstreckenflüge bargen keinerlei Überraschungen in sich.

Ich mußte eingeschlafen sein, bevor die Stewardeß das leere Tablett abgeräumt hatte. In meinem Traum ging ich mit Barbra Streisand shoppen, wir kauften uns brokkoligrüne Stretchkleider und stiegen in Barbras brokkoligrüne Stretch-Limousine, die uns zu ihrer brokkoligrünen Villa brachte. Barbra fragte mich, wie weit ich mit dem Drehbuch sei, ich nippte an meinem steifen Martini und gab zu bedenken, daß ich doch gerade erst angefangen hätte.

Als der Japaner mich mit Ärmchenzwicken und den Worten »Excuse me, please!« weckte, wußte ich einen Moment lang nicht, wo ich war.

»Sir?« fragte ich augenreibend.

Er zeigte nach draußen. Landeanflug.

Die Heimat hatte mich wieder.

Julius holte mich am Flughafen ab, obwohl ich es ihm streng

verboten hatte. Abschieds- und Ankunftszeremonien lagen mir nicht besonders. Trotzdem freute ich mich riesig, zumal er mit roten Rosen aufwartete.

»Na, Globetrotterin!« sagte er.

»Na, Lateinlehrer!« sagte ich.

Mann, Caro, was biste cool! Megacool!

Dann lagen wir uns in den Armen. Sämtliche Rasanz fiel von mir ab, aus der rasanten Missus Carrera wurde wieder die banale Frau Buchholz, die in den starken Armen ihres Lieblings-Latin-Lovers dahinschmolz.

»Ich hab dich vermißt«, sagte Julius und sah mich hingerissen an.

»Ich dich auch«, sagte ich und würgte an einem Weinerchen.

»Ach, Caro!«

DASS ICH DICH WIEDERHAB!

»Ach, Julius!«

Draußen stand weder eine bonbonrosa Stretch-Limousine noch ein arztkittelweißer Porsche, sondern Julius' Kadett Kombi. Er kutschierte mich schweigend über die Autobahn. Nach einigen Kilometern räusperte er sich.

»Caro...«

...WILLST DU MEINE FRAU WERDEN?

Jetzt kommt's, dachte ich. Jetzt sagt er's. Noch nie war ich dem Klassenziel so nah gewesen wie heute.

»...ich muß dir was beichten.« Vorsichtiger Seitenblick. Zerknirschte Miene. Der Oberlehrer hatte was ausgefressen. Hundert Pro!

»Was?« Mir war mulmig zumute. Okay, ich hatte Äll Äi überlebt, ich würde an einem kleinen Schicksalsschlag nicht gleich zugrunde gehen. Augen zu und durch. No way out. Schlimmstenfalls hatte ich Stoff für ein neues Drehbuch. »Was mußt du mir beichten?«

»Reg dich nicht auf. Es ist alles nicht so wild!«

ALLES NICHT SO WILD? Der Satz kam mir verdammt bekannt vor.

»Ich hab dich angeschwindelt!«

»Ach?« Ich hätte es wissen müssen. Die wallemähnige Marion war nicht seine Schwester. Sie war sein Techtelmechtel.

Schweigend fuhren wir heim. Julius parkte den Wagen ein und stellte den Motor ab. Die Stille wurde langsam zu laut. Er räusperte sich abermals.

»Es ist nur ... ich heiße gar nicht Julius! Puh, jetzt ist es raus!« Er sah mich an.

Er hieß nicht Julius.

Aber er hatte doch prima drauf gehört!

»Ist das alles?« fragte ich erleichtert. Wenn's weiter nix war!

Er nickte zerknirscht. »Du bist an allem schuld. An dem Abend damals, bei Kemal...«

Klar war ich an allem schuld. Er hatte sich über mein Lateinlehrer-Geschwätz geärgert und wollte es mir heimzahlen, indem er mir namensmäßig einen Bären aufband. Auge um Auge, Zahn um Zahn. So bibelfest war ich allemal, daß ich das kapierte.

»Und? Wie ist der werte Name?« alberte ich. »Etwa Caesar? Cicero? Brutus?«

»Nö.«

»Komm, spuck's aus!«

»Du schlägst mich!«

»Ich schlag dich nicht!«

»Versprochen?«

»Versprochen!«

»Na gut – Roderich!«

Seine rechte Wange war immer noch so rot wie Klatschmohn, als er den Koffer in meine Wohnung trug und aufs Sofa wuchtete.

Man kann Männern vieles durchgehen lassen.

Aber beileibe nicht alles.

Gar wankelmütig ist das Weib

Die Balkontür war weit geöffnet. Ich saß in kurzen Hosen am Schreibtisch und schwitzte. Es war ein schwüler Nachmittag Mitte August, seit Tagen rührte sich kein Lüftchen. Man kam sich vor wie in der Mikrowelle bei sechshundert Watt. Vor mir lag das neue Drehbuch, es war so gut wie fertig. Was mir fehlte, war ein logischer Schluß. Ich ging mit einigen Ideen schwanger, aber so richtig KLACK gemacht hatte es bisher noch nicht.

Ich trank einen Schluck Mineralwasser aus der Flasche und legte die Beine hoch.

Seit Juli war ich für KUNO nur noch als freie Mitarbeiterin tätig. Für ein horrendes Zeilengeld ließ ich mich dazu herab, brillante Filmkritiken zu schreiben. Vernissagen und Lesungen und Perfomances konnten mir gestohlen bleiben. Mein Ding war der Film und basta. Ende der Diskussion.

Für das zweite Drehbuch hatte ich von Fred bereits einen Vorschuß kassiert. Kanal Voll hatte bei mir wegen eines Vierteilers angeklopft.

Mein Weizen blühte.

Wie Julius es prophezeit hatte.

(Für andere mochte er Roderich sein – für mich war er Julius und würde es bleiben.)

Es klingelte, ich legte das Manuskript in die Schublade und tapste barfuß zur Tür. Draußen stand Else und zog mit Verschwörermiene eine eisgekühlte Flasche hinter ihrer Kittelschürze hervor. Ich lugte auf das Etikett. Sah ganz danach aus, als sei sie von Schontree Kräm abgekommen.

»Rein in die gute Stube!« rief ich.

Else stöhnte, griff sich theatralisch an die künstliche Hüfte und jammerte über die Hitze. Ich jammerte mit und stellte zwei Gläser auf den Tisch.

»Knackiger Spaß im Glas«, sagte Else nach dem ersten Schlückchen. »Dat is doch wat Reelles! Sonst gibt ja für mich nix Knackiges mehr, bei Egon knacken nur noch die Knochen, er steht halt nicht mehr...«

... IM SAFT!

Wir lächelten uns verständnisinnig an. Jaja, die Kerle! Ein Käfig voller Narren! Else setzte ihr Glas ab und kramte umständlich einen Zeitungsausschnitt aus der Tasche ihrer Kittelschürze.

»Guckense ma, hab ich aus 'm Tageblatt ausgeschnitten!«

Neugierig strich ich den Zettel glatt und las laut vor: »Ihre Vermählung geben bekannt Roderich Freiherr von Ramroth & Ulrike Freifrau von Ramroth!«

Sieh an, Ulrike, die Zicke! Die geschiedene Internistin! Da konnten sie ja ihre Praxen jetzt zusammenschmeißen, die Doktors, zwecks Gewinnmaximierung.

Die Feierlichkeiten, so wurde bekanntgegeben, würden am Wochenende auf dem schottischen Landsitz derer von Ramroth stattfinden.

Auf dem schottischen Landsitz! Ha!

Was war das Leben doch trivial. Else und ich hielten uns die Bäuche vor Lachen.

»Freifrau! Ha! War schon immer hinter dem Ramroth her, die Frische!« schrie Else. »Jetzt isser ihr auf den Leim gekrochen!«

»Schottischer Landsitz!« schrie ich begeistert.

Von ganzem Herzen gönnte ich der frischgebackenen Freifrau die drögen Nachmittage im Kreise lediger Großtanten, die – ihre silbergrauen Häupter über Stickrahmen gebeugt – mit zittrigen Stimmen die guten alten Zeiten heraufbeschworen. Die drögen Abende im Kreise jovialer Jäger, wenn das Kaminfeuer knisterte, der eiskalte Wind um den Landsitz heulte wie ein Rudel Wölfe, während sich das Gespräch um die Qualitäten der Kamtschatka-Schweißbracke bei der Moorhuhnjagd drehte.

Und erst recht gönnte ich ihr die frühmorgendlichen Pirschgänge! Um fünf in der Früh, wenn sie – den heißen Atem eines Treibers im chanelduftenden Nacken – fluchend durchs schottische Hochmoor stapfte, würde ich noch in meiner duftenden Satinbettwäsche schönheitsschlafen.

»Wie dat Leben so spielt«, sagte Else und riß mich aus meinen tiefsinnigen Betrachtungen. »Wer hätte dat gedacht? Aber der Herr Brittinger is doch auch...«

... GANZ KNACKIG! EIN BILD VON EINEM MANN!

»...nich zu verachten. Wenn ich noch ma jung wär, den tät ich nich vonner Bettkante stoßen!«

Also, Else! Geht das nicht ein bißchen zu weit? Sie hatte nicht nur Spaß im Glas, sondern auch Spaß im Kopp.

Die Flasche war halb leer. Mühsam stand Else auf, ich brachte sie zur Tür.

»Muß Egon dat Abendbrot richten«, sagte sie. »Is doch aufgeschmissen ohne mich.«

Nachdenklich blieb ich im Türrahmen stehen, bis der letzte Zipfel ihrer Kittelschürze verschwunden war. Dann verschlang ich hastig drei Schinkenbrote mit Gürkchen, duschte kalt, legte einen Hauch Make-up auf, zog die Leopardenhose an, ein weißes T-Shirt, weiße Pumps, schnappte mir den Autoschlüssel. Es war schon nach sieben, Hillu und Suse warteten im Biergarten des Sidestep auf mich.

Wie immer sprang mein indischrotes Porsche-Carrera-Cabrio prompt an. WDR zwo spielte einen alten Song von Bob Dylan, »The times they are a-changing«, ich drehte das Autoradio bis zum Anschlag auf, sang lauthals mit und angelte meine Sonnenbrille aus dem Handschuhfach. Erst hatte ich grüne Welle. Ein Uralt-Golf zockelte vor mir her, der, wie es schien, nur noch von Aufklebern zusammengehalten wurde. »Ich bremse auch für Frösche!« konnte ich entziffern. Am Steuer saß eine Frau. Gut möglich, daß Frau Mönnighoff da unterwegs zu irgendeinem Würg-Shop war. Der Golf legte an der nächsten Ampel, die auf Rot stand, eine Vollbremsung hin. Fast wäre ich ihm hinten draufgefahren. Immer diese Alternativos! Schimpfend wich ich auf die andere Spur aus und kam neben dem Golf zu stehen.
Am Lenkrad des Golfs saß Gerlinde Gattermann. Tja, Mädel! Ohne Sugar-Daddy kein Sportwägelchen!
Sie trug ein verwaschenes Sweatshirt. Genervt hypnotisierte sie die Ampel, einmal popelte sie in der Nase. Über der Rückenlehne des Beifahrersitzes hing eine eingeschweißte Feld-Wald-Wiesen-Jacke. Hatte sie sicher aus der Reinigung geholt. Tja, Gerlinde, mir kannst du nix vormachen!
Sie guckte zu mir rüber, für den Bruchteil einer Sekunde trafen sich unsere Augen.
Die Ampel schaltete auf Grün. Gerlinde gab Gas, der Golf machte einen Satz. Ich legte einen filmreifen Ampelstart hin. Rasanz. Rekord. Egal! No risk, no fun! Auf dem Highway ist die Hölle los, auf deutschen Straßen erst recht. Der Golf im Rückspiegel wurde kleiner und kleiner.
Einst Ariane Alfa.
Jetzt Gerlinde Golf.

So ändern sich die Zeiten. Bob Dylan hatte ja so recht! Manche fallen die Treppe hoch, manche runter. Das Schicksal kennt kein Erbarmen.

Moment mal!

Dieser Blickkontakt eben – an der Ampel! In meinem Hirn machte es KLACK! Das war er – der einzig logische Schluß für ein Drehbuch, das mit einem Blickkontakt anfängt!

In Hochstimmung parkte ich in der Nähe des Sidestep ein und begab mich zum Biergarten. Suse und Hillu saßen in der hintersten Ecke und hielten Kriegsrat.

»Na, meine Lieben!« sagte ich und warf lässig meinen Autoschlüssel auf den Holztisch. »Sind schon irgendwelche Entscheidungen gefallen?«

Wir hatten die heutige Konferenz einberufen, um über Suses Hochzeitskleid zu befinden. Suse traute ihrem Geschmack nicht über den Weg und sah sich außerstande, allein eine Wahl zu treffen. Auf dem Tisch türmten sich Kataloge mit Brautmoden. Ich bestellte ein Tonic Water und blätterte sie langsam durch.

Lange Kleider, kurze Kleider. Klassische. Verspielte. Seide, Satin, Taft. Hüte aus Tüll. Schleier wie Spinngewebe. Bräute, Bräute, Bräute!

Es hatte eine Phase in meinem Leben gegeben, in der mich allein der Anblick dieser Kreationen in eine Nervenkrise gestürzt hätte. Aber das war Schnee von gestern.

»Was meinst du?« fragte Hillu. »Klassisch oder romantisch?«

»Klassisch!« rief ich wie aus der Pistole geschossen. Suse war der klassische Typ, keine Frage.

»Och!« sagte Hillu enttäuscht.

Suse schaltete sich ein. Sie schlug den dicksten Katalog auf. »Da! Wie findet ihr das? Ein Traum aus Taft, klassischer Schnitt, tiefer V-Ausschnitt. Na?«

»Irre!« sagte ich mit Inbrunst. Sollte ich jemals heiraten, und sollte ich jemals in Weiß heiraten, dann in so einem Kleid.

»Aber mit Schleier!« rief Hillu und nippte an ihrem Mineralwasser. Seit Teneriffa hatte sie sich wahrhaftig am Riemen gerissen, das Ergebnis ihrer Bemühungen konnte sich sehen lassen. In ihrer neuen Levis-Jeans sah sie richtig prima aus.

»Mensch, Hillu«, sagte ich bewundernd, »was hast du abgenommen!«

»Über zwanzig Pfund! Und wißt ihr was: Uli macht jetzt auch
FDH!«

»FDH?« fragte Suse.

»Na, friß die Hälfte!« Hillu lachte. »Erst hat er gemeckert, als es
nur noch Salat gab und Diätmargarine statt Butter, aber als bei
mir die Kilos gepurzelt sind, fing er an, sich zu genieren.«

»Also – was ist jetzt? Hut oder Schleier?« Suse wurde ungeduldig. Ulis Körpergewicht tangierte sie momentan nur peripher, sie
hatte weiß Gott andere Sorgen. »Ich finde ja, ein Schleier macht
nur bei langen Haaren was her, oder?«

»Stimmt. Also Hut!« Ich steckte mir eine Zigarette an.
»Hillu?«

Hillu nickte. »Meinetwegen. Wißt ihr was? Ich kauf mir auch
einen. Einen Hut wollte ich immer schon mal haben!«

»Wenn das weiter so heiß bleibt, hol ich mir bei der Schulze-
Großkotz wahrhaftig einen Tropenhelm!« sagte ich und winkte
dem Kellner. »Ein Mineralwasser, ein Tonic Water, eine
Cola!«

Suse schlug den Katalog zu, kramte in ihrer Handtasche und
beförderte eine ellenlange, engbeschriebene Liste ans Tageslicht.

»Es gibt bald ein Gewitter!« rief Hillu. »Garantiert! Mein Wetterfrosch signalisiert mir das schon den ganzen Tag.«

»Dein was?«

»Mein Wetterfrosch! Meine Dammschnittnarbe! Die ziept immer, wenn's Gewitter gibt.«

Wir guckten Hillu entgeistert an. Sachen gibt's! Ich erspähte den
herumirrenden Kellner mit unseren Getränken. »He, Sie da!
Hier spielt die Musik!«

Die kalten Drinks hatten wir bitter nötig, er sollte sie bloß nicht
an den falschen Tisch bringen. Suse vertiefte sich in ihre Liste.

Hillu hielt dem Kellner ihren Deckel hin. »Die Runde geht auf
mich! Ich muß euch was Wichtiges sagen.«

»Bist du schon wieder schwanger?« platzte ich raus. Das wär's
noch! Zwanzig Pfund abgenommen – und alles für die Katz!

»Nö«, sagte Hillu. »Die Familienplanung ist abgeschlossen.

Aber die Karriereplanung fängt erst an. Ich werde Abteilungs-
leiterin, Kreditwesen! Klasse, was?«
»Mensch, super! Und ich hatte schon gedacht, du bist am Brü-
ten!«
Wir lachten uns schlapp, prosteten uns zu.
Als unser Lachanfall abgeklungen war, sagte Suse: »Ich bin es,
die brütet. Das Kleid bestell ich am besten gleich 'ne Nummer
größer.«
Hach! Ein kleiner Nibelunge würde schlüpfen! Suse hatte es tat-
sächlich geschafft, die biologische Uhr auszutricksen. Wir herz-
ten und küßten sie, bis sie so naßgeküßt war wie Linda de Mols
Kandidaten.
»Aber erst die Hochzeit!« stöhnte Suse. »Der Ordnung halber.
Was 'n Streß, Mann! Hört euch das an! Vier Wochen vorher:
Friseurtermin vereinbaren. Fotograf bestellen. Imbiß oder
Sektfrühstück für die Trauzeugen vorsehen!«
»Aber hallo!« riefen Hillu und ich wie aus einem Munde. Die
Trauzeugen – das waren wir. Klar wollten wir Sekt und einen
Imbiß. »Spar bloß nicht am falschen Ende!«
»Ihr macht euch keine Vorstellung davon, was so 'ne Hochzeit
kostet!« Suse wischte sich den Schweiß von der Stirn.
»Doch.« Hillu konnte sich eine Vorstellung machen. Sie hatte
einen nicht einzuholenden Erfahrungsvorsprung. »Und 'ne Erst-
ausstattung geht auch gewaltig ins Geld.«
»Wer blecht denn für die Fete?« fragte ich.
Es stellte sich heraus, daß Sigis Oldies die Hochzeit ausrichteten.
Sigi kam aus einem guten Stall, er war kein Kind von Traurig-
keit, sondern von reichen Eltern. Suse ging die Liste weiter
durch.
»Polterabend vorbereiten, Annonce aufgeben, Brautstrauß und
Blumenschmuck für das Hochzeitsauto – ich weiß gar nicht
mehr, wo mir der Kopp steht!«
»Braucht ihr mich noch?« fragte ich und trank mein Tonic aus.
Es war fast zehn, ich war mit Julius im Stadtpark zum Spaziergang verabredet. »Wenn nicht, seil ich mich jetzt ab. Julius war-
tet. Hillu, du bist der absolute Profi, du machst das schon. Ich
hab eh keine Ahnung von der Materie!«

»Nicht mehr lange!« orakelte Hillu fröhlich. »Dich kriegen wir auch noch unter die Haube!«

Ich bezahlte und verließ den Biergarten. Die Mädels hatten die Köpfe zusammengesteckt und tuschelten.

Was für ein ereignisreicher Sommer!

Als ich den Porsche am Stadtpark abstellte, fielen ein paar Regentropfen. Und wenn schon! Wir hatten uns zur Gewohnheit gemacht, abends die kleinen Wege entlangzuschlendern, uns unseren Tag zu erzählen und Pläne zu schmieden. Ich sah Julius schon von weitem, er lehnte an einer Kastanie und rauchte eine Zigarette.

»Hallo!« rief ich außer Atem. »Ist ein bißchen später geworden!«

Julius trat die Zigarette aus. »Hab ich nicht anders erwartet.«

WEIBER! IST DOCH LOGISCH!

Er legte den Arm um mich. Ab und zu begegnete uns ein anderes Pärchen, das uns verständnisinnig anlächelte. Man konnte den Sommer riechen, meine Lieblingsjahreszeit, hier und da huschte eine Fledermaus über unsere Köpfe hinweg. Es wurde stockdunkel, in der Ferne war ein leises Grollen zu vernehmen.

»Hängt ein Gewitter in der Luft«, sagte Julius und zog mich dichter an sich. »Hörst du's?«

Am Weiher blieben wir stehen. Ein paar vereinzelte Enten hockten im Gras, wahrscheinlich schliefen sie schon. Wir knutschten ein Weilchen, dann schlenderten wir weiter. Das Grollen nahm bedrohliche Ausmaße an. Als der erste Blitz am Himmel zuckte, legten wir einen Zahn zu.

Ich rief mir die Gewitter meiner Kindheit ins Gedächtnis. Mutti und Annedore hatten eine regelrechte Gewitterphobie. Beim ersten Krachen hatten sie senkrecht im Bett gesessen, beim zweiten waren sie in ihren Nachtgewändern durchs Haus gegeistert, um alle Stecker rauszuziehen. Kerzen wurden angesteckt, die beiden saßen in der Küche und waren ganz klein mit Hut. Ich hatte mich stets zu Vati geflüchtet, der diesen Zirkus nicht mitmachte, hatte mich unter die Decke gekuschelt und die Sekunden zwischen Blitz und Donner gezählt. Meistens war ich dabei wieder eingeschlafen.

Richtig dicke Regentropfen pladderten jetzt auf den Fußweg.

Wind kam auf, ein Rauschen fuhr durch die Baumkronen. Julius griff nach meiner Hand. Wir rannten los.

Es donnerte und blitzte wie am jüngsten Tag, der Himmel hatte all seine Schleusen geöffnet.

»Wart mal!« schrie ich, bückte mich und zog meine Pumps aus. Barfuß lief ich weiter. In den Pfützen ging mir das Wasser bis zu den Knöcheln.

Als wir beim Auto ankamen, waren wir naß bis auf die Haut. Ich drückte Julius die Pumps in die Hand, sprang in den Wagen. Zündung an, Verdeck zu, Motor starten. Julius ließ sich auf den Beifahrersitz fallen.

»Igitt!« schimpfte er. »Ist ja alles patschnaß! Cabrio-Fahrer! Also ehrlich!«

»Stell dich nicht so an!« rief ich. Den Porsche hatte ich sowieso gebraucht gekauft, außerdem wollte ich nicht päpstlicher sein als der Papst. »Das trocknet wieder!«

Die Scheibenwischer wurden kaum Herr über die Wassermassen. Vorm Haus war kein Parkplatz mehr frei, ich fuhr zweimal ums Karree, dann gab ich auf und stellte den Wagen in der Nähe vom »Klasse-Kauf« ab.

»Periculum in mora! Gefahr im Verzug!« schrie Julius. »Auf die Plätze, fertig, los – Miß Wet-T-Shirt!«

Endspurt zum Haus.

Im Erdgeschoß lagen wir uns in den Armen.

Im ersten Stock tauschten wir einen leidenschaftlichen Kuß, so leidenschaftlich, daß das Messingschild der Sippe Schulze-Großkotz beschlug.

Im zweiten Stock rissen wir uns gegenseitig fast die nassen Klamotten vom Leib. Und im Sinnesrausch wahrhaftig den Mönnighoffschen Trockenblumenkranz vom Nagel.

In Julius' Wohnung standen sämtliche Fenster und die Balkontür sperrangelweit offen. Vom Winde verweht lag ein Haufen Papiere auf dem Boden, Schulhefte, Notizzettel, Testatbögen. Ich zitterte am ganzen Leib, auf einmal war mir lausig kalt. Raus aus den Klamotten, rein ins Bett. Julius folgte meinem Beispiel.

»Du?« fragte ich später, schläfrig an seine Brust gekuschelt. »Sag mal…«

»Hm?«

»...der lateinische Satz damals, als ich krank war – was bedeutet der?« Immerhin hatte er mir die Übersetzung für den Fall meiner Genesung versprochen. Wie mir schien, gab es keinen Mann, den man nicht an seine Versprechungen erinnern mußte.
»Welcher Satz? Mutabile femina?«
»Genau der!«
»Gar wankelmütig ist das Weib!« Julius gähnte herzhaft.
»So 'n Quatsch!« rief ich erbost.
Also wirklich! Die alten Römer! Diese alten Machos! Ihr Frauenbild bedurfte unbedingt einer Korrektur. Wankelmütige Weiber! Wo gibt's denn so was! Ich mußte heftig niesen. Verdammt! Schnupfen! Kein Wunder! Wo war denn gleich... Ich schneuzte mich in Julius' kariertes Taschentuch und stopfte es zurück unters Kopfkissen.

Am Morgen weckte mich ein Sonnenstrahl, der ungeduldig mein Gesicht abtastete. Neben mir schnarchte Julius. Am Fußende lugten vier Füße unter der Bettdecke hervor. Vier Füße in grauweißen Frotteesöckchen.
Selten war ich dem Himmel so nah gewesen.

HACH!
Was für ein herrlich verlogenes

HAPPY-END!

Die Frau in der Gesellschaft

Cornelia Arnhold
Bastardlieben
Erotische
Geschichten
Band 12328

Martine Carton
**Etwas Besseres als
einen Ehemann
findest du allemal**
Roman
Band 4718

Anna Dünnebier
Der Quotenmann
Roman
Band 11779

Angélica
Gorodischer
**Eine Vase aus
Alabaster**
Roman
Band 13278

Christine Grän
**Die kleine
Schwester der
Wahrheit**
Roman
Band 10866

Tina Grube
**Ich pfeif auf
schöne Männer**
Roman
Band 13320
**Männer sind
wie Schokolade**
Roman
Band 12689

Karin Hartig
Reihenhaus-Blues
Roman
Band 13239

Eva Heller
**Beim nächsten
Mann wird
alles anders**
Roman
Band 3787

Bettina Hoffmann
**Abgang
mit Applaus**
Band 11613

Bettina Hoffmann
**Die Emanzen
sind los**
Die Gründung
des Frauen-
staates Lilith
Roman
Band 12424

Fischer Taschenbuch Verlag

Die Frau in der Gesellschaft

Anna Johann
**Geschieden,
vier Kinder,
ein Hund –
*na und?***
Band 11118
**Ich liebe
meine Familie -
ehrlich**
Roman
Band 13082

Jil Karoly
**Ein Mann für
eine Nacht**
Roman
Band 13276

Claudia Keller
**Windeln, Wut und
wilde Träume**
Briefe einer ver-
hinderten Emanze
Band 4721

Claudia Keller
**Kinder, Küche
und Karriere**
Neue Briefe
einer verhinderten
Emanze
Band 10137
**Frisch befreit ist
halb gewonnen**
Reisebriefe einer
verhinderten
Emanze
Band 10752
Der Flop
Roman
Band 4753
**Kein Tiger
in Sicht**
Satirische
Geschichten
Band 11945

Hannelore
Krollpfeiffer
Telefonspiele
Roman
Band 12423

Fern Kupfer
Zwei Freundinnen
Roman
Band 10795
Liebeslügen
Roman
Band 12173

Anna von
Laßberg
**Eine Liebe
in Bonn**
Roman
Band 12760

Fischer Taschenbuch Verlag

Die Frau in der Gesellschaft

Fischer Taschenbuch Verlag

fi 21 / 1 c